凸凹文集

04·书话

与书微语

凸凹 著

北京日报出版社

图书在版编目（CIP）数据

与书微语 / 凸凹著. -- 北京：北京日报出版社，2017.6

（凸凹文集）

ISBN 978-7-5477-2506-1

Ⅰ. ①与… Ⅱ. ①凸… Ⅲ. ①随笔－作品集－中国－当代 Ⅳ. ①I267.1

中国版本图书馆CIP数据核字(2017)第070398号

与书微语

出版发行：北京日报出版社
地　　址：北京市东城区东单三条8-16号东方广场东配楼四层
邮　　编：100005
电　　话：发行部：（010）65255876
　　　　　总编室：（010）65252135
印　　刷：廊坊飞腾印刷包装有限公司
经　　销：各地新华书店
版　　次：2017 年 6 月第 1 版
　　　　　2017 年 6 月第 1 次印刷
开　　本：880 毫米×1230 毫米　　1/32
印　　张：16
字　　数：400 千字
定　　价：40.00 元

版权所有，侵权必究，未经许可，不得转载

目录

自序：文体的宽容 / 001

书话

流泪的书斋	005
买书与藏书	012
求书之道	015
赠书中的生命温度	018
赠书小记	029
乐在其中	032
与书微语	035
读书三境	039
读书的生命感受	043
读书断想	046
夜读随想	048
关于读自己的著作	050
性情之书	053
爱情，忧郁的母语	057
闲读记略	060
捡拾《杂拌儿》	068
读《郑板桥集》	071
旧书小识	074
成人读物：《增广贤文》	080

我的工具书……………………………… 083
品茗之外………………………………… 087
读伟人书信有感………………………… 090
品书悖识………………………………… 093
当代人的两本书………………………… 096
书卷的灵光……………………………… 101
奇石、书与人…………………………… 106
乡土散文，书外边的意思……………… 110
书读同龄………………………………… 113
说理亦性情……………………………… 116
心音不朽………………………………… 118
阅读的引领……………………………… 121
无言的勇气……………………………… 123

书趣

私密的阅读……………………………… 127
自家标准的选编………………………… 130
因境而读………………………………… 134
《旧日红》……………………………… 137
书虫之于书，一如妇人之于美衣……… 140
个体书店的风景………………………… 143
别了，马悦然…………………………… 146
民国的兴味……………………………… 148
软性文字中的庄重闪光………………… 154
不堪的趣味……………………………… 156
《读书》的品质………………………… 160

贵生………………………………………	164
信任"老版本"……………………………	166
"在场"的能指……………………………	168
冷眼的阅读………………………………	175
读书人的乐事……………………………	180
本末倒置…………………………………	182
当代文学,应该属于诗…………………	184
纸上的故乡………………………………	187
旧刊物读出新意绪………………………	191
又购《古诗源》…………………………	193
总理夫人与自然文学……………………	195
不寐读经…………………………………	197
林语堂在暑夜……………………………	200
孙犁的遗憾………………………………	204
浦江清的文学观…………………………	207
寻墓文字,发人生感言…………………	210
陈寅恪的学问……………………………	213
沈从文的"败象"………………………	217
狂狷的真义………………………………	219
获奖忧思…………………………………	221
在友人的书中衍生………………………	224
"装神弄鬼"的写家……………………	231
谦卑之心,装着千山万水………………	233
迟到的敬意………………………………	235

书评

感受《声音的重量》……………… 239
历史与人伦的投影……………… 242
传达生命的感觉………………… 245
市井中的一盏书象之灯………… 247
男性的卑微……………………… 250
杂文的历史品格………………… 253
人情化的历史眼光……………… 256
善解节气………………………… 259
思考者的漫画…………………… 262
山村踩响的犬吠………………… 265
甲虫,穿越人类的童年………… 269
世纪评鉴………………………… 277
《海子评传》,不仅"完形"了海子… 280
傲立于风情之上………………… 283
人在旅途而思…………………… 292
亲吻土地的理由………………… 297
受用之书………………………… 302
像鱼一样游弋的文字…………… 308
清明读札………………………… 312
乡土叙事的重要收获…………… 317
盛大的阅读——向文学的伟大致敬… 322
别样视角看文章………………… 326
永远的文学……………………… 331
望乡关,我心温柔……………… 335
在"道路"与"脚"之间……… 339

经典美文的世界版图……………………… 346
智性的考量………………………………… 350
历史与人物的双重叙事…………………… 353
完全颠覆传统的怪异叙事………………… 356
伟大人性照耀之下的"和平之书"……… 361
新在"旧"中……………………………… 365
盗天火，煮自己的肉……………………… 369

序跋

《太阳每天都是新的》后记……………… 376
《两个人的风景》序……………………… 378
我的散文观………………………………… 380
《书卷的灵光》后记……………………… 382
《慢慢呻吟》跋…………………………… 384
《永无宁日》序…………………………… 387
《大猫》序………………………………… 389
《风声在耳》自序………………………… 391
《欢喜佛》跋……………………………… 395
《正经人家》自序………………………… 401
《玉碎》跋………………………………… 404
《双簧》后记……………………………… 412
每束阳光都有其照耀的理由……………… 414
《心比天大》后记………………………… 419
《故乡永在》自序………………………… 421
《石板宅日思录》自序…………………… 425
《石板宅日思录续录》自序……………… 428

《石板宅日思录三录》自序…… 430
《同谋》创作谈…… 434
《情度・人伦》：天赐的叙事…… 436
生命的歌吟…… 440
《像音乐一样无疆》序…… 443
心尖上摇曳的花朵…… 446
砖瓦铸辉煌…… 449
在水底思想，在水上行走…… 452
《绿色的落叶》序…… 458
《神龙福地：佛子庄》再版后记…… 461
《编外》序…… 465
物华有证…… 467
《木工速成》序…… 470
与想象一同生长…… 472
并非一座小城的挽歌…… 474
乡间诗人的乡间叙事…… 480
遍插茱萸皆是诗…… 485
《人间草木词》序…… 488
灵魂在场的证明…… 491
《房医文萃》序…… 496
《圣水诗草》序…… 498
"心经"萦怀，娓娓而颂…… 501

自序

文体的宽容

书评之所以不够发达和繁荣，过分看重"正论"，也就是系统的庄肃之作，而轻视关于书的零散、零星而灵活的尺牍与片羽，不能不说是一个重要的原因。大论，属于专业，属于修养；小语，属于心灵，属于悟性。"板凳坐得十年冷"的人毕竟是少数，与书率性亲和的人，却是芸芸众生。但不论是专家学者，还是"引车卖浆者流"，只要阅读，均有感触；这种感触，只要能说出来，写出来，就应该是书评。所以，书评的事业，不应该抛弃"众人"，不应该只立身于"评述"，更应该着眼于"表达"。自禁和幽闭是没有出路的。

所以，书评虽然属于文学评论，但它不是一般的文学评论，它应该是一种极开放的文体：可以是对一本书系统的研究与评别，包括主题、结构和语言等诸方面；也可以是对书的印象、感念和一得之见；还可以是对书的一个点、一个侧面阐述自己的观点——只要是围绕书的，不管是书内，还是书外的文字，均属于书评。因此，书论（文学性较强的文论）、读书札记、眉批、点评、序跋和书话等，都应该属于书评之列。一句话：在书评界，各种文体应包容共存；衡量书评文体优劣的一个基本标准,就在于它是否有利于表达,也就是看它是否具有开放的品格。

从这个意义上说,书评界应该注重对读书随笔的研究和写作。这里所说的读书随笔,又称"新书话",它区别于传统的读书随笔和传统书话——它不像传统读书随笔一味"匍匐"于书上,又不像传统书话飘逸到只关心读书的"趣味",成为"散文之余"的一种边缘文体;它干脆就是"散文中人",不仅具有一般散文的话语特性,更因了书香的浸润,具有了宏阔深厚的文化品格和思想含量,具有了一般散文样式不可企及的表达功能。这种"新书话"的写作主体,主要是被刘心武等老中年作家称之为"新文人"的青年学人和青年作家。

关于这种新型的读书随笔的文体特征,彭程在《绿阶读书文丛总序》("绿阶读书文丛",计读书随笔五种,大象出版社,1998年10月第一版)中有一段具体的、而且被"新文人"整体接受了的阐述——

> 作为一种文体,读书随笔(新书话)也有自身独特的魅力和优势。相对一般的随笔文字,它更多是围绕一本书或一类书展开话题,较之某些泛泛的抒情和议论,因为有所依傍而减少了空疏,显得更切实可触。同时,一本书在茫茫书海里被选中,被阅读,并且读后意犹未尽,必须诉诸文字而稍安,一定是因为书里的内容拨动了阅读者感受的心弦,引发了他的共鸣。那么,这样的文字,就不会是仅仅局限于复述、阐述原书,而是处处结合了作者自己的所感所思,浸润了他的心性魂魄,读后分明感到作者的脉搏。乍看谈论的是别人的书,其实表达的完全是自家心意。再者,和一般的书评不同,它并不担负对书籍做系统评论的任务,而完全从作者的心性出发,这就使得在写法上大可随意,既可天马行空洋洋洒洒,亦可择其一点不及其余,舒卷自如,有流水行云

之妙。另外，它的清醒的文体意识，对语言的强调，也使其避免了"言之无文，行之不远"的弊病。总之，散文的诸要素，情感、智性、文笔、趣味，在这一文体中都能得到良好的发育，其中的优秀之作，跻身最杰出的散文之列亦毫不逊色。

从这一概括中，可以看出，"新文人"的读书随笔，没有传统书话的"模式化"限制（即晦庵所说，"一点事实，一点掌故，一点观点，一点抒情的气息"），它是一个自由表达的空间。别人的书，是写作者心灵的触媒，一旦被触动，就作纵情的表达：可缘书而谈，可弃书而论——一切缘于表达的需要。

所以，它不仅是一种开放的文体，也是一种入世的文体；它不是自我封闭于书意之中，而是面向于世相，即面向于社会人生。它是紧紧结合了社会与人生的种种话题，以书为依托，为世道人生送去思想的关怀、情感的关怀。所以，它已不是"文字清玩"，而是纷繁的文化气象。总之，它的入世点，是不满足于书中所得，不沉浸于书中义气，而是"借别人的酒瓶装自己的酒"，即借助从书中或因书而得到的生命感悟和激情，去述怀，去"言道"。它世俗的着眼点还在于凡常人生对精神的敬畏、对书籍的敬畏，因而凭借"子曰"效应，完成对灵魂的"浸润"与提升。

因此，新读书随笔对书评写作的文体意义是全面的，也是深刻的，不能再等闲视之，应该大力提倡！

2001 年 3 月 26 日一稿
2016 年 5 月 8 日修订

书话

流泪的书斋

我是不是文人,不敢说;但生平极好书,且极爱买书,这是无疑的。

高中时就买书,除《房山文艺》第一、二、三期外(因系房山人,对故乡的文艺刊物特感亲切),买一本丢一本,值得记一记的便无几。

上专业学校后,进校门的第一天,就见同室的同学们都有几本好书,在各自床前小桌上摆着,闪闪地将我逗诱,便立志多买一些好书,做个大学问家。

小时青菜吃得太多,造就一个大肚皮,进了校门,见了大大白白的精面馒,便狠吃一番,一顿便可将五只馒"顿进"。于是,二十几元的助学金不到半月便抖尽了,便向家里要钱。母亲就找叔婶借,惹叔婶好一顿奚落。但母亲仍一笔一笔借,全不顾了那张脸皮。我便感到极端的羞辱和压抑,书虽无从买起,但志气却弥坚。

后来我发现一个秘密:学生每月的三十三斤半粮食中,有七斤半粗粮。吃那金色的窝窝头,城里的小妞是极不情愿的。我便问一个极温顺和善的小妞:"换粗饭票么?"

她唰地就将眼睛瞪得亮亮:"你愿意?"

我说:"怎不愿意。一斤换三斤可么?"

"那太干了!"她几乎跳起来,"别的班还有一斤换七斤的呢。"我觉得自己太傻帽了,便急急找补:"我也一斤换七斤。"

她就呼地将脸拉下:"我不换了!真是山村儿的,一点儿幽默都不懂。"

远远地,我便尖了嗓子喊:"三斤就三斤!"

于是,我每月二十几斤的细粮,正好兑了三个小妞儿的粗粮,便与她们建起极特殊也极默契的关系。

那时的菜价极便宜,两碗熬白菜才一角。每顿两碗熬白菜佐着那几只金色的"尤物",吃得居然还顺畅,月底,钱果然就省了几个,书就买了一两本……

待一个学年下来,床头竟积了数十本。夜里失眠,闻几遭沁人心脾的书香,就沉沉地睡去,好梦竟也连绵不绝。

但有一天,我突然觉得书像少了几册,便察几个室友的脸色,那几张脸都神秘而诡谲,让我好不舒服,便狠狠咽下嗓腔中的口水,画几张表格,将书一本本登记了。第二日,再看那书,竟又像少了几本,默默数过,却一本不缺,便大大地诧异了。这样的情形,之后又重复了数次,我便怀疑自己的神经有毛病。

于是,寒假从家里回来,便背来一只板壁极厚的小柜(母亲盛米用的),将书小心地放进去,吊一只乌色的大锁,将一颗飘摆的心坠踏实。但室友们却从此不再睬我,将我视为怪物,一些开心的事体便躲我而成就。我默默地忍受,任其剥夺我的权利,以期和他们对等,谁也不该欠谁。

以后,那小柜的锁,我均偷偷地开启,慢慢地,那里关满了同学的好奇,连我自己也觉出些许神秘。每次上课打瞌睡,一想到那沉沉的柜子,便陡地挺直腰杆,那背后,有一股莫名的力量。

那时日，便读了不少书。

毕业分到一个小镇上，那柜子也就跟到机关。见到机关领导，我极亢奋，问："给我哪个房间？"我认为，到机关当干部，便可一人有一个办公室，那小柜就可放得安宁。

领导竟哈哈大笑，笑得极放肆极粗俗。之后，他将我带进一个大办公室：那里四张桌子两个两个地对摆着，每张桌子上竟都趴着一个人。那时，刚实行夏时制，午觉该欠了，诸位君子正理直气壮地找补。那领导居然不吱声，且压低了喉咙："再找张桌子，你就在这儿办公吧。"我便惑然而不解。

等那几位醒来，领导便说："给你们添个知识分子，动弹动弹，帮搬搬东西。"那小柜被几位连拉带拽搬进来，搁在一角上。有一位竟踢了几下那柜角："甚东西，这么沉？"我便瞪他，久久不眨一下眼睛。不期竟与他埋下了怨结，"清除精神污染"时他竟告我有一柜黄色书刊，为我平添了几分惊惧。

白天，那小柜在一角上虽孤零却显眼，太阳光下，那大红的漆色灿烂如烧，几个人的目光便一齐朝柜上瞟。我很想打开，找两本爱读的书贪看一番，但那柜里多为文学书籍，一旦打开，便挡不住同事的视线，驳不得同事的面子。借书出去，是我极不情愿的事，便压抑了那念头，反复翻几张枯燥的报纸。报上时有几首小诗占占地盘，读时却觉浅淡，不如听窗外蝉鸣，白日便极难熬。

但那办公室偏又是宿舍，每晚均有两个同事值班。我曾给领导建议过："有我长期住，别人还有必要值班么？"领导便说："每人住十天，给六元夜班费，他们不住，那六元你给？"我哭笑不得。

晚间，两位同事一准从外室叫两个人来，极认真地学习"54号"文件。起初在办公桌上打，身子仰累了，便将我那小柜移到中央，把椅垫铺地上，盘坐于小柜四周，舒舒服服地打，直打得眼皮沉沉、哈欠重重，才草草收兵。两位倒床便睡，且呼呼噜噜奏出好音响。在炼狱里砥砺不息的便是我，觉终于是睡不成，偷偷下床去，将柜子轻轻打开，贪婪地拥搂了那书，尽情地吮那书香，久久，竟闻出淡淡的霉味，泪便潸潸而下。

于是，次日便买了可调光的台灯。晚间，那四人打得正欢时，我便将帐子掖得紧紧的，勤勉地睡觉。这觉睡的是任务，绝无享受可言。待人家极酣极甜地睡下，我便极不情愿地爬起，在昏黄小灯下就读，直读到鸡们叫了三重。偶回身，见一黑黝黝的巨大身影在白白墙上映出如鬼祟。白日里就极昏沉。下乡，则敷衍了事；坐机关，则随几位同事，同作日眠状。把自己融入群众之中，极浑然。这似人似鬼的生活，迅速地凑够了一载，我心中竟结出极硬极硬的块垒，极想吐。终无诉处，便萌发了结婚的念头。结婚，或许能给一个青年读读写写的正常生活。

妻竟不愁找，房子也找得顺利。房子虽狭仄如蜩笼，但那新买的书架在屋里一衬，登时溢出书墨之香。新婚之夜，妻早早躺在床上，我将那柜打开，将书一本一本摆上书架，摆得极仔细，温柔亲切如抚妻。

那书架居然满了。书们整齐地排列在一起，却透出一种别样的强劲和威武，如兵阵缩聚于斯！正沉迷间，妻嘘出极轻的一声叹。看时，见她的眼里竟噙了泪，但仍对我笑，笑得极凄迷。我便说："亲爱的，跟书生过活，是极需耐性的，书生有一个极大的优点，便是坦然地发神经。"

有了自己的房子，便有了一片舞台，戏就自己做。且小家庭交际窄，来人极少，晚间便极安宁，书就读得开心而精粹，竟至有写一写的欲望。白天去上班，窗帘一落下，小屋就被封得严紧，书不仅安全，且连窥一窥的可能皆无，颇称私意。

然而窗终究要打开，亲朋好友终究一个一个踏进来。亲朋中识字者众，每次进屋来，总向书架边上踅，发现一本好书就惊呼，便不顾左右抽出来，腆了笑脸求主人。朋友中，读书多为消闲，书读过，便弃之如敝屣，书便失了归期。但更甚者，便是妻那帮叽喳的朋友隔三五日便来聚一聚，笑是真笑，哭是真哭，演出极佳的戏剧。我便不得不丢了书本当看客，或哭或笑或消沉或亢奋，性儿便渐渐地浮了，书就读不下去，光阴便甜蜜地荒芜了。这还不是最糟糕的。那日弟弟从老家来，豪饮间突然站起，四下稍环视，便奔书架直去。看一本发黄的旧书摊着，就毅然撕下数页，急急地奔室外，颠出好一串踉跄步。那是我从旧书摊买回的一本《康熙字典》，在我思想深处，它正散发着特有的芬芳……弟弟从外边回来，洗过手，高高地端杯敬我："大哥，喝！咱家祖辈三代，就长你这么棵蒿子！"端的虽是敬意，但我却闻到了大便的气味儿，便感到恶心。我知道自己的情感极卑下，若逢"文革"时，我准要被斗一斗的，但是仍放肆了自己的情感，让酒杯兀自跌落，碎了兄弟情……

于是，我便极渴望有一间与卧室客厅分开的书斋，真真地渴望！

但分房的名号，我排在极后，那个小镇上如我者，被看重极难，书生气使然。其实，若被青睐也易极，一番斡旋，便可当个小小科长，便能呼几个哥们儿开数条通路。但为文者，能么？

便去妻原来的村上买地皮。那地皮颇贵，吞噬了我两个梦：一套《二十四史》，一套《中国大百科全书》。

之后，便是备料：砖瓦灰沙石木……用时一年。再后，便是请人起工，烟酒茶糖，预支人情，也一年。

一座三间民房，终于在历史名塔——昊天塔下落成。岁月蹉跎，债台高筑；枯了文人脸，瘦了文人妻。然无名小辈却拥有了极"阔绰"的书斋，耿耿之心喜极！

有了书斋，便加紧购书，以期将空空四壁摆充实。正逢书籍涨价，钱虽花得慷慨，书买得却少。妻极体人意，将家里的开支遣得极低，挤出一些不该挤出的份子。那日回家，见妻正吃力地往屋里挪一瓦罐，问："挪它装水么？"妻答："不，渍菜。"果然见妻次日回家时，买来拉架黄瓜、茄子及虫蚀菜豆类，用清水反复洗过，便朝罐里渍。后来一打听，那下架菜极贱，大大的一堆才几角钱，让人生罕。

于是，便寻回那幼年的回忆，想到父母一对老夫妻同嚼菜根的情景。菜根咬得有成就，很快又有两架书，便有资格请人写一块斋匾。但已没了那兴致：妻生了一个整日里叽呱乱叫的儿子，叫得日子更清贫。我极愤恼，便冲妻发脾气。妻睁着一双乌青小眼儿，定定地看我，不久便有泪汩汩地流下来，竟骂："小子，你他妈好损，人伦都要灭了，书还念得好么？"后来细思量，觉她骂得在理，便极惭愧，以至于小儿那天喊第一声爸爸，仍惶然不敢应。

母亲来看孙子，妻与我商量，要我在书斋里搭张铺让老人睡。我说："在中间客厅吧。"妻极愤然："那是你母亲，你若觉得合适，便那样。"妻怕落埋怨，将实情率先说与母亲，母亲便将我叫到她身边："你也太显摆，和老婆孩子住一间不算，还自个儿霸一间！来时你爹嘱咐我，'若对你不好，就走！'"我不敢得罪母亲，便恭恭敬敬地请她进书斋。晚间，我便在客厅将饭桌放稳当，左听小儿尖厉之夜哭，右闻老母奇异之梦呓，极艰苦地写作，极勤勉地读书。

房子用了两年，浮尘便纷纷落，便须吊个顶子。裱糊匠看看书斋，说："不好裱哇，东西得外搬。"我问："不搬能裱么？书不宜来回搬。"裱糊匠沉吟许久："裱是裱得，太费劲，要加钱。"我喜极，便拍手曰："好说，好说！"

裱时，我在边上看，那师傅裱得极小心，但仍将两本书碰下架来，我便说："师傅，您小心点儿好么？"那师傅很不高兴，答："够小心的了！"期间，又有书落下，我又说："师傅，怎又不小心？"他呼地将浆桶扔下，怒道："有能耐住楼啊，住楼就不需裱，便无人碰你的书！""莫气，莫气！多加钱不成么？""多加钱也不伺候，你这号小文人顶挑剔！"

于是，便不得不另请一位，任那小子将浆水洒得淋漓……

冬天，书斋里奇冷。想凑合一下，但有母亲，便生火取暖。那煤烧得极小心，尽可能少起烟尘。晚间封火也早，怕母亲睡时忘封火，不意间将书燎着。早晨，去替母亲启火，火一打开，热气便登时上蹿，不久便听顶棚咯咯响；响过，便见顶棚纸的衔接处有滴滴水珠沁出。一会儿便滴答落下，落到洁净的书面上，竟是含了煤烟的油。用绸布狠揩，竟也揩不去。后来，我用报纸将书架顶遮了，以隔那油渍，揭开时，书面上竟仍有黑黑的染痕，那液滴竟有如此穿透力！于是，我的心便酸得很，未想到，这书斋竟也会流泪，且流得决绝而不屈！

它是抱着极大的委屈！书斋本应属于名人和贵族，或新生的暴发户，在那暖气融融、洁净、阔大而高傲的楼室厅间。于是，我便益发觉得自己的奢侈，便觉得该自轻自贱，便也给自己的书斋起一个极贱的名字：石板宅（我的老师，《青年文学》的副主编赵日升先生，每发我的稿子，见到这个不古不雅不死不活的书斋名署在文后，便毫不犹豫地删去，令他的弟子哭笑不得）。但它的主人竟极固执，仍始终怀着一腔悲壮的庄严，艰难地寻些砖瓦，默默地搞那书斋的建设。

那卑贱的书斋里，一定会走出并不卑贱的人物！书斋的主人说。

1987年7月6日至7日

买书与藏书

文学是我生活的一部分,所以我的五千余册藏书中,文学书籍占了多数。

上初中时,父亲当着村里的支书,一个偶然的机会,从县里的会场上领回了两本《房山文艺》,这两本刊物就开启了我对文学的兴趣,也成了我最初的藏书。

后来《房山文艺》领不到了,我就想买文学方面的书,但村里极闭塞,想找到一爿小书店,近乎天方夜谭,所以初中三年,对书的渴望就成了我下苦功学习的动力。

高中考到了良乡这座小城,小城里有座不小的书店,我便觉得自己很幸运,拼命从生活费里挤出钱去买书。那时我很喜欢诗歌,拜伦的《唐·璜》、但丁的《神曲》《彭斯诗选》等都是那时买的。当时,书读得极贪婪,但由于阅读水平有限,书中的很多东西理解得很朦胧、很隐约;现在知识多了,理解力强了,再回头读那些书,却总也不如初读时那么令人神往和感动。这是很奇特的读书一味。

参加工作之后,有了经济上的保障,大量购书的阶段便来临了。这时我雄心勃勃,就是要买全各种文学名著。作为普通人,版本学的知识极缺乏，真假名著我分不甚清。除了极著名的几部名著，其余的种类，我就单纯看书的内容提要或版权页上的某些标志，人家说这部书是名著，我就以为是名著，毫不犹豫地买下来。不久就积累了上千本，但最后鉴定，真正的名著仅一二百种而已，其余皆二三流著作也。那时的书价尚便宜，我除了苦笑一声之外，并没有太多的失落感。相反，长长短短地也装满了两个书架，放在十几平方米的小屋之中，竟掩了一面墙，坐下身去便也有了坐拥书城之感。

读了一些书之后，我发现那二三流的著作更接近现世人生，能引起自己不少共鸣，给自己不少直接的裨益。我为这个发现感到愉快，拼命读完了所有藏书。精神世界的空前丰富，使我有话要说，就拿起了笔，就有了五百多篇散文的问世。

从读书人到写书人的变化，也改变了我买书和藏书的趋向。以前买书不可避免地有着一种盲目性和趋众性，再以后，买书和藏书就考虑到为我写作服务的一面。于是，买书的侧重点便放到了现当代作家的著作、自己喜爱的作家著作和探索性著作之上。

现当代作家的著作，尤其是有争议的现代作家的著作，虽然年代不久，但有时买起来就困难。买这种书到新华书店去，往往会让你失望，倒是旧书摊时时有你所需之书，于是旧书摊便不可不常去逛逛。几年来，在旧书摊上，我买到了周作人著作的大部分，几乎配齐了施蛰存等作家的作品。所以，许多文人都去跑旧书摊，的确不是为了赶时髦。

新华书店也是常去的，主要是去它的旧书门市部。到那里并不是为了能踅摸到一两本珍本书，而是为了大量购书。那里有很多被冷落了的现当代作家的作品。不是这些书写得不好，而是现在读纯文学作品的人少。不少人总先考虑要赚钱，之后是在书摊上买几本花花绿绿的通俗刊物去消遣。旧书门市部的书很便宜，一般是五折，有时赶上买者少，甚至要降到三折两折。我跟门市部的人熟得很，时时得到廉价的书，所以短短两年时间，就从旧书门市部买了两千多本书，其中有全套的《冯雪峰文集》《丁玲文集》《周立波文集》《冰心文集》，还有我极其喜爱的作家孙犁的百花版五卷本《孙犁文集》。《孙犁文集》的出版日期其实很近，不少书店的前门书架上还赫然在目，我却从门市部的尘土堆中，一文不花地捡了来，我便嘿然暗笑——因为我太崇拜他，觉他高贵得只能仰视，而这时，我觉得他原来也很普通。

迄今，我已拥有了满屋子的书，无意之中，成了小城有名的"藏书家"。作为一个普通人，默默地将这些书读完已是一种奢侈，将来若能有一些作品留于身后，那就简直是一种"辉煌"了。

1990年3月3日

求书之道

读书人，喜聚书，这是极自然的事。

少年时，便积书数百，概那时的书价极便宜。缪塞的一本长篇《一个世纪儿的忏悔》仅三角二分钱。虽然那时人们收入很少，但三两角钱，仍是一个可有可无的数字。

怀念那时的书价。

进到八十年代后期，买书便是一件颇费踌躇的事。书价涨得忒烈，一本不足三百页的书，竟也有六七元的标价；若要再搞一个半精装，就要涨到十元；大部头，则动辄二三十元。对于工薪族，在买肉吃还是买书看的问题上，实在需要一番思考。这情形，"悲哀"二字，着实涵盖不了在读书人心中低回的那种况味。

可叹的是，买书、读书和藏书（聚书）竟又是读书人的典型生活方式，仅有旧藏而无新购，则感书斋中的气味太陈腐，心中亦觉沉闷，便想办法"弄"到新书。"弄"书数载，竟也有了几分心得，想到市井之上，同类尚多，便以"惺惺惜惺惺"之心披露出来——

心得之一：多结交著作家。著作家中，既有名人，亦有新秀。对名人，要勇于担"攀附""趋炎"的骂名，谦卑地、怯怯地去拜访他们。像钱钟书那样谢绝拜望的毕竟是少数，大多数名家在盛名之下亦有寂寞枯槁的一面，希望有人为其凑一些个热闹。叩拜的成果，对藏书者来说，首要的便是得几本"赠"书；而且不仅得到不花钱的书，还会得到不易得到的题签。题签虽有媚俗的一面，但在时间深处，到底还是有藏书学上的意义在。对于新秀，由于刚刚出道，尚未变得倨傲，你不需谦恭与胆怯，只要肯于同他们接近，适时送上几句恭维的话，十之八九会得到他们主动热情的赠书。这些书也许不如名家的档次高，但有新鲜的见解和独特的人生体验在，读一读，终究会有收益。况且，由于与新秀心理上的接近，读其书能得到比读名家著作还要多的收获也是常有的事。以前，去参加北京作家协会的联谊会，在会场上见到一本《战俘手记》，系写志愿军战俘的纪实著作，我极感兴趣，很想得到一本；但五百多页的一大厚册，书价颇不菲，囊中正羞涩，下不得决心去买它。正巧此书的作者张泽石先生坐在一隅，膝上正有两本样书，便走过去说了几句极愿与之结识的话，果然得到一本样书，回到座位上，窃笑不止。

心得之二：多跑出版社。与出版社建立联系，并非难事。因为每家出版社下都会办有几家刊物，与刊物建立投稿关系，便可结识一两个出版社中人；继而将投稿关系发展成朋友关系，顺理成章地去晤见或小聚，机会便来了。因为这些编辑大多既编刊物又编书稿，架上常放多种样书。跟朋友说一声，抽几本样书走，实在不算什么事。我常给广东花城出版社的《随笔》写稿，认识了大编辑谢日新先生。大前年为一部书稿与张兄振乾去花城，晤见谢先生。谢先生的写字间中有几个大书架，架架有不少花城版的书。我酷爱花城版图书，便向谢先生索书。谢先生说："架上有的，随便拿。"我便喜出望外，肆意搜罗，装了满满一大旅行袋。回望张先生，亦将袋子装得满满，相视而笑，快活如童子。回到北京，有人去接站，见到两个鼓鼓的大袋子，以为南货北贩,打开一看,竟是一些劳什子的书,不禁瞠目结舌。

心得之三:干脆自己当作家。若自己也常写写东西,并且不断发表,不仅给自己带来声誉,也使自己跟书建立了宿命关系。其一,自己的著作同样可以充填自己的书斋,且各种版本纷呈。灿烂地辉煌自己,亦荣耀地遗布给后人。其二,自己的书可以换回别人的书。文人自古便有著作互赠的传统,你"敬请某某兄指正"地赠出自己的著作,便可以收到某某请你也指正的大作,往往你一人的一种著作寄出,会得到多人的多种著作的回赠。另,你在著作界出了一点小名声,即便你没有著作可赠同人,亦会有同人源源不断地将书寄给你。其三,最好你写一写书评,并且要写出一些小名堂。便会有众多怕自己的著作被市井淹没的人,主动送书上来,请你作评,你便会得到不少书。近两年,我致力于书评书品写作,冠冕堂皇地写了数十篇,颇骗了不少人的眼目。诗人刘利华便将自己的一套三册《黑月亮·白月亮》寄来,说凸凹兄你的书评写得挺牛气,别净盯着名人,亦关注一下兄弟们。自然,兄弟们殚精竭虑的心血之作,被商风钱雨沦为乌有,实在是令人心痛的事,为其摇旗鼓噪是一种本分,便赶紧写。书评发表了,他极满意,说是所有评论中对他的著作认知最到位的一篇。这样,既得到了赠书,得了虚名,还积了功德,得了稿费,此乃一举四得也。于是,真爱书的人,千万要学着做个作家,便可以从你找书步入书找你的"高级"境界。一般的,那些名人的书斋均堆满了书,使他们有了坐拥书城的心态,但我并没有"敬慕"那种肃然的感觉,因为他们的那些书,大多都是不花钱而得之。

无论如何,与书相厮磨相纠缠的生相,其本身,就是一种极丰富的趣味人生。

1992年2月9日

赠书中的生命温度

师友们的赠书已不计其数。得闲便做一番翻检,归一归类,有秩序地放到架上,方便以后阅读。

一

首先翻到的是赵日升老师的诗集《岁月之窗》。这是北京十月文艺出版社"红叶诗丛"中的一种,1991年10月版。赵日升是文学界中我最敬重的一个人。这不仅因为他是北京著名的中年诗人,更重要的,他是我写作生活中的精神之师。可以说,如果没有赵先生,也就没有文学上的凸凹。有几个带有宿命色彩的理由——

第一,我平生读到的第一本文艺刊物,便是赵日升老师主编的家乡的刊物《房山文艺》。那时,我刚上初中,对字纸有浓厚的兴趣。但我所在的是一所山区中学,《房山文艺》并没有发行到那里。能见到它,缘于我的父亲。父亲当时任村里支部书记,有机会到县里开会。在会场上,有人发放《房山文艺》,我父亲便得到了两本。现在我猜想,那个发放刊物的人或许就是赵老师本人,因为后来听人说,那本刊物，几乎就是他一个人编辑的。父亲带回来的两本刊物，使我一下子对文学着了迷，照着刊物上的作品样式，试写了许多首民歌与儿歌。但作为中学生的少年，还没有勇气投寄出去。但在一个多情少年的心中，深深地埋下了文学的种子。

第二，我平生读到的第一首好诗（或者说第一首真正的诗），是赵老师的《拒马河，靠山坡》。那是1957年他在通县念中学时写下的，发表之后，便在京郊产生了极大影响——

　　拒马河，靠山坡，
　　弯弯曲曲绕村过；
　　河水两岸垂杨柳，
　　坡上果树棵连棵。

　　一群鸭，一帮鹅，
　　荷花出水一朵朵；
　　红霞落入水中天，
　　对对渔船河心过；
　　咿呀呀，咿呀呀，
　　半船欢笑半船歌。

　　果树园，果树窠，
　　棵棵行行遍山坡；
　　阳春三月花果山，
　　八月仲秋红似火；
　　嘻哈哈，嘻哈哈，
　　采果姑娘笑话多。

> 拒马河，靠山坡，
> 弯弯曲曲绕村过；
> 河里流的金银水，
> 人们过的好生活。

这是那个年代，山村纯美生活的真实写照。其激情似水，咏叹如歌。这首诗把中国民歌的优秀传统发挥得淋漓尽致：不仅韵美好读，还可以唱在嘴边上。这首诗使我感到：诗人应该是生活的歌者，而不是躲在阁楼上的孤芳自赏的"制作人"。因了赵老师的诗，我在文学上最早亲和了诗歌，对诗歌的钟情重于其他的文学品类。也曾写了大量诗歌，密密麻麻地抄在三个笔记本上。但到了后来，诗人们大都躲进阁楼里了，陶醉于私人的"特异的"制作之中，诗已沦为社会"边缘化"的东西，我便远离了诗歌。

第三，我平生在大刊物上第一次发表文章，便是经赵老师的手，发表在他任副主编的《青年文学》上。那时，我已发表了不少文章，但都是在京华的小报上。也曾给一些大刊物寄过稿，但都是泥牛入海。而文学品味的提升，一个重要的标志，便是在大刊物上发表作品，这是一个不争的事实。那是在十渡"绿谷文苑"成立大会上，我们不期而遇。虽对他敬慕已久，见面却如见了久已相识的故人，边对酌边交谈，其情融融。于是顺手奉上自己的一篇稿子，题目叫《路边的白杨》。不久便被发表了，心里感激不尽，写了一封热情洋溢的感谢信。他很快就回了信，说："不要感谢我，是你自己的作品达到了发表的水平。"他的鼓励，使我有了空前的自信，纵情创作，放胆投稿，很快便在《散文》《随笔》《中国作家》等大刊物上发表作品，真正走上文坛。

所以，赵老师的《岁月之窗》，便不是一般的赠书，是父辈对子辈的文化关怀。这样的书，应该放在案头，随时翻一翻，不忘身后的鼓励与期待，淡化市井的红尘欲望，平息心灵的不安与浮躁，写出几篇扎扎实实的东西来，给该报答的以报答，给该成就的以成就，让生命有几分分量。

二

翻检到《顾准文集》。这是光明日报社《书摘》杂志副主编彭程先生的赠书。

彭程比我小一岁，同样有写书话的爱好。他的书话文章有很高的档次，每在报刊上发表，我均做虔诚的阅读，感受到同龄人的思想深度。心仪久久，就有联系的欲望，便投一篇小稿和一封信寄给他。不久，那篇小稿被他在《光明日报》"读书与出版"专刊发表，便开始建立了书信及电话联系。

他鼓励我多写书话，我的"所谓书话，就是用别人的瓶子装自己的酒"的观点被他充分肯定，再写书话便不再拘泥于某个作家的个例文章的评论，而是写读书的生命感受。从此，我的书话作品便写得醇厚深沉，有了浓郁的散文味道。

他不仅肯定我的观点，而且给我的尝试予以具体的、有力的帮助。几乎是我每写一篇，他便在《光明日报》上发一篇，颇营造了一种气候。由于《光明日报》在读书界的巨大影响，使许多作家以为我是专业的书评家，纷纷寄赠自己的著作，希望予以评论。这使我的书话写作，处在了良性循环的氛围之中。

《顾准文集》出版后，我急于买到一本，但始终没有得到。他获悉之后，专程跑了好几家书店，给我买了寄来，使我感受到了一个好朋友的人情温暖。

后来兰州军区的部队诗人王久辛要主编一部散文合集《中国当代

青年散文家八人集》,彭程又热情地介绍我入选,使我的作品能够集中地大范围地流布,扩大了我的文学影响。

作为同属于上升阶段的青年作家,彭程的帮助便显现出了一种人格力量:他没有文人相轻、厚己薄人的小家子气,更没有嫉贤妒能、贬抑他人的阴私气。他看重的是青年文学界的整体建设,看重的是"纯洁的精神"的社会效益。他具有较高的人格境界,是个难得的益友。

他让人回想起三四十年代"文学研究会"中同人作家间的相互呵护。为什么现代文学中出现了那么多的大作家?盖缘于这种呵护。后来读到了他的散文集《红草莓》,深入了解了他的人格构成。他对于大自然的四季风景,有一种天然的亲和能力,身上有一种勃郁的诗性气质;而诗性的核心,便是美,便是善,便是善待自然善待人类。他看到了一双女性的美丽的小腿,首先想到的不是如何占有,而是世事与时光对美的风蚀与摧残,心中便生出一团厚厚的忧郁。忧郁是诗性的,是爱的母语。忧郁背后,是一种悲悯与怜惜的情怀,是要善待生命与美的人格意志。

彭程是个纯正的人。

在文学上,与这样纯正的人相依相伴,不会感到孤独;其文学品质,亦不会沦入虚伪、卑琐与俗媚。这是人生之福。

三

在我翻检的赠书中,有两册奇特的赠书,便是聂凤乔的《蔬食斋随笔》第一、二册。此书由中国商业出版社出版,第一册出版于1983年5月,第二册出版于1987年3月。是否还有第三册,便已不得详知。因为书的赠者已远离京城,不会再有条件做书的搜寻工作。

说该赠书奇特,首先是书的内容。恩格斯在《自然辩证法》中说:"请素食主义者先生们原谅,如果不吃肉,人是不会发展到现在这个地步的。"而英国文豪萧伯纳却针锋相对地说:"像我这样精神生活强烈的人不吃尸体。"他果然活到九十四岁的高龄,并成为思想界的大师。肉食者,鼓吹肉食在人类进化之中的功绩;素食者,宣扬素食在人类思想成熟之中的助力。双方各执一词,但他们都没有拿出系统的论述,更没有从人类生活中列举出丰富而生动的例证。而聂凤乔的《蔬食斋随笔》继承中国传统素食文化的深厚底蕴,不惮其烦地解析中国素食的一个又一个的个例,以生动的笔触煽起人们对素食,即蔬菜瓜果的渴求,直让人觉得,人类的进化、思想的纯洁唯有素食之一途。

"十月萝卜小人参,春咬萝卜赛吃梨。"他解析了萝卜。

"饮凉茶,苦瓜干,爽心清肺人半仙。"他解析了苦瓜。

"鲜陈草菇汤,不把脾胃伤。"他解析了草菇。

……

人类可以食用的蔬菜瓜果,他几乎都做了解析。

他的解析,科学知识、思想识见、文化韵味三者交融,且叙且论,且辩且诗,既是科普文章,又是文化随笔,且是上乘的佳品,为专业散文随笔家所难为。不知汪曾祺先生生前读过没有,亦不知他老人家有何评价。但我可以斗胆地判断:这些蔬食随笔,或可以与他的草木随笔相伯仲。

现在,该说一说这奇特的赠书的另一面,便是奇特的赠书人。

这个人,便是被别人看不上眼,而我却极为敬重的、为人极质朴的兄长——唐济泉。

老唐原是国家地震局的一名职工。《中国地震报》搞"人类与灾害"征文评奖活动使我们相识。他的外貌粗朴,两颗交错的门牙使他的嘴总是合不拢,给人以呆钝之状。这使以貌取人的人与他远离,交际场中便没有他的位置。但他却写了一手秀美的散文。观其人读其文，感到他是一个奇特的存在。

后来地震局精简机构，他在分流之列，但他并无一丝怨艾之色，而是兴冲冲地承包了一家饭店。他一个人又当经理又当厨师，似乎要大干一场。他给我看过一大摞《烹饪》杂志，上面有他的专栏文章。他精通烹饪。我们到他的饭店去看他，他高兴得若一童子，早早地打烊谢客，亲自掌勺炒菜，弄了很丰盛的一桌，然后坐下来，专心地陪我们。可以看出他是很重朋友情谊的，义与利之间，他选择义。

到他家里去拜访，才知道他的家境很寒酸，因为他有一个患精神病的妻子。妻子晚上失眠，缠着他讲故事，他便发挥他作家的才能，现编现讲，直讲到东方既白，妻子睡去。几乎夜夜如此，苦挨了十多年，对妻子并无一丝厌弃。他很仁义。得知这番情况，我禁不住流下眼泪。他握着我的手，不住地说："好哥们儿，好哥们儿！"临出门时，他送了我一套二册的《蔬食斋随笔》。

前年夏天，我去他的饭店看他，才知道他已把饭店转包给他人，因为经营状况不好，赔了一笔钱。这并不出人意料：虽然他懂烹饪，但为了招待朋友而早早打烊的经营方法，使他不可能赚到钱。据说，为了照顾好病妻，他于四十五六的年纪提前退休，偕妻回到了老家——河北省雄县葛各庄村。他跟村里要了一块荒僻的土地，办了一个猪厂，养了二百多头猪。他在北京的居所给了自己的儿子，每月几百元的退休金也给了儿子支配。他的儿子挺争气，上了一所名牌大学。

他每次回京看儿子，都要于中途下车来看望我。赶上我不在家，他就静静地在台阶上坐着，直等到我回来。

今年夏天，我专程去了一趟雄县回访他。他带我到了他的猪厂。这个猪厂离村子还有二十里的路程，是一个很少人迹的荒丘。那里没拉上电线，晚间以煤油灯照明。在土屋的门框上，他写了一副对联：

夏植桑冬养畜，日荷锄夜读书。横批：自得其乐。他对我说，他之所以选择这样的生活，虽是为了照顾妻子，更主要的是他的性情使然。

晚间，他亲自烹炒了一个猪大肠，痛痛快快地喝了一场，直喝得两双人眼猩红如兔目。他请来了村里的芦笙乐队，呜哇呜哇地吹到月落星稀。他说："歌里唱，'朋友来了有好酒'，咱这是哥们儿来了有芦笙。"

我的心温暖如烧。生活虽然艰难，却是异常的美好。为什么呢？世界毕竟是普通人的世界。普通人过的是最简朴的生活，简朴的生活是不贪不欲的生活。没有贪欲、没有利害之争的生活，人性的真纯便如冰山浮出水面。"人间自有真情在"，便是这个道理。

所以，多交一些普通人比什么都重要。

所以，梭罗的《瓦尔登湖》是一部好书；我的唐济泉老兄，更是一部好书！

四

《芝楼诗选》是所有赠书中最薄的一本，小三十二开，四十五页。这是一本自印诗集，非卖品，扉页上写着八个字：家庭保存，馈赠亲友。

芝楼，名秦芝楼。1913年生，平西抗日根据地著名的教育工作者，为抗日根据地政府培养过大批人才。新中国成立后，创办房山区南尚乐中学，是我的家乡房山区教育界的元老。

家乡人都知道秦芝楼老先生是个著名的教育家，鲜知他还是一位诗人，写一手绝顶的好诗。他的诗，生前只在亲朋好友中小范围地传看，几未拿出去发表。他的儿子秦铁林亦是一名教师，知其先父诗的价值，缩衣搏节，自费印刷了《芝楼诗选》。芝楼先生的生前好友，老作家王凤梧先生作了热情洋溢的序,对诗集的品位与诗人的为人作了恰切的评价,为诗集增色不少。

我得到的这本《芝楼诗选》,正是王凤梧老先生赠送的。他一下子赠送了好几本,说了一句感情浓郁的话:"你送给诗人圈子里你的那些朋友,看看是他们的诗有价值还是芝楼先生的诗有价值。"

我知道他的话外音,回到家里便即刻拜读。的确是好诗!

首先,从诗质之美之雅上看,有陶令之风。

昨宵微雨连春城,晨起开门天际晴。
浅草如茵满阶绿,隔墙初透卖花声。
(《早晨雨后即景》)

一个"透"字可见文字的功力。声音,可闻可听,这里却用"透",用的是通感,却是深入内心的感觉。

几行杨柳带斜辉,白石清澜鱼正肥。
邻叟自饶闲意趣,树条穿得锦鳞归。
(《落宝滩村居记事》)

这与陶渊明"采菊东篱下,悠然见南山",有异曲同工之趣。

其次,从诗的品格来说,芝楼的诗关注世事,垂悯生民,具有大性情,系血泪与道义之诗。

炸弹声中血肉飞,零星骸骨散周围。
痴心犹作招魂想,土掩空棺葬故衣。
(《归京纪事·其七》)

这是抗日战争期间的战争即景,淋漓痛彻地揭露了日帝的残酷与凶恶,抵得多少说教!

年荒世乱实堪哀,强把灾情报县台。
骏马如龙尘蔽日,撼人心魄吏胥来。
(《荒年》)

如白居易眼中的"黄衣使者白衫儿"一样,这样的"吏胥"是拉丁苛税之徒,对生民说来,官吏之害,系雪上加霜;虽字句冷静,实内心愤怒,系与生民"感同身受"的哀哭。

泪珠沾满嫁衣裳,祸福凭谁做主张。
一对生鸡半坛酒,随人家去做新娘。
(《嫁新娘》)

这是一首风俗诗,却是以风俗之象,抨世事之恶:揭示封建婚姻制度对女人命运的挟制,寄予了深厚的同情。

芝楼的诗,并没有流布到"文坛"上去,所以尽管他写了千真万确的好诗,却仍然是一个无名诗人。我并不为他感到悲哀,却因他而顿生感慨:

文坛其实亦是一块名利之地,名流雅士借文坛的热闹成就了一己的虚名,留给人间的却是字纸上的隔膜。真正的文学品位,正是在文坛之外。因为人生的痛痒、世事万象也正在文坛之外。文学之所以生生不息,正是有数不清的《芝楼诗选》默默地以文学的原生之态滋润着百姓的心灵,在民间得到了性情的回应。这些作品,是字纸,又不是字纸,几乎就是生民心中的丘壑,正在激越着的脉搏。这样的作品有益于"世道人心"。

所以，没有必要追慕文场上的红火，与其使作品以市场的规格风行于文坛，莫不如以血泪之痛性情之真流布于百姓心中。

1992年3月4日至5日

赠书小记

一般待客,从不引入书斋之中:若是书外朋友,引进书斋,很像一种自炫,以赫然的几架书,作一种扑面的气势,给朋友一种逼仄。这不好。不读书的人,亦很善良,亦很懂得生活。交朋友,便是交生活,交善性的悟对。书在此时,颇显多余。若是同好光临,更应紧封门户,斋门一开,不啻"引狼入室",一些"精馔"被其吞裹而去,亦是有苦难言。

有一种人,可引到书斋中来,便是后学。此中因由有二:

其一,这等后生,正锐意精进着,有很强的求知欲,与其在书斋之中坐谈,不仅可以昭示你的应该受尊重,而且那满室的书香,正是对他的一种刺激,激励他孜孜向学。这有读书人虚荣的一面,又有读书人善性的一面。其二,便是让你放心。这等后生,在你面前,尚有一些怯意,断不会贸然进入伸手索书的境地。一旦察觉他将要向你借书了,他也就要被你拒之门外了。愿二者都有自知。

日前,便在书斋之中,接待了一位小友。小友"拜师"学文有一年余,刚写了一篇得意小文。我看过,果然不错,心情便倏地好起来。"先生,我感到,所谓好文章,便是用简单写出深刻。"他说。我感到他的确有些"入道"了,心情便愈加好起来,便很漫阔地发些议论——

"什么是精神?精神就是绅士腰间的佩剑。凡常时刻,并未有几多实用的意义,但它却是身份的标牌,象征着高贵、自由与尊严;待到关键时刻,便可依仗它去捍卫,作最后的抵御。

"什么是读书?读书正是开刃的砺石,随时除去佩剑上的锈迹,使它永远放射出不钝的光芒。"小友啧啧,眼里放射着喜悦的光芒。

"什么是艺术?艺术便是对生活取一种赏玩的视角。比如用山木挖烟斗。山木是固有的质材,用来挖烟斗,而非别的器物,这便是对生活的个人取向;烟斗可以吸烟,表现出生活之实用性;但却并不满足,还要用砂纸把烟斗打磨出美丽的花纹,便可以清供于案头,作文物般的珍赏,便可以享受到一种超乎生活实用之上的不可言说的趣味。如是,生活不仅可以过,而且可以玩味。

"这里,人从实际生活的束圈中,一下子解脱出来,获得一种心灵自由,反过来,以欣赏的眼光看待生活,从生活中升华出一种超然的趣味。"

"那么,先生,艺术便是高于生活的一种存在了!"小友彻底兴奋了。

"换个说法似更妥帖:艺术,是源于现实生活,却比现实生活更贴近人性的一种超功利的精神存在。其最大的特点,便是以赏玩,或欣赏的视角看待生活。于是艺术或许不能给人以生活之实用,却大大地改变了生活的质量:可以给刻板镶一分灵动,给灰暗点一抹亮色,给苦难润一丝温馨,给绝望透一线希望……艺术的实质,便是使人远功利而亲理想,获取生活的诗意和自由。所以,一个对艺术冷落的年代,恰恰是理想失落的年代。

"什么是读书?读书在这里,便是从书本中直接借取'赏玩'生活的视角,或者培养获取这种视角的能力。所以,衡量一部文学作品的价值,便是看它是否给予了这种视角,视角是否宽阔。因此,真正的文学作品没有'时间性',不会随着时间的推移而改变价值。比如朱湘的《中书集》,沈从文的《湘西散记》,是'赏玩'生活的经典,每翻一过,都会得到独异的趣味。"

"先生,您手头有这两本书么?"小友问。

"正有。"便鬼使神差般地从架上取下来。

"可借我一阅么?"小友发一个颤怯的声音。

"送你了!惟悉心品读才是。"兴味郁勃地说。送走小友,感到有些疲倦,话说得有些多。刚要睡去,突然想起送小友的那两本书。那是自己最珍爱的两本书,在兴致之下,顺手送人,悔之正晚。想要回的念头刚一闪,便感到羞惭,高谈阔论的"师傅",怎好启口呢?便悒郁,终至彻夜无眠。

"弟子"狡猾。

1992 年 7 月 2 日

乐在其中

武断地说：读书，是让人活得更自信些更自觉些。

有没有愈读愈自卑的情形呢？

有。有时，读了真正的好书，书中的大智慧大境界，会使你感到自身的渺小。有时，陷在书堆里，不知取舍，茫然阅取，弄得神情恍惚，神性皆迷，便会感到这书愈读愈难受，无从找到精神中的那份高尚的感觉。还有社会大背景的冲击，追逐金钱者，风光闹热；读书求学问者，不仅冷清，而且贫穷，书便愈读愈疑惑。

便有场面上的人物揶揄读书人。其实大可不必，读书人多是一些心高命薄的普通人，既非先哲，亦非圣人，只是存在于读书这么一种生活方式中而已。

既然只是一种生活方式，"崇高"起来便不足怪，自卑下去亦不足怪，无怪可怪也。

被场面上的人们揶揄，读书人不必埋怨，亦不必怨天尤人，这是读书人自作自受的事。以往，读书人把位定得太高，崇高、神圣、责任等等字眼，将世人"唬"得忒甚。本来，对于书籍，读书人是接受体，是从中寻找些什么给自己；但自己还未曾"顿悟"，自己还未曾愉悦，却要急着作"授体"，去对别人说教，这是怎样的一种读书情态啊！这种情态，久而久之，被世人接受。读书人便"崇高"起来，读书人被"崇高"所累，已经年矣。于是，世人用那样的眼光衡量读书人，是取一种历史的眼光。但读书人不是还活着么？不是依然要活下去么？那么就取现实的眼光，或现世的眼光吧，虽有些失落，却不会有被"挂"起来的感觉，穷依然会穷，活得比从前要自在得多。这现世的眼光，是很通俗的一层意思，便是读书人的自我愉悦。

读书活动，书籍是客体，读书人是主体。主体之于客体，可取接受与不接受两种态度；而客体为主体服务，乃天经地义的事。这是很简单的道理，却困惑了多少代读书人！

读书人切不该再自我困惑。

所以，在书籍面前，读书人应无顾忌地择取与舍弃，索性这样，一切自由：愉悦我者，虽小著也不忍释；不悦我者，虽大论也无须顾及。

举一个人的例子。

约翰·厄普代克的系列长篇小说"兔子三部曲"在世界上有极广泛的影响，友人推荐说，读了很"过瘾"。"过瘾"两字用得好。"过瘾"是多维感受。能让人"过瘾"的书不可错过，便把厄普代克的三部曲买来。先读其第一部，即成名作《兔子跑吧》，读了十天，闷得喘不过气来。美国人生活得太"自由"，"自由"得忧伤无奈，便逃避已有的存在——不合理的逃避，合理的也逃避，逃来逃去不知为何逃避，总之活得挺糟糕。这种糟糕的选择方式，有很多暗示，但我找不出一点能接受的暗示，只是读得昏天黑地，灵与肉都很疲惫。扔下这部书随手翻到一本杂志，读到台湾蔡志忠先生的一篇小短文《生活笔记》。全文仅八百字，一下子把我整个身心攫住了。他写了中国人生命历程中的典型心理，每个字都颤动着国人的神经。蔡志忠最后说：爱你的生活便能乐在其中。

我很激动,因为只有中国人才有这样的感觉。我反复吟咏,感到读书人不该自卑下去。

皇皇巨著不如一篇小文给我的多,厄普代克被我从心里驱逐了,那三部曲后来送了人。

这很好,一个已经很穷很累的读书人,没必要撑着架子读书,乐在其中,才够意思。

1992年7月11日

与书微语

一

我与书是伴侣关系。我既不崇拜书中的大优点,也不惊奇于书中的大缺憾,只要它们默默地与我同在。让我太激动的书已没有了,只有对少年激情的回忆。书中有两个点,甚至有一个点与我共鸣,那么,这部书我便爱它。爱的书是一名私淑,挨两刀亦不予借人。书中只要有一个与我共鸣的点,便是搭起了一座幽会的亭台,静静地坐在亭台之上与书私语,好像度过了一个爱情的美妙黄昏。黄昏是我所爱:黄昏的时光,有一种把心包裹起来的感觉,多生思念,多生思慕,感到生命温暖。所以,黄昏时节,读书,饮酒,跟喜欢的女人聊天,乃三大乐事。别的,便什么都不想做了。

二

读得下书的时节,我感到活得很好:妩媚的情绪下,书页中也生妩媚;焦灼不安时,字句亦显得烦厌——书不支配我,而是忠实地服务于我的感觉。但书不是奴仆,而是知趣的一个小友,乐意为你承受。所以,喋喋不休的书是个大混蛋。白天,是一件难事,要看不愿看的面孔,要做不愿做的事;而且都须认认真真,心平气和。而暮色之中,该归巢的归巢,该归庙的归庙,连自家身后那条影子亦睡觉去了——无惊无扰,无惧无怕,无怨无恨,身心得大放松。开一盏小灯,读一本小书,开始过自己的日子。

三

突然想到"忍耐"这个词。忍耐,是柔软的生命在孤独中死去。孤独,是人与生俱来的胞衣,岁月会加重它的厚度。酒、性、烟和七弦琴是孤独的产物,当这些货色滥觞之后,就出现了书。书不像前者那样一味地稀释孤独,呈无奈之状;它还记录、解释和探究孤独,寻求孤独在人生命本质层面上的那层意义。这是个质的转变,因为书,人可以看到孤独那清俏的影子,尝到孤独那甘美的滋味,生命亦从柔软变为柔韧。生命之中,你愈是惧怕的,你愈会感到它对你的压迫。与其逃避,不如迎面而上;与其难以割舍,不如去追求。浸淫于书,便是浸淫于孤独。浸淫得久了,就再也看不到孤独的影子了。

四

爱情的欲望,是我人生的第一折磨。正如 D·H·劳伦斯所说:"当我喜欢上一个女人时,血液的感知是超于一切的。我的血液知觉压倒一切。"那时,脑的感觉已被激情冲激得一片空白,其压力引流给了血液。也就是,当我爱一个女人时,会爱得昏天黑地,眼前只燃烧着一团红色的火焰,一切功利是非皆化为乌有——激情是生命的一切,我甘于被火焰焚毁，于焚毁中得一种大舒畅。但所爱的女人呢？爱情是她的再生绿地，而不是她销魂的坟墓。自己的一味燃烧，对她便是一种大伤害。她需要的只是爱情包裹下的现世温馨，也希求一点小波澜，给芳心注以爱的新奇；但冲天的大起伏，则摧毁她生命的神经。便告诫自己，不要放纵自己的激情，不要搅扰所爱女人的生活。唯有一途，便是读书。

五

一本书，是一处长生的风景，长翻长新；一杯酒，则是瞬间的浪漫，云烟散尽，依旧空茫。对酌把盏者，其人常易；书架上的一本书，却只期待着翻阅它的主人。便有酒不如书、人不如书的感慨也：酒性易散，人性易变，只有书是永恒留驻的。我乃弱者，经不得大变迁大磨难，只好趋于书。厮磨于书籍之中，七尺血躯亦温柔如新妇；孤灯黄盏，虽苍脸瘦背，亦处变不惊——书中和着人之两极，阴与阳，血与火，文与武，于书页中得一种大和谐大平衡。毁灭了兵器，册籍却腐而不灭、烧而不绝；既然人性不灭，何惧书绝？书与人，浑然不可分也。秦始皇与毛泽东之所以不可同日而语，原因之一，便是秦始皇只兵不书，毛泽东亦兵亦书。只兵不书，只有刀与剑，没有民与心；亦兵亦书者，人伦常滋润，王与民同心。

六

我是一个对四季不敏感的人。一卷在手，哪管窗外寒暑？但却能读出四季的感觉：冬天读书，感到春天般的温暖；夏天读书，感到秋天般的清凉——心上的四季，是本性的风景，自我怡然着，不看他人眼色。于是，一本书便是一根读书人的稻草。我固执地认为：一个好读书的浪子，没有失去最后那道贞节；一个好读书的强盗，没有泯灭最后那一点良心。书是酸性的东西，把硬性的脾性软化了，把残酷的习性善化了。最后，我承认这么一件事实：我很少同别人谈论自己所读过的书，对书的感觉纯粹是个人的事；正如自己女人的种种好处，是万万说不得的。写读书札记是另一回事，是借别人的瓶子装自己的酒，卖弄卖弄而已。

1992 年 7 月 16 日

读书三境

在"世界读书日"到来之际,不禁对"人为什么读书",换言之,"读书对我们的生活到底有什么意义",进行一番思考。

思忖一番之后,感到,人之所以读书大概有这么几种目的和原因——

一曰"消闲"。正如张中行先生云:"人就是这么一种奇怪的生物,忙了他(她)叫苦,可是闲真来了,他又会闲情难忍,喊'月长似岁'。"怎么办呢?就依自家所好,想办法"消闲":可与同道饮黄酒,或串门子道短长,或网开一面与人对弈,或入歌厅卡拉OK……但诸多妙法均有局限,须有物质,须有党朋,须有这方面的技艺和兴味。若首无物质,次无党朋,又无技艺兴味,居家枯坐,便只有向书乞援。不管是什么书,只要读下去了,凝滞的时光便如涧底的暗流,兀自流走。

市井上,往往会看到摊头小贩捧花绿小报而读。那并不是在"消闲",而是在这次赢利与下一次赢利之间,用书报来平息第一次赢利的亢奋,等待第二次赢利的到来。与其说是在"消闲",不如说是在"消忙",概小贩的一种心理调剂也。

二是"求知"。这是读书的功利性所在。立身、升迁、发财、混迹社会,均要有一技之长。这一技之长,或从现实中来,或从书本中来。从书本中来,便是"求知"。所以,读书"求知"是一个中性的过程,培根"知识就是力量"并非玄谈,而是有普遍的意义在。特别声明,"求知"为社会进步的那层意思,因人人都明白,便勿用饶舌。具体地说,"求知"还有两层"雅"的境界在:一是教化,一是写作。要想说服别人,先要自己"懂",自己照"章"树典范,然后去"传授",要人遵从为圭臬,"从善"如流,尽教化之功。这种人极具牺牲精神,追求知识不是为了完善自我,而是充当"利器",可爱得令人垂泪。读书为写作者,是文人之常见病。概文人自视比凡人聪明,总觉有"大智慧""大情感"要时时遗布给凡人。其实文人亦是凡人,激情之下的话说得差不多了,也觉腹内空空,就找书本,从书本中趸些货色,仍"遗布"给凡人,始终硬撑着一种"精神师爷"的门面,虽然烦累不堪,但毕竟尽着"灵魂工程师"的责任,也是可敬的。

秦牧老先生已羽化成仙,便敢说一句不恭的话:他的"知识性"散文,到后期愈来愈引发不了读者的热情,便是他"趸卖"得太多。而冰心先生的晚年散文却能在读者中激起更大的波澜,是她老老实实地说了一些真情话、真心话。

人与书的第三种情形,便是"浸淫"。清代思想家戴震认为:"凡事皆有欲,无欲则无为矣",又说,"有欲、有情、有知"是人的本性,否认了这一点,便否认了"人之成为人"。同原始人的"食""色"本性一样,"有情、有知"亦是人的一种天性,这种天性的文明表现便是读书的欲望。只不过"食""色"的本欲无心人也可附体,"读书欲"只是被有心人延续罢了。这有心人便是历代的读书人——存"欲"为的是"有为",这是读书人的优良传统。

于是,读书之为欲,便如耽于美色一样,整个身心投入,不问功利,沉浸其中不可自拔。此境为"浸淫"。

"浸淫"是与书血泪同感——读到激昂处,慷慨悲歌;读到愤怒处,作河东狮吼;读到缠绵处,竟抚杯中月以约琴音。进到这般境界,读书之"消闲"便显得过于奢侈;读书之"求知"便显得太"隔"。此时,书我为浑然的一团,书即我,我即书;书便是生命,书便是生活。

与书"浸淫"的读书人,久而久之,自然亦必然地生出个人的读书情味,对周氏兄弟,便有喜周大先生与喜周二先生之分。"有同嗜焉"的读书人,便自然而然地成了朋友:无须金钱,无须利益,心仪之,神往之。举一自身小例:《光明日报》副刊上开了读书栏目,伍立杨兄与我一同撰稿支持。常读对方文章,便发现"有同嗜存焉",便感到亲切和温暖,感到读书人其实并不孤单,也无须自哀。便虽未谋面,神交已深。待致函问候,话语果然如经年老友,喜煞人也。

由此,文人之间,有一种因喜其文便喜其人,甚至讳其瑕疵、忌他人指摘的现象在,是一件没有办法的事。

至于普通人,在书香里浸淫久了,会有不凡的气质,会对世相有了"通透"的眼光,就少了偏执和戾气,就有了心平气和的生活态度。另外,好的书籍都心存善意,对人进行真善美的引领,让人"学好"。久而久之,人们就有了健康的情趣、好的操守和善解人意的习惯——即便不愤世嫉俗,也能洁身自好,不入污流;即便不能激浊扬清,也能善待他人。况且还能增长辨别是非的能力,自然而然地抵制消极与阴暗,有了阳光的性情。如果人人如此,社会就和谐了。所以,苏格拉底所说"知识就是道德"是对的。能够与书为伍的人,肯定是注重自我修养的人；能够以读书为重的社会，肯定会涵养出讲良知、讲同情、讲公平、讲正义的社会氛围——起到物质和金钱所不能起到的作用。

1993年4月2日一稿
2016年4月5日二稿

读书的生命感受

孙中山曾极坦然地说，他平生有两大爱，一是书，二是女人。读过孙中山传记的人，知道他是性情之子，所以，他之所说简直是在直接地告诉人们，人类最美好的情感享受，其实就在书和女人之中。或者说，书与爱人给人以相通的生命感受。

人之于书，并非天生便生一种热爱，是在反复的摩挲中生出的一种热情，这正如爱情。与一个女人天天见面，即便她有几分丑，亦会发现其几分特殊的美丽，亦会产生温暖的爱意——感情在重复的濡染中渐渐深厚起来。读书情结的形成正是缘于对书的重复接触，重复的过程使读书成为生命的惯性需要。每遇到一本书，只要有几分吸引，便自然而然读下去。

读戴望舒的《雨巷》，得出一个结论：爱情是忧郁的母语。其实，这是对爱情的生命感受理性化。生活中遇到美丽的女性，准确地说，遇到因生活的规束而不能靠近的美丽的女性，只能作为风景而远远地观赏着，便忧郁，生一种雾一般的感伤和哀愁。一个读书人，遇到一本好书，浸淫其中之后，便倍感精神之至美，而这恰是自身所不能企及的境界，便感到自身的俗屑，不禁陷入厚厚的忧郁之中。正如忧郁成熟了青年的爱情，忧郁则喂肥了读书人的心。

忧郁之人多愁善感，其内质是人的善性积累。忧郁的人也往往是善良的人，便是一件很自然的事。善良的人本能地推拒着邪恶，便与俗世的鄙陋格格不入。但忧郁的人又往往是很柔弱的人，与强大的俗恶抗争不过之后，便转入内趋，追求自我完善。这其实是一种内闭性。所以，追求纯粹爱情的人兀自作着超功利的操守，全然不顾及世人的臧否，便承受着市井的挤压，悲壮于爱情的无边的忧郁。为了一个女人值得不值得的问题，已不再为陷入爱情的善良男子所考虑——拥有一桩爱情便足够了。同样，把精神作为至高至上追求的人，即纯粹意义上的读书人，大多与世隔离，操内心的自我尺度，不谙世事。所谓书生气，概指这般行状。但与世俗生活的距离感，更使读书人冷静地审视生活，分辨出清流与污浊，才更感到书中精神的纯洁。从这个层面上说，读书人或许就是一种病态的人生，正有龚自珍"病梅之美"的意味在其中。所以，读书人不是救世者，却是一个亮丽的标本，足以证明，人是唯一在肉体之外能独立出精神生命的动物物种。

读书虽然与爱情有许多酷似的生命感受，却亦有很多本质上的不同。首先，爱情是一种束缚。作为男人，你爱上一个女人之后，你便要从生命上与那个女人作种种对应；你愈怕失去爱情，你愈要作深刻的对应，在这种温柔的束缚中，对方的意志给你强烈的左右，你几乎要失去了你自己。但在一本书面前，你可以阅读它，也可以搁置它，你始终保持着绝对的自由。即便是面对一本你非常爱读的书，随着时空的推移，世事的更迭，心态的嬗变，或许你每一次重读均有不同的感觉，但这种感觉绝对是你自己的，而不是书本强加于你的，你的主观感受自由自在地做着调整，书给了你精神自由的大快慰。其次，爱情可以发生变异。女人可以背叛，但书本却永远地忠于你，静静地等待着你翻开它，赏悦你的眼目，或安抚你受了创伤的心。

于是，真正的读书人与女人分居，只感到一时的痛苦，一进入书的世界，女人的音容便渐渐淡去了。但与书的疏离却让人难以承受：肉身呆呆地坐在那里，心却已悬浮不定，精神失去了归宿，感到自己什么也不是，庸常俗屑得难以区别于你根本看不上的市井小人。而读书人最后的一点自尊，恰恰是自己还能读得来几本书，品格借着书香获得一点点提升。如果没有这点提升，就没有了最可怜的亦是最珍贵的能支撑自己脊梁的那点良好的自我感觉。所以，一个读书人在累与病之时，不能耽读，将酷爱之书捧于面前，看几眼封面，翻读两行，才会怀着一种甜美的遗憾，把眼帘合得安然，系真实的行状。

如此说来，女人（爱情）给人以销蚀，读书却给人以提升和加固，当不为妄断。

1993 年 5 月 7 日

读书断想

一

抱着传统的读书观念，诸如获取知识、增长见识、提高修养和开启心智等等而去读书，自有严肃实在的收益在；但往往很累，往往在读书中失去了自我，被书本牵着走。其实，阅读首先应该是一种享受，应该在阅读中寻找快乐。请别以为快乐就是不高尚不道德，所有的快乐本身都是很好的，读书正是一种远离俗媚、下流或肉欲的那种真快乐。即便是人们热衷的体育运动，很少有哪项运动能让你盛年之后仍能从中获得满足；还有迷人的游戏，很少有一种游戏能不需要同伴而一人独自狂欢。而阅读却是一个人便可以独自享受快乐的游戏，这种游戏，往往愈到盛年，愈"玩"得开心。所以，养成阅读的习惯实在是受益无穷。于是，真正的现代人又有哪一个不热爱读书呢！

二

读书，自然要有对一本书的评价问题。

这里，有必要强调一句：读书的主体是人，是人在读书；人有千种，读书的感觉也有千种。所以，每个人都是他自己最好的关于书的批评者。不论学者们对一本书评价如何，纵然他们众口一词地加以称赞，如果那本书不能引起你的兴趣，对你而言，仍然毫无用处，别忘了批评家也会犯错误，批评史上许多大错误往往出自著名批评家之手。你正阅读的书对于你的意义，只有你自己才是最好的裁判。

实际上，人们读书往往不在书本本身。读书往往是为了寻找消化生活、理解生活的酶，或者是探摸从沉闷枯寂凡俗的生活中，迸发激情超拔出来的那个触点；找到了那个触点，得一次（又一次）性灵的升华，自然就有了读书的意义。

这样读书，当然很难成为钱钟书。但如果大家都成为大学者，就如同人人都把自己筑成一座巍巍的大墙，那将是一种极难忍受的人世尴尬。钱钟书是一座人类精神的灯塔，还是让他孤标高蹈，兀自发着幽幽的光芒为好。那样，人类精神才显神秘，才显高拔，才不因餍足而衰惰下来。

1993 年 5 月 16 日

夜读随想

夜读 1994 年第二期《随笔》，读到艾云的《语言与生病》。他说：

> 人健康时节的火旺葱茏，他所看到的世界的这一面只是阳，是多彩喧腾的场景，是盛宴，是欢歌笑语和幸福；而人在生病之时，落寞寂寥中看到世界的另一面——阴，看到世界的辛酸、苦楚、不幸与悲剧。一个全部的世界一旦呈现在你的面前，你就会去掉喧嚣和浮躁而进入沉稳有力的语言的大境界。

他给读者提供了一个理解人生的角度：人理解人生，便要看到事物的两面，阴阳、内外以及灵魂和肉体。由此，我想到了人与哭泣的关系。

人在悲哀痛苦中，会哭泣，以减轻心灵压迫的重量；人在意外的欢乐和幸福面前，同样会哭泣，以平抑大喜过望的激动。但人太谙熟于哭泣的表面，而未探究哭泣背后的意义。

人类，哭泣最多的是妇女和儿童。小恐惧、小悲哀、小痛苦，甚至小愿望的不被满足，都会使妇女和儿童哭泣。当这一切过去的时候，他们会破涕而笑，痛苦和悲哀不再于他们的脸上留下痕迹，他们是不会真正绝望的，泪水不会浸淹了他们的心。所以，妇女和儿童的哭泣差不多是一种本能——猿遭石击会发出哀音，老牛将烹会流出眼泪……妇女儿童的哭泣，便有动物性的成分在，无多少分量。往往有这种情形：一个饱经世事的汉子，在猝然的打击和极度的绝望面前，竟会默言无声，铁青的脸上一派苍凉。你看不出他在想什么要干什么，便感到内心震颤，因为绷得太紧的弦会爆出耄然的断音。你盼望他哭泣，人若会哭泣，心便未死去。然而，他依然沉默着，沉默着，沉默着……这非常的沉默，使你不寒而栗，你脆弱的心不堪忍受，只好躲到远远的地方去。

这是一种内心的哭泣，亦即灵魂的哭泣，泪水如盐如血滴在受伤的心上。

只有人，才有这种哭泣，它让人从动物群中骄傲地走出来。

人的哭泣，是一件不可小觑的事情。

1994年4月1日

关于读自己的著作

日前,听书评家谭宗远兄讲过这么一段文人轶事——老作家张中行每发表一篇文章,都要悉心剪下来,然后精心地放到专放自己作品剪报的大牛皮信袋里。这样的信袋鼓鼓囊囊的有好几个,每个信袋上,张老都端端正正地写上一行毛笔字:文章还是自己的好。

听过之后,心里很热,觉得这非张老狷傲,而是一种深知文章之道而敢于逆市井逆时势的个人风度,是一种对文章之途的尊仰。眼下,文章之途已不被旁人看重,文人自己再不自行珍重,黄帝民族几千年文章神圣的经久脉搏,就会在文人手中最后断了。所以,文人自重,有一种悲凉的历史感在。

由此想到自己对自己文章的态度。比如散文《悖语人生》。若归类,这篇一定要归到新潮散文中去,而且应该放到新时期新潮散文代表作之一的位置。在文章里,我极尽纵横捭阖之势,用放达不羁的语调对人生实质进行了"悖语"。文章在1989年3月号《青年文学》发表之后,收到了不少蘸着血泪的读者来信。"荷花淀派"老作家王凤梧竟对作者说:"也许我的感觉太偏颇,此文之中,每个字都是一颗思想的头颅。"许多青年甚至把文末的两个句子当成了一种人生信条。

这两句其实是我判断一个人最终是否沉沦、是否堕落的一种看家的标准——

　　最后的日子终于来临，我紧紧抓住儿子的手，缓慢而清晰地说，儿子，大胆地朝前走吧，你只须记住两点：一、不要偷别人的东西；二、不要强奸女人。

　　然后，死去。

　　所以一个书评家说："我以为当代散文彻底陈腐了，死了，没料到，还有这样生动强劲的分子在。"当时，我感到了一种瞬间的伟大。但是，面对这一重重真诚的赞美，我的回答却让赞美者愕然——

　　"其实这没有什么了不起之处，它只是酒后的产物。"

　　于是，赞美者愕然之后，便哑然，便悻然远离。怀着一种神圣感情的人，跟一个醉酒的人，又有什么话好说呢？！我心里很难受，心里骂道："操，孙子写的才是醉中乱语呢！"是传统培植的那种虚伪的自谦，毁坏了别人和自己的好心情。

　　即便现在我承认这篇文章的确是一篇好得不能再好的文章，在自己和别人心中留下的创痕也抹不去了；况且，时过境迁，精神常新，在那时是"悖语"的东西，眼下已习以为常，只留下一层敝帚自珍的孤寡味了。

　　这是应该吸取的教训。

　　某报的一位文艺记者表示要在近期采访我，如果要问，你最喜欢读谁的著作？我会毫不犹豫地说，最喜欢读的著作，一是自己的著作，二是鲁迅的，三是周作人的。这不是矫枉过正，而确系真情。其妙味有二——

　　妙味之一，读自己的著作，会感到自己曾真实地生活过。时光流逝，往事如烟，是一种必然，是一种无奈。自己的著作，即便不是不朽宏著，却也是往日生活的凝注和自己生命的刻痕。读着纸上的爱情，眼前会浮现青春的爱人迈着美丽的脚踝朝你走来，会重新咀嚼到初恋的那一份纯甘，初恋便成为永恒；读着故事里的辉煌，会回溯起那奋斗的过程，会重新闻到那时的鼻息，摸到那时的脉搏……生活是一条永远流淌的河，往昔的一切，真实而不虚妄。只要我愿意，会抓到以往的每一个细节，每一次回望都是一次再生，我愿活多少次就是多少次。今生已足矣，何须寄来生！一个官人，卸去官冕时，转身而看，一片空茫，会叹息："除了戴过官帽，一生还干过什么呢？"一个商人，当把手中的钱花光之后，会不堪回首："除了有过钱之外，我还得到过什么呢？"这也许是文人的一种迂腐的推断，但今生我不会推倒这种推断。

妙味之二，读自己的著作，会不断增强生活的自信。说小一点的。写文章时，往往感到力不从心，句子拘涩，心情抑郁。鄙人薄命非才子，吃一些个，玩一些个，做一俗物罢了。但真的自我放逐，又生虽生犹死之感。此时，若读一读自己的旧著，心情会渐渐平静下来——旧时浅薄的我，尚能写如此华文；已渐丰富的新我，岂能无惊世之佳构？便写下去。说大一点的。在现世生活中难免被人排挤，有感到事事不如人的时候，读一读旧著，心情会渐渐豁亮起来——文章之途虽不大贵，但尚有所守，还有何惧！

能说出如此二妙，感觉好极了。

1994 年 5 月 4 日

性情之书

有人说《知堂书话》是书话的重镇,读过,颇以为然。其最本质的特色,亦即价值所在,便是以人为本,以活人为本,紧贴了人性、人情而品书;品出人性、人情的真实,服务于性情和血肉,而非纲常与枯骨。

《四库书目提要》对戴忠甫的《读风臆评》颇多贬词:"是书取《诗经》加以评语……纤仄佻巧,已渐开竟陵之门径,其于经义固了不相关也。"怎个不相关法?举其对《王风·有兔爰爰》所评:"有兔二语,正意已尽,却从有生之初翻出一段逼蹙无聊之语,何等笔力。注乃云,为此诗者犹及见西周之盛云云,令人喷饭。"这里表现出的是戴忠甫对朱注《国风》的不屑。本来以生动的笔墨写生命在"生之初"的情状,却非要从诗中"犹及见西周之盛",于情大悖,非得喷饭。所以,知堂说要把《四库书目提要》的贬词当赞词看,并说:"我们读《诗经》,一方面固然要查名物训诂,了解文义,一方面却也要注重把他当作文学看,切不可奉为经典,想去在里边求教训。"还说,"中国古来的经书都是可以一读的,就只怕的钻进经义里去,变成古人的应声虫,《臆评》之类乃正是对症的药"。

知堂的话，于当今读书界仍有大益。文学的书就以文学的视角来读，非要读出文学之外的所谓意义，不说其何利何害，起码是一件累人累己的事。我们之所以还需要文学，系要读出真性情和生命本质上的脉络，用质朴去抵御浮华，以安妥我们的心灵。贾平凹说他不想写史诗，而是写心灵，所以他的作品便真实而耐读。文学本质上就是人的心迹，心迹是鲜活可感的东西，人们正是从这鲜活可感中，得到生命的验证、启动和温暖。

《知堂书话》多抄录，但无琐屑枯涩之感；细品之，无一不是他心性之所取，是真性情的转录，用古人话语今译自己心灵，而非身外的异化与教化之具。如举抄沈赤然《寒夜丛谈》卷二的两段话：

> 行吊之日不饮酒食肉，后世恐无此人。盖其吊时本无哀心，即有哀心，吊毕忘之矣。当求之眼不识杯铛而又能长斋绣佛者。
>
> 妇人及五十无车者皆不越疆吊人，今时皆然。非守礼也，盖无车者则懒于行路，妇人则惜舟车费耳。

人家死了人，行吊者却大饮大嚼，今亦成风；亲朋卒于僻壤，生前虽不疏交往，却吊者星稀。我曾为此困惑，觉人情浅薄。原来却是神经质般的无端感喟，诸种行状古已有之，缺乏的是对历史的回窥。酒肉系人之所欲，越疆无舟车乃人之所难。所发生的都属人之常情，上不得"国民性"那个层面，冠于何种微词都说明你对人性真实的无知与不察。生活中，我们所面对的多是凡人，凡人的人性虽粗粝却少伪饰，少一点柔弱的多愁善感，于心性的强健有益。

知堂还举抄沈赤然《寄傲轩读书随笔》卷九关涉"名人"的一段内容：

洪景卢谓退之潮州上表与子瞻量移汝州上表同一归命君父，而退之颇有摧挫献佞语，子瞻则略无佞词云云。此论固当，然退之岂好为诣谀者，唯生死看得太重，不觉措词过于乞怜，如游华山不得下，便痛哭作书与家人诀，亦只是怕死耳。子瞻深于禅理，故能随在洒然，然狱中二诗何尝不哀迫怕死耶。

文中说穿韩退之的毛病，还名人真实样相，乃大痛快！这样一个可笑之人而举世奉为圣贤，今人将作何想？"名"与"贵"其实是两回事：名人不尽完美，名人未必高贵；不必把其人其言当作生活圭臬，只把其作人看，作路边风景，悦目自然就悦了，动情自然就动了，走自己的路就是了。

知堂对文人的真实也有极深的相知，如举抄潘少白《林皋间集》中《至彭水复友人书》劝阻文人从军一段：

故武夫厌于铠胄，而儒生诗歌乐言从戎，实不过身处幕幄，杯旁掀髯狂歌自豪，一种意气为之耳。果令枕戈卧雪，裹伤负粮，与士卒伍，前有白刃，后有严威，未有不惨然神阻者矣。

此揭出文人尴尬状，足为今人鉴戒。知堂说："中国要好，须文人不谈武，武人不谈文，这比岳鹏举的不爱钱不惜死恐怕更是要紧。"这话移植到眼下，是否可以说："当今中国要好，须文人不谈商，商人不谈文……"文人谈商，失了静气，其文必有媚金之相；商人谈文，必操利的盈亏尺度。二者相交，将生一种什么样的人文精神，可想而知。其实，市场经济的初期，正给文人一罕遇的机会，为"清洁的精神"

献一次身，酣美的"心迹"正可以辉煌地写在历史的册页上。

不过，面对真实的生活，仍不乏以矫情、伪情和假道学面孔出现的人，我们将做如何操作，知堂抄录的《朴丽子》中的一段，正可作借鉴：

> 有乡先生者，行必张拱，至转路处必端立途中，转面正向，然后行，如矩。途中有碍，拱而俟，碍不去不行也。一日往贺人家，乘瘦马，事毕乘他客马先归。客追之，挽马络曰，此非先生马，先生下。先生愕然不欲下，客急曰，先生马瘦，此马肥。乃下，愠曰，一马之微，遽分彼我，计及肥瘦，公真琐琐，非知道者。

此道学先生真丢尽道学风光，拉人肥马，还言之凿凿，今人有为之汗颜者否？天道不外乎人情，情之不容处即是理，与情远便与道远。这等人士，就得"遽分彼我，计及肥瘦"，将肥马拉走了事。

书亦有性情。《知堂书话》乃真性情也！性情之书百读不厌，读，读，快乐地读下去罢。

1994年6月2日

爱情，忧郁的母语

天气阴沉。

在阴沉的天气，人的身心均不很舒畅：腰肢酸涩，走起路来，不跛亦跛；心里则有一层很厚的忧郁。便想排解的办法。

在凡常人家，有两种好的排解法：一是蒙头大睡；一是吆三呼四，围桌聚酌。从了几年文之后，这两种清享，都已无福消受了。首先是没有了以前无忧无虑的心境，夜里都常被失眠困扰，昼间便更难以入梦乡。其次，与人聚酌，与情趣相投者，才喝出"杯里乾坤"的晴朗和妩媚；与感知相悖者举杯，"酒里日月"总灰暗不堪。自己知道这是臭毛病，但心性使然，不好改变。又，眼下，友人们都在忙"生计"，应急的酒便不易喝起来，就干脆不喝。

排遣忧郁的方法，则只有一途，便是读一本喜读的书。

桌上原有一本余秋雨的《文明的碎片》，却正巧被一位小友借去了。案头无读得下去的书，心里倍感凄惶，就到街上去，奔小城那家唯一的书店。架上上眼的书很少，只一本《戴望舒名作欣赏》差强人意，便有些犹豫。对"名作欣赏"类的著作，我颇不以为然，对作品的体验是极个人化的，别人的感觉总归是别人的感觉，此其一；其二，是已有一本全编的戴氏诗集，只是亦被人借去，归期尚远。再看那书价，不太厚的一本册子十三元五角，价颇不菲，便坚决地走出书店的门。

走到街上，看到雾愈来愈浓，陌生人的面孔便更陌生，心头的忧郁就又加了几分。猛地转回书店，买下了那本《戴望舒名作欣赏》。

回到案边，只读戴氏的诗，任那些密密麻麻的赏析文字，如无言的蚁，从眼下自行溜过。戴氏的诗，我是读过两遍的，但奇怪地，从来没有这一刻更强烈地扣动我的心弦。他的诗是忧郁的，正契合了此刻他的读者的心情。以前读之，是怀着一种仰视的赏玩的姿态，总有些隔膜隐隐地挡在中间；今天，是在平等层面上的心灵交融，感到那个忧郁麻脸的戴望舒就坐在忧郁的微胖的我的身边。因为我们都忧郁着，开启了心灵对话的空间，忧郁便稀释了。

于是，若把一本书读得有生命，觅到一个与书对应的心情，是一个不可或缺的温床。此一得也。

戴氏的诗是属象征派的，女性的意象，被他运用得比女性本身更妩媚：

> 她默默地走近，
> 走近，又投出
> 太息一般的眼光。
> 她飘过，
> 像梦一般的
> 像梦一般的凄婉迷茫。

这样的女性，是让人从心底生出爱怜的。作为读书人，爱诗中这个意象的如梦般摇曳的女性，比爱自己的女人更多几分神清意爽的味道。我私心认为,男人看女人有"三性",即知性、感性和神性。知性,是抽象的概念的常识化的女人,这只是对性别符号的认知;感性,是对女性的实际体验,有强烈的现实的占有性;神性,包括对女性本体的圣化和对女性感情的圣化。"感性"的泛滥,会使女人沦为器具,亦会降低男人的生命、人格的档次。而对女性的圣化的那一轮"神性"的晕光,会让男人重新体验到女性那"太息一般"的美好,这是男人的自我拯救。戴氏的诗,正是唤醒男人沉睡的对女性"神性"感悟的嘤嘤笛音。此二得也。

戴氏的忧郁,在他的爱情诗中氤氲得最为浓厚。沉吟之余,便大胆地想:忧郁的母语是不是就是爱情呢?当一个人爱的时刻,心被激情充盈,眼前一片空茫,不知朝着怎样的人生境况走下去,"空白的诗帖/幸福的年岁"。当一个人失去爱的时候,感到所经历的一切都无意义,心里有莫名的悲哀、凄楚和无奈。所以,爱情其实是一种忧郁的情绪,而被忧郁包裹的心是脆弱的、机敏的,是受不得外界的刺激的。于是,对感情的过于执着,便是一种伤害,首先是伤害了自己,其次是伤害了所爱的人。爱情场中人能够明白这一点是有益处的。此三得也。

戴氏的诗读完了,天气依旧阴沉,但心灵的天空却已晴朗无云。那本书随手送给了身边的一个青年,青年很感激。他并不知道,此书在版本上对我毫无意义;它只是我在阴沉天气里买的一瓶可口的酒,酒喝完了,瓶子自然就扔掉了。

1994 年 9 月 6 日

闲读记略

一

《礼记·儒行》云:"多文以为富。"这勾画出大儒的风范。而今读书人,进入儒的境界的人几近于无,多为市井小雅,便无"多文以为富"的那个心理屏障,便被乌纱诱、被金钱美色诱,弄得心中忐忑,自秽自惭;若遇时机,便成官场中小走卒,钱场中小仆役,肉场中小掮哥。信然。

大儒大雅须有自己的品格。

郑逸梅有自己的品格:"不与富交,我不贫;不与贵交,我不贱;自感不贫不贱,就能常处乐境,于身心有益。"他有儒的风骨,心理不失衡,静对内心,写出了辰星般繁丽的文章,成为"补白大王"。他之补白,不是补字纸之空白,而是补自己时光的空白。人生无空白,便无失落,还追逐身外物象作甚?

安享于"纯洁的精神"。

二

聂绀弩以为，人在"生非生兮死非死，山非山兮水非水"之境，一样有山川日月，一样有可歌可泣的人生。这话可信。因为聂氏是经历中人：他被划为右派，在北大荒"劳动改造"过，被打成"现行反革命"，在山西坐过七年多的牢。其经历，"坎坷"二字已不能形状。却从未作自我哀怜，从悲苦中悉心体味生命的甘味，以"滑稽亦自伟"写出了乐观浪漫、浸透着生命温暖的《散宜生诗》。"它的特色也许是过去、现在、将来的诗史上独一无二的。"（胡乔木语）

其独一无二，便是苦难中的妩媚。

"生非生兮死非死，山非山兮水非水"，是吴梅村送吴汉槎流放东北时写成的句子。梅村未到过东北，把东北想象得太坏，感于自己是个文弱书生，年纪也不轻了，已吃不起陌途之苦，所以清廷要他做官，就只好乖乖地做，以免流放或入狱，不生不死。从此，作为诗人的吴梅村便塌了骨架，失了往昔那高标的风采。聂绀弩悲叹：

> 假如他早知道东北不过像我写的《北荒草》，监狱不过像我写的《怀监狱》，也许他会敢不做官，他不做官，"诗人吴梅村之墓"的碑石该要高得多啊！
>
> （《写出来篇答舒芜》）

文人的柔弱，多不是怕死，而是畏苦。苦不堪言是也。后继的文人，若心有踌躇，便读一读苦难的花朵《散宜生诗》，若依旧踌躇，索性不做文人吧。

三

"所以贵我生,岂不在一身?一身能复几,倏如流电惊!鼎鼎百年内,持此欲何成!"此为陶渊明的一番感慨。

这番感慨是人的感慨,不是隐士的感慨。

人生一世,只有一身,且"倏如流电",过了这个村就没这个店,现世人生愁苦再多,再不尽如人意,亦不可轻言出世,须好好体验一遭才好。同意徐诗荃的说法:

> 叫芸芸众生趋向毫无所得的仙佛,修往另一世界,骗去一生的精力和光阴,究竟是仙道,佛道,而非人道。而和尚道士之话,多是鬼话,不宜说给人听的。人生自有人生之价值和意味!

(《泥沙杂拾》之五)

去年的《读书》杂志颇发表了几篇关于"归隐"的文章,推崇"大隐隐于市"的观点,并以陶渊明之隐为设论之据。但作为"古之大隐"的陶潜,居然说出了如上一番极入世的话,不知论者作何感。

眼下,新旧体制交替,市声繁嚣,世相纷呈,已使习惯于旧体制的文人顿感不适。然稍感不适,便生怨尤,便觉无奈,便求归隐,透出文人的落伍与无用。若自己无真心归隐,却大作"隐"之鼓噪,怂恿别人去隐,让别人远离温厚的人类情感,在枯寂黯淡的苍茫之途作无益消磨,而自己却在烟粉纸醉中浸染,最起码,亦是一种恶作剧也。

不是不可以隐,而不是时候,须在经历了人生的大拼搏大苦难之后。"此中有真意,欲辨已忘言",对人生已有太深切的体验,对苦难已不屑作不痛不痒的评说,隐也。

四

初读汪曾祺的小说《复仇》，不禁有些惊异：那个为报父仇的少年，在寻找仇人的漫漫时光里，在想象中与那个未曾谋面的仇人对话，居然感到了仇人那不凡的情怀，以至于爱上了仇人，希望被仇人杀死。与仇人相晤后，果然失去了复仇的激情，与仇人一同开凿山路，心灵找到大安慰。

生活怎么能这样？！

巴人在其《哭》中写道：

> 有友人死了父亲，觉得非常悲痛，然而哭不出。在父亲的灵前，看亲族皆放声大哭，于是觉得为人子的自己，也非一哭不可，然而偏哭不出——越哭不出，越觉责任重大，应该哭；终于欲仿效别人哭声，进而欣赏别人哭声，忘掉了自己的悲痛。

这是个奇异的情形，然而却是一个事实：日前家父仙逝，自己正经历了这般情状，感到生活本身常出人常理，超人想象。

生活是有道理的，而又是没道理的。这是一个合理的结论。

忘却宿仇，而与仇人一同开凿山路，是没有道理的；却暗合了佛教"冤亲平等"的思想，在大慈大悲大恶大善的递嬗中，让人看到人类的希望，便又是有道理的。丧父而不哭，是没有道理的；但悲痛之巨只有自知，示人何益？况身后的责任正重，比悲痛更具实在的分量，哭不出，便又是有道理的。

大彻悟的弘一法师临终偈语仅四个字：悲欣交集。人生不过"悲喜"二字：大悲大喜，小悲小喜，不悲不喜，亦悲亦喜，悲中有喜……悲喜一世，没有例外，有什么大不了的？

必须想得开！

五

绝俗，有时是一种境界的高标；有时，却地地道道是一种自我封闭和自以为是。读马时芳所著《朴丽子》便得一例证：

> 朴丽子与友人同饮茶园中，时日已暮，饮者以百数，坐未定，友亟去。既出，朴丽子曰，何亟也？曰，吾见众目乱瞬口乱翕张，不能耐。朴丽子曰，若使吾要致多人，资而与之饮，吾力有所不给，且又不免酬应之烦，今在坐者各出数文，聚饮于此，浑贵贱，等贫富，老幼强弱，樵牧厮隶，以及遐方异域，黥劓徒奴，一杯清茗，无所参异，用解烦渴，息劳倦，轩轩笑语，殆移我情，吾方不胜其乐而犹以为饮于此者少，子何亟也。友默然如有所失。友素介特绝俗，自是一变。

朴丽子说得好。好在他懂得众生，懂得众生之中个体的我，便是：其实我与众生"无所参异"，与众生融，反倒"殆移我情"。而"友亟去"，容不得众生的嘈杂与繁乱，以为俗恶不能耐。这是人为地把自己作为个例，作为异类，与亲切质朴的众生态脱离。而俗生活是人生存的基本，没有众生态的氛围，其绝俗便无从谈起。生为俗世之人，却要厌摒息息生民，其行状，殊可讥。所谓绝俗，应该是身植芸芸众生，身披万丈红尘，却不溺于口腹情性，不动于功名利禄，独存一股清气、一股正气。绝俗其实是心性的最后一点清洁的自守，属于精神的范畴。基于此,便无须为免俗而扭捏地过日子,应率性地面对生活:吃可吃之饭,喝可喝之酒,抽可抽之烟,交可交之人……在五彩缤纷、纷繁杂沓的生态中,经世风俗雨的大浸染,经七情六欲的大诱惑,仍清洁自守,虽未曾离俗,亦有一身清爽之气和不媚不阿之态,乃真绝俗之道。

六

《常语》是潘少白的语录体文集。李慈铭《越缦堂日记》中对它多有诟病,认为满口道学,殊可厌。但那只是李越缦的个人品位,若不怀成见,潜心读下去,在道学的琐语之外,颇有耐咀嚼的佳妙处。如卷上云:

> 草木盛时,风日雨露皆接为体,及其枯槁,皆能病之,此草木气机内仁不仁之别也。

这里的"草木气机内仁不仁之别",系指内在生命质素的质量,不仅草木之事有这般规律,联系到人生又何尝不如此。俗语说:少年之时人找病,人到暮年病找人,便是此理。青春的肌体有喷薄欲出的活力,迎头的风雨恰如惬意的沐浴,在雨雾的蒸腾中,心中的躁郁正可得到淋漓的倾泻;而暮年之人,生命力退化了,生命如一豆烛火,微风便可将颤抖的焰光熄灭,老年人作一种退避与防范,乃是情理中事。所以,面对人世间的风风雨雨,激活自己的生命力和生活热情是头等要做的事。与其怨天尤人、使气斗狠,不如把恩怨、情仇、得失看得淡些,磨炼出坚强的承受力;与其事事寻找依靠与傍附,比如奢求金钱、权势和名利等绚烂的东西,不如平静地积蓄生命能量,使自己具有一副健康的体魄和强健的心智。

健康的体魄,可以在迎接物质的困窘和磨难中,更有生活的自立与自信;强健的心智,可以在抵御精神的侵害与污染中,更有内心的安妥与快乐。耕读不辍的农人,不仅积贮了稻谷,更获得了身心的健康,不会得"富贵病"和种种怪病。鲁迅那般心智强健的人,读了扶乩的书、婊子的书,亦不会成为相士与嫖客,只会更深地洞悉世道人情,更好地关照人生。

之于社会,改革开放与市场经济,不会直接制造弊端,关键在于社会的承接能力,这个道理乃不言而喻也。

七

陆放翁的随笔集《老学庵笔记》,对民俗风物有很个味的记述,堪可耽磨。最令我生出兴味的是卷八上的一段话:

> 北方民家言凶辄有相礼者,谓之白席,多鄙俚可笑。韩魏公自枢密归邺,赴一姻家礼席,偶取盘中一荔枝欲啖之,白席者遽唱言曰,资政吃荔枝,请众客同吃荔枝。魏公憎其喋喋,因置不复取,白席者又曰,资政恶发也,却请众客放下荔枝。魏公一笑。恶发犹云怒也。

魏公那一笑,是很尴尬的一笑:吃荔枝不可,不吃荔枝亦不可,一切都缘于在"白席"之上,有一群吃惯"白食"之人。

直截了当地说,无论在哪个年代,中国都有吃"白食"的人在。这是好逸恶劳的一群,凸现着人性中不劳而获的最俗恶的一面。譬如,官场身后总有一帮"帮吃者",依靠官人吃"白食",即便官人不吃,他们也要吃。一是他们吃出了习惯，二是吃"白食"已成了官场运作机制中的润滑油。没有这种"润滑"，机制中便会传出不和谐之音，官人只得在"白席"之上，睁一只眼闭一只眼。这是一种恶性循环，径自白食，白食，白食下去，世风便也一天一天颓败下去。

爱占便宜是人的一种天性，喜吃"白食"便是很自然的事。哪个官人不想吃"白食"呢？能不能吃得上，是地位的象征；能不能更多地吃上，是权力的象征。所以，事实上，在"白席"之前，官人很难有断然不食的决心。因而看一个官人做得好不好，其实很简单，就看他管住管不住自己的一张嘴，在"白席"的色香味面前，有没有自控能力。

即便管住了自己的嘴，也还有吃"白食"之嫌，因为你仍奔走于"白席"之间，仍被食客包围着，俗语道："裤兜子抹黄酱，不是屎也是屎"，你无法分辨清楚。

为了避免魏公那般的尴尬，其实很好办：离"白席"远一点。

这也许是幼稚天真之说。

1995年12月2日至4日

捡拾《杂拌儿》

日前,将机关的过期文件送到造纸厂化纸浆。化浆车间的一隅,正堆着一大堆等待处理的破旧书报。对书的嗜好,使我去做一番翻捡。竟捡到了俞平伯的两本散文集:一为《杂拌儿》,一为《古槐梦遇》。

我感到极稀罕——俞平伯以研究古典文学和《红楼梦》著称,其散文只读过那篇著名的《桨声灯影里的秦淮河》,原以为是与朱自清作琴瑟之和时的偶然之作,未想到,俞平伯本来就是一位散文家。

两本书均已严重破损:书脊里的装裱已脱落,露出灰黑的装订线。书呈锈黄色,侧边有啃啃状破裂,但未危及字面,幸可卒读。《杂拌儿》的破损轻一些,书后尚有一张版权页在。始得知,此书为1928年8月上海开明书店出版。而《古槐梦遇》的后半部,已有不少缺页,印于何时,印家是谁,便不可确知。但其版式与《杂拌儿》相同,天地留得很阔绰,竖排的行距也宽松,透出一种高贵大方的淑女气,估计十有八九亦是开明书店版。

晚间,将两本破旧集子置于案头,拧亮台灯,欲作好奇的观览。但冷眼看时,昏黄的书册,又沐以灯光的昏黄,一种神秘庄穆的气氛陡地生出来;人的心便也庄穆起来,虚躁的情绪悄然隐杳了身形,决计作认真的研读。我不禁喟叹：在古旧集子面前，自有一种做学问、搞研究的氛围在啊！

从《杂拌儿》中，我刚读了《陶然亭的雪》《湖楼小撷》《清河坊》等数篇，便深为其奇特的文风所吸引——

> 倚着北窗，恰好鸟瞰那南郊的旷莽积雪。玻璃上偶沾了几片鹅毛碎雪，更显得它的莹明不滓。雪固自得可爱，但它干净得尤好。酿雪的云，融雪的泥，各有各的意思；但总不如一半留着的雪痕，一半飘着的雪花，上上下下，迷眩难分的尤为美满。
>
> （《陶然亭的雪》）

集子中的散文细腻幽婉，于素朴雅致中有一种浑然的涩味儿。而这种涩味儿，使你不能一览无余，要作久久的回味；其感觉，若饮浓茶，嚼青橄榄，初觉苦涩，但慢慢品味，回甘袅袅，余味无穷。

而时下，很难找出这样耐人回味的散文了！

《杂拌儿》虽是二三十年代的旧作，但现在读来却有新鲜特异的感觉。于是，俞平伯的散文便不能说过时。

这便让我想到一个书之"新"与"旧"的问题。

"新"与"旧"是一对辩证，无新无旧，因旧见新。但对于真正的读书人，书之新旧，不再是一种版木学上的意义，而是心灵感觉上的意义：其内容是见惯了的，似曾相识的，即便是新出版的书，也是"旧"的；未曾体验过的，初次见到的，即便是从岁月中捡拾来的旧刻，亦是"新"书。至于文学史上的名著，之所以"万古长新"，是对人生的不同阶段和对一代代新的读者而言，这又是"新"的另外一个意义。

所以，读书人去逛旧书店，到处去搜罗旧书，并不是一种迂腐，也不是一种怪癖，而是解其况味使然。另，眼下的新书，书价涨得狠，而又多为追时尚、慕颜色的媚俗物；囊中羞涩的读书人，花有限的钱，而去买一些所谓的"过时"的书，得一些真感受，不是很划得来么？

《杂拌儿》我已读了三遍，仍不肯释手，《古槐梦遇》便暂时被"冷落"——读书人很不愿意把好读的书一下子读完，"书荒"比"饥荒"更让人难耐。

这里还要说的是，《杂拌儿》由于太破旧，书页脆弱如阶前秋叶，每翻一页，都有沫屑洒下来，便让人心疼不已，翻时就愈加小心，愈小心便愈不敢轻易放过每一个字。

于是我便想到，读书人对知识和智慧，以至于对真理的谦恭，也许便是在这样的情形下默默地形成的。

1995 年 12 月 11 日

读《郑板桥集》

读《郑板桥集》(上海古籍出版社)，以其《十六通家书小引》为诱因。小引云：

> 板桥诗文，最不喜求人作叙。求之王公大人，既以借光为可耻；求之湖海名流，必至含讥带讪，遭其荼毒，而无可如何，总不如不叙为得也。几篇家信，原算不得文章，有些好处，大家看看；如无好处，糊窗糊壁，覆瓿覆盎而已，何以叙为！

从小引中，透见板桥为人之质朴古道，为文之诚实洒脱，给人以逼人的魅力。

今人作文者众，有不少人每草草写上几篇，便匆忙成集，再匆匆乞名人要人作序，以序托文名。我有买书癖，见坊间新著如林，很是欣喜，再一看书的序，名家赫然在上，称誉之词凿凿，便将书买下。回头展卷，却不堪卒读，便弃之屋隅。我的藏书中，有不少的次劣货，概因为此。序之于书，正如眼之于人，是极该珍惜的，被虚荣名利假借得久了，便失了清澈和坦诚，便让人感到惋惜，甚至生出厌恶。所以，读到板桥小引，便被吸引，自是情理中事。

板桥集中最甘醇处，是其论读书作文之道的书信。在《潍县署中寄舍弟墨第一书》中，他认为：

> 读书以过目成诵为能，最是不济事。眼中了了，心下匆匆，方寸无多，往事应接不暇，如看场中美色，一眼即过，与我何与也。

板桥所系，即对好书须耐久展玩。其微言精义，愈探愈出，愈研愈入，无可穷尽。其旨已属不新，但他把匆匆读书比作"如看场中美色"，却如雨后新竹出，生动特别。今之市井"美人"，脂粉味浓，观其皮相皆美艳无比，若辨美人真假，那匆促一瞥便很靠不住。若为真美人，欲赏其丰韵，亦非匆促一瞥所能及，眼观总不如心仪是也。所以，读书之趣，不在眼读，而在心读。

在《范县署中寄舍弟墨第五书》中，对堂弟郑墨决计学诗之事，板桥示曰：

> 作诗非难，命题为难。题高则诗高，题矮则诗矮，不可不慎也……吾弟欲从事于此，可以终岁不作，不可一字苟吟。

这是很有分量也很苛刻的话。而鲁迅谈文章写作，也曾说过：选材要严，挖掘要深，行笔要洁。概文章大家均严格地遵奉这样的原则，以至于文章不朽。

但以这样的原则为圭臬作文，作为文人，须有大毅力，耐得住大寂寞，要吃很多的苦头！目下，追求物质的人多起来，文人也有些贬值，文人的心难免要浮躁；好在报章杂志林立，发表文章不太难，得一些虚名也容易，这对文人是个安慰。但寻求安慰之途有多种，何必依仗穷酸的文途？所以，要做文人，还要有大理想，还要把境界超拔起来，还要磨出好文章。好文章是文人的命根子啊！做不出好文章，莫不如做个好商人，好商人不也很让人尊敬么？！

郑板桥对于"文章"，有他极个性的主张。他认为，"文章"要体现"圣贤天地之心，万物生民之命"，不是徒托空言，就能为社稷民生解决问题的。只有"敷陈帝王之事业，歌咏百姓之勤苦，剖析圣贤之精义，描摹英杰之风猷"，这才够得上"文章"。他曾不止一次破口大骂一班不务经世之学的文人才子："凡能谓锦绣才子者，皆天下之废物也！"并说："古人以文章经世，吾辈所谓风花雪月而已。逐光景，慕颜色，穷嗟困，伤老大，虽刳形去皮，搜精抉髓，不过一骚坛词客尔，何与于社稷民生之计，三百篇之旨哉？"板桥的话不无偏激处。但做文章，着眼经国大业，反映时代大潮；贴近万物生民，歌咏百姓勤劳；不做浮飘文章，不无病呻吟，不自哀自怜，当应俯身掬心而取之。

另，看不起"锦绣才子"者，非板桥一人，历来为世人诟病。这并非公允：文章不一定都要"经世"，不经世的文章，只要不谬，便有对人伦世情滋润的作用在，"锦绣才子"便仍有存在的必要。但若"锦绣才子"入世一些，感情"粗粝"一些；而一些陷入物欲声色，渐渐走向感情荒漠的所谓世人，心中多一些"锦绣"之气，我们的世界可能会更美好些。

1995年12月17日

旧书小识

对开明版的图书，我情有独钟。尽管开明版的书册，其文质亦不甚齐整，但读开明版的书总会有实实在在的收获，使人不忍与之作交臂之失，随见随买，积了相当的数量。余生也晚，开明版的原版书便收藏得极有限，仅有知堂老人的几本集子，计有《看云集》《谈龙集》《谈虎集》等五六种。这缘于我交际的广泛。为广识人间情况，我力求自己入世一些，概有"什么烟都抽，什么酒都喝，什么饭都吃，什么人都交"的行为原则。交的人便杂，无论身份，无论性别，无论年龄。知堂集子的原主，系一个戴姓的老翁。他是一个名牌大学历史系的高才生，由于迂执，其学业、官位也没有怎么彰显过。到了晚年，便更加疏懒，抽几支劣质烟、作漫无边际的清谈是一大爱好，但固定的听众似乎仅我一个。感于斯，他从书柜的最深处，抽出几册发了黄的知堂原刻，郑重地交给我，以示知遇之情。

虽原版不多，但翻印、影印本和重版本却多，足以窥识开明图书的内在情性：朴实、扎实及充实。一个"实"字，正是读书人求之所在，爱上这样的版本，正是情理所在。

所以，开明版图书，在我这里虽系旧书，却多为新刻，翻检之际，感受文化延续不息的脉搏，生出许多无边际的感慨，随手记之，以备忘。

《燕知草》

《燕知草》的书名，是作者俞平伯从自己的诗句"而今陌上花开日，应有将雏旧燕知"中胎生而出的。书前有朱自清的序，书后有周作人的跋，甚是堂皇的一个阵容。开明版图书，尤其是散文集，一本书的前后序跋均全，甚至多人作序多人写跋，形成一种特别的规格。这种形式，给人以团团的文气，直让人觉得，其实文气，或曰文化，是由众多文人簇拥着、共同呵护着才可以形成的；个人的作为，实为群体构建中的一个材料，一个被珍视着、不可或缺的材料。这种文人相濡以沫、气息相通、互相呵护、共荣共生的传统气韵，至今已淡了许多，让人不禁生一种对昨日的艳羡与敬慕。

俞平伯的散文，是一种独特的文体。正如周作人所说：

> 以口语为基本，再加上欧化语、古文、方言等分子，杂糅调和，适宜地或吝啬地安排起来，有知识与趣味的两重的统制，才可以造出有雅致的俗语文来。

这是概括精当的话。雅致，是俞氏散文的底色，文句的曲与涩，使其文境耐人反复寻味。所以，没有一颗入定的心，或曰一颗禅心，是读不出真趣味来的。市井之人与俞氏散文相隔膜，便是一桩极自然的事。

他的《眠月》中有一段话：

若以我的意想和感觉,唯平淡自然才有真切的体玩,自信也确非杜撰。不跑野马,在月言月。身处月下,身眠月下,一身之外以及一身,悉为月华所笼络包举,虽皎洁而不睹皎洁,虽光辉而无有光辉。不必我特意赏玩它,而我的眠里梦里醉时醒时,似它无所不在。我的全身心既浸没着在,故即使闭着眼或者酣睡着,而月的光气实渗过,几乎洞彻我意识的表里。它时时和我交融,它处处和我同在,这境界若用哲学上的语调说,是心境的冥合,或曰俱化。

这种"心境冥合"之气,几乎氤氲于《燕知草》中所有的篇章,攫人心神,让人感到文心之温暖。汪曾祺、贾平凹,可能还有一个何立伟,虽然诸公没有明确的言辞以表明,其"文韵"受俞氏影响之深,还是不难感觉得出来。

朱自清散文贵"情",周作人散文贵"雅"。俞氏正是对二者作了无意识的"交融",雅致得情意深含,吟之哦之,咏之玩之,暖透身心。

《旧戏新谈》

知道黄裳的这部《旧戏新谈》,是读了《晦庵书话》之后。唐弢在书话中谈及这部书,说其所涉虽是旧戏,重要的却还在新谈:

> 一提到新谈,在这门上,作者的成就可就绝了!常举史事,不离现实,笔锋带着情感,虽然落墨不多,而鞭策奇重,看文章也就等于看戏,等于看世态,看人情,看我们眼前所处的世界。有心人当此,百感交集,我觉得作者实在是

一个文体家,《旧戏新谈》更是卓绝的散文。

便留心这部书,搜寻经年,终于在一个王氏的个体书摊上见到玉颜,摩挲那朴淡的封面,心热眼酸,落泪一二滴。

挑灯夜读,果然如唐公所言,系"卓绝的散文"。

文中对戏的评论,笔笔精当,句句扎实,让人觉得作者是作为一个研究旧戏的专家作行当里的评判。但其更大的魅力,却正在于他跳出戏评自身,以"舞台小人生,人生大舞台"的立足点,对现实与人生的批评与"鞭策"。唐公之言凿凿。

譬如对俞派(菊笙)名剧《金钱豹》的评论:

多少年来,我们也看了不少这种活剧,妖怪作祟,社会哗然,大加检举,然而只要是"太上老君"或"观音"的坐骑,后来大抵无事,只有小妖颇有不少牺牲于金箍棒下。

又譬如在《空城计》的评文之中:

政治家是可以说谎的。然而这却并非职业。偶尔说一次谎是天才,以说谎为家常便饭的则不免为蠢材了。《空城计》偶尔一演,精彩不凡,每天都在摆空城计,即使真的"妖道",恐怕也要不得了也。

所以,《旧戏新谈》真正让人会心处,是这些与史与世贴切得当的妙论。与其说它是一部剧评,或散文,莫不如说它是一部笔锋流转,文意曲婉,然而却让人悟得明白的杰出的政论。

旧戏仍在重演,"新谈"的意韵便袅然不绝。

《蛤藻集》

《蛤藻集》是开明书店印发的老舍的小说集,计短篇六、中篇一,系在青岛写成。因临近海边,老舍常携其女在沙滩上散步,随手捡一些蛤壳与断藻,一表示随意,二表示谦虚,名《蛤藻集》。

坦白地说,集中小说不是老舍先生卓越的小说,亦看不出老舍作品后期的风格,取"蛤藻"名之,可见老舍心怀的坦诚与人格的谦实,不免让人生出敬意。

读了集中的小说,知道老舍还写过这些东西,便足矣,没有更多的评说。只是由此引发了一个题外的臆想,便是作家与环境的关系。

作家与环境的关系是一种宿命关系。

老舍注定要在北平的四合院里,写出杰出的京味巨著《四世同堂》;青岛作为他居留的驿站,只能拾捡到"蛤藻"。

梭罗因为数年孤独地居停在瓦尔登湖畔的小木屋,才有宁静而幽深的思想巨著《瓦尔登湖》。

屠格涅夫一生漂泊不定,但无论是在彼得堡和柏林求学期间,还是日后长期的域外侨居,每年短暂的夏秋两季,他都要回到自己的庄园写作,直到他的晚年。屠格涅夫病逝于巴黎,他在庄园的大门上留下了一句话:"只有在俄罗斯乡村中才能写得好。"

我出生在偏僻的山区小垭,那里盛产酸涩的土杏。我是嚼着酸杏长大的,有了一个好胃口,便有能力消化生活中的一切滋味,写出的文章便于酸涩中透出乐观温暖的味道。有人说我是"善于忘却苦难",其实,生活本身便从来不是一个绝境,土杏再酸涩,不是还可以咀嚼一番么?!

后来,我到了一个小城,开始感到忧伤。因为离开了原来的那个生存环境,一切皆显得隔膜。一天在集上走,看到了故乡的土杏居然卖到了小城的市面，顿然感到自己并没有走远，自己生命的根系仍暗暗地吸吮着故土流渗而下的养分；一颗年轻的心，便自安定于市声的繁嚣之中，一笔一笔地写土地上的事情，一笔一笔地探究生活之中属于本质的东西。

我心安于有土杏可嚼的环境。

有了心安的环境，便能在孤寂而温暖的灯光下，一本一本地，以欣悦之情，以无欲无怨之境，翻阅开明版的"旧书"，在"旧雨"中求"新知"，渐渐觉得自己也有一定的境界了，偷偷地笑起来。

1995 年 12 月 28 日

成人读物:《增广贤文》

《增广贤文》是旧时蒙学丛书的一种,汇集了经年的格言谚语,世人奉为圭臬。蒙学,自然是开启蒙昧童子心智的教程。《三字经》《百家姓》《千字文》等蒙书,以朗朗上口的韵文形式,为童子识字提供大方便。《三字经》《千字文》虽亦杂以义理,却并不以教化为主,韵文的内容隐化为一种形式。但《增广贤文》却是旨在教化的,"昔时贤文,诲汝谆谆"是也。

童子,乃人生初始,用自己的双眼于混沌朦胧中,渐渐地认识人生、社会和世界,逐渐形成自己的人生观、世界观,是一种自然的健康的人性认识进程。当然要加以诱导,诱导是在尊重童子这一认识主体上的一种点化,而不是强迫。而《增广贤文》的内容是成人人生经验和体会的集大成,是经历代大学者搜编完善,代表成人意志的东西。若灌施给童子,在儿童刚开始人生摸索的时候,便不由分说地告诉他,这个可以,那个不可以,便懂得"逢人且说三分话,未可全抛一片心",挟制给儿童一个人为的现成的人生轨道,先天就"规范"了儿童的生活,将儿童自己体知世界的那一份自由强行剥夺,实在是一件极其残酷的事。

炎黄后裔，墨守成规，不求进取；重书本不注重实践；多附庸，少创见和个性，由此使然，亦未可知。所以，言为启蒙，实为蒙昧，害人不浅。作为家长，在孩子未有独立认识之前，我是万万不给他读这种货色的。

但并不是就此否定了《增广贤文》的认知价值。它毕竟是历史形成的一部人生教科书。作为成人，读一读，可以洞察民族心理生成的繁复过程和国人认知社会、人生的心性和习惯；可以在稔知旧人格的基础上，创建新人格。退一步讲，《增广贤文》亦是了解国情、民情和人情，作人生借鉴的现成读本——

> 有钱有酒多兄弟，
> 急难何曾见一人。
> 人情似纸张张薄，
> 世事如棋局局新。
> ....

不管"世事"如何翻新，人情纸薄终是人情很自然的一面。古人尚有清醒的认知，况"黠慧"的今人？遇到看不惯的人和事，看得开一些，取一种超然心态，亦非消极。

> 流水下滩非有意，
> 白云出岫本无心。
> 当时若不登楼望，
> 谁信东流海样深。
> ....

世事发展有其不可把握的因素在。但就是在这种率性发展中，有许多稍现即逝的触摸点，即"机遇"。所以，为人处世不可强求，须顺其自然；但又不可持无所作为的人生悲观，要善于把握世事在无意间为你提供的机遇，宜破则破，宜树则树。"运去金成铁，时来铁似金"，"时来风送滕王阁，运去雷轰荐福碑"。古人所讲的"时"与"运"，应作如是解。

厌静还思喧，
嫌喧又忆山。
自从心定后，
无处不安然。
....

"离境羡境，当境厌境"，人的欲望无边，便总有两难境界。钱钟书对此有精辟论述，可翻检垂看。声光电色炫迷眼目，名利宠辱撩拨五内。此番情境，今人尤甚。古人已开"心定"药方，今人则应大剂量服之。再红艳的酒，其根性亦苦；再团圆的秋月，亦有缺残，求全求满几近愚昧，"心定"有时与"差不多"是一层意思。要想"心定"，就须特别关照你的内心。"肉体在欢笑，心灵在哭泣"，心是如何也定不得的。使心灵欢笑，便不能不学习：在享受酒肉，翻看花绿杂志的同时，亦读一些探讨生命本质的书。"学者是好，不学不好。学者如禾如稻，不学如蒿草。"

成年人研读一下《增广贤文》，在明白之后又多了几分明白。

1996 年 1 月 8 日

我的工具书

我所谓之工具书，系指在写作时遇到写不上来的字、词时，随时查阅的字（词）典。

我曾经有过一部《辞海》，一个教课的先生表示歆羡之意，不愿让其扫兴，便慷慨地送给了他。所以，至今我只有一部《汉语小词典》。

《汉语小词典》，上海辞书出版社出版，1979年10月初版，小三十二开本。我手上的这本，是1980年2月的再版。这本词典，已跟随我十六个年头，书页像秋叶一样黄脆不堪，低头嗅了嗅，有一股拂不去的腐味。

外人见了，以为是一部了不得的古籍，弄清是一部非常普通的词典，便喟叹不止，称其主人之勤奋。说勤奋，我不认为是在赞誉我的学习与工作精神，而是道出了我的生命状态。十几年来，我正是在一种苦读与苦写中度过的。

十几年来，正是这部词典，陪伴我构筑了自己的精神空间，提升了尚未流俗的生活品位与生命档次。它像一个荆钗布衣的村妇，兀自沉默着，却知我之所需所欲，适时地斟以苦茶与佳酿，给我的生命以滋润。所以，我虽不以它为荣耀，并不像热烈地爱一本新书那样爱它，却有一种笃定的依赖与眷恋。我离不开它。所以，我完全可以买一本内容完备、印制精良的大词典，却没有买。这部旧词典身上，有我生命的温度与思想的印痕。

它的扉页上，我粘贴着一小帧鲁迅的画像和他的几条格言——

哪里有天才，我是把别人喝咖啡的时间都用在工作上的。

伟大的成绩和辛勤的劳动是成正比的，有一分劳动就有一分收获。日积月累，从少到多，奇迹就可以创造出来。

时间，就像海绵里的水，只要愿挤，总还是有的。

倘能生存，我当然仍要学习。

只看一个人的著作，结果是不大好的：你就得不到多方面的优点。必须如蜜蜂一样，采过许多花，这才能酿出蜜来，倘若叮在一处，所得就非常有限，枯燥了。

这充分反映了我对鲁迅先生的崇拜，以及要向鲁迅那样为人为文的决心。所以，我写作初期买的第一部作家的全集，便是《鲁迅全集》。《鲁迅全集》之于我，不是用来装饰门面，是实实在在的受用。十几年间，鲁迅的全集我前后阅读了三遍，对提拔我的人格与文格，发挥了极大的效力。

在词典的封二上，我粘贴了一幅油画，系赵大陆的《悟》。这是从《文汇报》上剪下来的一张人体画。画面上是一个全裸的女体，跪在一张蒲团上，将整个背与臀展示给读者。女体的背丰阔而平匀，臀则肥腴而滑润，一条粗粗的长辫垂在深深的腰窝上，是一具充满力量、健美无比的女体。我折服于画的意象，即之于人类肉体的健美，只是物种优越的一个象征；而不断感悟、不断思索，追求灵魂与精神的强健与超拔，方使人类真正得以神化与圣化。换言之，一个人，以健美的肉身，追求健美之精神，做到灵与肉最完美的统一，才真正完成了大自然赋予"人"的使命。

另，健美的女体总是与茁壮的生殖力，即创造力联系在一起的。所以，每在写作之前，看上两眼，都会产生一种莫名的生命温暖与生命激情，创作的情绪便被激活起来。

我总是想：一个人，如果有一具健美的躯体，便一定要有一个健美的灵魂，这叫人类的完美；一个人，如果没有一具健美的肉体，便一定要有自己强健的思想，这叫人类的高贵。

既没有健美的躯体，又没有健美的灵魂与思想，这叫人类的虚无。人类的虚无，本质上是对"人"之物种的亵渎，是对生命进化的反动。这样的人类应该遭到大自然的淘汰与唾弃。

还是词典的扉页上，在鲁迅格言的一上一下，我抄了两段话。这一上，是大学问家郑逸梅的座右铭：

不与富交，我不贫；不与贵交，我不贱；自感不贫不贱，就能常处乐境，于身心有益。

这一下，是北京人艺著名导演、剧作家梅阡的一段鲜为人知的话：

大事小事看担当，顺境逆境看襟度，临喜临怒看涵养，群行群止看识见。

这两段话，当时抄录的时候，未必有太深的用意；但今天再放到一起看，却可以品出深厚的味道：不是要追求健美的灵魂与思想么？就要有独立的人格与襟抱。

　　这两段话，正是一个思想者、创造者应该具有的操守。于是，这样的抄录，正是一种天意！

　　我还想要说的是，这部词典的每一页，其天与地的空白处，几乎都有抄录。这些抄录不是什么格言与警句，而是报刊的名称、主编、责编的姓名及详尽的通信地址。一部词典已衍生出一部《投稿指南》。正是循着这部"指南"的指引，我在近百家报刊上发表了近二百万字的作品。所以，这么一部与生命和创造同在的工具书，一定能继续陪伴着他的主人，走向时间的深处，走向生命的再度辉煌。

1996 年 2 月 8 日

品茗之外

董桥有一篇名文《我们吃下午茶去》。一读觉得散淡,再读便感甘醇,三读则感人生如饮茶,最无聊时才可品出真味。

茶也可以称之为文化,自然就要讲究品茗正道。董桥讲他的一位长辈跟他开茶的玩笑:"茶叶虽好,用煤气炉代石灶,不锈钢壶代瓦锅,自来水代名泉,自然不免大煞风景。"看来,茶里濡浸的是一团怀旧情绪,以回忆中的温馨化解眼前的不快。茶对失意人有特殊的益处,满面春风的人不免要去喝咖啡。

茶是人情的缩聚。小说家费尔丁说:"爱情与流言是调茶最好的糖。"这正说明茶最能在幽微之中掀起人情的波澜。而人生劳顿的那点闲暇,多半是用来喝茶,以"疗养名利野心逼出来的创伤"。所以喝茶并非身份的标牌,尽管不同人喝不同的茶,但茶中都融入了各自的人生况味,是相同的。讲茶道的是少数,大多数人是以茶味伴茶趣,作半刻人生享受而已。

书生在喝茶时不免要读几页书。书香伴茶香,是书生唯一比众人多的一种滋润。眼下正喝着一包廉价的茶叶,却读到了一篇令人惊警的文章:《小男人文学的趣味》,作者辛丑。

作者的本意是贬抑"小男人文学"的，不经意间却给"小男人"画了一尊像：

> 在我们这个时代……人们已经对大写的"人"下了死亡判决书，启蒙主义死了，人道主义死了，知识分子死了，更不用谈"理想"与"精神"了，你要不死你就成了堂吉诃德。这一切都是陈旧的必须被超越的东西。小男人则代表这种超越的精神，朝着解放的大道快跑。
>
> 说小男人是世俗主义者并不对，他们只对女人感兴趣，准确地说，只对女人的身体感兴趣。性生活是他们的主要生活，不过他们无意于赞美、歌颂它。至今为止，他们还没有对性生活作出像样的赞美诗。
>
> 有人称小男人是流氓，我不同意。在我看来，流氓的格局比较大，小男人最多属于偷鸡摸狗型的，没流氓凶悍，用流氓这个词显得夸张了点，也太愤激。更主要的区别在于：流氓天性草莽，小男人则比较敏感，会思索，有悲哀，有世纪末情调。小男人对性之外的东西提不起精神，因此有孤独意识；小男人崇尚个人自由，这一点可以被大书特书；小男人无精神家园可归，透着几分后现代气息。这一切在流氓那里并不存在。小男人会作抒情状，流氓不会。当然，小男人的情感归根结底还是与女人的大腿有关。小男人最快乐之处是勾引了朋友的老婆，最慷慨之处是把自己的情人赠送给朋友，小男人在没有钱找女人的时候，也会惆怅莫名。

辛受对小男人的描述，虽然有些刻薄，但却很酷肖，有入木三分之感。将其与流氓作比，则更看出小男人在人间的危害——

因为小男人比较敏感，会思索，会作抒情状，便会给人以好感，人们不会像躲避流氓那样躲避小男人，小男人生活在人们的情感圈内，其"世纪末情绪"便潜移默化地被人接受了。

因为小男人有孤独意识，崇尚个人自由，便会给人以自尊的表征，赢得人们的广泛同情。人们痛恨流氓，却尊敬小男人，其"偷鸡摸狗"的"快乐"与"慷慨"，便怡然地滋生在法律的不拘与人情的不察之中。

从思绪中梳理出来，几上的茶已凉得透透，再喝，则品出极深的苦味。所以书生边饮茶边闲读的习惯，其实并不是一种好习惯。董桥是个聪明的文人，饮茶就是饮茶，用扑鼻的茶味温暖那团无聊的情绪，将心放得散淡和安适；即便是想一想，也是有趣的文雅事。

想一想，鲁迅与周作人还有个细节化的不同，即周作人会饮茶，而鲁迅则缺少那份茶味中的闲情逸致。周作人，尤其是晚年，沉浸在"小男人情结"中怡然超脱，作有"档次"的玩味；而鲁迅则在与"小男人情结"的斗争中，张扬大写的"人"字，尽人伦与社会的责任。鲁迅手中的那杯茶，才确实有无尽的苦味。

所以，喝茶喝到讲究茶道的时候，不免要生出怀旧情绪。人人都有那么一点"小男人情结"，喝茶喝到情浓时，也未必能"疗养名利野心逼出来的创伤"。因为自觉地追求人生品格的人，也正厌恶着自己身上那一点点"小男人"习气。

1996 年 2 月 14 日

读伟人书信有感

读书人逛书店,总不会空着手出来。此论若是有人站出来怀疑,那他本人肯定不是一个真正的读书人。这是聊以自慰的话,多少有一些感情因素。

那一日,到区中心新开业的新华书店大楼,感到大楼内颇有书城逼人的气势,不禁兴致盎然。但所售之书,追时尚、刺感官的货色居多,为严肃的读书人所不耻。好歹有几册上档次的书,却是被过分包装了的、有极强的盈利味道的选本:几个老面孔作家的作品,东选一篇西选一篇,冠之以"经典",其实,多为凡常之作。看到市场经济中的浮沤,居然会在精神的"圣地"如此彰显,不禁心中嗒然。

在将要空手而归的时候,在书架的一角,见到了一本《毛泽东书信选集》。内心倏地漾起一股温暖,毫不犹豫地买了下来。

此书系人民出版社1983年12月版,一般的纸质封面,白底色,印着几枝浅黄色的梅花,恬淡、质朴、大方。书为初版,六百多页的书仅一元八角五分,为意外的收获。

《毛泽东书信选集》的出版消息早就获悉,也读了好几篇书评,之所以十四年后才得到原书,概因地理位置偏僻。在偏僻的地方,社会和经济均不发达，自然就谈不上文化气氛和文化层次。上档次的新书几乎就没有莅临的可能，只是一些供消遣的低俗读物，抚慰着劳碌而质朴的人群。

由此推之，大力发展经济，物质文明得以发达，才有文化建构的基础。读书，说来说去，属于有特殊质材的人，属于生活过得有些余裕的人。大众的读书风气必然要建立在生活有保障的前提下，大众的读书趣味取决于物质文明的发展层次。几位精神的"斗士"，在书房里发着喋喋的感慨，认为都市里物质高度积累起来，精神却急剧"滑坡"。纯洁我们的精神，首先要反"物欲"，反物质。其心情可亲可感，但总觉书斋味忒重。

都市的物质文明较乡村发达是一个不争的事实。但多少有些"泡沫经济"的味道，尚未走上健康发展、惯性发展、高度发展的轨道。表面繁荣的背后，是物质的匮乏，物质文明远未达到我们希望的层次。西方发达国家的物质极大地丰富了，而文化层次并未被"物的享受"腐蚀得多么低下，可以说亦是一个不争的事实。

由此，在偏僻落后地区，做个纯粹意义上的读书人，是一件很艰辛的事。更需要精神的自持和生活的自守，其价值所在，系更深刻地表达着生命的高贵。这大概不应该算是题外的话。

伟人的书信集，是一气读完的。读得五内俱热，眼窝湿润。因为，从书信集中，读出了伟人比常人更深更厚的人情味。换言之，从书信中，让人感受到了，伟人那凡人不可比肩的人性高度。

如1965年7月18日他对美术学院要开人体课给陆定一、康生、周恩来、刘少奇、邓小平、彭真六人的信：

此事应当改变。画男女老少裸体Model是绘画和雕塑必须的基本功，不要不行，封建思想，加以禁止，是不妥的。

即使有些坏事出现，也不要紧。为了艺术学科，不惜小有牺牲。请酌定。

读伟人的典籍，是接受教化之功，意在"改造我们的思想"，不敢有一丝不恭与懈怠，精神不免紧张。而读其书信，是读他广阔无比的生活，是体味他待人接物的人情厚度，是感觉他息息不泯的生命温暖。而生命温暖是人的，不是神的；是可亲可感的，不是形而上的，便身心愉悦而舒弛，甘心沉浸于伟人气韵的濡染。

因此，拒绝说教，不该拒读伟人的著作；提高生命质量，细品他的书信更加切要。

1996 年 2 月 19 日

品书悖识

一

　　意大利昂贝托·埃科的《玫瑰之名》，被国外评论界称为"最高级的惊险小说"。但读后却颇不轻松：作品中杂以大量神学的、政治的、历史的论述，描绘了人类诸如疯狂、残忍、欺诈和自私等等罪行。丑恶的人，自然逃不出这罪行的"窠臼"，然而，让人不可接受的是，这些罪行往往大量地存在于善良的人们中间，这便引起对人类病症的思考——人类所犯的罪行，不仅来源于人性的恶劣，也来源于人类的美德，如对真理的执着和热情也会导致灾难。这或许是由于真理常常伴同谬误产生，并不泾渭分明如纯净透明的冰晶。

　　当对真理的极度热爱和虔敬追求变得狂热与偏执之时，寻求真理的热情往往就变成了掩盖真理的疯狂。这一点，我们可以从自己民族的劫难中得到验证。因而要特别注意书中的一句话："唯一的真理在于学会使自己从对真理的疯狂热情中解放出来。"

　　追求真理的人，更需要冷静和理智。

二

读王润生《我们性格中的悲剧》，可以帮助我们认识文人的清高。

文人的清高，之于人格层面，是理想人格与现实人格发生隔膜和冲突的产物。

理想人格是人类精神的高度凝聚，历代的思想家肩负着理想人格设计的使命，身体力行之，在人类精神的发展进程中，树起了一块块丰碑。理想人格以"虽不能至，然心向往之""朝闻道，夕死可矣"的特殊功力提升和矫正着现实人格。中国文人从小就读经史子集，耳濡目染的均是"圣人之言"，久而久之，便不自觉地以书本所描绘的理想人格自居。但环顾左右，都是活生生有欲望、汲汲自营少管他人且情感日趋"功利"化的感性人，心灵便遭到重创，心境便大失衡。然自身修养的惯性，使文人不甘"沦落"，便满怀忧怨自我恪守。所以，清高，是文人操守的最后一块盾牌，可怜可叹，但悲壮。

理想人格设计的起点是现实人格，只有把握了现实人格，才有可能了解两种人格的差距，才有可能确定人格改造的重点，同时也才有可能分析和论证在现实中提倡理想人格的必要性和可能性，找到提升现实人格的有效途径。所以，文人从书斋中走出来，与现实进行交融与沟通，并不是一种简单的"入俗"，而是一种剔除酸腐与迂阔，建立健康人格，更加意气风发地弘扬人文精神的必备之功。这是一种常识，可惜，常识是最易被人忽视的。

三

前苏联帕乌斯托夫斯基著的《金蔷薇》(又译《金玫瑰》)，是一本能与青春伴枕的书。书中把爱与苦难的那层关系阐述得荡气回肠，致使一个叫冯蓉的湘江女作家，在泪水中一口气写了本名叫《流年似水》

的有关情感的散文，我亦含泪给她写了序，对爱有了深一层的理解。

爱，在这个世界中有两种存在：一是现实中的爱，一是想象中的爱。爱在社会的自然构成中，显得最没有力量，甚至产生歧义和痛苦。美国著名剧作家阿瑟·密勒曾与美国性感明星玛丽莲·梦露结缘，他深爱梦露，却惑于梦露性感明星的社会存在。他很坦白地说，他渐渐发现，如果他确信梦露的清白无辜，就不免失去对自己的信心。与玛丽莲同居的那几个年头，他简直没有什么创作。对一个艺术家，这种苦楚是最难以忍受的，他们终于分手了。安徒生曾为了想象中的理想之爱而放弃了争取现实之爱的努力，因为现实之爱是最经受不住摧残的。"只有在想象中爱情才能天长地久，才能永远围有一圈闪闪发亮的诗的光轮。看来，我虚构爱情的本领要比在现实中去经受爱情的本领大得多。"但是，愈是想象中的、理想的东西，愈没有力量。为了爱的实现，就应当让想象让位给现实。这是一个何等悲惨的悖论！在这个悖论面前，人很容易向现实俯首屈就，最终把爱判为"无用"对象。

索洛维约夫和舍勒尔这两位俄罗斯和日耳曼的伟大思想家，亦都一再强调过精神的、爱的东西的孱弱。精神之为精神就在于它全然不具有任何威力和强力。问题在于，我们是否应该因此而否定精神和爱的价值，把决定世界价值形态的权力拱手交给所谓永远有力量的现实历史法则。回答当然是一个坚定的"否"字！生命的意义就在于把自身的强力奉献给精神性的孱弱的爱。与其相关的，我们就可以领会耶稣十字架受难的意义。它的启示在于：爱的实现是与受难和牺牲联系在一起的，这是爱要得到的遭遇。

基于此，敢于为爱献出世俗所有的人，的的确确是了不起的。对这样的人，我们应给予足够的敬意。

1996 年 7 月 23 日

当代人的两本书

《走窑汉》

《走窑汉》(文化艺术出版社，1991年9月版)是刘庆邦的短篇小说集，收小说十六篇。

这部书是在地摊上买到的，书的成色已旧。看来摩挲过的人不少，但都没有下决心买下它。它是一部严肃文学著作，即便涉到诸如性、偷情等足可撩人的方面，亦用很含蓄的笔法加以处理。不是真正的读书人不会真正被它打动而动了买它的念头，这是很自然的事。

以为很旧的书会打折来卖，摊主却坚持原价出手。感于书的命运，便没有同他讨价，凄涩地笑一笑，将书买下了。

便立于书摊的边上，就着浓酽的夏阳展读。作者的序很抓人眼目，以至于一经展读便不忍释卷，久久地站着读，惹摊主惊叹不止。

那个序实写作者幼年的经历，并不涉及书中任何一篇小说，却让人明晰了他的世界观及解析人生的角度。

他的家人是很坚韧和自尊的一群。比如他的小弟弟，因为腿有些残疾，几位兄弟（包括作者本人）便隐约地觉得他以后会拖累人，便不喜欢他，不愿带他玩。母亲以商量的口气对他说："你死了吧！"他不吭声，眼里涌满泪水。不久，弟弟便平静地死去了，他不愿真的拖累别人。

作者生活在自尊的家庭土壤之上，他的小说人物，便个个都是自尊的象征。于是，他的人物，一旦人格受到辱损，便决绝地进行两种选择：要么，自毁；要么，就是复仇。其生存，没有中间状态。这是读完他的小说之后总的印象。

因此，他的小说篇篇都令人惊心动魄。

比如《曲胡》一篇，写一个瞎子对被其兄遗弃在家的嫂子的爱。这种爱，爱得刻骨，爱得幽深，其人物却不着一字之表达，只借曲胡的旋律，彼此痛彻地感受着，并作生命的共鸣。瞎子的曲子是奏给嫂子的安慰，但是奏到后来竟奏出了生命的冲动和爱的冲动。这种冲动被嫂子准确地感受到了，以至于一到了那个特有的曲调出现，嫂子便情不自禁地投到小叔子的怀抱。

这是让人心跳的曲调，正如作者所说，是"做了记号"的曲调。于是，作者感慨道："一片树叶，一朵花，一种音响，或一个符号，若赋予一种叫人心跳的内容，久而久之，这些东西就是心跳的同义语了。"但这种"做了记号"的曲调被善良的侄媳妇无意间窥破了，虽然侄媳妇未做一丝张扬，瞎子却感到了自身存在的不完美、不适宜，引颈自裁了。这种自裁，使他的爱情达到最高境界的完美！

说到复仇，作者笔下人物的复仇方式，也不是一般情形的复仇，而是复仇的极致：精神复仇。

其代表作为《走窑汉》。

自己的老婆被人"办"了，却不露声色，拉着老婆在仇人面前亲亲热热地叫仇人"大哥"。在井下，与仇人在一个掌子面挖煤，井坍了，把仇人埋在煤里；却不借机报却私仇，而是奋力将仇人救上来。当仇人报恩之时，又拒不承认有相救之举。仇人便陷入一种巨大的精神折磨中。这种折磨是一种不堪承受的压力，唯一解脱的途径便是——自裁。

这是不流血的杀人！

这种精神复仇的故事，充斥于小说集的三分之二的篇目。

但作者并不是单纯地写自裁与精神复仇，常常是两者交糅在一起，写尽了人格锻造的血泪历程。

这样的小说，丰富而精确地写了人性的两面：一为善，一为恶，以及二者的胶合与转换。其人物，无论善，无论恶，都让人生几分敬意。因为都有其独立的人格，使自裁与精神复仇成为可能。

这不禁让我做出如下判断：作为人类，其人格的构成基础在民间；那里有未被扭曲和异化的人格，即便有几分野蛮与粗陋，却是鲜明与生动的样相。

《浮世逸草》

《浮世逸草》（中央编译出版社，1996年7月版）是青年散文家伍立杨的一本文化散文集。

伍立杨与我是同龄人，但读他的文化散文我却颇要费些力气，他占有的资料多，使用的词汇量大，要将文章读得通畅，须借用字词方面的工具书。

他的散文风格介于钱钟书与董桥之间。钱氏散文，其观点与识见潜于他材料的有机结构中，很少有作者的直白评述。董桥散文，也有材料的运用，但更多的是营造自己的韵采与天地，情怀与识见都看得见匠心的影子。

伍立杨艳羡钱钟书的腹笥充盈，便于追慕之中，在笔端作刻意的展现，便亦有丰赡的学识与辞质流露出来。但他毕竟是一个青年人，内在的质材与热血，使他不能对人情世态作"壁上观"，他要说话，且要说性情中话，字里行间也就有了属于自己的歌赞与感慨。这番情愫是自然的流露，绝非董桥的那种营造，便没有董桥的圆通与雅逸；虽然也雅，但雅得单纯。单纯之谓，不是说没有厚度，而是指没有虚矫与掩饰，能读出纸背之后作者的喜乐与哀哭。

读伍立杨，能感觉出他是一个内心极为敏感的人；或可以说，敏感到有几分神经质。因此，他内心有太深的寂寞，对人情世态极细极微处，都有太强烈的感触与反响。苏轼"一叶铿然"的词句正触动了他的心弦，于是便感叹：

> 在宁谧的阒无一人的秋夜，一片叶子落地的声音也是那样的清亮，由不计其数的众多瞬间交织的时空，是多么适宜思绪和想象自由驰骋！

"寂寞的孩子常有美丽的想象。"这是评论家刘西渭说的。伍立杨的文化散文正是其寂寞之心，对这个世界的"美丽的想象"。他的想象不是靠细节与故事，而是从书本中找到合用的材料，构造一个个理念的小巢，自己沉浸其中，享受一种玩味，一种与世隔膜的美好。

因此，他与人情世态之间，取的不是一种直接接触，而是夫子式的自揣与沉吟，即意淫。

美色可以治病么？可以，在文字里。

诗酒能够醉人么？能够，在文字里。

我是伍立杨的朋友，对他有不少的了解。他虽然有辞采灿烂的文字、香气氤氲的万卷藏书，却没有一间让他安身做学问写文章的书房。生存条件的塞仄，挤压了他心灵的自由。他之内心，有化不开的忧郁。

因此，勃郁的忧伤与哀愁，是他文章的气韵与情调。

举几个他文章的题目，便可收管窥之效：《衰象依稀记牢愁》《人生能得几春秋》《百年身世浮沤里》《生死一大梦》《心灵的雾障》《美景·朦胧·忧郁》……

可以说，伍立杨虽然是一个青年人，却写出了老到的忧愁，以至于有一把子年纪的刘心武称其文字具有"健全的美"。这虽然是一家之言，却说得很有道理——不知忧愁滋味的人，很难品味健全之美。

忧伤与哀愁，不是什么坏东西。真正的文人，正是在这种情绪的浸染中，健全地诞生出来；真正的强者，亦正是在这般情绪的百般摩挲中，渐渐健朗起来。

眼下，虚假与浅薄的快乐，真的太多。

1996年8月3日

书卷的灵光

土地散文

我们终于有了一本写土地写得是那么回事的散文,将土地写得质朴、简练、生动和富有智性。这便是苇岸所著的《大地上的事情》(中国对外翻译出版公司,1995年4月版)。

他说:

麦子是土地上最优美、最典雅、最令人动情的庄稼。麦田整整齐齐摆在辽阔的大地上,仿佛一块块耀眼的黄金。麦田是五月最宝贵的财富,大地蓄积的精华。风吹麦田,麦田摇荡,麦浪把幸福送到外面的村庄。到了六月,农民抢在雷雨之前,把麦田搬走。

很好。大地上摇荡的,不单是黄金般的麦子,的的确确是幸福本身。

他写出了土地的本质。

序短义长

从祝勇的《文明的黄昏》(中央编译出版社,1997年7月版)中,读到他写的一组短序,读后拍案长叹:只要是心血文字,即便是极多见的序,亦会写出普遍涵盖的大义。

这组短序共六篇,均五百字上下,含《花朵是季节的灯盏——中国精短散文选萃》序、《爱是一棵月亮树——外国精短散文选萃》序、《为蝴蝶留一棵花树——中国精短诗歌选萃》序、《当我仰望着天上的彩虹——外国精短诗歌选萃》序及两篇中国微型小说与外国微型小说选萃的序。

大义之处有三:一、什么是散文;二、什么是文人的力量;三、什么是文学的力量。

何为散文?

走过许多条路,临过许多阵风,沐过许多次雨,见过许多种人,然后坐下来,一壶老酒,或一盏清茶,幽幽地述说人生的哲思,自然的况味,生存的艰辛与美丽。这样的话,便是散文。

散文不是这样,又是怎样呢?这是极为旷达,却极得人心的说法。关于文人的力量,他说:

外在的悲凉与喜悦,似乎不能伤害他们高贵的心灵,相反,那些悲喜的石头经过他们灵魂湖水的浸泡,已脱化成一种平静坦然地面对人生的力量。

平静坦然地面对人生，不是一般人能走到的境界。面对人生的悲喜，人，本能地报以悲喜的情绪。这种悲喜情绪左右了凡常人类的人生形态，从未超拔于凡世痛苦之外。所以，面对人生悲喜，而能平静坦然，是文人的内心张力，表现出的是思想的折光，人类的智性。这是一种水滴穿石般的伟大的力量。

比文人更伟大的，应该是文学的力量。

在极重功利的现代社会，一日的喧嚣之后，当人们像茶叶一样沉淀下来的时候，品味几行小诗，与一种境界深情相遇，也许会拾回在自己匆忙求索的途中忽略和错过的一份美丽。

即使你活了一千年，也未必算得上长寿，如果你心中没有诗。真的，如果你不曾体验过发端于心海深处的那种怦然心动的感觉；如果你不曾真正地爱过恨过；如果你不曾在梦与醒之间，化身云化身雨化身明镜，以一纸诗笺试炼今生；如果你不曾拥有为了诗的一次诞生，宁愿一千次死亡的牺牲精神，你就不曾有过真正的生命。

然而，人生真正需要的，其实就是我们在匆忙求索途中忽略和错过的那一份美丽。生命最渴望经受的，亦正是你不曾体验过的发端于心海深处的那种怦然心动的感觉。

那么你说，文学该有怎么样的力量？

文物寄情

文学评论家雷达的散文《唛罗街随想》，首登在1997年7月16日的《光明日报》文荟版上。

唛罗街是香港的文物街。雷达是用细腻的笔触，记述他在搜寻文物时的所思所想。亦即坦诚地抒发他对于文物的文人情怀。这有他的议论文字为证：

> 文物的价值或正在于此吧，它能因睹物而思往事，又能因其质感而让人直接抚摸历史，还能因把玩而体验美感，自然也可以是一笔物化的资金。

他看重的是文物的情感作用。所以，他注定不会成为一个真正的文物收藏家。"爱甚必大费，多藏必厚亡"，便是指情感收藏而经受的精神耗费。

他还说："古玩这一行，既产生奇货可居、利欲熏心的市侩，也能产生品行卓特、忧国忘家的奇人高士。"这是不错的。任何一种行为，其实都超不出这两种境界。因为任何所取，都离不开两种取向：一曰利，二曰义。

作为文人，其所收藏已非文物，而是寄情之质。便无论真赝、无论今古、无论凡绝，兀自珍藏便罢。这正是文人可爱之处。

超前忧患

在我们的童年，都曾贪婪地阅读过科幻小说，如凡尔纳的作品。传统的科幻小说，是在具体的科学知识的基础上，大胆地设想和预言未来。这种设想和预言,很大程度上,在不太长的时间内成了现实,或得到证实。

传统的科幻小说,至少有三方面的功能:一、激活想象;二、开发心智;三、促进发明。

近读美国杰克·威廉森的科幻小说《机器服务人》和英国约翰·克里斯托弗的《怪城历险记》,始知当代的科幻作品,不仅"幻想",更多的是关注人类未来的命运,把超前的忧患意识贯入作品的叙事环节,给今人以启发和警示。

在《机器服务人》中,外星的高智能的机器人为了使人类忘却痛苦,而发明了"欣快剂"。服用了"欣快剂"的人们,果然童心复归,忘却了一切痛苦与烦恼;但连站在面前的情人、朋友也认不出来了,幸福与快乐失去了依傍,变得没有了意义。而在《怪城历险记》中,外星高能机器人发明的是"机器帽子"。人类戴上了这顶帽子之后,"就会有强大的声音出现在你的脑海之中,使你无法自由思考,任凭它的摆布,替他们干苦工。"

对于人类,感受痛苦,能够思想是其本性。从某种意义上讲,人类的痛苦是人类的一种财富,是幸福与快乐的培养基。如果没有痛苦,也就无所谓快乐,因为快乐已无所附着。哲学家说人是一枝会思想的芦苇,又说,我思故我在。人类与其他生物的唯一区别,就在于会思想。失去了思想能力的人,便沦为了非人。

所以,当代的科幻小说,上升到了更高的层面,已成了人类思想与忧患的属意所在,不仅开启儿童心智,亦是上好的成人读本。对于成人来讲,不读科幻小说,便是一种浅薄、自盲与无知。

1997 年 7 月 19 日

奇石、书与人

著名奇石收藏家、鉴赏家许海文先生,推荐给我一本书,系台湾张丰荣、苏文旺所著《捡石、养石与赏石》(台湾冠伦出版社,1982年版)。此书十六开,硬皮精装,书中有大量奇石照片,正文对奇石艺术,从奇石的捡采、养石的知识和技术到奇石的欣赏都作了详尽的勾探,并附有历代著名人物对奇石的精妙论断,使人感到:奇石艺术乃一种气象万千的大景观;至于人,非有清奇静雅的内心境界,不可与之亲近和厮磨。由石衍生出许多奇崛的人生故事:

邢云飞为一块奇石宁愿殉命;苏东坡以饼换石;米芾得一块上好太湖石,竟跪于石前叩称石丈,所以《素园石谱》中称"米颠的书法纵横千古,或许就是从石中悟入"。还有当代"金陵一怪"忆明珠先生,收集上品雨花石秘不示人,以至于上级一位部长去拜访他,亦拒而不见,且说,他不是来看我,而是为我的石头……

读过这部书,便去问许海文先生:"石为何对你有那么大的诱惑呢?"他说:"由我体悟,石有三大魅力:即,有自然之华彩,禅道之悟境,人心之意象。自然之美如爱情一般的新异,人心意象如天海一般无垠，禅道之境则如时间一般幽深。这些都是构筑人生圣境的至极要素。如此，怎会不对人生出大诱惑呢？！"

海文是我的老友，与我年纪相当，却有那么大的艺术成就，系中国奇石艺术委员会的秘书长。他名气很大，生活却有些清贫，但每个日子都被他过得自得而舒畅。他性格平和达观，不工于心计，但也很少遭人算计。用他自己的话说："我一不媚，二不贪，人家算计我什么呢？"信然。他的人生空间都被奇石充满了。

他的"蜗居"，是奇石的安栖所，各种奇石有数千件，其中珍贵的玛瑙石、翡翠石、红宝石、云母晶体等亦比比皆是。不少人出高价买他的石头，只要一出手，顷刻间便可成为富翁，但他一颗不卖，除了送去参加"中华百绝""中华奇石"等艺术展览会，让人们叹服奇石艺术华彩之外，便是悉心捡石、摸石、养石、鉴赏石，享受清雅人生。

平川熟路之上少奇石，便要到荒僻之处。为了到大西北人烟稀少的地方收集奇石，他背负了数千元债务，到腾格里沙漠、克拉玛依大戈壁和阿尔泰山去艰苦探寻。没有路费，就想办法搭车，拉油的车、装煤的车、边防哨所的巡逻车和哈萨克老人的毛驴车，他都搭过。为了报答少数民族人民的盛情，他喝马奶子酒差点喝死；在莽莽戈壁，被风沙包围，车子出不来，险些被活埋。他告诉我："车子陷在风沙中，车上有水，但不能喝，要把水浇到沸腾的水箱上去，保住车子，才能保证人走出沙漠，那时车就是人的生命。在那个时刻，车与人竟是一体的东西，如果不为探寻奇石，我哪会有这样的人生体验呢？"

所以，每块奇石上都刻着他的人生印痕。由此使人理解，一个如此投入的艺术家，为什么不轻易出卖他的艺术品，概因艺术品与他的生命是一体的东西。

许海文并不是天生便与石有缘。他出生于山里农家，小小年纪就当过采石工、翻砂工和推销员,在贫穷与苦难中聊度人生。劳苦的生活是极单调的生活,可以挣钱活命,却不可填补心灵的空缺,于是在生活中寻找艺术。莽莽山林中的树根,呈现出一种初始的艺术形态,便喜上根艺。他雕琢树根,以表心象,创作了大量根艺作品,参加了加拿大根艺展,亦成为国内知名根艺家。后来搞根艺的人多起来,根艺成为堂堂装饰,走向市场,成为俗媚之物。俗媚之物已远离艺术真趣,沦为金钱和虚荣的奴隶。海文很苦恼,打算舍弃已有功名,独辟艺术蹊径。

在苦苦寻觅中,他终于发现龙骨山上的一种山石,其表面有一种天凿的神奇图案,经过处理,呈现出"小桥、流水、人家"的古诗境界。他被震撼了:这是一种难得的艺术珍品。他把它发掘出来,送到全国首届观赏石观摩研讨会上,举座皆惊。这便是名扬海内外的"龙骨石画"。

"龙骨石画"的发掘并非偶然。贫穷与苦难的生活在许海文生命潜层上,练就了他特有的敏感的艺术神经。这一神经,给他以生命的重塑和生命之所执。所以,他如果不发现"龙骨石画",也会开发另一种艺术品类。

执着于新的艺术生命,他走下去了。

他的龙骨石画,我只看到表面的瑰丽,却不懂其内在蕴藉。他讲给我听,以他的心灵作诠释。他之所以给我推荐《捡石、养石与赏石》一书,是要架设一条吾心与他心的沟通之桥。不管我懂多懂少,知道奇石艺术与他的生命是一体的东西,亦生一种大敬意。

贾平凹的《丑石》,注释了奇石的禅境及在人之心象上发生的效用,使局外人初识了一些养石人与自然物象的那层关系。说白了,人都害怕被金钱、功名、权势和世俗生活所束缚所牵累,欲寻求一种超然的助力，以解"生命之重"，便有人融于石，有人融于梅竹，有人融于文学。所以，艺术品类便没有高低贵贱之分，皆出自心灵的派遣。说"玩石"丧志更是一种外行话。人没有什么过不去的，借养石人一句口头禅：我只对几块石头感兴趣，你还奈我何？

1997 年 7 月 25 日

乡土散文,书外边的意思

诗人刘利华在《黑月亮·白月亮》的总题下,出了一套书。其中有一本散文集,厚厚的,我整整读了两天。从题材上划分,这是本乡土散文,写延庆一个叫"阪泉"的地域上的声、形、味、色。作者运笔生动,饶有趣味,在文章中凸现出对乡土语言的运用功力,用清代戏曲家李渔的"语求肖似"的标准评价之,亦不为过。

读过之后,竟生出许多题外的念头,用周作人的话说,即"书外边的意思"。这些"意思"都涉及一个旧题目,便是关于"乡土散文"。

第一,行世的乡土散文,大都是写了地表风光的妩媚、往昔人伦岁月的温馨,未沥陈出深入土地的那种种痛苦与艰辛。记忆的过滤作用,对现代生活的无能为力,使人们把乡土的朴野、粗陋精化雅化,把乡土的泪水晶莹化风景化。这样的乡土散文,田园诗般地给人以温暖和蕴藉,却不能召唤自省。而自省是生命的助力、文明的助力,使二者走出旧的巢穴,于新异中生大活力、大进化。

第二,故乡是乡土散文的母题,但故乡是父辈的家园,只是一种母体文化,只是我们的基点和出发点。当我们走出故乡之后,剪断与母体联结的脐带之后，应该以生的急迫姿态，采撷城市文化的苴然枝叶，在母体嫁接，培养一种新植株，即新的乡土意识，构筑自己的家园。这个过程是不断选择的过程，需以深刻的自省为刃，在痛苦中，做勇毅的斫削。因此，乡土散文须走出对故乡的沉湎，学会审视乡土，从传统中得一些构筑未来的精料，拓展更广阔的人生疆域，使乡土小路成为通衢大衢。否则，便是一种无望的轮回。余秋雨在《老屋的窗口》中具象了这种轮回；鲁迅的乡土散文，则以血和泪的凝聚，给我们立起了走出轮回的一个又一个的坐标。

第三，当我们的笔触及乡土的时候，是不是应该持以下两种基本判断？愈是落后的地方，愈是对乡土的认识深刻。因为那里的人们用生命亲吻土地，在土地上弄得伤痕累累，他们厌恶对乡土的粉饰，希望被观照的，是他们的生命状态。埃林·彼林的乡土散文正是这一观照的产物，因而真实而沉重，让人们感到：从蒙昧走向文明，不是一种形式，一个过程，而是生命的本质需要。这是第一个判断。贫瘠的土地之上，无几多收获，便无几多失去，有的只是对人的身心无意义的磨砺。所以，忍受与其说是一种美德，莫不如说是一种动物性更确切，其终极，便是人性的麻木。对乡土的一味留恋，可以使人善良，却沦入蒙昧、保守和怯懦。这是生命力萎缩的征兆。若不自行封闭，便必须走出这种留恋。此为第二个判断。

第四，基于以上三点思考，当代散文中，真正意义上的乡土散文，实在太少太少。贾平凹写了《走三边》等大量乡土散文，但都是再现了乡土风情风物的神韵，有乡土文化积累层面上的意义，却无对乡土的内核的现世剖析，文章好读，却少回味。刘绍棠、韩映山、韩石山、杜渐坤等一大批作家都创作了大量此种散文，使这类乡土散文成一种洋洋大观。于是，从汪洋中崛露岛屿，是一件多么不容易的事啊！但细眼望去，已有尖锋初露，给人以乍然惊喜：一是张承志。他对土地的历史投以极大的心力进行考问,试图在土地的滞重中,用理想的光辉照亮今人,实现生命的自我超越。一个是苇岸。他把"大地上的事情"打碎,进行"重新组合",表达他主观上的土地意识、生命意识。观照他们的创作轨迹,可以说,对土地的热爱,并不等于对土地的被动依附。人的心灵在对土地的感应中,要作用于土地,与土地进行情感和生命的交融,让土地为人类发出新的福泽,荫庇人类生活得更为美好。乡土散文的意义就在于此。

  本想对利华的散文说几点好,却讲了这么多"书外的意思",请利华兄多多包涵。但一本书竟引起一个同行的一番不深不浅的思考,不正是书的价值所在么?

1997 年 7 月 29 日

书读同龄

近来，耽读了几本同龄人的书：伍立杨的《时间深处的孤灯》，彭程的《红草莓》，邱华栋的《不要惊动死者》，韩春旭的《女性的极地》，苇岸的《大地上的事情》。同龄人，大的生活背景是相同的，也就是生命的起点基本相同，但也有不同的人生走向、现实生态和内心所属，体现出人生的绚烂多彩和不可重复。记述其心迹的书，更是戛然特立、韵味独在，给你最直接最有用的撩拨与策动。

伍立杨的随笔文章，纵贯古今，横覆中西，以历史为经纬，辨识今日的是与非；用他人的理性与智慧，品评把玩自身的体验与识见，覃思精研，古郁而沧桑。直让人觉得生活在书中，亦非迂阔与疏懒。书中本来就是大好的性情腹地，内心自由地跑马游弋，年华亦如诗酒，甘怡得令人艳羡。

彭程的记景散文，将草木虫鱼、山岚水色及四季的嬗递，融入自己的情绪，让自然之景随内心的波澜而摇曳，景即我，我即景，读景便是读人的血泪滋味，景色之妩媚便是心性之妩媚。让人深悟：声光电色可炫人的眼目，却未必动得人心。人心是自然灵慧的浸染与升华，延宕到永恒之境；而市井颜色，微尘粉粒，瞬息变幻，无所附着。保持心性的单纯与平静，便把自己植成一株久浴阳光悄然葱郁的甘草。

邱华栋所讲述的故事，是青春世界蛮荒万象的大写意。那芜杂的原生态，呈现出生命的蓬勃与不羁；生长与死亡是一种必然，而且死亡亦是一种近似游戏般的美丽。品味他的故事，让你感到污浊与邪恶几乎就是人类的起点，污浊的浸泡才诞生了纯洁，邪恶的压迫才分娩出善良。在这种分娩过程中，必然要经历死亡；所以任何死亡都有肃穆而神圣的味道，生者没有权利嘲弄与责斥死者，"不要惊动死者"，便是要珍视人类为走向成熟与纯洁而付出的代价，生者唯一的姿态，便是要为人类的更成熟更纯洁，随时付出自己的代价。

韩春旭与先哲们的对话，以血肉对枯骨，给抽象的永恒注入情爱的呼吸，便可以拥抱，可以跪泣，可以诉说，便可以感受古老的人文精神那不息的脉搏，生一种根的感觉，以驱除现世给心灵那太多的虚幻。韩春旭是女性，却远离市井颜色，从苏格拉底、柏拉图、马克思和梵高那里汲取生命的激情，让人感觉到世人对女性理解的偏误。女性不是感性的漂浮物，其生命本质是哲学的冥思。女性是植根大地的，有树一般沉潜的根须，因而她的感情丰满而厚实，她的呼吸温暖而湿润。一种如同大地一样生生不息的东西源源不断地给她输送营养，她永不衰竭。然而她同时又将目光投向天空，投向天空背后的东西，不息地迎接与承受。那么，当时尚抽空了男人们的精神时，女人便是精神。

苇岸的土地散文，是梭罗"超验主义"的中国版。人的本质是朴素的，除了拥有一块土地以外，其他一切其实都不需要。大地上的一切事物，一只麻雀，一尾松鼠，一管芦苇……都发出本质的哲学的声音。人活着，只需屏息谛听，心灵的幸福便是破译和转达这种声音，使人在向自然学习的过程中，消除功利之心、占有之欲，获得平静与解脱。他喜欢使用"居所"而不用"家"，他知道文字本身就是生命与意义之所在。"居所"是人停留而自由思考的地方，人可以随处停留和思考，在"居所"面前，人是自由的；而"家"是一种拘束与所属，有固有的物质性，海德格尔"人诗意地生活在大地上"，其内核便是要人类超越人的物质性。人生活在土地之上，能自由地思考，便获得了一切。

　　人只能生一回，只能选择一种生态。这是命运的注定，是天数。所以，人们拼命拓展生命的时光，试图把人生的况味品尝透彻与全面。这几乎是一种虚妄，一种梦想。而读同龄人的书，却是一种实际的操作：多读一本同龄人的书，便多经历了一种生态，便多活过一回。五个同龄人，其生之性情其心之所系，即生态，均为我所敬重；倘若可以再生，均是我的最佳选择。读了五本书，经历了五种人生，拓展了生命的疆域，得到了形而上的再生。所以，"有心人活一次便足够了"是一句智慧的话。有心地活一次，便是活上一百次，胜于无所用心地活上一百次。

　　有人说，我不读当代人的书，更不读同龄人的书，这不是媚己欺人，便是一种无知与虚妄。

1997年1月2日至16日

说理亦性情

对《知堂书话》我曾说过,它是一部性情之书。盖因为它不冬烘、不欺诈、不矫饰,虽多论理,却率性真诚,比读一些所谓抒情文,还令人心神通泰、心热如烧,情感得一种大抚慰,肉身亦变得轻松自如。

这种书很少,可遇不可求。便对书界存一种平常心,不执意去搜寻。

像要对世纪初的情感有一个世纪末的回应似的,贾宝泉先生的《散文拈花录》(河北人民出版社,1998年10月版)不期然翩然而至,让我们又看到了一部性情之书。

这部书本来是讲散文"做法"的,雅一点说,是散文理论的专构;但却写得情感氤氲,灵动摇曳,无一丝头巾气,更无布道者的可疑、可憎。他写的是散文给作者带来的会心"微笑",这种"微笑"被作者情不自禁地绽放出来,像灵犀、像慧光。贾宝泉是个赤子,他觉得散文是性情文,论散文的文章亦自然应该是性情文字。于是,他不作假,不拿势,率性地写他对散文的所思所感。

因此,他所说的关于散文之妙,是真妙;他所要传递的,是心灵的信息。正如一个男人之于一个女人,若男人不真切地感受到那个女人的妙处，断然也不会有评说之妙的。

在《散文拈花录》里，散文不是一种理论上的概念，也不简单地只是一种文体，而是一种生命表达的情感通道。作者忘情地说着，未曾瞻顾他人的脸色，是一种向内心的、甘苦自知的自我倾诉。他把自己感动了，泪悄悄地流下来。别人的心不能不被他深深地感动——你看看我，我看看你，不约而同地说，我们有什么理由不热爱散文呢？

因此，我有理由说，《散文拈花录》与其是散文理论界在世纪末的一大收获，不如说是散文在世纪末的一个最亮丽的回眸。这多情的回眸，是一种诱引，让来者的脚步迈得更人性一些，以最大的真诚，直逼心灵而写。

2000年7月3日至4日

心音不朽

对书评这种文体，我有痴迷的嗜好。因为我是一个痴迷的读者，对字纸有令自己都有些吃惊的热情。很想读遍天下所有的好书，但受时空的限制，这是不可能的。便退而求其次，去耽迷于书评。因为好的书评，就像一架心象仪，你虽然无缘读到你所崇仰的好书，但好书的气味、气脉、气节和气象都已传达给你了，使你足不出户，不费搜求之苦，就已甘醇自享。所以，对好的书评家，我是崇敬的，对好的书评文章，我是感激的。

然而，眼下的书评文章，却让人读而生畏、读而生烦了。因为它已远离了书，立意于书外的是非与利害了。既有商业的包装，又有友情的出演；既有对权贵的谄媚，又有对世俗的沉吟……它已丧失了独立的文本人格，它已不再站在读者的立场上了。所以，便出现了书评热闹着，而读者冷漠着的奇特现象。作者与读者，谁也不爱谁，心相隔，两离析。

要重筑书评在读者心中的地位，其实也并非难事——

一者，书评家要把书评写作当事业来做，就像小说家写小说，诗人写诗一样。如此，便找到了"立身"的感觉，所谓自尊、自立、自爱，所谓责任感、使命感，便不在话下了。因为当事业做了之后，便会依照成就事业的规律行事，文心的自律，把书评家引向严肃的正途。否则，只是暂时做一做"捐客"，便只能看"雇主"的脸色行事。这时，谈什么独立的批评人格，岂止奢侈，实则冬烘。眼下，书评文章虽如雪花般满天飘漫，却多是小说家、散文家、评论家甚至是官员业余的"客串"。真是飘落无痕，其所谓书评，连他们的文集都是不收的，可想而知，那都是些什么货色。所以，根本的，我们缺的不是好书评，缺的是书评写作的事业家。事业家的产生，除了培育尊重书评家的文学土壤之外，从事书评写作的作家的献身精神是本质的决定因素。正如佛罗斯特在其著名的《未走的路》一诗中所说：

金色的树林里分出两条路，可惜我不能同时去涉足。当我选择了人迹更少的那一条之后，从此决定了我一生的命运。

二者，书评作者应该首先是一个"伟大的读者"。

其一，要潜心去读书，要真正把书读完、读透、读懂，而不是只读了开头和结尾，甚至连浏览一下的功夫都懒得下，就率而操觚，做自欺欺人的勾当。潜心阅读之后，才能得到真感染、真领悟，才能写下精当的评断。先自悦，再悦人，是书评写作最基本也最重要的程序。然后才是传达，即把书中最有灵魂的"信息"传达出来，包括情感的、思想的、知识的等等。"伟大的读者"，没有一个不是浸淫于书中，下苦读功夫的人。

其二，要从书本中塑造出自己。"伟大的读者"从来不是匍匐于书本的人：已有的文本，只是诱发他思考的触点，只是"发酵"他情感的酶，只是铸造他自己心灵世界的原料……当他从书页中抬起头来的时候，他要做的是，用更加圆满、更加深刻、更加超拔的"自我"，对人们表达情感的、思想的关怀。这种关怀，旨在纯洁人们的情感，提升人们的境界，让苍白的书页化为人类进化和圣化的血液。这时的书评家，已不是世俗意义上的"读书人"，而是"盗天火，煮自己的肉"的精神先行者。俄罗斯文学史上不朽的人物别林斯基就是这样一个"伟大的读者"，他能从阅读中捕捉到人类的情感、时代的脉搏，以化腐朽为神奇的力量，展示了他独立的批评立场和深刻的思想内涵，引领了俄罗斯几代人的心路历程和精神时尚。别林斯基的风范，应该拨亮我们书评家的眸子。否则，自我意识越来越强的读者，会远远地把我们抛弃了。

2001 年 3 月 5 日

阅读的引领

眼下,图书出版特别强调市场因素,一部好书,如果市场行情不看好,也会被束之高阁。在市场经济条件下,对讲究经济效益的出版机构,这或许是合理的。但让人不解的是,我们的书评家也以市场的走向和时尚的趋势设立自己的批评坐标,颇有"流行就是好,入时便是妙"的味道。这种媚时媚世的姿态,不免让有心的读者对书评这种文体的存在价值产生了怀疑。

对这种现象,抛开其中的功利因素不论,其批评视角的偏低,也是一个主要因素:书评家迁就读者的阅读趣味,片面强调为读者"服务"的作用,以期在逢迎中得到认可,得到世俗层面上的所谓名分。

这种考虑,便使书评从根本上堕落了:书评书写的应该是书评家独立的风骨和独特的见解,它应该起到引领读者的读书趣味的功效,失去了这样的意义,书评也就沦为"产品说明书"了。

正如博尔赫斯在《读者的迷信的伦理观》中所说:平庸的读者所认可的风格,不是体味灵魂和信念,甚至不是感受书中的生命激情,而是只着眼于文章的比喻、韵律、标点和句法等技巧性的东西。换句话说,一般读者看重的是书中的世俗趣味、时尚风光,而不是高标的思想和超拔的精神。也就是说，一般的读者的阅读伦理，是现世的、享受的，这与书籍的"本源意义"是相离析的，纵容这种趣味的蔓延，将削弱书籍在人类进步中的意义。所以，书评一旦沦落，其破坏性，甚于无书。

书评家不能"匍匐"于大众的阅读风气之中，而是要引领读者解脱被书籍中世俗颜色的"催眠"，清醒地关心人类的"精神问题"。因为"精神问题"，才是阅读的核心问题。书籍的外在形式，不管能不能取悦读者，都是无关紧要的。《堂吉诃德》之所以赢得了它同译者的斗争，任何不用心的、蹩脚的译本都不能改变它的灵魂，就是因为它所传达的执着的信念和不屈的精神，是超越语言的，是直逼心灵的，是不受读者阅读习惯所左右的，因而也就赢得了读者。

这就要求书评家应该有自己独立超俗的书评理念，比如关于散文，一种散文有没有文学价值，一定要看它在妩媚的外表之下，是否抒发了人性之情，是否传达了生命的真实感受，否则就有欺世之嫌。比如判断一部诗集的优劣，不仅要看它有没有奇特的意象，更要看它是否表现出文化的气象。因为文化是一个民族的历史情感，它使诗有了无限的张力。个人体验因了文化的链接，成了一个民族，甚至人类的生命经验。也就是说，仅有奇特的意象，而没有文化的内涵，那只是表现出个人的才气。个人才气跟整个文化相比，是微不足道的。只有融入了文化的质素，一个人的诗才超出了个人的经验和感觉，成为一种无限的表达。再冷静地看那些坊间的流行读物，既与人的心路历程无干，也无丝毫文化蕴含，更遑论精神信仰，只是吟一己之忧伤以邀怜悯，咏私家风月以争市宠，字纸云烟而已。书评家如果有了这样的理念，就不会为一些浅薄的作品唱廉价的赞歌了；再为市井读物而动情色之时，内心先就怯了——独立的书评理念，给了书评家一种自律。

2001 年 3 月 12 日

无言的勇气

书评做得好，须有卓识和洞见。这一切，需有属于自己的阅读视角和阅读智慧作支撑。可以说，有了一定的年龄和读书经历的人，若还没有自己的关于书籍价值的评判标准，还没有最起码的阅读智慧，是不可想象的，也是悲哀的。关键在于，你能不能忠于自己的内心感受，对所读之书作建立在自己的阅读智慧（理念）之上的真实评判，而不是被书外的因素所牵引，作他人之论，或作自欺欺世之谈。

就我个人而言，我读国内的人文读物，多取文化的视角去审视去判断，看其对民族文化的建构有何涵养，有何创建，是否能汇聚到民族文化的伟大洪流中去。我认为，所谓文化，是一种带着种族生命痕迹和生命温度的信息符号，它传递着民族的脉搏和家国的气息。夜深人静，在异乡的羁旅之中，一灯独坐，读上一篇《秋声赋》，故国家园，子妻友朋，便恍然立于门外。这便是文化的具象。正如留美著名华人史学家唐德刚所说："'文化'，'文'而'化'之也。读斯'文'而与之俱'化'，大概就是我辈'天朝弃民'心目中的所谓'祖国文化'罢！"唐德刚是"化"中人，其所言是血泪感受，当为不谬。所以，不能"化"到民族文化中去的人文读物，其所谓价值便颇可疑了，读者当存十分的警惕。比如，徐志摩的《我所知道的康桥》，虽浓艳逼人，堪可吟味，却如何读不出民族的情感，我便不十分喜欢。这并不意味着，写了民族情感的书就是好书，关键还在于对民族文化的"化"法。比如史学著作，现代史学便比传统史学有它的先进性。因为传统史学过分看重"政治故事"，把经济基础对上层建筑的决定作用忽略和遮盖了；而马克思主义的史学观却认为，其实"政治"不过是"经济"的附庸而已。现代史学著作，是建立在对经济基础的研究之上的，便把人民群众的生产创造对历史的推动作用"还原"出来了，便有了深刻的民间性，其文化的质性就更加健全了。

在读自然科学的书时，我着眼的不仅仅是它知识的丰富和准确，更看重它的人文含量。所谓的人文含量，是指它对生命规律的挖掘深度，以及自然历史对人类历史启迪和教导的揭示程度。自然是人类之师——人类历史对人的教化，有太多的人为因素，因而是恍惚不定的；而自然的教导，是出于生命自身的规律，因而是准确的。纪德在《新人间食粮》中说：

> 多么纤细的一棵草，也要服从自己生命的法则，而那些法则脱离人类的逻辑，至少不会归结于人类的逻辑。在这里可以重新开始探索，虽说难免失误，但是经过更严格的观察，更巧妙的比较，总能越来越接近永恒的真理，接近一个理解并超越我的理智（人类的理智）的上帝，而且是我的理智（人类的理智）无法否认的上帝。

因此，写自然的书，应该是对自然进行"更严格的观察，更巧妙的比较"，从而揭示生命真谛、生活真理之书。拥有这些内容之后，便可以对人类进行有效的生命关怀。这也就是书籍对人类的人文关怀的过程。

所以，一本人文类的读物，如果没有独特的文化感觉；一本自然科学的著作，如果没有从自然表象中总结了深刻的人文内涵，我阅读的时候，就感到不适，就感到遗憾，甚至不安。我便不愿接受它。一个有良知的人，夸大自己的情感都感到难以容忍，更何况夸大一本并不打动自己的书的价值？我不甘心说它好。

然而，就像最平庸的品行往往最先得到赞美一样，最平庸的作品往往最先被人接受。不管你赞美不赞美它，它都要流行。也就是说，人类的良知并不一定站在智慧和自由思想一边，人类尚处在理性的童年。从这个意义上说，书评家的最高使命应该是关照那些最卓越也是最冷僻的智慧之书，掸去它们封面上厚厚的积尘，让其与自然的阳光一同灿烂。

所以，独立的怀疑立场，是书评家的最基本的、也是最高级的智慧。在话语喑哑的时代，我们推崇的是说话的勇气；在市声喧嚣的世俗场上，更推崇的应该是不说的勇气。因为这意味着湮没和孤独，也意味着名声和利益的丧失。"文格渐低庸福近"，此话的反面就说出了这层意思。然而，书评家人格的闪光和价值的所在，也就在这里！

2001 年 3 月 19 日

书趣

私密的阅读

最近我所读的书，有三部——一是英伦作家安德鲁·米勒的长篇小说《无极之痛》。这是周晓枫竭诚推荐的，跑了数家书店才买到。这部小说，从文本上看，文字粗糙，叙事笨拙。但是，它抓住了当代人的生活特征，"我"的存在与外部评价之间的矛盾。"我"是自然人，有自适的存在，外界冠以的却是大众希望成就的人，便不能太自我。"我"本来不知疼痛，痛并乐着，但大众却深以为"苦"，所以，我必须要苦，不然就不能与社会融合，被人视为异类。最终的结局，就是我一旦感知到苦，那必将是与现实妥协了的结果——"苦"在从众。大众接受我的时候，恰恰是自我迷失之时。这部书，深刻地揭示了现代人的生活本质，读后，有感同身受的感觉，便深以为上，在枕畔耽读不已。

二是日本学者竹内实的《回忆与思考》。这是与中国有关的书，它涉及了包括鲁迅、毛泽东在内的许多中国的"符号"性人物，也评述了包括延安整风、"文化大革命"等各个历史时期的标志性事件，兀自道来，绝不人云亦云。它的妙处，是给阅读者一个认识历史的别样的角度：历史的真相，在于有我和无我之间——太无我，则缪；太有我，则乖。

三是梭罗的《瓦尔登湖》。这部书我先后读了十三遍，都是在我迷惑之时，以邀清廓。之所以要反复读，是它坚定了我的一个信念：人的迷失，不在于本质的迷失，而是观念的迷失。所以，人必须活在自信之中。

对我来说，阅读正如做爱，愉悦的时候不吱声，一旦吱声，正是快感消失之时。所以，阅读的快感有私密性质，绝不能与人分享。若可以分享，绝非纯粹的读者，就带有了表演和作秀的性质，本来很神圣的趣味，一下子就变得很"三俗"了。

我平时最喜欢阅读的文体，是随笔，它让人看见作者。小说虚构，诗滥情，散文矫饰，均无我。只有随笔，处处有我，率性为之。所以，我一直认为，好的作家，都在随笔作家之中，譬如梭罗、爱默生和晚期的歌德。即便是华盛顿，也是好的随笔作家，因为他说，知己可遇不可求，一切都在于天意。即便是章回小说家张恨水，一读到他的随笔，立刻就感到他骨子里的东西是不流行的，对人间万状，都有椎心的见解。

在读别人的书的同时，我还反复阅读自己的乡土小说。因为它以文化的眼光看中国的社会，让无意义处有意义，让众生喧哗相处尊重沉默。据此，我一直认为中国现代没有好的乡土小说。现在的乡土文学大体有三种模式：浩然的乡土文学是阶级斗争式，一写乡土就是好人与坏人对立，他把乡土的阶级关系妖魔化了。刘绍棠是田园牧歌式，处处诗情画意，鸟语花香。其实，农村文明程度相对低，有血泪有苦难。贾平凹则属于文人趣味式，坐在书斋里，以乡土作为素材书写的文人趣味，反映出文人的迂阔与酸腐。因此我一直不认为贾平凹的《秦腔》和《古炉》是伟大的作品，它们离真相太远。我自认为在乡土文学领域，开创了一种进入土地内部、本真书写的新模式，即便是门前冷清，也应该有必要的自重。因为写作，从本质上看，最根本的动力，还是为了自己心灵的安妥。

从这层意义上说，我本能地亲和于与自己心象相近的作家。譬如我对汪曾祺的作品心存敬意，对福克纳的作品更是仰慕不已。汪曾祺不装腔作势，他把自己放在与笔下的人物相平等的地位，既不高高在上，也不匍匐屈就，而是传达"同感"，让人看到"人间性"的东西。福克纳虽植根土地，却作形而上的思考，"进入"与"脱出"是坐标系的两轴，对乡土的认识就立体化了。实话说，中国目前还没有福克纳，只有浩然、刘绍棠和贾平凹，基点太低，承担不起敬意。即便是汪曾祺这样的春风迎面、温暖盈心的纯性文士也难以为继了。所以只好朝前看，只待来者，这来者之中，或许就有我凸凹在内。

其实，中国的乡土文学要精进，药方很多，其最核心的药方，就是用"土地道德"指引我们的写作。如果必须给"土地"一个文学上的意象，那么，这个词就是"黑夜"。黑夜是个神秘而巨大的存在，它一片空茫，无边无际，有无限的可能性。它既可藏匿什么，也可呈现什么，绝不像阳光下的物事，泾渭分明、一目了然。因此，温柔与坚硬，明亮与暧昧，恩情与仇怨，贞淑与猥亵，大度与褊狭，忠诚与反目，高贵与卑下，微笑与血泪……是相伴而生的。人与人之间，人与物之间，物与物之间，不是非此即彼的关系，而是不此不彼、既此既彼。

这样的话我已说了很多遍了，但一直没有反响，不免有淡淡的忧伤。但是，却不悲观，一如开在深山里的野海棠，虽美艳无双，了无赏者，但依旧毫不懈怠地开。赏不赏在人，开得好不好在己，这也是"土地道德"的一种。然而，生命的尊严，或许就在这里了。

2011年3月26日

自家标准的选编

一

从"文友书店"淘得阿英编著的《现代十六家小品》,天津古籍书店1990年8月影印本,繁体竖排,字迹模糊。在探索中阅读,却有意外趣味,好像学问家之于学问,就是这个样子:孤灯黄盏,书页漫漶,案前摸索,形同鬼祟。一如偷人,惴惴然中有兴奋,不计利害,不计来日,真味暗享,死也心甘。就怕有人惊,既惊肉,也惊魂,恨不动刀。

现代十六家,计有:周作人、俞平伯、朱自清、钟敬文、谢冰心、苏绿漪、叶绍钧、茅盾、落华生、王统照、郭沫若、郁达夫、徐志摩、鲁迅、陈西滢、林语堂。

缺了梁实秋,不知为什么。即便阿英也说:"关于新文学十余年来小品文的发展,清算得最早的,是胡适。"却也不选胡适,看来胡的"革命"气象遮蔽了他自己的文学"实验",大家都不把他当文学家来看。

阿英写有长序。在长序中,他精细地剖析了小品文的发展源流,言之凿凿，让人敬佩。在编法上，他以人设卷，每卷之首，他也一丝不苟地写有序，呈现出他作为批评家的只眼和理趣。对于周氏二兄弟，在理智上，他"挺"大周，在感情上，他又倾向于二周。他在排序上，把二周放在十六家的首位，而大周却末居第十四位。但在周作人卷的序中，他却说——

> 周作人的"小品文"，鲁迅的"杂感文"，在新文学中，可说是散文小品里的两种不同趋向的代表。简略地说，就是前一种代表了田园诗人，后一种代表了艰苦的斗士。周作人小品生活的过程，说明了他如何地从向旧的社会肉搏的战阵中退下来，走向"闭门读书"，走上专谈"草木虫鱼"的路；而鲁迅的"杂感文"，却正相反，说明了他不但不对黑暗颤抖，退却，且使用这些黑暗来更进一步地锻炼自己，使自己战斗的精神一天坚强（于）一天。对于黑暗的现实，周作人是不愿逃避而终于不得不逃避；鲁迅呢，却是迎上前去，拦头痛击，在血泪交流中渴求光明。这两种趋向的发展，当然各有它的社会根据，各有它的作者读者之群，但周作人所代表的倾向，显然是落后的，虽然他的小品文字，曾经有过大的影响，形成过一个流派，到现在还在发展……

究其原因，是阿英有"政治"情结，为表现"进步"，他自然要肯定鲁迅；但他毕竟是一个传统文人，在情感和趣味上，他又情不自禁地接受周作人。他把周作人那一"流派"，整体地排在前列，披露了他的个人倾向。

不禁推想到，在私下里，阿英一定认为周作人的"趋向"代表了小品文的正宗，是"纯粹"的文字，审美价值是高的。

不过,这很好。这导致了他在选取各家的文字时,应用了自家的标准,就少了"通选"的篇目,多了"陌生"而质实的篇章,选本就有了个性的品质。譬如郭沫若卷,郭氏那些铺张扬厉、高蹈浪漫的文字,他几乎全然不选,而是选了他的《芭蕉花》《小品六章》《新生活日记》等隽永、幽雅的文字,让人看到了他温润、可爱的一面。

而个性的选编,才接近"选学"本质,它穿越了世故与功利的覆盖,传递出真实消息,可堪鉴赏与回味的地方就多了。

淘到这么一本能放在枕边耽读的选本,真是意外之福。

二

在办公室翻检出《现代书话丛书》,系姜德明主编,北京出版社1996年10月第一版第一次印刷。计有《鲁迅书话》《周作人书话》《郑振铎书话》《阿英书话》《巴金书话》《唐弢书话》《孙犁书话》《黄裳书话》八种。

此套书话丛书,甫一出版,我即买。因那时与彭程、刘江滨等正热衷于书话写作,可作镜鉴。我们渐渐形成了自己的新书话理念,即不囿于书,只是以书起兴,关照世事,发人生之言。

姜德明在新时期,力倡书话,推波助澜,自己也亲力而为。但他恪守老书话的原则,写得拘谨,殊少文采,不为人喜,所以他一直落寞。倒是我们的"新书话",人才涌现,丛集迭出,被读者关注。

到"文友书店"淘书,这套现代书话丛书正以两折甩卖,遂买下,放到办公室里。

八种书话中,我最喜《孙犁书话》,因为他借书话叙遭遇、发感慨、说心语,有人的呼吸和情感的温度。他的《书衣文录》简直就是那个特殊年代的个人精神史,有时代折光。他读古书,也是为了关照当代，愤世嫉俗。他读书时，善于体会人物心境，说破人性种种。譬如他的《吴组缃材料》，对吴做冯玉祥国文老师一事，就揭破令人"羡慕"的表象，直道吴组缃之苦——

> 吴氏一典型书生，正值青年，国家亦处在多事之秋，必作用于心；而冯氏当时已是下野军阀，性格、经历、想法，差异必很大，相处实难协调，虽冯氏礼贤下士，在那个圈子里工作，如果不是为了挣点钱，恐怕不容易混下去。

吴与冯之间，都言是佳话，唯孙犁看到佳话之外，可见他知人阅事之深。他的深刻，缘于他的孤独和耿介，他能看到人性的幽暗。譬如他读《高长虹传略》，能看到高长虹的"狂飙"的背后，是传统文人的性情。看重读写和爱情，就入世浅，爱意气用事，就自然敌不过鲁迅的"老谋深算"。但高长虹是赤子，不阿不谄，即便落魄，也不攀援附势，人生苦路，一个人走。可见，孙犁即便写典雅书话，笔底也有风骨。

我对高长虹一直有暖意，关心他的遭遇和文字。记得孙郁从《北京日报》文艺部主任转到鲁迅博物馆去履馆长之职，要搬运藏书，我发现了一套高长虹的家乡为其出的文集，就不由分说装入囊中，惹孙郁痛惜不已，敦厚之人也出重语，骂我为强盗和贼。

高长虹的文字粗放，但激情似火，一些感言也锋芒毕露，让所指躲闪不及，乃血性文字。

2012 年 11 月 3 日至 4 日

因境而读

幼时的记忆中,最深刻的,是饥与寒。正经的粮食,只有玉米和小米。小米充作细粮放在年节,平时就吃玉米。玉米吃净了,瓜菜代之,瓜菜净了,就是野菜和树叶。吃得肚皮薄得跟纸一样,能看到青绿的肠子在蠕动。

那时的天气显得格外的冷,北风一吹,人就只能窝在炕洞旁边,靠炉火暖身。其实也不是因为衣薄,身上也穿着厚厚的棉衣,因为棉衣里没有贴身的衣服,风会钻隙而入,撕扯皮肉。人穷无余银,贴身衣服属奢侈之物,孩子大人不忍造次。整个冬天除了一身老棉衣外,绝无替换衣裳,虱子就生得繁盛。叮咬难耐,扪虱不迭,就索性脱下来,在炉火之上抖落,火烧群虱,一片锐响。

到了十四岁那年,才吃上了一顿白米饭。是学校的老师所剩,报纸包了,让我回家喂鸡豕。走到中途,经不住馋米饭的奇香,一边走一边大团大团地吞咽,事后肚痢,拉得人都虚脱了,昏睡了两天两夜。所以刘恒说,狗日的粮食!所以莫言说,透明的红萝卜。饥寒交迫,人思改变,想脱离苦境,所以海子说,在远处我最虔诚。他之所说的虔诚,并不是远大的向往,是要到饱暖之乡去。穷人子女,要实现这卑微的意图，只有苦读，靠科考递进。那时我拼命用功，常听鸡唱三遍，终于就考上了一所农业院校的蔬菜专业，吃上了大米白面。记得第一次吃细粮，我用筷子穿了五个馒头，就着五头大蒜，一气享尽，导致两天两夜便秘，嗝息不止。所以，最初的阅读，是为了改变身份。看看中国文坛，几乎所有有出息的作家，都是饥寒催生的。

　　院校毕业之后，当了蔬菜技术员。那时很珍惜命运之赐，背着小黑板到田间地头，指导菜农把菜种好。其间，理论与实践相得益彰，论文不断发表，险些当上一个被菜农爱戴的蔬菜专家。然而农村城市化进程快速推进，楼房林立，萝卜白菜不再有立身之地，我也不再有用武之地，饱食终日无所用心，遂生烦闷。烦闷之余，就大批量地阅读文学书籍。一如河床饱满自然要溢，过量的阅读，自然也会有"溢"的感觉，那就是不自觉地写。随意涂抹的文字，居然也被报刊不弃，屡屡发表。好像绝处逢生，心中喜悦，就持续地读下去。这时的阅读，已不是为了生存，而是为了实现人生价值。

　　文章发表多了，自然有了作家的名号，内心有了充盈的感觉，意气风发，唇红齿白。但到了后来，就空虚了。因为写的都是农村物事，常被文坛之上的现代、先锋人士所讥讽、小觑，认为没有文化含量，土！激愤之下，启动了一个"名著重读"的阅读工程，以期"在乡土上嫁接文化"，成为饱学之士，也让笔底文字典雅蕴藉，有超拔之象。一如云聚沉了就下雨，潜心的阅读，自然就迭生感触，怕时过境迁，失于忘却，就随手记录下来。这不刻意的举动，居然就诞生了一篇篇的书话，一经发表，喜读者众，就有了写下去的动力。假以时日，居然出版了近十部书话集，竟有评论家认为是开创了一种新书话文体，被文坛倚重了。腹有诗书之后，我的散文和小说，就有了文化的底蕴，屡屡获奖，屡屡被选载，文坛上的白眼就少见了，而且名字之前也被附以"著名"二字。所以，这时的阅读，已不是一个简单的价值实现问题，而是文学品质的自我提升。

到了近些年，反省自己的创作，不禁发现，虽然长篇小说已出版八部之多，散文集和评论集也有了二十来部，也浪得了著名散文家、小说家、评论家的称号，但在文本上，还没有确立自己的"符号"价值。究其缘由，是率性而写，而没有自己专门的命题。其实我最具优势的，还是我的乡土经验，而我太在意别人的评价，没有在最熟悉的资源上深入、系统地挖掘。症结找到之后，我确立了自己的写作主题，即乡村哲学、大地道德。为了更好地呈现和阐释这一主题，我开始了有选择的阅读。包括鲁迅的乡土文字，福克纳的约克纳帕塔法世系小说，梭罗的《瓦尔登湖》，李奥帕德的《沙郡年纪》，列那尔的《胡萝卜须》，德富芦花的《自然与人生》，屠格涅夫的《猎人笔记》，纪德的《人间食粮》，怀特的《人树》，诺里斯的"小麦三部曲"，胡安·鲁尔福德的《平原烈火》，埃林·彼林的《土地》《未收的麦田》等等。这些出于寻找坐标和借鉴的阅读，使我进入了豁然的境界，我的散文集《故乡永在》甫一出版，就好评如潮，著名作家宁肯甚至说："凸凹是中国乡村哲学和大地道德的代言人。"可以说，这时的阅读已不仅仅是精神提升了，而是让我进入了天地境界。

由我的经历可以看出，一个人的阅读，是从生存改善、价值实现、精神提升到感悟天地，依次递进的，这与冯友兰的人生四境界说相类同。所以说，读书的获益是个不间断的过程。在时间深处，书香不灭，且大放异彩！

2012年12月30日凌晨三时于北京石板宅

《旧日红》

从华美书店购得董桥的《旧日红》(中华书局,2012年10月版)。董桥的书,在大陆出得过勤、过多,有些烂了。

俞晓群先生是我最敬佩的出版家,他在主政辽宁教育出版社时,出版了"新万有文库",凡几百种,几乎把被国人忽视的经典收罗全了,简直是人文重镇。他到了海豚出版社之后,又发扬传统,出版精构,不计成本。他出了一套"独立文丛",出得精美异常,一如《圣经》版本。其中收入我的读书随笔集《夜之细声》,且写了颇合我心的推介文字——

　　本书是凸凹的散文随笔集,准确地说应该是读书随笔。是作者由生活到读书,由书外到书内,又由书内到书外的心灵之旅,他坚信读书不是为了用,而是为了得到一种叫作"会心"的东西。书中涉及相当广泛的文艺作品和国内外作家,素材陌生,却因为作者时时处处都在"寻找属于知识分子生活与阅读的平衡"而散发出朴素的哲理,常令人"会心"一笑。

所以，不仅敬佩，还心存感激。

但他近来也把董桥文字作为主打作品，出了十数本，几万字的篇幅，扩印成巨册，装帧豪华，定价颇昂贵，在"烂"中助烂，不禁为他惋惜。

董桥流行，始作俑者为罗孚，即流苏先生。他的一句"你一定要读董桥"激发了读书人的虚荣心，好像不读者就无品位，就都读，遂成合唱。我当然也不能免俗，开始读董桥。买的第一本，是三联版的《乡愁的理念》。小册子，由于是精选，收的全是代表作，品质整齐，给我留下了好印象。便见一本买一本，在架上成列。

集中阅读之后，感觉就变了。董桥为写而写，寸间情调，扩充成堂皇气象，让人感到虚。为了求雅，他拿腔拿调，让人看到了不可遮掩的做作。说他腹笥充盈，是因为他善于调配字词，背后的实质不过是常识而已。文思也苍白，曲意弄巧，少真知灼见。所以，读董桥，偶一读之，是趣；连续阅读，是倦，恨不得把那绣花枕头一般的货色扔出窗外。

为什么还买？因为那书印得实在太美，书本身是艺术品。也是一种习惯，即求全的惯性，既然以前买了不少，不如悉数买来。好在收入也能支撑这种无用之买，浪费一下，也不心疼。这就一如女人买衣，买了也未必是为了穿，即便是长年压箱底，伙伴提及，也能给个"有"的虚荣满足。

董桥作品，正类同女人的无用之衣。

就说这本《旧日红》。

那红色绒面，烫金书名，看上去有性一般的诱惑，一如女人伸出一条肉感大腿，在你眼皮子底下向上提拉丝袜，欲擒故纵般的挑逗，不事张扬的张扬，那种暧昧的感觉，让你难以拒绝。

就买。

但董桥在书里所说，他的写作，已不看他人眼色，"自己满意"是唯一准则，就很没趣了。他已经有了强烈的名士意识，真把自己当人物了。快感应该隐忍地享用，这是修养和体面，一旦喊出，就如妓女叫床，真的俗不可耐了。

如此说来，我等就可以理直气壮地当一回嫖客了。

2012 年 11 月 10 日

书虫之于书,一如妇人之于美衣

去王府井的涵芬楼购书。

涵芬楼是商务印书馆的招牌门市,与北侧相距二里之遥的三联韬奋书店相比,店面要小得多。但分类清晰,精品集中,且人少,清静,能从容地翻检。所以,每次进城买书,涵芬楼都是首选。

看到一套新版《卢梭全集》(商务印书馆,2012年6月第一版),十六开异型本,墨绿的封面,凝重而大气。说是全集,其实是全部汉译的集合,离原版的"全"有很大距离。集中所录,其单行本都有收藏,如果仅仅是为了读,未必要买。而且价格颇不菲,九卷的规制,人民币千三百余,吝财的心,有隐痛。

但还是决定要买。

因为纸质精良,版心疏朗,天地开阔,有阅读快感。书虫之于书,一如妇人之于美衣,赏心而且悦目,才能熨帖。

书拿到交款台上,还是沉吟了一下,书资之昂,不能痛断,说:"我出去抽支烟。"

站在店外的台阶上点燃了一支红塔山,烟气微甜,催生豪气,又狠抽了两口。一制服后生推门而出,说:"同志,这里不让抽烟。"我说:"店外空地,哪儿有禁烟的道理。"他说:"然而你的烟气都跑到店里去了,我的两位女同事掩鼻而怨。"我颇不悦,说:"她们以为自己是美女啊!"因为我觉得那两个女店员并不美,甚至还有些丑,与"书中自有颜如玉"的古趣远些。后生一笑:"这跟美女不美女没关系。"为不辱没斯文,还是把烟掐了。

愣愣地站在台阶上,看到自家轿车的雨刮器上,竟夹上了一张纸条,印刷的纸面,填着停车的时间。我取下纸条,欲随意抛去,一个夹了皮包的黑瘦男人走上前来,抢过那张纸觑了一下:"一小时零三十五分钟,交款十六元。"我问:"这是不是书店的停车场?"见那人点点头,我说:"既然是的,到你家店里买书,怎么还另收取停车费?"他说:"他是他,我是我,我们单独核算。"我说:"怪不得你家店面冷清,书也不打折扣,还另收停车费,层层扒皮,让人惊惧。"他一笑,说:"这年头,穷人谁还看书?你既然能来买书,就是有闲有钱,还在乎区区的几块停车费?"

我居然还是有钱人?依他的逻辑,我应该有不俗的风度,便毅然决然地踅回店里,把书买了。坐进车里,我心绪复杂,想到了鲁迅。鲁迅到内山完造的店里,会有人看座,沏上香茗,递上烟盘,让他一边品茶,一边吞吐,一边轻抚书页,让他足量地享受读书人的优游,心境大好。如果不这样,书店算个屁!

本来还要到韬奋书店逡巡一番,因为囊中无余钱,心中无余绪,便作罢。

回到家里,见到又有成捆的书被趸进,家婆本明媚的脸色倏地就阴沉下来。她不是心疼钱,而是心疼她的生存空间。文人无大屋,客厅的一壁墙,都陈列着书架,已窄仄无形,而床头也书垛巍峨,睡眼方睁,就是一个"堵"字。既然这样,就不应再进书,因为书毕竟不是日子。热爱日子的家婆有这样的反应,自然是理所应当的事,我便羞愧地一笑,说:"你也别生气,我去给你下厨。"家婆说:"菜也没买,还不是无米之炊。"我说:"没关系,我给你做一道油炸卢梭。"

她忍俊不禁,扑哧笑了。

2012 年 12 月 1 日

个体书店的风景

写得沉闷,便到街上逛书店。

先到新华书店的门市。店面里,除了时事和教辅有几样新书之外,依旧是那些老旧陈书。这好像是多少年不变的固定格局,真不知道他们靠什么养活自己。不过,进门处倒有几种莫言的著作,亏他们还知道诺贝尔文学奖。莫言的书,自家书架上几乎全备,便不被吸引。也有新发现,就是堂堂的国营书店,居然还卖文化衫、文具、作业本、女士手包、化妆品,还有仿制名砚、生熟宣纸、各种毛笔。不难看出,他们生财有道,不会被饿。

无一所获,就去逛个体书店。

先是城南的"文友书店"。店主是个业余作者,不仅懂书,还写一手好散文。我主编的《燕都》就登过他几篇。书店的牌匾是我之所题,因为他知我、懂我,视我为地方神圣。三间店铺,古今中外,经典新品,皆悉数而备,可挑选的余地很多。见我来访,他大呼小叫,让座烹茶。问他生意,他说艰难,但还能维系,总还能吃饱。我说,这就好。他说,当然好,读书人能整天守着书,就是大福,给个县太爷也不换。

有些孔乙己再世。

其实我知道，他的艰难，还不仅在于书市疲软本身，还在于环境生态。且不说工商税务常来检查，就是派出所民警也时有光临。前年年关，警员说他贩黄卖非，居然把他和夫人拘进警所。情急之下，向我电话求救。我一听就愤怒，因熟知他的底色，一介书生，本分经营，何黄及非之有？正认识一位警长，托他斡旋。他说，小事一桩，不过你那位哥们儿，太不懂时务，"黄非"之下，不过是他不会打点。我说，既然这样，就欠你一个人情，把他"捞"出来算了。他说，我好欠，所里的人不好欠，他们正突击完成今年的罚款任务，放他出来，还得找一个顶替的，我只好把我手头的一个名额转过去。我明白他的言外之意，说，有事好说。他居然立马顺杆子爬，说，我手头有一张饭费发票，能否报了？我说，当然报。

从警所出来，他说，咱不沾亲不带故的，却劳烦你费神费力，真是有些过意不去。我说，谁让我们都是读书人，在书的名分下，我们是一家人。这之后，果然安宁，因为有那个警长罩着，不被看轻。

从他那里淘了一本译林版的插图书《瓦尔登湖》，原价十八块八，给了他十元。

他死活不收，匆然放下，疾走。

从他那里出来，到小镇中心的华美书店，也是个体经营。不过它的规模大，一层楼的面积，且在区县各处都有分店。它的图书品类齐全，尤其是新书流通得及时，只要是《新华书目》《中国读书报》《中国图书商报》上推介的新书，在它那里都能找到，包括我的新作。所以他的老板即便不是读书人，也对读书界的情况熟悉，知道我是作家，购书时总是给打最低折扣，新书也打八折。这种待遇，在新华书店享受不到，他们死门套户，书即使卖不出去，也从不打折。

买了一本译林版的《里尔克抒情诗选》。

其实梭罗和里尔克的书我都有，不过是我嗜其作品，注重版本。只要新版本行世，就本能地纳入，否则就心绪不安。

由这两家书店，我对实体书店是存有希望的。

2012 年 12 月 9 日

别了,马悦然

2012年12月7日的《文汇报》"笔会"上有一篇芳菲的《十八个人的阅读,一个人的阅读史》,系对马悦然的吹捧文章。

读后气闷,感到势利写作乃中国文坛的一大病疾。

马悦然对中国文学的阅读,乃出自个人趣味,他对作品的评价也是自说自话,与"阅读史"无关。

他对李锐、曹乃谦的吹捧,都已到了可笑的程度。他不可能不知道什么是力作、什么是杰作,而把曹乃谦的风情小品说成是汉文学小说的高峰,正说明他的学术根基,不是理性分析,而是趣味放谈。

李锐的长篇小说,也非大作,叙事单薄,内涵很浅,不过是吕梁的地域文化特征的文学化。曹乃谦的温家窑风情,格局更小,不过是田间地头、茶余饭后的口头故事的转述。汪曾祺看重他,是因为汪对民间风情风物感兴趣,代表着"人间送小温"理念下的"平民视角"。而汪曾祺把自己看得也不高,他说自己是小品作家。所以,汪曾祺对曹乃谦的评价只是在"喜爱"的层面,并没有说他的小说品格有什么了不起。一如老父看子,欣赏固然欣赏,却并不把其看作栋梁之材。

到了马悦然那里,李锐和曹乃谦就十分了不得了,好像除了他们,中国文坛就不再有人。其实马悦然不过是个汉学家，本身的文学境界堪可疑。他的立足点，是中国汉语中的方言、俚语、民谣、民俗、风物等民间元素，这些"冷僻"的"俗"东西独特，也不被其他汉学家看重，正可以让他做热闹学问，在汉学界立住脚。如果止于这种学问，他反而让人们尊重，不幸的是，他剑指严肃的中国文学，腾挪之间，就不合章法，破绽百出。还不幸的是，他有一个瑞典文学院委员的身份，迷惑了有"诺奖情结"的中国作家，就把他的话当作凿凿言，不敢质疑。又不幸的是，他还用这种身份招摇，频发议论，杯弓蛇影，吓人不浅，以至于不少人跪拜臣服。即便是后来知道了他不过就是个委员，不是诺奖评委，也不愿意觉醒。这与中国人的民族心理有关——田间朽木一旦被雕成佛像，就只有跪拜，如有微词，会被人指斥不忠，疑其人品。为了人品清正，错就错了，不能说破，在含糊中享受心安。

在一片讴歌之中，我买了他的散文"大品"《另一种乡愁》。读后大失所望，全没有文化乡愁精深经典的模样，不过是中国老作家那种倚老卖老型的回望、忆旧文字，睡前翻翻也就罢了，不必在案头作庄重的阅读。

至于他的被人称誉的"伟大"小说《我的金鱼会唱莫扎特》，除了炫技，除了玄虚，除了悬异，正经的货色并不多。既然如此，让其有个好市场也就足矣，因为中国人尊重老朋友，可是芳菲们非要让其承享美誉，而且是至高美誉，我们只能阴冷，不能勃起。

还有他的翻译。这一点，《特朗斯特罗姆诗歌全集》的译者李笠同志在《文学报》上已作长诗讥讽，以示敦厚，就不再多说。

最后，借用毛泽东的方遒挥斥方式：别了，马悦然。

2012 年 12 月 10 日

民国的兴味

著名学者孙郁总是感叹，今天的写作者真是大不如民国那时候的文人了。那时的文人，有高蹈、博识、从容、儒雅、悠然、涵容的文化状态，读书和写作不是工具，而是生活本身。因而他们的文字，有王小波所说的"情趣和智慧"，能让你领略东方人对世界的感性魅力，在自由生长中，达到一种今人不可企及的精神高度。而今天的文人，是单向度的人，趣味单一，心性浮躁，在追逐名利的层面上，作技术化的操作，思无定理，境无高致，情无韵味，离人们的期待远了。所以，他对今天的文人很是失望，有一种浓得化不开的悲凉情绪。

我同意他的看法，心中意绪也与他类同，便对写民国人物的书有大兴趣。

上世纪九十年代以来，伍立杨开始民国人物的研究，写了不少相关的随笔文章，我颇爱读。与他的交情也日日渐深，有十年的蜜月期。后来他调到《海南日报》，我还写专文《南迁嘉木伍立杨》以示纪念。那篇文章天南地北地发了几十处，即便是甘肃、青海、西藏等偏僻地区的地方小报也有刊载，影响是大的。两地相隔，联系就少了。再加上他这个人有怪癖，近则晤，远则忘，从不主动给你打电话，而你打电话过去，他也是支支吾吾，终是断了联系。近几年他连续出版了几部民国研究的专著，致电索求，也不见寄，好书不能赏析，心有大忧伤。

所幸的是，王开林的《国士无双》（上下卷，华文出版社，2012年4月版），解玺璋的《梁启超传》（上下卷，上海文化出版社，2012年10月版）均有赐寄，令我大快朵颐，增智怡神，满心受用。

上月底从《中华读书报》获悉王学斌的《民国的底气：腹有诗书气自华》（东方出版社，2012年7月版）出版，眼前一亮，速去涵芬楼购买。买来潜读，于今终卷。也是像开林那样，通过个案解剖，构筑全貌，折射时代。通过书的目录可窥"全豹"——

第一编　魏晋气度
章太炎："民国祢衡"章疯子
刘文典：我狂亦即我存在
黄　侃：亦庄亦谐真醇儒

第二编　元气淋漓
傅斯年：书生本色终成憾
张君劢：一代宪章空有愿
梁实秋：饕餮未必非名士

第三编　老气犹存
林　纾：笑骂由他我自聋
辜鸿铭：菊残犹有傲霜枝

王闿运：空留高咏满江山

第四编　志高气短
刘师培：为何总是我失足
蒋廷黻：怎奈何阴差阳错
翁文灏：为他人作嫁衣裳

第五编　大学气息
蒋梦麟：最是遗憾教育梦
罗家伦：治校从政两喏然
钱玄同：生前身后两重天

只不过，开林弄词过苛，处处藏锋，王学斌则率然用笔，情韵自显；开林撒豆成兵，垛堞观事，自己一言不发，王学斌则各个击破之后，城门回望，自己做出总结。我很同意王学斌对"民国底气"的特点归纳——

所谓的"民国底气"究竟是一种什么气？首先是一种气度。民国之世，政治上变动不居，思想上极为活跃，一批内心自信、风流潇洒、简约云淡、不滞于物的名士应运而生，这与阮籍、嵇康等人的"魏晋风度"何其相似。章太炎、黄侃、刘文典，莫不是清峻通脱，表现出的那一派"烟云水气"而又"风流自赏"的气度，几追仙姿，傲骨绝尘，惹来后世的景仰与追捧。虽在清末被好友出卖，险遭黑手，章太炎依旧视刘师培为"天下第一读书种子"，撰文呼吁"一二通博之材，如刘光汉辈，虽负小疵，不应深论。若拘执党见，思复前仇，杀一人无益于中国，而文学自此扫地，使禹域沦为夷裔，谁之责耶"？其度量之大世人罕匹。黄侃亦有乃师之风，不顾尘俗偏见，不避自损之嫌，于民国初年毅然登门拜刘申叔为师，"《三礼》为刘氏家学，今刘肺病将死，不这样做不能继承绝学"。其胆识绝非常人可比。

其次是一种气势。晚清湖湘名臣左宗棠于困顿不堪、尚未显达时，曾撰有一联，曰：

身无半亩，心忧天下。
读破万卷，神交古人。

虽无权位，但一心忧国忧民，书生言政；学富五车，方可以挥斥方道，指点江山。此不啻是对民国知识人最佳的精神摹写。清末危局，读书人抛开青灯黄卷，投身变革大潮，章太炎、刘师培倡言革命，世称"枚申二叔"；民国动荡，教授们告别三尺讲坛，参与政务运作，傅斯年、蒋廷黻披肝沥胆，人送"大炮""猛牛"。正因为身具真学问，胸存大抱负，心底有苍生，眼中无权贵，知识人的所言所行才气势磅礴，元气淋漓。看不惯袁世凯倒行逆施，章太炎"以大勋章作扇坠，临总统府之门，大诟袁世凯的包藏祸心"；受不了蒋介石的军阀做派，刘文典坦言"青年学生虽说风华正茂，但不等于理性成熟，些微细事，不要用小题目做大文章。如果说我是新学阀的话，那你就一定是新军阀！"二位是何等之气魄！不满孔祥熙、宋子文家族的贪污腐化，傅斯年大呼"政治的失败不止一事，而用这样的行政院长，前有孔祥熙，后有宋子文，真是不可救药的事"；痛心国民政府颟顸无能、人浮于事，蒋廷黻决心改革，虽屡屡受挫，依然坚信"我唯一要出卖的是我的智慧和努力工作的愿望。根据这种意念，我认为循一般方法处理事务会令我一无所成。如果按照我自己的意思去做，虽然也可能失败，但是将来不会使我感到遗憾"。这是何等的架势!

再次,既然气度不凡,气势磅礴,民国知识人势必个性张扬,气象万千。说到气象,不禁联想到一个词:"范儿"。"民国范儿"可以概括为"一种趣味、一种风尚、一种美学"。民国时期,知识人往往是趣味的开拓人,风尚的引领者,美学的践行家。文学大家梁实秋终生倾情于美食,虽几经颠沛流离、辗转各地,却对"吃"情有独钟。有钱时随心所欲,挥金如土,玩命地"作";穷困时也从不亏待自己的一张嘴,独辟蹊径,别出心裁,花小钱照样能让盘中之物活色生香。总之,梁这一辈子,除了其令人仰视的文学成就之外,其对饮食之道的造诣也罕有人能与之匹敌。别看一日三餐,人家吃出了味道,吃出了学问,吃出了境界,吃出了真谛,真不愧是"治世之饕餮,乱世之饭桶"!此外,民国知识人,有的喜好收藏,有的喜好旅游,有的喜好文墨,有的喜好戏剧,气象博大,有人生大趣,令人钦羡不止。

总之,民国之底气,即在这"三有":有气象,有气度,有气势。气象者,重在"象",清峻通脱为象,烟云水气为象,风流自赏为象,傲骨绝尘为象。此等气象,可见于林纾、黄侃、刘文典诸辈。气度者,重在"度",忧国忧民为度,书生言政为度,指点江山为度,不畏权贵为度。此等气度,可见于章太炎、张君劢、辜鸿铭诸辈。气势者,重在"势",境界高峻为势,见多识广为势,煮酒论道为势,至大至刚为势。此等气势,可见于王闿运、刘师培、梁实秋诸辈。

颇令人惋惜的是,"民国是丰富的,是古典文化大规模转换的国家景观,回首前瞻,与传统、与世界,两不隔绝。只可惜民国的整体风范,民国的集体人格,才告确立,才有模样,就中止了,改道了,无可挽回"。而"气韵生动"为中土士人之最高境界,此境界历朝历代均有,民国尚有遗存,只是已难挽"三而竭"之颓势。继之而起的气象,可圈可点处几许？我等不禁感慨：俱往矣，然风流人物，未必在今朝。

"虚而不谦、清而不高"，乃当代知识者（包括文人）的境界底色。孙郁先生如果读了王学斌这部椎心之书，也会有如是说的。

2012 年 12 月 14 日

软性文字中的庄重闪光

《章衣萍集：随笔三种及其他》（"海派小品集丛"，许道明、冯金牛选编，汉语大词典出版社，1993年11月版），系小册子，收有章衣萍最著名的三种随笔：《枕上随笔》《窗下随笔》《风中随笔》。殊可惜的是，均是节选，不能窥其全豹。选家无眼界，贸然断袍，甚恶。

章衣萍的文字有粉色，多软语。个人情调也偏于粉，譬如病中扎液针，喜女护士操作，却来一长男，叫苦不迭。嗜摸女臀，认为那是美上之美。即便是夫人陪伴，眼里也不掩馋光，夫人无奈，因为他有肺病，且常引鲁迅语，捂素帕，咯一点血，以为是典雅情致。

但软性文字中也有庄重闪光，每一读到，忍俊不禁，笑到心里。

譬如——

D·H·劳伦斯的著作颇使我喜欢，尤其喜欢他的《查泰莱夫人的情人》，可惜此书在中国不易买到……这真是一部奇书，比《金瓶梅》还奇。从旧世界到新世界要从生殖器过渡过去的，没有受过戒的人，不能看。因为它是一部"受戒者的文学"。

旧世界到新世界进化，居然是"从生殖器过渡过去的"，初读戏谑，细忖深刻，可成堂皇专论的道理，被他在嬉皮笑脸中点破。

还譬如——

有人问陈公博是怎样人，他说：我一半是书生，一半是马路上的瘪三。

书生有家国情怀，瘪三则毫无原则，一切从生存出发。点笔画全貌，寸尺量全身，复杂的东西简约化了。与其说陈公博豁达，不如说章衣萍会选材，道尽大人物的真实样相。

再譬如——

姚名达君有一副对子描写他自己："三思而行，一败涂地。"

谨言慎行一生，未必就能修成正果；随心所欲行世，也许会功德圆满。人常在尴尬之中，常被命运捉弄。

读了章衣萍，我不禁感慨：谁说软刀子不能杀人？文学究竟是文学，它自身有灵，在时空厚暗的深处，兀自发幽光。

可惜，这样的随笔现在是无人做了，或许即便是做，也未必能做得出。因为它的背后，是博识，是心灵的自由。

2012年12月17日

不堪的趣味

2013年2月6日的《中国艺术报》上,有署名蔡家园的一篇批评文章《〈带灯〉:给"纯文学"亮起红灯》。读后,肃然。

他说,贾平凹的长篇新作《带灯》刚一推出,就被许多批评家热捧,认为是农村文学的一个新突破,给世界贡献了经典的"中国经验"。但是沉下心来一读,却发现《带灯》依旧是按贾氏惯有的思维习惯处理全新的农村物事,他依然处在博尔赫斯所说的"被传统所遮蔽的自我之中"。这样的写作,很难想象他会塑造出什么"新人"来。他剖析道——

> 带灯和竹子都是乡镇干部,(在贾的手下)却更像《红楼梦》里"水做的女儿",白璧无瑕,处处清高和寡。人物间可能的冲突都被作家刻意淡化或消融,我们看不到"牺牲者"的反抗和挣扎,更看不到"娜拉"出走后的余思。带灯的精神空间深深烙着贾氏一贯的"不能挣脱儒家伦理规范的人物,至多是道家来抚慰"的烙印,反而显得矫揉造作,无利于"这一个"的典型塑造。贾平凹一贯被视为写女人的

高手，但从带灯身上总是隐约地看到他过去塑造的人物的影子，这种自我重复更进一步印证了作家思想空间是何其逼仄。

"带灯"是萤火虫在黑暗中发光发亮之意，贾平凹选择这两个字作为小说主人公的名字，其寓意是不言而喻的。但是，由于作家思想和灵魂深处的苍白，这种光亮无法穿透晦暗的现实，也映照不出真实的中国经验，也无法照亮中国前行（的路）。

蔡家园的评论，我深以为是，觉得他对当下农村的实况是了解的，不禁对他生出敬意。

我的出身就是农民，高中毕业上了一个农业院校，毕业之后就一直在农村工作，从一个蔬菜技术员，成长为一个偏僻大乡的乡长。可以说，我是改革开放三十年农村发展历程的亲历者、实践者和见证者。我个人的成长历程与农村变迁同脉，我个人的感情经历与农民的情感世界同源——满脑子乡村物事，一肚子农民情感。所以，我对中国乡土现状有着清醒的把握和深刻的认知，知其真相，知其痛痒。

因此，我也特别关心中国乡土文学的走向。经过多年来对乡土文学作品的阅读，我认为，中国的乡土文学还是一个不很完善的文学品种，存在着不少问题。中国乡土文学总体上，有这么几种模式：一种是思想启蒙模式，这是鲁迅以来的传统；一种是阶级斗争模式，以浩然为代表；一种是政策图解模式，以丁玲、周立波为代表；一种是田园牧歌模式，以刘绍棠为代表；还有晚近以来的以贾平凹为代表的文人趣味模式。这些模式，都有观念先行、概念图解、凭空臆造的不足。

要想突破，应该采取的态度是：立足于土地上的阳光雨露和"原生态"的乡土情感，老老实实地抒写从大地的血管里流淌出来的，令人类感同身受的乡土经验，也就是说，要进入土地内部，对乡土世界进行本真的、全息式的描绘，揭示出乡土世界的丰富性和复杂性。或者说，要按照土地的"逻辑"写作，呈现大地自身的道德，而不是自以为是地主观评判，把自己的理由强加给生活。

尤其是贾平凹的乡土写作，绝对不是立足于大地真实书写，他是以乡土为素材，抒发个人的文人趣味，都是老庄与道，故弄玄虚，怪力乱神。在他笔下，制造了一大批伪民风、伪民俗。至于个人趣味，也不是思想者的健康趣味，而是嗜痂者的畸形趣味，是没落文人的意淫。他从不关心乡土人的生命痛痒，更不洞察乡土社会的矛盾对抗（好像他也没有这个能力），而是从书斋里获取的观念出发，摩挲怪异，弄些神神秘秘的不经情调。他的个人立场及形象，类似旧时农村的神汉、巫婆。

他的《秦腔》《古炉》以及近来的《带灯》，都是不堪之作，让熟悉农村生活的人愤懑、愤慨、愤怒。然而，那些所谓的权威评论家，当红的评论家，却一窝蜂地戴以"杰作""经典"的高帽，言之凿凿地认为贾氏"贡献了中国经验"，是乡土中国最伟大的书写者。我不想说，这些批评家生有媚骨，擅长追名跟风，做谄媚评论；我只想说，这些批评家因为长期高踞殿堂之上，避居厚暗书斋之中，与当下农村、一线生活产生了根本性隔绝，弱化了他们的批评能力，只能驾轻就熟地从事一些从书本到书本、从观念到观念的"被传统所遮蔽"的惯性批评。所以，我曾在北京文艺论坛上发出呼唤，呼唤我们的批评家，要走出书斋，走向田野，贴近民生，在拥有了必备的感性经验之后，写出感同身受的批评文字。当时我冠名为"绿色批评"。一如民间文艺大师钟敬文确立"田野调查"研究体系一样，我们的农村文学批评体系，也应该建立在"田野调查"之上。我还说，历来都号召作家要深入生活、深入实际，实行"三贴近"，与之相呼应的，批评家也要"三贴近"。否则，下笔无实，且多背时迂腐之论、虚无缥缈之词，就殊可笑了。

蔡家园在批评界整体对贾氏既"宠"且"捧"的情形下，独发出"异声"，殊可贵。如有机会，可主动结识。

2013年2月7日

《读书》的品质

我是《读书》的老订户，从它创刊，一直到今天，从不中断。因为爱《读书》，与它相类的报刊我也陆续订阅了，如《书屋》《书城》《万象》《中华读书报》等。

其中，《书屋》《书城》多年来一直保持品质，是言之有物的刊物。《中华读书报》多有好文字，但也有不如愿之处，就是常登质次长文，只好匆匆掠过。《万象》起初还好，近两年就有些让人失望——过分求雅，雅到无聊，就没了真趣。其实雅趣是从俗界来，不入世，不关心凡常人生，就没了血肉。只一味才子佳人，趣在脂粉，就没多大意思了。但偶有嘉构，譬如李慎之论宪政，刘再复论周扬，又不忍放过。弃之可惜，食而无味，类似鸡肋，沉吟再三，还是订阅。

《读书》的脉络我是很清楚的，从活泼到滞重，从滞重到二者得兼，办刊风格总是在变化着的。但无论哪种风格，我都适应，都喜欢。活泼中见沉重，滞重中见性情，因为都没有游戏笔墨，论证扎实，多有所得。现在的《读书》是越来越有"容量"了，不只文学、哲学、学术、政治、经济、社会、文化、生态均有涉猎，可谓与发展趋势同步，与时代脉搏同振。《读书》的文字，不意气用事，一切都以"书"

为依托，以"材料"为依据，以理性为依存，都是娓娓道来，层层入化，多的是款款理趣，而没有居高临下、咄咄逼人的烟火气。这就让当局不惊，让读者会心，达到书香的"浸润"效果，于时局、世道和人心有益。

现在，有人认为"稳定"是压倒一切的要务，其依据是苏联的解体就是因为它的改革步伐太快了，把发展秩序搞乱了。针对这一论点，今年第二期的《读书》在"重启中国经济改革议程"的总题下，发表了陆南泉、雷颐、荣剑等著名学者的系列文章，就吴敬琏在《中国经济改革二十讲》一书中提出的"重启改革"的话题进行讨论。这些文章，对我国的历史和现状进行了理性的分析，找出了阻碍政治体制改革的制约因素，概括有三——

第一，既得利益阶层，也就是既得利益集团或权贵阶层。这个阶层对权力与利益的分配有相当的决策权，至少是有很大的影响力。这个阶层，由以下几部分人组成：一是部分垄断行业的高层人员，利用他们对重要的公共资源的占用和支配权，把本应归社会共享的成果变成部门利益。他们根据自身需要不断调整规则，控制市场，左右价格，为损公肥私行为披上合法外衣。二是少数党政机关领导干部，他们把自己掌握的公共权力市场化，对外寻租。中央的路线方针政策，对自己有利的就执行，不利于己的就不执行，从拖延、推诿到偷梁换柱，企图使既得利益固定化。三是一些有背景的民间企业，利用特殊的优势破坏市场规则，牟取超额利润。这些人以收买权力而获取丰厚资源，他们的行贿活动已从经济领域进入到了政治领域。

第二，"左"的教条主义。应该说，我国在改革进程中的理论探讨是与时俱进的，但这并不可以说，"左"的教条主义障碍就消除了。至今还有些人动不动就给人戴上"资产阶级自由化"的帽子，把它当作压制别人的武器。"左派"们还把体制改革中出现的诸如"官僚资本主义"与用权力置换利益、经济垄断、腐败、分配不公等问题,全部归结于自由市场经济上。但他们并没有认识到,出现上述问题恰恰是市场经济体制的建立未到位,即公民的经济自由未得到保障与真正的市场主体尚未形成,垄断部门未市场化与法制建设没有跟上所造成的。

第三,不恰当地、过度地强调民主的特殊性,而忽视共性。应该承认,这个世界存在着普世价值,人类社会都在追求民主,人本身也都在追求自由、平等、人权。如果对民主的共性与特殊性在理解上出现偏差,以特殊性来否定共性,就会给民主化进程的推进和政治体制的改革人为地造成困难。

因此他们得出结论,中国必须重启改革,而改革的正确方向,就是经济的市场化,政治的民主化。

我觉得,《读书》的这组文章,平和中肯,立足于建设,比那些发激烈宣言,所谓呼唤"宪政",要入情入理得多。

这组文章,还与今年第一期《读书》上"一种解读"名下的两篇文章有机呼应,让人看到编者的良苦用心。

2012年9月,中央编译出版社出版了前东德的最后一位总理汉斯·莫德罗的《我眼中的改革》一书,用见证人的眼光,对"苏联模式"或"斯大林模式"进行了理性反思。为此,《读书》借机邀请他到编辑部与几位不同专业的学者进行交流,碰撞之下,进行深入解读。

雷颐的解读文章题目是《莫德罗的"理智和情感"》,左凤荣的则为《一个社会主义者对苏联灭亡根源的解读》。他们最终都认识到,"斯大林模式"的失败,苏联的最终解体,其根源不在于有些人所说的"激进改革",而是不改革。赫鲁晓夫看到了苏联体制的弊端而首倡改革,到了勃列日涅夫那里,极端强调"稳定",而压制改革力量,恶化了发展根基,直至积重难返。至于戈尔巴乔夫,重启改革已为时太晚,情急之下,有病乱投医,就不稳健了,仓促出台了漏洞百出的改革措施，因与苏联的发展实际不符，而遭到各种社会力量的抵制，未曾实施就轰然垮台。戈尔巴乔夫不是罪人，罪在苏联体制自身的弊端：过度的计划，使经济发展失去根本动力；过度集权，形成专制下政治腐败，失去民心，不亡也难。

总之，《读书》既重学理，又重趣味和文采；既重文人意气，又重历史情感和现实关怀，有通融、通透之象。

2013年2月19日

贵生

翻阅周育德的《汤显祖论稿》(文化艺术出版社，1991年6月版)，始知，汤显祖不仅是伟大的剧作家，而且是博大精深的杂家。"五经之外，读诸史百家，及冢、连山诸书"，并兼通"天官、地理、医药、卜筮、河渠、墨、兵、神经怪牒"（见邹迪光《临川汤先生传》）。他的著述涉及了宇宙观、人性论、政治学说、道德观念和宗教意识等诸多领域。他的作品卷帙浩繁、体裁多样，有《玉茗堂全集》问世，是天纵之才。

他笃信"天人感应"说，并注重人在其中的主观能动作用。他"贵生"，一方面主张自贵，一方面主张天下之生皆当贵重。他说——

> 大人之学，起于知生。知生则知自贵，又知天下之生皆当归中也。
>
> （《贵生书院说》）

所以，他有"人本位"思想。在论述文学时，也提倡"人的文学"。他在《宜黄县戏神清源师庙记》中指出，戏曲"可以合君臣之节，可以浃父子之恩，可以增长幼之睦，可以动夫妇之欢，可以发宾友之仪，可以释怨毒之结，可以已愁愤之疾，可以浑庸鄙之好"。这其实就是他对自己文学观的最简洁、最生动的阐述。

在他那里，戏曲与文学，都着眼于人性的善化，于"贵生"有益。因此，汤显祖对中国文学的现实意义，就不言而喻了。

2013 年 3 月 28 日

信任"老版本"

武宁、庞旸夫妇到长辛店千灵山清明祭祖,顺道来看望我,送光明日报出版社2012年11月版《鲁迅全集》一套,计二十卷,在人文社十八卷基础上,收全鲁迅译文,堪可阅藏。但也有缺陷:其一,不收《两地书》,理由是,"版本多样(包括原信、手抄本和整理本),读者很方便寻找阅读"。鲁迅著作,都有各种单行本行世,找来均方便,这样的说法,真是岂有此理。其二,把《且介亭杂文》及"二集""末编"与佚文一起按时间顺序重编,以《人海杂言》《荆天丛笔》的集名刊出(第十六、第十七卷),割断了版本"记忆",颇让人不适。长江文艺版的大鲁迅全集,之所以让人诟病,最要紧处,也是这个原因。

版本,不仅是"学",也是历史,更是情感,严肃的编辑家不会为了"标新立异"而贸然另起炉灶。所谓"大全集",应该在尊重原始体例的基础上,重点放在佚文的收集上,在"全"上下功夫,凸显其"文献"意义。

还有注释。人文社1982年版的注释已臻完善,"与时俱进"的注释,或新的注释内容,应该在它的基础上,进行完善,而不是从头做起,并各行其是。另外,在注释方式上,脚注不及文末的注释,它会间断阅读，切断文气。

总的来说，现在的几个版本，都有重大缺陷，不太容易被"老"读者接受，只是放在架上，作为"版本"存之，真正的阅读，还是要回到老版本那里。

2013年3月29日

"在场"的能指

五十岁生日那天（2013年4月17日），小儿送的生日礼物——获第四届在场主义散文奖的两本书《寻找家园》和《倒转"红轮"》于今日全部阅完。

这是一次艰难而愉悦的精神跋涉，留下一路的思考和一路的感叹，且不断听到灵魂的心跳。

想梳理一下阅读感受，却想到5月16日的《文学报》有就这两部书所发表的记者访谈，便找来重读，以寻求对应。

重读之后，感到记者傅小平是个真正的读者，他对两位作者的访谈，不是一般的职务文章，而是思想者之间的对话，几乎是把知识者层面的阅读感受，悉数说尽了。我不禁肃然起敬，觉得《文学报》能有这样的"学者型"记者，真是报纸的大幸。这就让人不难理解，为什么近年来的《文学报》影响日隆，是因为有大才存焉。有机会，一定要与这个人结识，做心灵晤对，以享快意。

便结合他的访谈，借用与衍发并用，以记述自己的阅读心得——

读《寻找家园》，于我等真是在分享一种至为独特的生命体验。在我等的感觉里，这本书是安静的、纯净的，却充满了激情和力量；它是通体敞亮的,却遍布阳光透过树林间隙在地上投下的斑斓的色彩。它的姿态是沉郁而又内敛的,却有着强大的磁场。某种意义上,这称得上是一本用心血淬炼成的"失败之书",却也是见证一个注定不可复制的个体精神历程的"磨难之书"。他让人想到两个极端的意象:它像是鲁迅所说的"地火在运行",但却最终抵达了海德格尔所言的"澄明之境"。

从汉语写作的角度看,《寻找家园》可谓另类。这本书消去了经历过极端年代的人写作中难以剥离的革命语调。它也没有"民国范儿",也不见近年汉语写作中俯拾皆是的"翻译腔"。如若找寻渊源,或许可以追溯到古代洗尽铅华的汉语写作一脉。正如崔卫平所说,作者借以写作的,是"当代《红楼梦》般的汉语"。

《寻找家园》一个很突出的特点,就是如北岛所说的"朴实而细腻"。这很能体现作者的美学观。在早年的《论美》中,作者曾写道:"最朴素的语言,就是最美丽的语言。"

出于作者艰辛磨难的人生经历,国内不少人都把他描述成受难者或是殉道者,称其为"当代中国难得的奇人"。但是,在作者笔下,总是娓娓而谈,不发悲声。就此,作家徐晓写的一段话,让人感到尤为准确:"控诉,但不止于个人的悲苦;骄傲,但同时也有悲悯;敏感,但不脆弱;唯美,但并不苛刻。"

作者给人的感觉,是一个真正的理想主义者。之所以要强调是"真正"的,一方面是因为他似乎不曾为虚假的理想裹挟着踉跄向前,而且也不像很多人一样经历过虔诚的信仰期,恰恰相反,很多时候他有"先知先觉"的能力。另一方面,他曾体会到深刻的虚无,有很多的"不信",但却始终是有所信的,是那种不信中的信。所以,徐晓又把他形容为是"来自另外一个世界的孩子"。

在《寻找家园》一书里,很少读到作者对人的批评和苛责,更多的是对同时代人的过往有特别可贵的、善意的同情和理解。这是建立在对人性的体察的基础之上的。宽容或是宽恕，对作者来说，意味着人格的不断完善和理性的彻底回归。

无论是《寻找家园》，还是别的文字里，都不怎么看到作者详写在美国生活的经历。偶尔写到，也基本上是关乎国内的现实。在《画事琐记》一文中，他写了被国内一位已故大诗人的女儿骗取信任开办画展的事，尽管只是淡淡地记录了整个过程，但字里行间隐现的悲凉之感，让人能感同身受。事实上，在这本书的一些章节里，作者对国内的世事变迁，尤其是生态环境的恶化表示了忧虑。他也一直关注国内艺术发展的状况。一如在书末说到的，他依然是"纯中国的"，且真切地相信"越是民族的就越是人类的，越是古典的就越是现代的"。书的最后一句是，"我们的许多故事，也都是笨出来的"，意味深长，让人确信，一个理想主义者，其苦难经历，恰恰是他最大的精神财富，他向苦而生，且茁健不凡。

金雁的《倒转"红轮"》出版伊始就引来很大关注——这一方面是因为这本书兼具思想性和文学性，读来引人入胜；而另一方面，也是最重要的一方面，是它包含了中俄之间诸多的相似之处，其探讨的话题较易引发强烈兴趣，使我们在阅读时，会不由自主地联想到中国，并拿一些事实或现象加以比照。也就是说，写俄苏物事，用"中国视角"。

在追本溯源的过程中，作者用大量一手材料，刷新或颠覆了我们对俄国知识分子原有的认识和理解。比如对别林斯基。他那种鲜明的批判立场，那种激越而高亢的批评格调，一直被国内批评界视为典范。但读这本书就知道，实际上文学批评只是他革命意识形态追求的一个组成部分，而我们对他基于平民立场的激进主义思想显然缺少辨别和反思。

又比如车尔尼雪夫斯基。我们知道他一些很有名的著作,也知道他是一个有影响力的人物,至于他如何影响了俄罗斯社会发展的进程却不甚了了。在阅读之后,感觉他是个特别纠结的人物——因为作为反对派的精神领袖,车尔尼雪夫斯基一直处于地下状态,他总是被捕了后释放,释放了后又被捕。最后流放西伯利亚十几年,等流放回来一年后他就去世了,所以他从来没有在真正的权力之下释放出一些能量。但很显然他的理论,对后来的激进主义、列宁主义都产生了很大的影响,而这些影响有很大部分是负面的。

从车尔尼雪夫斯基身上,会发现在俄罗斯,马克思主义只不过是覆盖在本质之上的一层薄纸,实质的东西是俄国民粹主义的,是车尔尼雪夫斯基的,是他们这些平民知识分子传承下来的资源。但我们还是要对他表达应有的敬意,毕竟面对强大的敌人,他无法用更为常态的表达方式,他的激进也有其可理解之处。而且,他有圣徒一般纯粹的人格,就连他的对手都不禁向他致敬。也因为此,这本书提示我们去揭开中俄之间相似性的面纱,看到它深刻而清晰的内在纹理。的确有很多事件粗看起来非常相似,但细加探究,就会发现很大的差异,甚至是性质上的判然有别。比如说,俄国走到最后这个状况,是一个合力作用的结果。因为有贵族知识分子的坐而论道、脱离现实和夸夸其谈,才会引来那些平民知识分子、那些"刺猬"们的反戈一击。因为他们在大学里对这些养尊处优的"富二代"有很深的抵触心理,从他们身上看到了社会的不公,这就注定他们会走上另外一条道路。

秦晖就说金雁对平民知识分子是有谴责的。而这种谴责,是双向性的——因为任何事情都不是孤立的,有了前者,才会有后者。谴责后者也相当于谴责前者。如果贵族知识分子能够考虑到他们的行为方式,会对其他阶层带来伤害,而换一种做派,可能就不会引起平民知识分子如此激烈的反弹。俄国人管这个叫作"秋千效应"或"跷跷板效应"。保守主义和激进主义之间，就这样你高我低地相互上下。保守主义过头了，激进主义就会抬头；激进主义过头了，也就给保守主义留下空隙。这其中，有特别大的张力，这两者在俄国革命走向不归路的方向上，都起到了助推的作用。

因为俄罗斯的思想史是生成于"大文学"这样一个情境中的，要研究俄罗斯知识分子，肯定要研究俄罗斯文学——文学一直扮演了"思想的引领者"的角色。而且用今天的眼光来看，俄罗斯文学也并不是一种纯文学，它可以说是无所不包，在这里头能找到政治、哲学、宗教等等丰富而庞杂的东西，这就使这部书写到了诸多大家都比较熟悉的文学家，譬如托尔斯泰、陀思妥耶夫斯基、果戈理的原因所在。这就使这部书客观地呈现出丰沛的文学色彩。

读《倒转"红轮"》，给我们的一个重要收获是：不宜离开具体情境去空泛地谈论知识分子。在俄罗斯，从有"知识分子"这个名词开始，就有很强的"思想反对派"或"心灵反对派"的色彩。以此来衡量，经历斯大林时期思想妥协后的高尔基，就很难称得上是俄罗斯传统意义上的知识分子。俄罗斯人对高尔基一直存在很大的争议。现在俄罗斯的大街上，列宁大街已经没有了，但高尔基大街还在。由此可见一般民众对高尔基抱有特别复杂的感觉，他担任过苏联作协的第一任主席，他助纣为虐过，但也有传言他是被斯大林害死的。所以他们对他也充满了一定程度上的同情。而《童年》《在人间》《我的大学》等作品，在俄罗斯也依然还有很多人喜欢。因为他这种草根写作，和托尔斯泰这样的"贵族"写作很不一样，带有泥土的芳香。

那么，高尔基到底能不能归为传统意义上的知识分子呢？对俄罗斯来说，知识分子历来就是和政权不相合谋的，他们总是站在反极权、反专制，总而言之是质疑统治者的行列。此种意义上的知识分子，无关文化程度的高低，他们经常显得很落魄，不修边幅，留着很长的头发，最重要的是他们不和当权者同流合污，始终保持独立性及对政权的疏离感和批判精神。但到了苏联以后，知识分子的概念就被换掉了。他们被归为有知识、能写会算，有着小资产阶级情调的一类人。我们现在对知识分子的定义，其实就是从苏联学过来的。以这样一个标准来衡量，高尔基当然不是传统意义上的知识分子。在俄罗斯有很多人持这种看法。像苏联氢弹之父萨哈罗夫对他加入斯大林大合唱的行列感到不满，因而不认同他是知识分子。

但金雁对高尔基充满了体贴，她在论述高尔基晚年思想悲剧时认为，这"或许并不是个思想问题，更大程度上是个人格问题"，她的春秋笔法，是对文化存在过度阐释的现象的反拨。她告诉我们，既然文化是人创造的，对一些人与事的探讨，可能还是得回到人性的根子上去理解才好。于是她说，高尔基说白了就是一个耳朵根子特别软的人，你看他先后有三任太太，他和谁结婚，行为方式就很受这个最亲近的人的影响，她们就像恒星一样拉着他这颗卫星走，一旦摆脱掉，他就滑入另外一条轨道，却还是重复原来的模式。列宁在书里对高尔基就有很多判断，大致说的就是这个意思。当然，他性格当中也有很固执的一面，尤其是在和列宁的关系上，他还写了《不合时宜的思想》，但列宁要用他作形象窗口，对他还是能包容的。到斯大林就不同了，高尔基没写斯的传记，没满足斯一些别的愿望，最后就不被容忍了。

金雁在这部书中，用知识分子个案的分析，有力地阐释出了不同国家的知识分子在介入政治时的本质区别。俄罗斯和中国、法国，还有拉美的很多国家，都有人文知识分子尤其是作家，介入、参与革命和政治的传统。应该说，作家参与政治本身不是问题，但关键是，后者是未经生活的转化，直接把政治的思维、概念，还有习气等带入文学情境中，就对文学造成了很大的戕害。这一点，在新中国成立以后国内作家的写作中，有很明显的体现。至于俄罗斯，就不同了，与其说俄国的作家积极参与政治，不如说他们从哲学思考的角度来考虑俄罗斯民族的命运问题。所以，他们在写作中谈人性思考，谈精神追求，政治并没有把文学"化"掉。他们的作品虽关注社会政治，但却从不去图解政治，因而就有了独立的文学意义。

2013 年 5 月 24 日

冷眼的阅读

近来文坛有两大"热闹":一是由《文学报》发表李建军对莫言的批评而引起的争议;二是由陈丹青策划推出木心《文学回忆录》而引起的热读。

就《收获》杂志社程永新、叶开对李建军文章有"文革"遗风的指责,国内各大媒体都有大版面的讨论。但都是各打五十大板,以示公允。看过,不禁气闷,因为都不说真话,背后都有功利的考量。

但在一片含糊之词之中,突然有谢泳发出鲜明的声音,让人看到了批评界的良知还是在的。他说——

这些年来,有些人只要一看到尖锐的文字,常常会联想"文革"式文风,但下此判断需极为谨慎。

何谓"文革"文风?要害不在文字如何尖刻,关键在文章本身有无政治背景。有,文字再和缓,也是"文革"文风;无,文字再刻薄,也不能视为"文革"文风。今天判断文风,于此不可不察。

"文革"文风,今天可以视为一个专用名词。它包括抽象和具体两类。具体即指发生在"文革"期间有政治背景的文章，它一般具有四个特点：一、多发表在主流报刊；二、文章作者都是奉命而作；三、文章背后均有明显主流政治意图；四、不允许讨论。比如姚文元《评〈海瑞罢官〉》《评陶铸的两本书》，戚本禹《爱国主义还是卖国主义》以及出于"写作组"之手的多数文章。抽象意谓"文革"文风并非只产生在"文革"时期，但通常具备上述四个特点。比如1954年批判俞平伯和《红楼梦研究》时，李希凡、蓝翎的第一篇文章，虽然文风有问题，但因为是自发的，没有政治背景，此类文章即不能认为是"文革"文风。但此文以后，凡有明显政治意图的奉命文章，文字再平缓，也可视为"文革"文风。如1955年批判胡风时主流报纸的按语，即典型的"文革"文风。1981年，二唐批判电影《苦恋》的文章，文字本身已相当和缓，但因为具备前述四个特征，所以也属"文革"文风。

文人作文，因学养、个性和风格不同，文风自然也就不同，我们提倡宽容、宽厚的文风，但文人各自性情不同，批评文章尖酸刻薄，也时常难免，不然何以称得上个性和风格呢？要说文风的犀利，何人超过鲁迅？要讲言语的刻薄，何人不甘拜其下风？但鲁迅的文章是个人的，是独立的，所以再尖刻，我们也不以为是"文革"文风。

《文学报》为上海一张普通报纸，李建军不过一介书生，"文革"文风这顶帽子，实在太大了。

他的论点，说出了别人不敢说出的话，因而引起各媒体的暗下呼应，因为他的文章初发《中国青年报》，而别家转载也不注"转载"字样，照样刊出，一如原发。刚拿到的昨日的《羊城晚报》，不仅发出，还在中心论点处变体、下划重点线，并在报眼位置推出"提示语"，可谓用意深刻。

对木心《文学回忆录》的热评，也是到处充斥，我订阅的十几种有影响的报刊，都刊发了吹捧文字。好像若不如此，就失了水准，不"文学"了。

《文学回忆录》我是自己花钱买了的，读过之后，顿有"不过如此"的感觉。有人说，木心的《文学回忆录》是他个人的文学史，真是一派昏话。他就作家和作品，任性而论，不置依据，不就规则，不设对应，是随感，是絮语，是玩儿。玩儿当然也是趣味，但不能标榜正经、正确、正道。一硬充境界，一硬充"史"，就滑稽了。

这不怨木心，只怨陈丹青的木胎镀金，更怨读者的跟风阅读。木心的文字，随意道来，有随意的好，贵在对板正面孔的反动。非要把他往严正了看，就欺心了。木心是老顽童样相，你跟他一起玩文字游戏，乐在一起也就是了。

然而他玩的是典雅游戏，学养不足、心力不足的人，跟不上他的节奏，为不失体面，就盲目拍手、叫好。这或许是木心流行的一个原因所在。

早在2006年年底，木心刚流行时，我针对陈丹青称木心的诗文是"伟大的作品"，是汉语文学双重的"异数"——中国风骨，世界观念，"落在任何时代都会出类拔萃"，所以，研究木心的文学活动，是"后事，大事，盛事"的说法，就在翌年第一期的《书摘》杂志上，发表过不同意见，现在看来，仍是对的。我说（看过木心目前在大陆出版的所有著作之后，平心而论）——

> 木心决非"异数"，更遑论"双重"。"中国风骨"是对

的,"世界观念"就显得牵强。他衍生自己的思想根底,不外《论语》与庄周,是古中国语录体哲学的余影。所以,他根本上是旧的,所异之处,仅在于它的叙述方式,即西化的语言。

"高明的父,总是暗暗钟悦逆子的;高明的兄,总是偏袒桀骜不驯的乃弟。莎士比亚至今没有妹妹,耶稣已经有过弟弟,最爱耶稣的正是他。"这虽是木心《庖鱼及宾》中的一小节,却颇可以拿出来"说事",因为他的文字有"类型化"的特征,便于"发凡"——前一截的立论是中国的,后一截的比兴便有点西方;即便有些"异数",只是形式而已。

木心出身并生长于中国的文化土壤,迁居海外之后,又"恶补"了大量西典,便腹笥充盈起来。但烙印已深,每一落笔,即中国思维;但他有足够的聪明,借西人的语法、西人的物事和西人的著述尽情点染,弄得气象万千,有新趣味。

文章分类,或贡奉思想,或贡奉情感,或贡奉趣味,这是不争的共识。中国的废名是个"异数",他故意把话说得迂曲,用字也简约到苛刻的程度,文章不能畅读,一派朦胧、神秘,让人感到好玩,可以驻足品味。其实,文字中蕴含的思想是极浅易的,如果抛开他的文体趣味,可圈可点处,就很有限了。

木心类似于废名。他也是把简易的思想,装在迂曲的意象之中,且把东方的消息用西方的语汇来诉说,有全新感觉。至于"落在任何时代都会出类拔萃",是徒弟对其师的偏爱,放到旁人,他不过是一个制造趣味的文体家罢了。

就这一点来说，正是木心独特的价值所在。因为文学真正吸引人的地方，就在于趣味。对趣味整体"缺失"的大陆当代文学而言，当有反拨和借鉴的意义在吧。

对木心及其文字，我是尊重的，但反对的，是那种理性缺失的"过度阐释"。

2013 年 5 月 27 日

读书人的乐事

2013年第六期《读书》上江弱水的《蜀中过年十绝句》堪可读。

他从自己春节作旧体诗起兴，论述了旧体诗和新诗的不同。其中，对废名和车前子多有参照，言之有据。他说，二者的不同就在于：旧体诗，语言是诗的，内容则是散文；而新诗，内容是诗，语言却为散文。所以，旧体诗往往随口吟出，信手拈来，就像那么回事；而新诗，必须强索诗意，超凡入玄，大有深意，否则，就太不像那么回事。因此，新诗人不如旧诗人那么品质天成，要有点端，有点摆，有点装——就像周伦佑所说，靠老婆养活，为人类写作。

车前子的原话是：

> 中国古典诗有种非凡的进入世俗生活的能力，非他国诗歌所有。进入世俗生活，但又非凡，大乐趣与大境界就在这里。至于新诗，目前的新诗，要么世俗，要么非凡，都不是正道……古诗的句子看上去要像脱口而出，但得来大费功夫；而新诗的句子却要有累得半死但恰恰又是一气呵成的感觉。

江弱水最后衍发道，旧体诗可以进行诗文唱酬，可以群，可以一起玩，有社交功能；而新诗，强调个人的隐秘经验，讲独特的设计，可以观，可以怨，然而不可以兴，更不可以群。新诗可不是一起玩的，所以新诗人孤独。

一篇小文，居然胜过有关的高头讲章，这就是好文章的品位和特征。

在今年第三期《收获》"河汉遥寄"一栏，发阎肃琼、章小东母女文，感人至深。阎肃琼乃靳以遗孀，章小东乃其女。章小东移居美国，有长篇小说《火烧经》《吃饭》问世，为李泽厚、刘再复所倚重。刘再复在是期《读书》上著《吃饭小说与吃饭哲学》专文推介，认为她从"吃饭"这一人生基本问题出发，写出了"吃饭"与生存的现实关系和与灵魂的形而上学关系，其深刻性为当代中国文学所无。这不是我所关注，我所关注者，是靳以遗孀阎肃琼的文字《无题的文字》。据章小东说，其母素不善文字，但对靳以的追忆，字字有风云，笔笔有韵律，活化了靳以的人生轨迹，让人不禁唏嘘。便想到，那时的文人配偶，不仅善解人意，而且还书香盈怀，温婉、贤淑与境界俱在，虽不露山水，但内在的风流还是在岁月中掠一片天地。与其相类者，有巴金的萧珊，沈从文的张兆和，汪曾祺的施松卿，马宗融的罗淑。不禁让人艳羡与感慨：那时的文人之所以有气象，与夫人的不俗有关。一如牡丹与芍药相约而立，梅兰与竹菊相伴而生，正验证了一个说法：好男人都是靠好女人涵养而成。

2013年6月27日

本末倒置

早晨家婆收拾房间，其行为令我不悦，又不愿与之争执，便甩手出门。

阳台本是通风、瞭望、晒衣、搁置杂物的地方，她却把阳台的杂物搬进客厅、居室，塞进角落，使阳台空阔、整洁。外人进门或许不察，而我每一放眼，都能看见室内的杂物，心里堵。

这是她一贯的做派，大事粗疏，小事计较，本末倒置。

到单位读《洵美文存》（辽宁教育出版社，2006年6月第一版），粗粗翻过，就放下，因为不堪卒读。

这本书，当年买下，就是这个感觉，以为是当时的心境不宜阅读。

邵洵美是中国现代著名的诗人、作家、翻译家和出版家，盛名之下，却无几多传世文字，原以为是世道不公，今日看来，是理当如此——

本来是小角度、小主题，却不从细部入手娓娓道来，却拉西方名人壮势，一阵海阔天空，终无扎实所得。他的论述，总是把浅显的弄深奥，把明白的弄糊涂，把清晰的弄挟缠，把通畅的弄纠结，总之是"别扭"为文，不知所云。

通篇文字，或许有一两句可以入目，但要以读者足够的耐心作为支撑。

他说："我不用格律决定诗的形式，我用耳朵来决定。"又说："我不相信有什么灵感，我只知道有技巧。"

这就决定了：他概无定见，只有随心所欲；全无真情实感，只是一味硬写。

他自己规定了自己的文字命运：你既然是硬写，那么读者就硬是不看。

"新月派"作家之所以在文学史上的地位式微，从邵洵美身上可以找到答案。

他们既不是"人生派"，也不是"艺术派"，而是"风雅派"。

而风雅，易流变，时过境迁之后，自然作云烟散。

从家婆到邵洵美，很诡异，但"本末倒置"是他们的联系，若想心情变好，及早避而远之。

2013年7月20日

当代文学，应该属于诗

埋头读刚来的刊物，即2013年第四期《十月》、第四期《花城》和第七期《人民文学》。

小说是不看的，因为已过了看小说的年龄。

便集中看散文和诗。

散文有于坚的《尚义街六号——生活、纪录片、人》、周晓枫的《齿痕》、祝勇的《秋云无影树无声》、朱强的《隐居者》。

看过之后，我觉得有理由为当下散文大唱挽歌。因为现在的散文，是技术写作，拼命地描写、拼命地堆砌、拼命地想象，长度越来越长，而气韵越来越短，已不堪回味了。把个人情感无限稀释，把个人偏见无限阐释，把个人感受无限放大，除了密密麻麻的文字方阵，已不见思想含量、精神品格。一如宏大的雷声，驱散了凝聚的云雨，让渴盼甘霖的人，等到一场空。

三大刊物因为是综合刊物，多发表组诗。计有吕约的《吕约的诗》（七首）、韩彬的《韩彬的诗》（七首）、俞强的《梦中的楼梯》（七首）、荣荣的《声声慢》（十五首）、李琦的《高寒之地》（十首）、朵渔的《民国》（十五首）等。

读过之后，精神亢奋，眼前有光。

这些诗，写得隐忍，却写出了人间的隐秘情感、时代的隐秘信息、天地的隐秘情理，让人心弦震动，发共鸣之音，让人昏聩顿失，茅塞顿开。太平盛世，世路也多崎岖，世道也多不平，它们给出了一个又一个令人会心、击节的伟大的隐喻。

譬如吕约的《开会》——

> 桌子前，
> 半身人，
> 一群斯芬克斯
> 互相提问。
>
> 每个人头顶都对准一颗星星，
> 黑暗中为他指路，
> 婴儿床上悬挂的小星星。
>
> 坐稳，
> 臀部，永恒的阿基米德支点。
> 坐稳，地球正被你撬起一角。
>
> 毫无贡献的脖子，请用力支起
> 越来越巨大的脑袋，
> 不能让它垂下来，无论问题多沉重。
>
> 滔滔不绝，威严紧闭
> 嘴巴，真正的主角，全靠你了。

你比脑袋跑得更快,
一个嘴巴在动,另一个追赶,
直到最后那个一张嘴,真理降临。

最佳配角,手
朝着空中某个目标挥舞,
要让远处的傻瓜们相信,
他们的命运即将决定。

唯一消失的
是脚。
脚呢?
脚到哪里去了?
独自跟着地球自转一周后,
它已不辞而别,
将我们留在原地。

  一首小诗,纸短意长——这个时代的病象之一,是人人都在"开会",人人都在空谈,而独独缺少了"脚",使"我们"不得不留在"原地"。
  我不禁感到,诗坛寂寞,但诗歌昌盛;天象厚暗,但地火冲腾。
  当代文学,应该属于诗。

2013 年 7 月 21 日

纸上的故乡

翻阅《三合村村志》。

虽是村志,却有标准志书架构和品质,建制沿革、人文地理、民俗风情一应俱全。其谚语、歇后语、童谣、民间传说一卷,虽出自三合村,却反映了京西北部山区共有的民俗风貌,有很大的文化价值。

溯三合村而北上三十里,是我的故乡石板房村,那里的风俗与三合村几近相同,所以,读了三合村的村志,一如是故乡志,勾起不尽的回响,殊亲切。

其中,儿时的童谣在记忆里已漫漶了,看了该志的记述,又还原得完整。譬如——

拉大锯

拉大锯,扯大锯,
姥姥家,唱大戏。
接闺女,唤女婿,
不让小子儿去。

小子儿偏要去,
给个肉包子,
边儿上吃着去。

（我故乡的结语与之略有不同,是:小子儿偏要去,/一个包子肘回去。）

小耗子儿

小耗子儿,上灯台,
偷油吃,下不来,
吱吱啦啦叫奶奶,
奶奶不在家,
快叫二大妈。

小板凳儿

小板凳儿,四条腿儿,
我给奶奶嗑瓜子儿。
奶奶嫌我慢,
我给奶奶摊鸡蛋。
奶奶嫌我没搁油,
我给奶奶磕仨头。

小小子儿

小小子儿,坐门墩儿,
哭着喊着,要媳妇儿。
要媳妇儿,干吗呀?
点灯,说话儿,
吹灯,就伴儿,
早晨起来梳小辫儿。

大懒蛋

松包大懒蛋,
能吃不能干。
挑俩猪尿脬,
累了一身汗。
有心要歇会儿,
又怕误了饭。

(在我故乡,"大懒蛋"称作"大屎蛋",似乎更形象一些。)

麻喜鹊

麻喜鹊,尾巴撅,
娶了媳妇忘了爹。
麻喜鹊,尾巴长,
娶了媳妇忘了娘。

这些童谣，让我重又看清了自己的来路，有了慰藉之感。

事实上，三合村由于是采矿区，地下已空，村庄已整体搬迁到平原，只是村支部书记杨守凯有历史意识，延请大学教授借智修志，概历史与人文得以保存。所以，《三合村村志》就有了特殊的意义，它是"文字里的村庄"。

随着农村城市化进程的加快，整个村庄从地理上消失，已不是少数，要想保持根脉，村志的编纂工作，应该紧随其上，以防堕入历史的虚无。

即便是城市化行为尚未涉及的村落，市场的冲击，现代人文的浸染，村庄也不再是传统乡土的模样，风俗变异的情况亦比比皆是。譬如我的故乡，石碾已停，老井已废，石子路面已代之以水泥，节能灯下的电视画面已改变了旧有观念，手机短信中的段子也替代了儿时的童谣——人心已不古，时尚也冲淡了淳朴。基于此，我写了《故乡永在》，试图把故乡的过去存储在文字里，建一座文字博物馆。从这个意义上，《故乡永在》是唱给故乡的挽歌，是对农业文明的最后留守，给后人的回望提供原汁原味的线索。永在的，不是物化的故乡，而是精神的故乡，是文化志。因此，它的文本价值，文化大于文学。

2013 年 12 月 6 日

旧刊物读出新意绪

无事乱翻书。翻的是《光明日报》文艺部主任彭程搬家时淘汰下来的过期《世界文学》杂志,毫无顺序地堆放在书柜里,近六十册。

1998年第六期的刊物是"加拿大女作家作品专辑",其中打头的竟然是艾丽丝·门罗的一个中篇《善良女子的爱》(庄嘉宁译)。译者真是有眼光,他不知日后门罗会得诺奖。译笔朴实流畅,符合原创者娓娓道来的叙事风格,虽然所叙是凶杀悬疑,但脱颖而出的是小人物不甘被环境遮蔽的本性之善,感觉大好。

卡·希尔兹的短篇《橘色的鱼》,读后令人解颐。作品是第一人称的叙述,"我"说:"我跟我这一代人一样,爱吃、爱钱,还爱性的享受,可我得了胃溃疡。"这就酿出了作品的象征意味——在这个物化的世界,人们有不竭的欲望,但是却缺少强健的胃口,因而就无福消受,因而就愁肠百结,生活之殇归结成四个字词:无奈、痛苦。这是现代人的通病,唯一的解药是回归简约的生活。"橘色",既是豪华之色,也是风干之色,它暗含着批判与呼唤。

2001年的刊物上有"罗马尼亚当代诗选"小辑,其中扬·米尔恰的一首小诗《模具》道出了"写作"的真实面目——

当我书写时,
我书写的纸下,
另一个人,仰卧在那里,
仿佛仰卧在一个玻璃模具下,
写着同样的文章,从右到左。

我收尾,在手稿的
最后点上句号。纸下的
另一个人,离结束还早哩,
继续兴奋地写着,
用古希腊语,用印地语,用正方形的希伯来语……

  写作就是一个下笔有如神助的过程,你虽然刻画着人物,人物却也反过来推动你,写作者与文字是结伴而行的关系,在问诘、晤对、碰撞、纠缠、照应、反目、和解、补充之中,完成了没有预设目的地的精神旅程。而且,旅途的终点正是意义的起点,价值的存在已摆脱了写作者的主观愿望和主题设定,而重新上路,独立远行。也就是说,文本一经发布,就不再属于作者自己,不同国籍、不同阶层、不同身份的读者,会结合自身的生活经验、文化修养、思维习惯做出不同的解读——它被再次创作,衍生出新的意义。所谓"有一千个读者,就有一千个哈姆莱特",就是这个意思。
  看来,乱翻书一如率性的散步,不经意间也能奇景入目,得意外惊喜。而意外惊喜,才是纯粹快感的本相,因为没有期待,便没有焦灼。

2014年2月16日

又购《古诗源》

今天室外温度高达二十六摄氏度,花草劲发,飞絮遍地。人有春愿,或踏青,或溪边呢喃,我亦思佳人。佳人不寻,欲与家婆浪漫。家婆不允,说,我宁愿与狗出行,也不听你老套烦言。她与爱犬刚特去永定河大堤,在遍地黄花中逡巡,且为狗照相,直至数码相机的内存充满。晚归,她令我把照片数据导到电脑桌面,她一张接一张地欣赏。狗呈百态,生动可爱,她乐不可支,说生活到底是美的。

我到机关写作,枯燥却也沉潜。感到,所谓文章,都是现时残缺的弥补,是在不温柔处寻安妥,避免无聊。

下午逛地摊,得《古诗源》一册,系中国画报出版社2011年新版,三折买下,斥金八元。此书我有中华书局旧版,系文史家杨亦武上世纪八十年代中所赠。当时聊天,他坦然相陈,说我不似他,是正经的大学中文系毕业,我不过是一个学园艺的,古典文学基础薄弱,若不发奋恶补,定会影响写作境界。问他如何补,他说就从《古诗源》起。遂有赠。在他的启发下,我大量阅读中国古典文学著作。无奈中途补起,年龄渐大,记忆减弱,前学后丢,所得涵养,也颇稀松。写作时每有引用,都还要回去翻书。这就不错了,至少我知道"线索",

所得还是很珍贵的，便有深刻感觉：之于古典文学，一定要重视幼儿教育，一些经典要悉数背诵，化成智力细胞，成年之后可以触类旁通地运用。譬如我，如果幼时就有古典文学基础，再进行写作，一定比现在有成就。所以我特别羡慕有一肚子诗书的人，譬如杨亦武、赵思敬。

旧版《古诗源》系繁体竖排，有阅读困难，故又买新版，枕畔、厕畔、桌畔，均可自由翻检，在玩味中，就有了庄重的收益。

人家尽享春光，我却摩挲古旧诗卷，毫不顺时。看来，文人和普通人的区别就在于，普通人看重的是当下，而文人则流连于过去，有厚古薄今的意绪。

2014 年 4 月 12 日

总理夫人与自然文学

总理夫人程虹女士翻译有"美国自然文学经典"四种，计有：约翰·巴勒斯的《醒来的森林》、亨利·贝斯顿的《遥远的房屋》、特丽·T·维廉斯的《心灵的慰藉》和西格德·F·奥尔森的《低吟的荒野》。

浏览过后，感到她的译笔真好，枯燥的描绘一经她的转换，就变得很灵动，很有文学品质。因为她下了大力气，前后用了十一年，没有浮躁气，知道"宁静无价"。

她每部书前的译序也写得很用心，深刻、准确地提炼出原作者的用意。对自然文学的本质有透辟的认识。所谓自然文学，就是通过对大自然的观察与描写，呈现出天地间的"古老价值"。这些古老价值，是生命的基因，是人类最起码的行为准则、道德尺度，不会因时光的流逝而流失，需要现代人去守卫。

她认为，在自然文学作品中，我们看到了爱的循环：自然文学将人类对自然的热爱和人类之间的亲情融为一体，将土地伦理延伸为社会伦理，将对大地的责任延伸为对社会的责任。它称道的，是大爱无疆，爱的往复循环。

我非常认同她的说法,因为我多年来所致力的乡土写作,就是为大地道德的书写贡献中国经验。大地道德与土地伦理其实是一个概念,都是着眼于自然万物发育与生长的内在规律、内在逻辑和内在秩序,也就是大自然为什么如此存在的道理。大地道德(土地伦理)对人有教化和借鉴意义,使人懂得敬畏,懂得"顺生",而不是妄自尊大、一意孤行、乱性而为。而且土地有"净化"作用,它被自然文学阐释之后,完全可以引发现代人类在社会中的净化,从而涵养出纯粹的人性。

譬如"清晨"这一现象,约翰·巴勒斯《醒来的森林》告诉我们:在城市的居室里人们醒来,清晨就是该吃早饭的时辰;而在森林里醒来,是因为我们闻到了、听到了、感受到了沁人心脾的气息、拨动心弦的旋律和心灵复苏的活力之后的"一跃而起"。这样的清晨,意味的是生命的充盈和精神的觉醒。

在我们城市化的进程中,如何能留得住"乡愁",在我们刻板的城市生活中,如何能品味到醉人的"乡愁",有必要读一读程虹女士的四部译著。那里的诗情画意、丰盈意蕴,足可以养心。

2014年5月8日

不寐读经

从广东丹霞山回来，旅途劳顿，本想纵情歇息，无奈生物钟不随人摆布，早六点刚到，就催醒。

醒来不愿下床，便倚枕而读经书。所谓经书，乃昨日游南华寺时在法物流通处得到的赠阅读物，计有：印光大师著《印光大师全集净土法要》、圣严法师著《正信的佛教》《地藏菩萨本愿经》《根除烦恼的秘诀——周法师谈心法》。此四书皆南华寺自刻，书后均印有助刻者功德名录。

谈心法的周法师，身份不详，但他谈得通俗易懂，所有话题都有关现实人生。他从拆文解字谈起，层层深入，让人会意者多多。譬如"炎"字，由两个火字组成，形象地告知人们，疾病的形成是因为有炎症，是心火叠加而成。所以，为什么主张人要清心寡欲、淡化功利，因为"淡"字有水，可以灭心火。又譬如"慧"字，心上边加个反向的笤帚再托起两个丰字，预示着人要获得智慧人生，就要注意自身的修养，向内清扫心中的垃圾，这样才能获得生活、事业的双丰收。

他讲到，佛讲究"顺生"，即遵守自然生长的规律。他把家庭比作是一棵树，老人长辈是树的根，儿女晚辈则是枝叶花朵。如果往树根施肥浇水,树才根深叶茂,呈繁盛气象。而现在的世象,多是娇宠儿女、无节制地满足儿女欲望,这就等于水肥施与枝叶,而忽略了根,"逆生"之下,树会枯死。所以,一个家庭,只有尊祖重孝,伦理有序,才能后继有人,家族兴旺。

这样的道理,体现了佛法的入世关怀,虽然浅易,但意蕴敦厚,殊可读。

圣严法师的《正信的佛教》,是佛的基础知识的问答录,逐条浏览之后,感到佛教是一种特殊的存在,它既是彻底的无神论,又反对极端的唯物论。它似宗教而又非宗教,类哲学而又非哲学,通科学又非科学,本质上是心灵修养之学。在佛的世界里,没有创世主,也没有人间主宰,众生平等。所谓佛陀,不过是先行的觉悟者,自己觉悟之后,去开悟他人。因而佛祖、教主、菩萨、高僧不是统治者、主宰者,而是教育家、人生导师。而且佛教也不严格地规定修炼的场地,可在庙堂之上,也可在家舍之内,只要心诚,都是佛的子孙。所谓法师,也不是高高在上的人,只不过是佛法的解释者、宣传者。佛的终极目的,是让人有明确的善恶信念和敬畏心,"一切要自己对自己负责"。

印光大师的《印光大师全集净土法要》与其说是对佛法要义的阐释,不如说是自我修炼的生命体验录——他写自己的感悟,每个观点之后,都附以具体的世间例证,有很浓的趣味,文风类似明清小品,可读性很强。

至于《地藏菩萨本愿经》,是注音的诵读本,体现了对大众的体贴。可作为工具书放在案头和枕畔,每日诵读一二,渐渐在心中累积,直至开窍。

半日读经,虽是浏览,也有大收益,心中清明了许多。

下午两点,赴北三环的茅台大厦,出席中国散文学会副会长王彬组织的散文诵读雅集。全场两个小时,所诵读的散文皆王彬个人作品。

出席者均是散文界的头面人物，相识者有：王巨才、柳萌、王宗仁、石英、李晓虹、徐坤、王久辛、温亚军、邱振刚等。

在这个人心浮躁、微信惑乱的时代，居然用最传统的手段亲近散文，不禁让人感到一种庄重的东西，一如对佛的态度。

期间，《文艺报》的青年记者黄尚恩对我耳语道，凸凹老师，见到您我非常高兴，当代散文我最喜读您的作品，您对大地道德的书写，其深度、其广度远远超过了被人推崇的苇岸。他的话，吓了我一跳，但他唇红齿白、一脸真纯之色，让我感到他不是在打诳语，而是在表达自己的真实感受。我说，谢谢你，兄弟，但不能这么简单地类比，因为苇岸杰出但早夭，我平庸但多寿，就多了一点点气象，这是生活所赐，归功于时间。

因为读经，我心中渐有了佛意，懂得内敛了。

2014年5月17日

林语堂在暑夜

晚，溽热，遂随性翻阅，翻阅《林语堂名著全集》（东北大学出版社，1994年11月版），皇皇三十卷，蔚为大观，占了书架的一个整格。

用"精品琳琅，规模宏大"评价《林语堂名著全集》毫不为过。据总序介绍，为了给广大读者尤其是研究人员提供一部篇目齐备、规模宏大的林氏著作全集，东北师范大学出版社特征得林语堂女儿林太乙同意，特聘海内外专家学者，从美国、台湾、香港、北京、上海等地藏书中搜集、鉴定后，编纂成三十卷本《林语堂名著全集》。书中有许多篇目鲜为人知，是第一次同读者见面。纵观林语堂著作，可谓文史哲三管齐下，小说、随笔、杂感、文论、评传、语言学研究等诸领域广泛涉猎，且东西文化交相辉映，多有卓见。林语堂有两句自述语，后来梁启超先生引去，书成一副对联赠云："两脚踏东西文化，一心评宇宙文章"。这样的评价，已被文坛和学界广泛公认。

即便是浏览篇目，也耗去两三小时，直到身倦。直觉得，林语堂是现代文人中最具宇宙意识和世界意识的人，他格局阔大，有穿越眼光。从鲁迅那里，我们只知道林氏与闲适、幽默有关，其实，中国文化的种种与他都有关。他是严重被误读了的作家，也是严重被低估了的作家。

这套全集的得来,也颇有传奇色彩。

我的农职院同学马京云女士,任地区文化局副局长,是区新华书店的主管。在清理库存时她发现了这部著作,顿感这部书不能就这样被送去打纸浆,就打电话给我,问我感不感兴趣。我急切地赶去,以三折的价钱买下,喜不自胜。

现在看来,真是缘分注定。

浏览之后,我有了通读的兴趣。想到,如能破卷而读,定会腹笥充盈,读写事业,将会有全新气象。便废眠而读。

读进去之后,居然有意外收获——

原来刘半农校勘出版《何典》,盖因有鲁迅为他作序,替其张目,遂诱发了读者的阅读兴味。

金圣叹对施耐庵《水浒传》的批注中,竟有许多弦外之音。譬如第二十三回,潘金莲与武松独处时,左一个"叔叔",右一个"叔叔",竟"叔叔"到三十九次,第四十次的时候,却变成了"你"。金圣叹批注道:"以上凡叫过三十九个叔叔,至此忽然换作一个你字,妙心妙笔。"经林语堂"点破"(下划线为林语堂所划),始知金圣叹本意,原来是要告诉人们:"你"是性的挑逗,是在宣淫。

读鲁迅的名篇《纪念刘和珍君》,在心里竖起了一座"勇士"的丰碑,但读了林语堂《悼念刘和珍杨德群女士》一文,始知刘和珍并没有做勇士的本意,她是一个"为人和顺""白求进益",想恪守学生本分的人。她为因"学潮"而旷课太多,以至于英文水平没有达到自己的期许而懊悔不已。其实她的英语在同学中已经是"很流畅通顺"的了,为了证明,林语堂抄录了她死前第二天所写作文的几节——

It is said, the most happy day is the period of

student. I can't agree with it. I believe that here would never be any happy day in the world, and that the period of student is also trouble.

For example, our school Peking National Teachers' College for Women, has been always in disturbance since I entered. I am afraid of recollecting the life of past in the college.

Now our school being more comfortable than before, I am preparing to make myself quiet in studying. But it is heard, the new minister of education, Mr.Ma Chun Wu, will be contriving to disturb the educational circle. The peaceful condition, as present time, will not be keep (kept) by us. Oh, how horrid it is!

人常说，学生时期为最快乐之日，但是我不敢赞同。我相信世上永无快乐之日，而学生时期，亦多纷扰。

譬如吾校，北京女子师范大学，自从我进校以来即永未见宁日。我不敢回忆我在校过去的生活。

现吾校已比较安静，我正预备静心求学。但是又风闻新教育总长马君武氏又正在阴图扰乱教育界。若今日之安宁，我们又不能享受了。啊，这是何等可怕！

林语堂亲自把英文翻译过来，并且声明："尽依原文，未改只字。"这段话，不仅证明了刘和珍"静心求学"的本意，也揭示出，刘和珍的死去全不是循了"勇士"的轨迹，是北洋政府、章士钊们摧残逼迫的结果，也是在"学潮"的裹挟之下的被迫的牺牲。

所以，文字的描绘，一旦有了"互文"的出现，就看到了"真相"，就更接近本质了。

2014年6月25日

孙犁的遗憾

孙犁的"劫后文录"十种中,收有大量的书信作品,由于它短小、简易,所以每到入睡前,都要读上若干。

公平地说,他的书信文学性不强,整个貌相不过是:一点往来、一点问候、一点应答、一点交集、一点信息、一点感言、一点议论。即便是文献价值,也是不高的。

但是,正因为是孙犁所写,对他有特别的期待,总想透过文字的表面,看到一点言外的意蕴。这一点,他的贡奉也不多,常常让人失望。

不过,他文字的平平淡淡,他叙述的自自在在,让人习惯了,只要读着,就是一种享受。这一如老年的夫妻,虽然没有甜蜜的言语,没有激情的动作,也没有实际的表达,但只要待在一起,能听到对方的呼吸,能感受到对方的存在,也就充实着、慰藉着。

有的时候,无有就是有。

书信中,最有实质性内容的,是他同收信人谈创作的篇什。那些谈话的对象,一般是与他有长期交往、相知甚深的同辈,对他有真诚尊重、他也非常看重的晚辈,总之是"知心""谈得来"的人。比如徐光耀、韩映山、刘绍棠、贾平凹、铁凝。在这样的书简中，他有一说一，有二说二，没有虚饰，没有婉语，直指得失，直言好恶，他很尽兴，也很任性，没有多余之忧。

他晚年的书信，即到了写"曲终集"的阶段，开始有了"痛陈"的内容，可读性突然就强了起来。好像他受了伤害，还是所谓"名家"的伤害，心中有了块垒，多了对文坛的失望，蔼然仁者的心态被扰乱了，他忧愤难抑。这对他本人是害，对读者却是益，他终于有了"平淡"之处。

人们从中读出了烟火气，有了质感。老年人，甚至文坛耆宿的烟火气是好的，它让人看到佛像上的一点人迹，经年守恒中的一点小小的失措，也因而让人体味到圣者、仁者身上，淡定中的一点生动，圆滑中的一点天真，衰微中的一点豪气，便在一味的敬畏、敬重中，生出一种可亲可爱的感觉，让读者与他更加亲近。

其实，我们最为期待、也最为痛惜的，是他在战火中失落、后来被他自毁的情书。

通读孙犁的著作，我们感到，他虽然长脸长身，不苟言笑，但他内心是热的，有很温柔的部分。他渴望爱情，喜欢女人，有绵长不竭的情欲。在延安，他能感受到丁玲的女性之美，也能为在延河边浣洗的女兵而感动。在故乡授课，情不自禁喜欢女学生。在冀中战斗，他总是想办法转道回家，享受家庭（夫妻）之乐。在青岛疗养，他会缠绵于山东的小护士，不仅装了人家的相片，还允诺给她购买杭州的丝绸。发妻去世，虽有大伤痛，不断地写抒情文字，但他还是不顾儿女的反对，急切地续弦。

孙犁从来不是孤寂、枯槁之人。他对青春和爱情，有强烈的向往，他认为，那是一种"神秘莫测"的存在，"确像一江春水，一树桃花，一朵早霞，一声云雀。它的感情是无私的，放射的，是无所不想拥抱，无所不想窥探的"。

所以,如果他的情书能够留下,将是多么独特的文字,或许能与《两地书》一道,成为经典名著。而且,《两地书》是两个人的相邀与相和,一来一往之间,有商量的雅意和刻意的雕琢;而孙犁的情书,是单向的倾诉,一切都服从着内心的涌动,乃不管不顾的流淌,一切都指向爱中的人物,因而脱去道士虚伪的衣袍,还赤子面目,便有情书的自然本色。那里一定会有许多动情、动容的东西,其情调与品质,以及对人的迷醉,都要较《两地书》殊胜。

我们有理由相信,孙犁的情书,是稀有的情感篇章。其中,有生命的渴望,有缱绻的情怀,有忘情的拥抱,有绮丽的联想,有动人的诉说,也有别致的设喻。即便他的笔调有一贯的朴素、平淡、古雅,也无法遮掩冲荡、激越的本性。那是必新的文体,必异的文字,是固有孙犁之外的文学气象。

所以,情书的缺失,让文坛缺失了一个"丰富"的孙犁,堪可谓是中国当代文学的一大损失。

2014 年 8 月 4 日

浦江清的文学观

到良乡新华书店买书。买得"西南联大讲堂"教义丛书四册，即《闻一多西南联大授课录》（先秦两汉）、《罗庸西南联大授课录》（魏晋六朝、唐宋）和《浦江清讲宋元文学》《浦江清讲明清文学》。此四种讲义由北京出版社于2014年9月出版。

西南联大的教席令人向往，构成另类的一部"中国文学史"。堪可谓，"最好的大学，最负声望的学者，最叫座的课堂"。

耽读《浦江清讲宋元文学》。

真是生动的讲义，观点独特，例证众多，文字活泼，很是吸引人。二十万字的篇幅，不日竟通读完毕。不是我阅读力强，而是忒好读，脉络清晰，无赘冗之语，读学术著作，亦如读抒情文，理趣和情趣同在。浦江清有一论断，颇让人认同，他说——

凡一种文学，其发展之历程，必有三时期。一为原始的时期，二为黄金的时期，三为衰败的时期。此准诸世界而同者（概莫能外）。原始的时期真而率，黄金的时期真而工，衰败的时期工而不真……

说到古典文学，人们会想到"老夫子"。而浦江青治文学史却没有迂腐的夫子气。他曾到欧洲留学，系统地掌握了西方的哲学、美学和文艺理论等诸方面的源流和内涵，又深入研习了我国传统的哲学思想和文艺理论，具备了中西融通的境界。因而能够在世界历史文化的大背景下关照中国文学，能够用科学理论来观察文学现象，诠释其发轫兴衰的走向，比较异同。他认为，一代有一代的文学，不必断然判断孰优孰劣。文学的发展除了社会、政治的外部原因之外，主要还是由自身的规律和特征决定的。比如，凡明清以来学诗者，总是为宗唐还是宗宋而争论不休。浦江青虽然自己有所尊崇，但在教学中，却不扬此抑彼。他认为，宋诗继唐诗，为别求面目，就特别注重独创性。到了宋词的发达阶段，诗便脱离了歌曲，近于散文的节奏，同时又因受到古文运动的影响，以写散文的思路作了诗，因而词句平易而说理精辟，此时的面貌，是以抒情为主，且能入乐歌唱，思想感情反倒接近唐诗。

中国古代文学的历史长河中，有着许多文雄师杰，如何准确地把握每一位作家及其作品，界定他们在其中的地位、揭示彼此的传承关系，浦江青也是善于以通观古今中外的眼光，做横向、纵向的比较分析。例如，古文运动由韩愈首创，经欧阳修大力提倡而取胜，直至苏轼达到高峰。但他们三者一脉相承之外，又各具特色。在论及苏轼时，他说：

> 他的古文虽受韩愈、欧阳修影响，但无论从思想内容或写作手法上看，都与韩、欧有所不同。韩、欧是正统的儒家思想，讲孔孟之道，把道统和文统结合起来，合而为一。苏轼则不然，并不拘束于儒家思想，并不是文统与道统合一论者。他不完全受儒家思想影响，还有道家的庄子思想。庄

子思想在他的抒情散文中表现尤为显著。他的散文是思想与艺术结合的，是文学作品，而不是传道统的工具。因而超然、旷达，有自然奔放的风格。

正是因为浦江青能够因时顺势地进行同中求异、异中见同的分析比较，所以，他的观点不武断、不臆断，能够脉络清晰地展示文学演化的迹象，公允恰当地评价作家。因此，他的"文学史"理性丰沛，叙述有节，令人心悦诚服。

2014 年 10 月 30 日

寻墓文字，发人生感言

金上京博物馆馆长刘学颜写了我一篇印象记《金陵名家：凸凹》，发在《中外名流》杂志上，影响颇巨。因为心热，不禁重读他的赠书——旧体诗集《人唱鬼歌》和散文集《泪浮地平线》。

都是寻墓的文字，在古墓和旧迹上发人生感言。

以往，总认为他做着金上京博物馆馆长，文字之举，要与身份契合。今日重读，发现这种看法，失之浅白，即便是从身份起步，到了后来，就变成了一种情结：如果不同逝者对话，他找不到"活"的感觉。

隐约间，感到他的生活有大曲折，有不可与人言的大隐痛，他看透了什么，又迷茫于什么，又不甘心于什么。现实的不悦，他又不屑于与人说，于是他在历史人物的心路旅程中寻觅，找心灵的碰撞，以解颐。他向旧墓里挖掘，不是趋死，而是从黑暗中开一扇天窗，为的是心中有光亮，痛痛快快地活。

我已经习惯使用墓地一词，对此言之并不感到忌讳，几乎每篇文章都涉及生死。我喜欢上了这种沉重的写作方式。

倘若让我停下手中的笔，或者不言及生死，那么我只有像我的灵魂朋友们一样，选择沉默。如果不是这样，那我也最终会以自己的方式走向坟墓，在大地母亲的怀抱里睡卧……

从这里可以看出，生活的禁忌使他感到人生的无奈，然而他又不忍向现实妥协，就褪去谦卑讨好的微笑，选择孤傲，只与墓地里的"灵魂中的朋友"隔空对话。这从反面验证了萨特的一个名句：他人是地狱。

刘学颜这种"逃避"，其实很不彻底，他的每篇寻墓文章中，都不止于故人，情不自禁地影射现实，甚至干脆与当下对应，或直接发出怨声。

为了不给他人留下逆生活而动的口实，或者不让人误解他的"孤傲"，他给自己的寻墓之旅标榜出一个堂而皇之的理由——

多年来外出寻访墓地，不是因为我个人的痛苦。痛苦的绝望者，他所想到的只有自己的坟墓。我生活得太宁静、太幸福了，起码在三十五岁以前大体是这样的……探访墓地，更多的时候是我只身一人，而所探访的对象也是另一个同样孤独的灵魂。太阳升起的早上，我走出旅次的驻地，就像迈出家中的门槛，到大山深处或旷野之地，去拜访渴慕已久、如逢甘露的朋友。他们有的在路旁安静地等待着我，有的隐居在树林里或荒草中，在我脚步焦灼的呼唤中出来相见。

据我所知，他绝非生活得"太宁静、太幸福"，而是因为灵肉的欲望太蓬勃，弄得遍体鳞伤，而社会身份的现实忌讳，使他又不能公然喊痛。所谓出走绝不是主观的修为，而是为保全形象的被迫出走。大快之后必有大痛,大痛之后必有大绝望,大绝望之后必有大期望。这是不甘堕落者的必循之路,他也不例外。

总之,学颜是个爱生活的人,他身上有太多的故事,原原本本地道来,其倾听对象,在远方。

2015 年 1 月 23 日

陈寅恪的学问

刘梦溪的《陈寅恪的学问》初读，今日终卷。期间，因感冒身冷，阅读缓慢。

该书从陈氏学说诸层面加以梳证，计分八章：学问人生和心路历程；工具·材料·观念·方法；打通文史追求通解通识；"中西体用"的文化态度；种族和文化的学说；陈氏阐释学；佛典翻译和文体革新；陈寅恪学说的精神维度。

通读之后，与八个篇章相对应，也有八点认识，概括如下——

第一，陈寅恪的出现，是"优美之家风"和"沉潜之家学"的产物。他的家族，从祖父陈宝箴、父亲陈三立到陈寅恪自己，历有家国情怀，主张除旧布新，改革旧制。他们既重学问，更重节操，"贬斥势利，尊崇气节"，绝不"侮食自矜，曲学阿世"。陈氏三代人，"始终未尝一藉时会毫末之助，自致于立言不朽之域"。做人与做学问，自有一种顶天立地、独立不倚的精神。陈寅恪所谓"独立之精神，自由之思想"，是缘自血脉相承，有恒定的信仰力量。

第二，陈寅恪是一位接受了现代学术理念和科学研究方法训练的现代学人，既具有乾嘉朴学的深厚功底，又具有与二十世纪世界学术对话的深湛学养。现代学术所强调的工具、材料、观念、方法，他样样具备，且每一方面都比同辈学者更胜一筹。陈寅恪反对抽象地谈论观念和方法，认为观念和方法离不开对材料的梳理和甄别，主张"在史中求史识"。就学者治学的程序而言，第一位的是掌握工具和熟悉材料。他的所谓掌握工具，就是深入研习各种语言，他在欧美从学凡十七年，攻克的语言有十余种，能够用原文读懂做学问所依据的各种材料。由于陈寅恪掌握的治学工具多于其他人，有机会接触清廷档案、满洲珍存、敦煌石室等新旧史料，在后"五四"时代的学者中，他的研究常孤明先发，完全合于他所说的"得预于此潮流"之"预流"的标准，很少有学者在材料的占有上与他相比肩。在他的手下，可说无资不材，即使是死材料也可以变成活材料，伪材料也可以变成真材料，废弃之故物也可以变成今日之珍存，都可以在他学术大厦的构建中发挥难得的使用价值。在他眼里，"伪材料亦有时与真材料同一可贵"。

第三，陈寅恪追求"达于大道"的通人之学，打通了文史界限，提出了"以诗文证史"的学术主张。他将此种实施方法系统化、完善化，赋予新的解释理念，形成新的学术文体，大容史才、诗笔、议论于一炉，既可以以诗证史，也可以以史说诗，在诗、史互证中达到通解。

第四，陈寅恪就当时的变法有明确的自我趋向，他主张"历验世务欲借镜西国以变神州旧法"，而反对康有为的"附会孔子改制以变法"，提出"中西体用资循诱"，欣赏张之洞的渐进式变革，既"不忘本来民族之地位"，又要文化移植和"新机重启"。

第五，在种族和文化的关系上，陈寅恪认为文化高于种族。他在《隋唐制度渊源略论稿》中说：

> 总而言之，全部北朝史中凡关于胡汉之问题，实一胡化

汉化之问题，而非胡种汉种之问题，当时之所谓胡人汉人，大抵以胡化汉化而不以胡种汉种为分别，即文化之关系较重而种族之关系较轻，所谓有教无类是也。

第六，陈寅恪的阐释学具有极大的历史理性，他主张面对历史人物和古代载籍，要有"了解之同情"的态度，要根据当时的状况和语境进行判断，而不能主观妄断。所以，科学阐释的前提，是临文必敬，论古必恕。同时陈寅恪为了保证立论的周正、准确，实行多元阐释，即"释证""补正""参证"的交相作用。也就是"取地下之实物与纸上之遗文互相释证""取异族之故书与吾国之旧籍互相补正""取外来之观念与固有之材料互相参证"。而且他还提出了"古典"与"今典"的概念，提倡古典与今典互相倚重，双重证发。在具体阐释中，陈寅恪"既阐释文句又讨论问题"；既个例深入，又相互比较，并作必要的心理分析；既注重文本钩沉，又顾及环境与家世对人物的影响。总之，陈氏阐释学具有很强的现代意味。

陈氏"了解之同情"的阐释，给我感触最深的一例，是他对洪迈在《容斋五笔》卷七"琵琶行海棠诗"中，对白居易《琵琶行》无端质疑的有力批驳。《琵琶行》有句："移船相近邀相见，添酒回灯重开宴。千呼万唤始出来，犹抱琵琶半遮面。"洪迈据此就认为白居易进了"独处妇人"之船，而且深夜方离去，与乐天身份颇不符。陈寅恪据诗中所述，认为白居易是邀琵琶女进了自己送客之船，"否则江口茶商外妇之空船中，恐无如此之盛宴也"。而且因琵琶女的特殊身份，依唐代社会的风俗，如朱子所说，"唐源流出于夷狄，故闺门失礼之事不以为异"，那么，诗人与她的酬酢，就更无禁忌可谈。所以，洪迈乃是多心多虑了。

第七，陈寅恪发出的最动人的一声浩叹，是："无自由之思想则无优美之文学!"他因此而激赏中国弹词体长篇小说《再生缘》。他在《论再生缘》一文中,石破天惊地提出,《再生缘》是确定无疑的伟大史诗,把它与印度、希腊和西洋经典史诗放在一起,也毫不逊色。

第八,陈寅恪不仅是一位现代史学大师,也是一位杰出的大思想家,他的独立品格和傲世风骨,至今尚无出其右者。

2015 年 2 月 24 日

沈从文的"败象"

在文学史上的所谓经典作家,他的"符号"作用,几乎靠的是他的有限的几部作品,即成名作,或代表作。

其他作品未必足观,一定要窥其全豹,往往会让你痛惜,甚至失望。譬如沈从文。

沈从文是我喜欢的作家之一,一时间,我拼命搜求他的全集。挚友祝勇,体恤我的心意,帮我弄了一部北岳文艺出版社出版的《沈从文全集》。该集2002年12月出版,皇皇三十二卷,放在书架上,赫然一列,疑为镇宅之宝。

1982年花城出版社出版了十二卷本《沈从文文集》,当时谢日新做《随笔》的编辑,经常编发我的稿件,有良好交谊,他知我喜沈从文,从样书库里"窃"出一套送我。有了北岳版之后,因居室狭仄,花城版随手送给了拜我为师的小友、散文家阎朝来。

从2002年始,每到无聊的夜晚,就翻阅沈从文的全集,对他的文字,有了全面的了解。随着年深日久的揣摩,深知以后,却稀薄了对他的敬意,觉得沈的文学,整体地缺乏精致,大品不多。其实读他,有花城版的十二卷文集就足够了,因为编得用心,集萃了精品,让人感到有品相。一到了全集，败象连连破露，时时有失望的情绪，反而得不偿失。所以，我常有悔意，后悔把花城版随意送人。

我越来越感到，沈从文的文学除了别致，没有均衡的品质。他的小说，得益于他出身蛮地的异趣，还有湘西的风俗和行伍生活所经历的传奇。小书记员的来路，使他的文字修养先天的缺失，他的文句总也写不流畅，更遑论修辞与逻辑。边地趣味之外，他也缺少思想的底色，他的杂文不堪卒读，实际的内容不多。他的散文，《湘西》和《从文字传》是唯一能读出味道的篇什，迥异的乡俗、朴陋的习惯、野蛮的审美，很打眼。他的书信，拉拉杂杂，絮絮叨叨，别别扭扭，好像出自妇人。他的经典小说，譬如《边城》，譬如《长河》，琐碎繁冗，罗织细小的格调，只有怀着破解微言大义的毅力，才能读得终卷。他小说里的人物，几乎都是畸零人，生活的氛围也近乎狐与妖，进入之后，蛊气森森。他的文论也没有连贯的主张，无非是忠于感觉，任性下笔。他的成功，是写得勤，无文字处有文字，拙于技法反倒处处有技法，情调没落到极致反倒类似全新的情调，让读者感到"异质"，不经选择地痴迷。

对沈从文的这种感觉，也许有些大逆不道，但它是源自潜心的文本阅读，是真实的。也许我的阅读趣味发生了根本性的变化，从关注"个性"转变到了"一般性"，从关心原始人性转变到了社会人性，有了立体的维度、开放的眼光和历史的理性。

还有，文学的价值是靠持续的阅读来实现的，不能激发新的阅读冲动的文学，即便是"经典"，也只属于过去。有些文学，应该把它化为"文献"，而不要人为地赋予它所谓的永恒的价值。夏志清拼命树沈从文的文学纛旗，他是迷恋过去的光景，而不是从中国的"现实"张目。有"边缘人"之间的同病相怜。

2015 年 3 月 1 日

狂狷的真义

读刘梦溪小册子《中国文化的狂者精神》(三联书店，2012年4月第一版)。

历来都有对狂的定义，我之认可者有：

第一，《韩非子·解老》："心不能审得失之地，则谓之狂。"

第二，贾谊《新书·大正上》："知善而弗行谓之狂，知恶而不改谓之惑。"

第三，徐彦伯《枢机论》(《旧唐书》卷九十四，列传第四十四)："不可言而言者曰狂，可言而不言者曰隐。"

第四，孔子《论语·子路》："不得中行而与之，必也狂狷乎。狂者进取，狷者有所不为。"

刘梦溪的论述，是以孔子的论断为起点，取其积极的内涵和文化意义。他认为，"狂"与"狷"都是破庸常，反对四平八稳；前者超前，后者知止，均是有自己独立思想和独立人格的表现，具有思想解放和革新的性质。同时孔子学说总的取向，是主张对通常所说的"狂"以道德的限制，提倡有志者的德性之狂，而反对颓废者的任性之狂。"狂"的基础是仁德与智慧，而不是意气用事、乱性胡为。

依刘梦溪的阐释，一个国家、一个民族、一个社会，少狂狷之士，未必是好事——都中正守常，循规蹈矩，会整体地缺乏活力，同时也意味着独立人格的丧失，一切以通行取向为取向，而消泯了进取和创造的激情。必要的狂，是敢于梦想，是意气风发，是挥斥方遒，是舍我其谁的争先状态。

今天是三八国际劳动妇女节，自然要联想到男人的"狂"与女人的关系。被好女人涵养的男人，多自信，有阳刚之气，敢于担当，善于从世俗的束缚中突围而出，成就卓尔不群的人生。而被妇人之仁、妇人之见牢牢掌控的男人，往往会畏畏缩缩、彳彳亍亍、浑浑噩噩，当断不断，当为不为，混迹于茫茫人海，沉迷于家庭冷暖，终究是毫无建树的小男人。

所以，狂狷之书，不特是男人的读物，女人也须读。读后她们会心性大开，会打开驯养狮虎的笼子，让男人们走出温柔的羁绊，在"山林"里张扬雄性，把自己造就成济世豪杰。

正如阿波里奈尔所说："没有女人的男人，是一把没有撞针的手枪；只有女人才能将男人击发。"

2015 年 3 月 8 日

获奖忧思

今天是西历的愚人节。

不想愚人,只防范被"愚"。

收到《散文选刊》第四期,知拙作《母亲无过》获2013—2014年度"新经验散文奖"。刊物发有颁奖词,全文如下——

《母亲无过》以直言不讳的坦荡姿态书写母亲和母爱,审视并反观母性和人性的丰富性和复杂性,本真到几乎赤裸,冷峻到几近无情,但其凝重又锋利的理性之中,依然包含着血肉相契般的理解与挚爱,在理性的冷峻中显示出情感的暖意。

颁奖词读过,我有被"愚"的感觉。因为,其一,这篇文字不幸被母亲读到,认为我丑化了她,从来都顺从于我的老人,有了怨怼。内疚之下,我希望这篇文章迅速地被人淡忘,不期又"热",真是罪上加罪。其二,这种打破为尊者讳、为亲者讳的禁忌,试图呈现原生态、丰富性和复杂性的文字,因对亲情、友情、爱情的敬重和守望,我已收手不作，却意外获奖，其鼓励指向虚空，让我愧对美意。一如老牛蹲坡不愿攀爬，只好承受鞭子，为任性付出代价，我之不作，就会背负才力不殆的猜疑。其三，它又诱发我向后回看，想到跟"愚"有关的事情，如同伤疤结痂又被撕破，有新鲜之痛。

这种痛，还是与母亲有关——

故乡是个狭仄之地，四面环山，耕地稀少，且靠天吃饭。玉米是农家品种，春播秋收，虽占地三季，产量却极低，仅够半年口粮，其他时日，瓜菜代之。那时还不让搞副业，没有现金收益，既饿且穷。如此低的生产力水平，再精壮的汉子，也无力回天，空有一身力气，也无作为空间。但女人毫不体恤，只认为是男人窝囊无能，絮叨、讥讽，甚至谩骂，几乎是家常便饭，正可谓"贫贱夫妻百事哀"。男人们被挤对得失了耐性，就大打出手，也把对老天的怨恨迁怒于女人。所以，家乡的男女颇不睦，总是把"离婚"二字挂在嘴边。

一天，我正在村西老皂角树下看蚂蚁上树，母亲脸上挂着伤痕走近我，对我说，我要到公社去了，跟你爸离婚。

我看也不看她，竟说，离就离吧。

母亲就往前走，但故意弄出声响。我知道她在等我的阻拦，可我就是不予理睬。因为他们夫妻的争吵从未间断过，我早已厌烦。

父亲从我身边经过，蹑手蹑脚，我虽已察觉，但装作不知。我不想让他难堪。

我半日站在皂角树下，不是蚂蚁上树有趣，而是我心很空，懒得动弹。

后来见母亲回来了，我就问，离了？

母亲说，没离，你爸他哄我。

我说，你们真没劲。

我的态度让父母极惊异，他们从此不再提离婚的事。

后来父亲练就了在悬崖上攀爬的本领，到寒号鸟栖居的地方，掏它的粪便，即中药所称五灵脂。这种活路，有生命之虞，父亲身上常有伤，有一次竟膝盖跌破，露出骨头。母亲也担忧，但她更喜于有了现钱，可以买成麻袋的土豆、红薯，让家人吃饱。

那一次，五灵脂掏得多了一些，除了买下口粮，父亲心中一热，给母亲买了一双布鞋。父亲兴冲冲地递给母亲，以为一定会博她欢喜，母亲却阴沉着脸，说，也不跟人家商量一下，就乱花钱。

父亲涎笑着，孩子他妈，你就试试。

打开鞋盒欲试，却发现两只鞋子，是一式的，乡下人称"顺拐"。

母亲便把鞋子狠狠地扔在地上，呵斥道，你白淘生个大老爷们儿了，什么事都干不好！

父亲把鞋捡起来，抱进怀里，然后无声地流下了大滴大滴的眼泪。

我见状，生出不可承受之痛，转身拿来剪子。母亲一愣，你要干什么？我说，剪他娘的！

父亲做出迅速的反应，狠狠地给了我一个耳光。

现在想来，愚笨、愚蠢、愚鲁这些带"愚"的品性，都跟"穷"字有关。贫穷让人目盲，让人心塞，只看到近处，只看到无望，跟自己较劲，不仅自哀，还自残、自伤。

而父亲于五十三岁的生年就早早地离世，给母亲留下了绵长的悔意和思念。虽然我极尽孝道，让她过得很舒心，但也不掩她目光里的一层隐隐的忧郁——她承受着很深的孤独。

2015 年 4 月 1 日

在友人的书中衍生

人说，朋友是自己生命的一部分。这一点，已被广泛地认同。而我新近发现，文坛的同道，即境界相同、趣味相投的友人，也是你文学生命的一部分。因为他（她）可以为你增其华、增其高，并能延伸你的艺术触角、延续你的文学存在、扩大你的作品影响。

今日上网，输上"凸凹与祝勇""凸凹与彭程""凸凹与孙郁"的关键词，网上就出现一大片相关的内容。更要紧的是，搜到友人的文章，他们的叙述和议论里，竟存储着你的文字信息，或引文、或介绍、或评价，都是你已经遗忘或不曾想到的，有重新找回或重新发现的味道。

比如祝勇的《功利性读书》，就有我关于读书的观点——

> 读书是爱书人自我满足的一种方法，实在没有太多值得夸耀的地方。它像呼吸、吃饭一样自然，所以，真正的读书人，并不张扬自己书读得多。反过来，炫耀自己读书破万卷的人，未必是真正的读书人。商务印书馆元老王云五先生仅

仅将读书视为一种好玩的事情,这样的心态是健康的。读书就是一桩好玩的事情,一次轻松的自我放逐。无聊才读书,这话未必是错。因为正是读书,驱赶了清寂,使脆冷的心房获得了一层温润的胞衣。月长似岁,闲情难忍,如何是好?友人凸凹便在随笔中答曰:"就依自家所好,想办法'消闲':可与同道饮黄酒,或串门子道短长,或网开一面与人对弈,或入歌厅卡拉OK……但诸多妙法均有局限,须有物质,须有党朋,须有这方面的技艺和兴味。若首无物质,次无党朋,又无技艺兴味,居家枯坐,便只有向书乞援。不管是什么书。只要读下去了,凝滞的时光,便如涧底的暗流,兀自流走。"至于读书与人的精神境界究竟有着怎样的干系,这个不敢说。因为许多大字不识一筐的普通劳动者,内心亦温暖如秋阳下的田野;而有些肚肠冷于冰雪的大奸大佞,倒是饱读过诗书的。话虽如此,读书总还不失为一件好事。好书总是引人向善的罢——但愿如此……让功利走开,纯然为了取悦心灵而读书,那才真叫享受。书不是挥鞭的强盗,不是高高在上的君主。瑟瑟的清风里,书是妩媚的情侣,温顺的马驹,是杯中的明月,更是幽畅的歌吟。书能让我们觉着活得很好,这就足够了。

彭程的《多声部的灵魂吟唱》,是对第六届鲁迅文学奖参评作品的述评,其中就有对我的评价——

凸凹的《故乡永在》,是对故乡土地上质朴的人、事与物的深情回眸。其间那种绵长、浑厚和深邃,令他笃信"大地道德"的力量,寄望于通过它来匡正时代的畸形发展所造成的弊端。

孙郁的《谣俗谱》,是一篇关于中国文学的谣俗传统的长篇文论,最早发表在 2013 年第三期的《书城》杂志上。由于杂志的小众特点,影响甚微。但去年 12 月 4 日的《文艺报》为了推介他的新书《秋夜闲谈》,又摘要发表,就在网上广泛传播开来。文中有一大段写到我,而且是放在中国现当代文学这一大的坐标系中的阐述,就具有了很重要的文献价值——

关注谣俗,是一些文人寻根的梦忆,我还记得上世纪八十年代刘绍棠多次著文,谈乡土文学和乡土文章,引起过争议。孙犁就不太同意这个观点,以为没有乡土的文学,意思是任何概念都不易说出一种文学的本质。慎用概念其实是对的,但尽管如此,乡土散文的理念,还是在文坛不断被提及,比如汪曾祺的一些随笔、贾平凹的某些小文、刘亮程的乡村作品都是。如此说来,涉猎谣俗的文学,是国民性的一种背景或底色,在中国古老的地方的遗存,有民族的根性的。

上世纪九十年代,我在报社做记者,曾去京郊见过几位作家,他们几个人出了几本小书,都和谣俗有点关系。我那时候对北京的郊区了解甚少,从诸人的文字里,才对郊外的农民有了些认识。北京的作家,对京味都有些心得,但对京郊的内在性的思考,也仅刘绍棠、浩然几位。不过他们的社会观,和我们这代人有点区别,趣味的分歧是自然的,那是时代的原因无疑。但他们文字里对百姓的感情，我们总还是有感动的地方。到了新的一代人，看法似乎与前代人不同，认可的是五四以来的传统，视野也从乡土走出，阅读面渐宽了，读卡夫卡，谈略萨，兴趣显然是广的。在域外的文学泡久了，便又回到中国，回到自己的故土。去写乡下的男男女女、风物人情，感觉就有了厚度。北京的乡下，没有被开拓的空间，还是不少的。

后来在一批青年那里，我也读到了另一种颜色。京西有凸凹，京东有柴福善等人的文章，都有乡土的气息，不是书斋里的文字，背后总有些泥土里的味道。那些渐渐消失的人与事，被点点滴滴地打捞出来，读起来有异样的感觉。京郊乃帝京之属，有与河北、天津乡下不同的一面。但也和皇城大异，隔膜是有的。我后来读张中行写通州的文章，才知道那里的风雨背后，也有难以理喻的东西，这些，我们的文人究之不多。

也有的青年写北京郊区的生活，用另类的笔法，要从乡土的模式走出，写大地的哲学。苇岸的《大地上的事情》，多是这类的笔触，其写山间什物的方式，有一种流韵，梭罗式的感受传递其间。他故意和民俗隔开，拒绝旧的语境里的哲学。虽然写的同样是田野和村落，故国经验被超验的生命感受所引，乡土的意味就被改变了。

京郊的民俗，曾在民国文人那里有所记载，关于妙峰山的描述，关于香山古风的点染，那是民俗调查的一种冲动，乃书斋人的看世，欣赏的同时隔膜也出现了。废名虽写了山中的和尚与村妇，我们总觉得是超然的目光，或有玄思的意思,其实也是缺失人间烟火气的。但后来刘绍棠的运河两岸风光的描绘,也有一些过滤的方式,把故土过于美化了,少的是孙犁那样的冷峻,至于和鲁迅的幽深与批评的气度比,自然是有缺憾的一笔。

真实的乡土是什么呢?我也不太知道。近阅读凸凹新书《故乡永在》,才又想起这个话题。我看他对乡土的描绘,比先前更丰厚了,虽然脱不开前人的痕迹,但也多见自己的体会。他要画大地的哲学,野心也大了。作者大概是京郊作者中对大地主题关注最久的人,我们要找当代的京郊乡土散文家,他应算是一个。

我在他的散文里读到的乡土有一种野性,不像前人那么精致,为文中保持了杂色。作者写自己的故土,涌动的是鲜活的东西,比如男女之爱的甜意,比如水、木、土、火与乡民日常性的关系。作品不都是奇韵的渲染,在俗调里也有美丽的存在。特别是把幽默引入作品里,就比苇岸等作家多了生活的趣味。写文化类的作品都显得不太易出前人之左右,可写乡下则有亮度,那是他自己特别的闪光,也是区别于其他作家最根本的因素。读这样的作品,常常要笑起来的。

我看乡下生活的文章,常常注意伦理的表达。在我看来,许多乡村的伦理几乎都被污染了。动荡的生活改变了乡下的伦常,这是可怕的生态失调。《故乡永在》有些篇幅写到这些,依然有旧梦的飘动,那些乡民在苦难里所保存的淳朴之情,读起来有飘然的野味儿。山民在自然里,对草木虫鱼、山水之径,都有心得。他们的人生智慧都与此有关。作者写到爷爷从羊的习性里悟得处世的道理,都是天地之道的暗示，村民的朴素见识，比城里人更为独到。京西风俗里的柴门不锁、以公为乐的一面，现在是否还在，尚不知道，它固有的存在，对我来说也只能于梦中得之。《山中师表》一文讲残而有智的陈老师，可见民风之淳，庄子所云的形残而灵美的寓意，于此再次被演绎出来。乡土如果没有这些，真意大概就消失了。

乡野有一些神秘的东西，鲁迅、沈从文都写过这样的神秘。京西六十年代出生的作家的记忆里也有这类遗存，我是没有料到的。凸凹《乡间蛊医》所记载的巫风颇盛的乡里，好像遥远过去的存在，原始遗风里诡异的部分诗意地被呈现出来。他的《雪狐绝唱》则是一个传奇式的故事，乡间的图腾和生命的失重都在这里，让人倒吸一口冷气。他的《男女河韵》所讲的喊河风俗，则第一次知道，这在过去的阅读里很少见过。男女之间的风韵我们且不必谈，就乡人在其间的精神热力而言，是弥漫着强大的意志的。房山离北京很近，却也有如此满蕴力量的民风，对我都是一种阅读的快意。

我过去见贾平凹的小说写人狐之事，以及鬼的行迹，就感到有点奇怪。其实乡下人的世界，怎么能离开这些呢？《古炉》里的人和神的对话，写得很传神，不觉为假，真的让人心动。乡下的这些神奇的事物，乃精神寄托之所。中国的文化里的谶纬之迹，乃不是宗教的宗教，对世人的引力自不必言。乡土如果没有这些，记忆里的动人之所，就要消失大半。我在辽南生活的时候，遇到过类似的传说和故事。可惜没有什么人去记载这些，世间消亡的影像，比留下者要多之又多。

从以上的举例，使我更加确信，自己的文学创作，并不是孤立的存在，其"影响"已经发生，不仅活在读者心上，也悄然活在友人的文字里。所以，对文坛诸友及他们的作品，要懂得珍惜，因为那是"我"和"我们"的文学。

2015 年 5 月 18 日

"装神弄鬼"的写家

暑热之下，喜读止庵、车前子的文字。

躺在凉席上，交叉着读二人的小册子：止庵的《插花地册子》、车前子的《云头花朵》。

都是世纪初的作品，也都是赠书。止庵的字拙朴，像出土汉简；车前子喜书画翰墨，他在扉页的题签，用毛笔，"凸凹"两字，用皴染法，像两根木桩，有层层木纹。他们好像都觉得，我们三人的笔名都有古旧味道，应该往沧桑里写。

世纪初的文字，可谓是旧作品了，但我也当新书读。因为二人的风格一贯，缺少变化，随手翻来，就能知全貌，实在没必要追踪他们的新近作品。

二人在散文界，不是重要的作家，但却是绝不可以忽略的作家。他们不写重大题材，也不在现实素材中多着笔墨，他们向后看，向故纸堆里摸索，文章重知识、重趣味，有老派文人的风韵。

概因为此，他们基本上是非功利化写作，只抒发个人心性，便典雅得可有可无。这个"可有可无"其实就是文学的本质：像早春的草色，远看葱茏近看无；又像岩间雾岚，有所缠绕又无依。这有无之间的揣摩,正是让人心痒的东西,你抓不住,心焦,但又舍不得断然离去,所以忧郁。然而,就是这种焦灼与忧郁,让人心敏感,能体察毫微,让内心细腻,能知冷暖。人性的种种,便都能准确地捕捉。

中国的散文界,如果缺少了这两个人,就很没意思了。因为他们二人都是很纯粹地活在文字中的人,汉语对他们来说,是"迷恋的骸骨"。他们能在无意义之处弄出趣味,在无文之处,弄出有独特意象的字词。他们有装神弄鬼的功夫。

止庵装神。即便是知堂、张爱玲的袍衣已经很旧,旧得近乎轻,他也会庄重地拿到阳光下晾晒,把霉味转换成神的气息。每有立论,他都摘引,拿经典唬人。从他身上,能看到钱钟书的余影。所不同的是,钱氏"罗列",他则"衍发"——打前人的招牌,卖自己的私货,让人感到他腹笥充盈,很博雅,很有见地,于是庙宇堂皇,能镇得住人。

车前子弄鬼。他好像对斯文的东西很厌恶,总是把书本所得,变成蛮野情调和江湖气息。对异端他眼前发亮,对异趣他怦然心动,放手撮入、精心研磨,均调制成他的诡异文字。即便是正面地论述,他也迂回道来,杂入神秘的因果,让人看到事物的荒诞不经;即便是书写普通的生民情感,他也用谶、用道,疑似在黄表纸上涂抹了驱鬼的画符,让人心惊肉跳地回味,不敢造次。他十五岁那年,看到老师的妻子——一个烫发的女人,居然希望她很快就成为寡妇,他好迎娶。总之,他不往正常里看人,也不往正常里思索,一切均要异于常人。

装神弄鬼,在这里不是贬义,是譬喻他们在文字上的自觉,即苦心经营与他人不同的文字。我对他们二人有真诚的敬意,因为我总是想:不这样,写什么散文?!

2015年6月17日

谦卑之心，装着千山万水

读雷平阳的诗。

在当代诗人中，雷平阳是我之最喜者，他的诗，我每一遇见，都要倾心而读，且预备着被触动、被感动。他几乎没让我失望过，因为他与我是同龄人，大有感同身受之处，又因为他从不为写而写，而是伏地谛听，仰天追问，先被"击中"，再传递心声。

眼前这首《穷人啃骨头舞》就让我怦然心动，直让我感到他是为我而写，抒发了我的人生情怀——

> 多年来，我极尽谦卑之能事，
> 委身尘土，与草木称兄道弟，
> 但谁都知道，我的内心装着千山万水。
> 一个骄傲的人，并没有真正地
> 压弯自己的骨头，向下献出
> 所有的慈悲，更没有抽出自己的骨头。

2012年初，雷平阳就做了一件事——他带领云南众多作家聚在昆明文林街夏沫莲花酒吧,追思已故的作家史铁生。在这个不寻常的夜晚,雷平阳聊起史铁生对他的影响,并说:"这是对一个伟大灵魂的敬仰。他以一种卑贱的方式去表达崇高,对我产生了巨大的影响。一个作家的死去,带走了很多个作家;而还活着的作家身上还有无数死去的作家存在着。"

媒体称雷平阳为"草根诗人",雷平阳也觉得自己是一个缺少万丈雄心的写作者——多年来,自己所做的事,就是尽力地去记录触及自己灵肉的事件或自己的细碎的思想。写作,他视之为灵肉的炼金术。用雷平阳的话来说:"人们之所以看见我为低层人歌唱,乃是因为我一直生活在他们中间;人们之所以为我的某些诗句所打动,乃是因为我在尽可能地说出生活与情感的真相。"他只想让自己写下的汉字,干净、朴素,贴着土地,可成花草;搭上白云的船,可成雨滴;贴着心窝,可成血。

每一个时代,每一位作家或诗人,都在用文字记录自己的生活史以及这个时代的心灵史,无论是史铁生还是雷平阳,都在文字的高天厚土之间,寻找那些失落的或正在失落的词语,并借以构架他们灵肉的居住地,唤醒这个时代正在失落或消亡的精神,给民众提供一个严肃、纯粹的精神家园。这也是我的文学理想,所以我与史铁生、雷平阳有强烈的心灵共鸣。我们都觉得,即便是"委身尘土,与草木称兄道弟",也要内心装着千山万水、不压弯自己的骨头而有所应——在精神高度,在思想境界,在生命价值,在与生民为伍。

2015 年 6 月 22 日

迟到的敬意

读叶舟的自印诗集《练习曲》。

叶舟现在是甘肃作家协会的副主席,第六届鲁迅文学奖的获得者,是名冠全国的著名小说家、诗人。而《练习曲》是他十三四年前所寄赠。那时他无籍籍名,就连作品发表都很困难,便"冒昧"投书我这个所谓的名家,希望我为他的作品写篇评论,以增其华。

当时我装修房子,把藏书弄乱了,很久找不到他的赠书,就把撰写评论的事放下了。他好像觉得我倨傲而冷,再有作品印制或出版,就不再寄来。后来他获鲁奖,爆得大名,很想写信祝贺,但想到这个前因,怕他低看我的人格,遂作罢。所以,虽然我们都知道对方的存在,但从未谋面,也没有进一步的联系。

但他的确是我心仪和看重的作家,每在报刊上遇到他的作品,我都悉数拜读,击节称叹。而且,每到我身心疲惫、意绪落寞之时,我都要拿出他的《练习曲》吟诵,以得玉振之力,使自己还魂。

因为他的诗,有民歌风,朴野冲荡,能勾魂,激活血液。

譬如——

塔尔寺里的金瓶,
是佛的心思;
西宁城里的水井,
是活命的牵心。

青海湖上的眼睛,
是我的心疼;
日月山上的风雪,
是我的光阴。

阳世上我们两个好过,
我把心肠掏烂(者);
姻缘里找不见了尕妹子,
我把揪心放不下(者)。

　　这些诗句让人震撼,震撼于意象的原始而深刻,它告诉人们一个被现代人忽略了的道理：人间之爱,从来是与自然万物同体而生。
　　又譬如——

在牛的眼睛里,
最美的鲜花也是一束草。
羊群里站出的男人,
拴牢了我的门。

一个人维下的是心肠,
两个人维下的是肝肠。

> 从阴间里走出你一个,
> 赚走了我一世的盘缠。
>
> 天留下日月草留下根,
> 佛留下经卷人留下人。
> 人烟里一个人是空转的磨,
> 在你的羊群里我(尕)是神。

这些句子,让人激动,激动得浑身发抖。直觉得中国诗歌的大美不在书斋,而是在民间,就在以叶舟为代表的西北民歌长短不齐的句子里。

读罢《练习曲》,我陷入深深的回味,不禁感到,西北民歌的美是一种不可言说的美——它极端的质朴,而又极端的深刻;它深刻得不留痕迹,就蕴含在牛吃草、人打鼾、鸟来筑巢、人去游荡的生命的原生态中,几乎就是生命本身。它用万物最原始的生存形态,讲述着大自然最本质的道理,就像盐一样,它使你的生命富有滋味,你却不觉得它金贵;就像烟一样,它袅娜了你的眼神,你却把它看得比风还淡。然而,就怕你留神,你稍一留神,它就是思想,它就是感情,它就是诗句,它就是韵律。你无须再绞尽脑汁地思考,你无须再字斟句酌地书写,它就像水一样,你可以掬在手中享用。

"在牛的眼睛里,最美的鲜花也是一束草。"你说它是不是思想?你说它是不是诗句?

"青海湖上的眼睛,是我的心疼。"你说它是不是感情?你说它是不是韵律?

它什么都是,又什么都不是,因为它就是自然与生命本身。

我真诚地向叶舟致敬,虽然这种敬意的表达来得稍晚了一些。

2015年7月18日

书评

感受《声音的重量》

翻检《声音的重量》顿感一种慑人心魄的魅力从书中透出来。书中的几个作者，李洁非、韩毓海、孙郁、李书磊、彭程和祝勇，是当前思想界极为活跃的人物。这样的方阵是一个逼人的方阵，是一个极具冲击力的方阵。再逐篇读文，直感到当代思想界的风采与颜色已尽收眼底矣，当叹为观止！这样的一部书，名为《声音的重量》便恰切至极也。

文人是知识者，当然又是思想者。文人最初的成功，缘于天分的驱动；最后的成功，却缘于他内心的自觉。他们对已知与未知的世界不仅充满了好奇，而且充满了探求的欲望。这种欲望是他们长期在书斋中浸淫的产物，是他们对精神力量过于敬畏的产物。所以，文人以精神或思考的方式干预生活、参与生活，与其说是一种责任心与使命感使然，不如说是一种生命的定式：无论他身处什么样的境界，他们都要表达，他们相信"声音的重量"；声音的重量"锻造"着人类的良知与理性，使人类的生活走向整体的道德与和谐。《声音的重量》里几位文人的表达，莫不是这种表达，而且，既是个例与具象，又是典型与风标。

李书磊的随笔,整体地表现出一种文人的自省与达观,让人感到文人生活的温暖与希望。他认为,文人生活,由于文人是思想者,他对人性、人情和人生的深刻了悟使其进退得体。文人的生活,的确是一种"化境",孔子的人生镜像便是一种大辉映。历来文人多病、多贫、多蹇,却生生不息,便是缘于这种"化境"。外在的助力当然会被文人所依,文人的得救,根本在于自身的救赎,在于灵魂与精神的不失据。

因为文人具有"灵魂与精神的不失据",其创作与文字,便更具永恒不灭的光辉。为什么,文人的声音具有穿越时空的重量?就在于,文人的创作是"人性的最高完成"。

祝勇与彭程的随笔文字,在伦理中具有鲜活的诗意与激情;他们视野广阔,触角细微,他们测惕古书、解读节气、审视世象、爬梳文化……几乎人生与世象的所有角落都留下他们的思考与声音。这是一种执着的表达,其目的便是说文人的声音"穿透浮躁的都市与喧闹的乡村",砥砺时间的磨蚀;让世人感到,对于人类的生活,文人的精神与思想的影响是无所不在,其干预的成果无所不在——这便是一种永恒。从历史到流行,他们通通观照;但他们并不碎语如聒,湮灭在对人生与世事的表象评判之中,他们的话语始终把握着一个根本性的基调,便是生命的价值问题。

所以《声音的重量》,干脆便可以说它是一部解析生命价值的释义书!

孙郁的随笔文字,是最为沉重的文字,因为他思考的对象是大思想家的人本与文本。他面对的是人杰,是杰出的思想本身。从他的文字里,感受到他是一个勇于承担"思想痛苦"的人,他不满足于聆听卑贱的本性与"贫困的恐惧症"。富家子真正的解放,不在于财富的拥有,而在于人格的高贵与心灵的自由,便是做富家的"逆子"与"贰臣"。那么,对于当代的中国,那种"有钱就有理"的经济哲学,便是多么卑贱的一种货色啊!

韩毓海发出的声音是讽世的,亦是警世的声音。譬如:这种惊警之音,俯仰皆在,听不胜听。直让我们想到:作为一个思想者是有用的,是幸福的;作为一个思想者又是特定的,是须臾不可自菲的;作为一个思想者又是生之有所依的,其所依,便是他卓异的声音;作为一个思想者又是有出路的,其出路便是不仅要会说,而且要像说的那样生活。

读罢《声音的重量》里的所有文章,我有一种从未有过的大欢畅。思想的声音是可以穿越时空的,思想散发出芬芳,并产生大的影响与功效,往往是在穿越时空之后。

历史与人伦的投影

一个地区，应该有属于自己的书。不该小觑这样的书，它是这个地区历史和文化的具形。没有这个具形，此地区的历史与文化便不甚可观、不甚可感。外界对其的感知，便流于随意，流于盲目。这与这个瞬息万变的信息时代，与开放搞活的社会大背景，显得格格不入。

基于这样的识见角度，张玉泉同志《京西风物典故》的出版（中国人事出版社，1994年10月版），对京西这块土地，便不是可有可无的事，而是一种必要的基础建设。因为京西这块土地太丰润太富饶了，而其"具形"的书则太少太少。

《京西风物典故》将京西的名胜古迹、民情风物、历史掌故及民间传说熔为一炉，以活泼的文学样式加以负载，既可以窥视京西的历史文化全貌，又是一本饶有趣味引人入胜的文学读物。得一册读之，必有大收益。

京西——房山，文物古迹众多，有许多尚是华夏文物的杰出代表，如云居寺，如周口店猿人遗址，又如琉璃河商周遗址。文物古迹是历史的凝固，又是民间文化乃至民间文学的根。《京西风物典故》恰恰用生动的笔触，形象地展示了历史文物与民间文化丝丝缕缕、互相渗透、不可割舍的关系。如果我们寻根的兴趣尚存，读一读，且做一番研磨，会得几分关于人本、关于人类的家园和关于人类风尚的真品味。

至于刘绍棠先生所说，民俗风物乃至民间传说系文学创作之父，是一种文人和大众的共识，读一两遍《京西风物典故》，会使人写出一两部杰出的乡土文学著作，亦未可知。

以往，写风情风物的书，差不多都流于写风情表面的光华与妩媚，对历史和人伦在风情风物上留下的那层或厚或薄的投影几乎视而不见。这样的书虽好看，却失之浮华：少年读之，可得一些风物知识；有阅历的成人读之，便觉寡味。而《京西风物典故》的作者，正以极大的热心，摄取了风物风情上历史与人伦的投影，写出了厚味。上方山云居寺系闻名遐迩的佛教圣地，殿堂庄穆，僧侣咸集。但书中《上方山的和尚》一文却给我们描绘了这样一种情形：袈裟包裹的"素心"，竟分属于不同的政治势力：或为我党的地下工作者，或为国民党安插的奸细；念的虽是一本佛经，遵从的却是不同的主义。便有现代史上的上方山和尚，实乃"政治和尚"的内理，佛门圣地亦非净土，让人喟叹不止。《老道也收过桥费》则让人感到，商品经济其实并非新鲜物，但它具有巨大的渗透力，几乎无孔不入，概人类生存发展的本能使然。还有那《七十二缸老咸菜》，"渍"出多少人世的沧桑和人生况味啊！

《京西风物典故》之独特意义，便在其中了。

藏书大家郑振铎，最喜辑藏各地的经济史料、政治沿革和风物掌故等各种册籍，他在《西谛书话·谈分书》中，对这一爱好之因由有具体记述，可翻阅之。其大意是，这种书受时空的限制，印得很少，流布面很窄，属"罕见"之书。但要深入了解和研究民族历史、民族文化和民族心理的渊源和经络，得出一些切合实际的结论，裨益于未来，这些册籍是最好的"参考资料"。所以，买一本《京西风物典故》备于案前，系了解京西最经济之一途也。至于对京西本土的"存史、资治、教化"作用，更是不言而喻的事情。

1994年11月18日

传达生命的感觉

我固执地认为，作为叙事艺术的小说，存在着两种境界：叙事的精彩和情节的生动是最低境界；通过人物，即个体的生活状态，透视整个人类的生命状态，传达人的生命感觉，乃最高境界也。

要达到这样的境界，作家除了有渊厚的知识素养和广博的综合素养之外，两个因素是至关重要的：其一，以极大的激情投入生活，在生活中摘去假的面具，淋漓尽致地挥洒喜怒哀乐，亦即做性情之人。其二，以高度的自觉，思考生活。这种思考，不仅给人以理念、哲思和思想深度，更重要的是，长期的、自觉的思考，会给人的心灵以机敏，会时时捕捉和把握到瞬间的生命感觉；好的作家正是通过自己个体的劳动，积累和传达这种感觉来实现自己在人类学上的意义。

邱华栋正是这样，通过自己的小说，传达着繁密的、让人叹息不已的生命感觉。

阅读邱华栋，是近两年的事：两年前的一个不眠之夜，无意之中读到了他的《生活之恶》。这是一篇写城市男女在原有价值观失落之后，心灵得不到安妥的人生情形下的感情生活。不知不觉中，我感到小说里的男人就是现实中的我，那里的女人，正是我心之所爱；便与小说里的女人发生了意淫。

便把小说推荐给周遭年轻的朋友们看,居然有同样的感受。稍加沉吟后,感到这并不奇怪,概邱华栋提炼了并成功地表达了城市男女在现代城市生活中,情感之于生命的典型感受。

从此,便以极大的热诚关注了邱华栋的小说,几乎是每在报刊上遇到他的小说,都要做一番精心的研读,每一次他都没有让人失望过。

有一次在地摊上偶然发现了他的一本小说集《请别惊动死者》。这是一本印制质量很差的书,书摊老板捕捉到了我看到它之后的喜悦心情,便要了高价。我没有计较,兴奋地以高价将其买回,作了一夜耽读。

这是他二十岁以前的作品,但读了它却使三十岁以后的我感到震惊:几十万字的书,他几乎表达了处于青春期之中的人所能经历的全部感觉。后来,我怀着激情写了一篇评述,我说:"邱华栋所讲述的故事,是青春世界蛮荒万象的大写意。那芜杂的原生态,呈现出生命的蓬勃与不羁;生长与死亡是一种必然,而且死亡亦是近似游戏般美丽。"

由此,我断定:邱华栋是捕捉并深刻地表达人的生命感觉的圣手;他以人类的使命感,以生命的个体为文本,精心地营造着他的小说世界。

邱华栋的小说,是自觉地把个体的生命感觉,融入到人群的社会生活;用话语,为今人,更是为后人提供沟通捷径的"新新感觉派"小说,是城市史诗。就我目力之所及,他或许就是这一派小说的最具代表性最有实力的作家之一。

1996 年

市井中的一盏书象之灯

"北海西山都可恋,我来只为读奇书。"这是徐燕谋赠钱钟书先生的句子。我私爱之,为坐守青灯黄卷的生活,寻到的一柄心灵的依托。但时文已不再好读,水分太多,浊气太多,"奇书"少矣。市场推出了物质的美好,却也鼓起心神的浮躁;衡文、研理、评人、议事,没有一种心灵的平静,又如何得了?"奇书"太少,是一种必然,亦是一种缺憾。

但不悲观。

天欲明时的星辰再寥落,毕竟有几颗高高地挂着。伍立杨的《时间深处的孤灯》便是这么一颗破晨雾而灿明的星辰。

体悟"时间深处",起码有两层涵盖:一是时空的深度,可以回瞻有文字记载以来,历史那一头的幽微景观;二是心灵的深度,可以洞察人类思维潜层的轻微战栗。此一种大纵横大捭阖的境界。通观一部书的文章之象,正是有这般境界也。

这部随笔集,涉笔成趣,气象万千,让人感到人的心灵疆域,广阔无极到令人震撼。伍立杨仅仅三十岁,却爬梳高古,触到了古代贤人最敏感的那根神经;剔滤西洋,嗅到了西方文明最迷人的清芳。他心灵疆域的拓展,借助的是书籍的舟楫;他的生命在"孤灯"下做了长久的沐浴,他是带着通体的书香,站到市井的阳光下的,年轻的生命已有了厚古的睿智和洞明世事的洒脱。他文章气象之繁丽之奔涌,已成为流在"时间深处"的一条汪洋大河,其堤岸和水流,是书象和世相在思想调和鼎蒸下的大融汇。

这种融汇需要一种大气度。直白地讲,就是在市井生活的纷繁诱惑下,安抚内心,使内心沉潜平和,独自谛听生命的微音,感受生命温暖的能力。这首先面临着取舍,便是入俗还是去俗。他选择了去俗,"去俗就是去掉奴性和庸浅,而增加风韵"(《李笠翁的美女鉴别理论》),这是他的心音。他又说:"如今消费炽热、人心浮泛,商业教条规限生存价值,在人文艺术中能潜沉下来的雕琢艺事的心境,则仿佛在疲惫的旅途中,陡然有照眼而明的奇葩,静中寓动,构成可以依托我们精神的花架。"(《雕琢也是大美》)……他推崇禅的精神,认为生死乃一大梦,在这个大梦的网罩下,与其无所适从,盲然奔走,不如义无反顾离开众生相,运用自在的精神来充实自己,面对死亡得一种拈花微笑般的超然。

我确信,伍立杨已真正具备了这种大气度,兑现了他对自己的人生要约。因为这部随笔的每一篇文章都不是率性的游戏,而是心血结晶。只有将心比心地去读,才能读出灵魂到底比肉体甘美的那一重高质的思索。

伍立杨崇敬钱钟书的大文化人格,他把这种崇敬化为了苦苦的实践:冷眼观世,潜心读书,超脱感悟,铸就自家丘壑。他这上百篇随笔所氤氲的哲学气氛,已使唐达成这样的高格读者感到如沐春风,不禁感喟有声:人最高的乐趣是生活在哲学里。于是,《时间深处的孤灯》这一成果,对伍立杨自己来说,是他构筑自己文化人格的一块响当当的基石。

在随笔作家中，伍立杨极推崇董桥，这有他的三论董桥为证。他对董桥作如是评价：

> 学问、见地、情感，三者调和经纬董桥的散文，出之以独出机杼的行文造语，合之乃得"深远如哲学之天地，高华如艺术之境界"。
>
> （《董桥与他的〈这一代的事〉》）

伍立杨深识董桥散文的风骨。事实上，他自己的文章已不让董桥。起码有二：其一，腹笥充盈，用典纷繁，调和自如；其二，语句简约，开合有度，富于弹性。这两方面均不逊于董桥，并且，在研理之中，情感对哲思的一层层濡染，其鲜活与灵动还稍胜董桥一筹。

董桥已到知天命之年，而伍立杨却刚入而立，便不禁令人惊叹，惊叹书籍在人的精神构筑上的奇伟功力。书籍不仅延续人类的生命，更缩短了人与人之间的认知距离。在思想的华宴上，无尊卑老少，是一种真正意义上的平等。

伍立杨与我是同龄人，若有机会，在一起好好喝几杯，才好。

1996年

男性的卑微

韩春旭的散文集《女性的极地》是一部心灵史。一个女人,思考了许多女人难以思考的大命题,使我们不得不以肃然的心境,认真去品味。品读之后,竟生出一种奇异的感觉,便是感到了男性的卑微。

因为,在男人们群体地追逐时尚,亦即作色相、金钱、权势和享乐的欲求,将时势弄得喧嚣浮躁,愈来愈失去人之理性的时候,韩春旭,作为一个柔弱的女子,竟把自己关在"一间自己的屋子"里,就人的终极意义与苏格拉底作历史的对话,兀自作着"少了什么,这个世界"的考问。这是一种过于沉重的考问,没有超功利的激越情怀,不可以为之。她不但以淡淡的幽怨,一层一层地剥开心灵的胞衣,作透心脉的考问,还以女儿全部的爱情,把这个被人遗忘了的哲学老人,从历史的深处搀扶出来,且深情地呼唤:苏格拉底,引导人们热爱德行吧!

这样的呼唤,是一种久违了的"人的声音",是召唤人们从现世的浑噩、欲念的污浊之中超拔而出的惊警之音。

这样的声音,我主观地而且固执地认为,应该由男人用雄浑的声音喊出。这个世界的世态重心,毕竟不可否认地仍然向着男人这一人类的"尤物"倾斜着。然而男人们没有。他们沉溺于世俗观念的不断满足,放弃了拯救德行的责任。

面对一个在世风中超乎功利、卓尔摇曳的女性,便自然而然地感到了男性的卑微。

读韩春旭,给我更大的一个惊异,便是从她那里,第一次感到了女性思想的纷繁与完整。

我们从大量的女作家那里读到了太多的阴柔感受,"小我"的心灵折光便是她们的全部作品。

但韩春旭却从"性别缺陷"中豁然崛起,从"小我"的自爱自怜中奔突而出,执着地对人生社会的各个角落作忘我的探寻与关照:生死和荣辱、欢乐和悲哀、旅途和家园、天空和土地、瞬间和永恒……几乎所有的重要的人生疆域,她都拂以她心灵的阳光。她甩掉了女性思维的因袭与局限,她跨越了性别的屏障,以"人"的本质目光,重新审视被性别扭曲了的一切。她成功地解答了许多重要的人生命题,虽然有许多是形而上的。因此,她的整部散文便构筑了一个博大的心灵空间和纷繁的心灵气象。

韩春旭思想的完整与丰富,不是天赐,更非异化,而是主观的高度自觉与独特追求。

首先,是她对精神生活生命化的渴求。她对苏格拉底说:我需要的是灵魂的美容师。我深知,灵魂校正了,脸上就会荡满阳光,眼睛就会深沉明亮,眼角儿就会流溢安谧和祥,全身都会柔顺和畅,让你翩然、典雅,而又朴素、端庄。

其二,是她对自己心智的完全自信。她说:与万物平等,而去体验哪怕最微小的一点美,我为自己的这种具有而感动。(《寻找家园》)

其三,是她对自身潜在的异性质素的自觉开发。伍尔芙说过,两性之间,没有决然的分隔,男性身上往往有很女性的东西,女性身上亦有很男性的分子。这一点，韩春旭意识到了。女性的阴柔已经过剩了，怎么办？那么，就着力解放内心深处，被性别压制得过久的那一派阳刚。这是韩春旭与其他女作家质的区别。只要你读过她的散文，你就会浓郁地感受到。

于是，她便从性别的湮没中跳了出来，成就了自己的特质。便有了她自己情感的厚度，哲学的深度，形成生命体验的磅礴体系，成为一个有着耀眼的思想光辉的女人。

以个人的感觉，她的这个体系中，最感人之处，是她对男人那种生命层面上的大贴近大理解，比如她把苏格拉底作为爱人，把梵高作为小弟弟……那么，作为男人，我们什么时候，才能放下性别优越的虚妄，弯下膝头，与女人对话，倾听女性心灵深处那真实的声音，从生命层面上理解女人呢？

1996年2月21日

杂文的历史品格

当代社会，远未进入理性、理智、民主与法制的理想社会，便有杂文存在的广阔空间，仍是个"杂文时代"，鲁迅品格的杂文从来就未曾过时。鲁迅品格杂文，就意味着代表社会的良心，就意味着对反科学、反民主、反人道、反人性、反理性和伪科学、伪民主、伪道德斗争的不妥协性，就意味着人格境界的高标和文格境界的博大与深刻。舒展正是具备了这样的品格，他是鲁迅品格杂文在当代的杰出代表之一。

透过舒展杂文的纷繁气象看，舒展不仅具有充盈的学识，盎然的理趣，更是性情之人。学、理、情的精妙熔铸，使舒展杂文既特立高标，又春风化雨沁人肺腑，有着鲜明的人民性，深刻的思想性和强劲的渗透力，在社会上产生了广泛影响。

说到人民性，它不是依附于政治的时髦用语，而是一种文学品格。文学当然是为文学而存在，更是为社会的进步而存在；杂文便比别的文学品种更应具有强烈的社会性与人民性，否则便失去了意义。舒展是个具有自觉的使命感的杂文家，其杂文具有鲜明的人民性，在于他始终以极大的热情关注时代的社会生活，即人民的生活，非常了解国民的性格,并且理解和体恤人民的感情。所以,他的杂文,表现的不是"皮毛化"的人民性和"立异以为高"的表象深刻,而是立于"民众情感"的深度,成就一种入木三分、震撼灵魂、化入世道人心的深刻。比如他的《民风与政风》。他着眼于中国的国情,认为传统的强大的"权力"话语,深刻地规束着民众的心理自觉,社会的舆论监督和民主监督便是一件很困难的事。所以,在中国,"政风是驾驭民风、覆盖全国的大风,政风不正,民风怎么能好?"这便是"舒展式"的深刻,系一种残酷的真实。

舒展杂文深刻而博大的气象,缘于他的渊博。其一,是他学识的专业化的渊深。他编著过六大卷《钱钟书论学文选》,其大量的灿然的杂文化的评注,给"钱学"注入勃然的生机,这是令同时代的杂文家击节称叹的境界。其二,是他具有很强的哲学的概括力、哲学命题哲学概念的理解力创造力和辩证逻辑思维的分析力,读一读他的《说疑杂俎》,便知所说不谬。其三,是他历史知道得广博。他不仅对通史与文学史烂熟于胸,而且还通晓社会思想史、政治史、学术史、科学史、教育史、民俗史、民族民间文化史、宗教发展史……这是构筑舒展杂文大厦的支柱。历史的支点,哲学的剖析,有力的语锋,造就了他杂文家的优异的品格。这是杂文作者获得大成功的镜鉴。

具体地说,舒展的渊博,使他的杂文文风具有幽默讽刺,既尖刻又动人的无限魅力。他的幽默与讽刺,既是鲁迅式的,又是钱钟书式的;鲁迅思想上的阳刚与钱钟书学术上的阴柔,使他的杂文不温不火,结结实实。《致 YX 同志》《王婆新传》《中国有幽默吗》《闲侃狗的价值》等篇章较鲜明地体现了这种风格。

舒展坚实的历史支点(对历史的精通),使他的杂文具有了幽邃稳健的历史品格,即洞察力、穿透力和说服力。《鬼趣闲篇》《愚民术》《曹操与女人》《"文死谏"谈屑录》,便是最具历史感,让人在历史的羞耻和当世的羞耻对比之中，悚然惊警的大杂文。

大杂文，必须有历史品格。

舒展杂文的伟大，还在于他不遗余力并有效地提醒人们：在时尚之中，做一名"精神界之战士"，特别是青年战士，还是要好好学习鲁迅。学习的第一要点，便是鲁迅的风骨，即精神上的独立——

> 精神上独立，没有丝毫的奴颜媚骨的作家学者任意挥洒的随笔，即令是软性文章闲适小品，也与宫廷弄臣、占卜人迥异。他们笔下的含羞草，其枝茎也是挺立的；他们笔下的软体动物—牡蛎、扇贝也是有个性的，但又绝不是高大全。
>
> （《随笔偶语》）

他在《布衣集》后记中干脆说："写杂文和看杂文，或许可以防癌治癌。"

便去看鲁迅的杂文，写鲁迅式的杂文。看鲁迅杂文，治精神上的疲软；写鲁迅式杂文，擦亮社会良心。

1996年2月14日

人情化的历史眼光

祝勇极年轻,却写出了文化品位极高的、风格极其沉郁的散文,让人感到年龄与文采并非是一体的事,让人感到人的心灵是一个极其了不起的东西:人的力量不在于金钱、地位和所谓的外在资历,而在于精神世界的构建。

很同意刘绍棠先生的评价:"读他(祝勇)的散文,常使我产生五四时代散文作家的转世之感。"

首先,他的散文具有大文化的视野。

在他的散文集《文明的黄昏》中,《北京之死》《围城里的北京人》《在博物馆流连的午后》《琉璃厂的阳光》《厂甸寻梦》等诸多篇什,凸现了其大文化的色彩。如果说邓友梅、汪曾祺等前辈是用小说的精细钩沉出了"京味文化"的历史风骨;那么,祝勇便是用散文的从容剔沥出老北京"黄昏"式文明的神韵。祝勇用散文话语的桥,把自己引渡到北京历史文明的深处,找到一种归属感。这种归属感,便是对现世浮华的厌倦与不屑,对虚假文明理性的批判。他以高度的文化自觉,为自己找到了一座深厚的文化根基。因为有了这样的根基,他使自己从当代散文话语的琐碎薄陋中超脱出来,摒弃"小我"的私语,而关照整个社会文明的构筑与重组,其散文便成了文化战士滚热的呼吸,汇入文化进步的大潮流。说两句武断的话，浮世文化，或说现世文明，均有淹没历史与割断历史的倾向；这种"淹没"与"割断"，使历史发展在浮世红尘沉落以后，作"平面的轮回"。这种轮回，便是历史的停滞与倒退。而对历史文化自觉的剔沥，是另一种方式的继承，会找准社会进步的坐标，多少年以后，即使社会发展的境象与历史上的某一刻有惊人的相似，却也是一种"螺旋式的轮回"。这种轮回，便是虽不显著却亦坚实的进步。我们要的是后一种"轮回"。那么，我们如果不使散文沦为文明进步的小装饰，便要借祝勇的大文化的视野，审视一切文明现象，从中找到底蕴与自信，用散文话语传达给一切喜读散文的人们。

祝勇散文的另一大特点便是具有人情化的历史眼光。

这集中体现在他近期所写的几个历史人物的散文。比如写毛泽东的《老毛》，从题目上便迷漫出浓郁的人情味道。这种人情视角，使人们能走进人物的生活，使人们放下隔膜与敬畏，和历史人物作平等的谛视。祝勇是个文人，于是，他笔下的毛泽东便也成了一个嗜书如嗜红烧肉的文人。他以文人的情怀，还给毛泽东文人化的温文尔雅与从容自信。从毛泽东身上我们便可以从历史与人性的角度重新认识文明载体的"书"：书中和着人之两极，阴与阳，血与火，文与武……这一切于书页中得到一种大和谐大平衡。毁灭了兵器，熄灭了火焰，册籍却腐而不灭，烧而不绝。既然人性不灭，何惧书绝？书与人，浑然不可分也。

祝勇把毛泽东区别于历史之一般政治家的特殊魅力，娓娓地揭示给人们，其中浸含着他的卓见与独特的文心。这构成了他写人散文别具一格、高人一筹的质素。

还有他写唐玄宗的散文《玄宗的背影》，更是把历史中的人情揭拨到极处。比如他写道：

> 与一些影视文学作品的描述相反，玄宗并非文弱无能，

只知吟花弄月之徒，而是颇谙为君之道，颇具大国领袖之风范。皇权的至尊与礼贤下士结合，从谏如流与唯我独尊互补，江湖经验与政治技巧融通……而玄宗之所以凸显于岁月的浮雕之外，成为一处孤绝的风景，还在于他不仅经历了大成功，而且经历了大失败；不仅带来了大繁荣，而且带来了大混乱。人生的至喜与至悲均在他的生命里浓缩，世间的荣耀与耻辱都在他的岁月里聚焦，伟大与渺小交融，显赫与悲凉同在，他于有限的生命里体验到了命运的轮回，以至于尘埃落定之后，他只有在宗教的紫气中破解命运的偈语。

他不是用抽象的笔触写历史人物，而是在个体命运的深层层面上写历史人物。这样的历史人物便有本质上的复杂与多绪，便有生命意义上的鲜活与温度。既是史笔，亦非史笔，既是抒情，亦非抒情，乃历史的抒情和抒情的历史；使散文走出单薄，而走向丰厚，走出私语，而走向人伦。

总之，祝勇虽然是六十年代末出生的青年作家，却自我修炼出丰厚的学养和理性的眼光，写出了余秋雨式的文化散文。余先生是学者出身的中年人，其文质之高拔令人敬服；而祝勇以青年人的真纯与文弱，亦写出了中年学人的深厚与高标，便更令人叹畏。于是，文学能出人，散文更能出人；文学能超拔人之生命的价值，散文更能凸现生命的不可思议的深刻。

所以，建议祝勇注意两点：一、不能不入世。入世可以汲取更多的人情滋养。人情练达，文章丰润，夺人眼目。二、又不能太入世。太入世，会被世俗羁绊、人情所累；精神得不到超脱，便只能沦入单薄。

此非戏言。

1996 年 10 月 11 日

善解节气

《红草莓》是彭程的第一部散文集，系成都出版社"朝花文丛"中的一本。书拿到手之后，便倚枕耽读，竟读得身心俱热，若涌动着一股春潮。

感于他对四季风景描写的精到与对节气解读的幽妙。

我固执地认为，节令的四季，不是身外纯自然的季节，而是生命的四季。四季的景致若不附着于生命的脉动，便是一种冰冷的隔膜。正如一个女人，她的美丽若不与你的生命发生一种粘着关系，那她只能算是一朵浮云，其聚散与栖止，实在是身外之事。

而彭程对四季的阅读与描画，正是把自然之美，作生命的破译，以其生动的生命感应（生命体验），让人受到情感上的大濡染，让人强烈地感受到人与自然之间存在着共同的呼吸与脉动，恰如海德格尔所说："人诗意地生活在大地上。"

这是久久期待的一种感应，今方得之，不能不感动。

比如他写春天的阳光——

> 还有阳光。已不复清冷浑浊如老人的眼神，漫洒下来

的,是明汪汪的水。流在街巷,视野里蓦然鲜洁明亮了许多,漾一地温煦暖意。渗到胸中,一颗心也润泽鲜活起来。像春水初初泛过的土地么?那唑唑的声息该是在感叹着欢欣……外边的气息鼓荡胸臆,激起莫名的向往。

(《春醒》)

比如写夏天的来临——

当槐花和泡桐花的香味在空气中飘漾的时候,我知道,我的幸福也降临了……过去多少季节里积聚的感受,仿佛被一道闪光照亮;我有了一个倾诉的欲望。

(《夏之初》)

向往与倾诉,是心灵的情绪;那么,春天与夏天便是人的生命历程,这样的季节便绝不是可有可无。生命因此而走上成熟与丰厚,文学也因此具有了任何其他的人类操作者不可替代的意义。彭程将这层意义作了一种现世的强化,让我们想想清楚。

不可否认,现代文学很少有自然风景的着意描画,声光电色在作品中是一种至高无上的风景。这是人类生命力委顿的征兆:自然的风景是一种根性的东西,树木、花草有根须,山峦河流有根底,鸟兽虫鱼亦有可供栖止的凭依。有根性,便有不息的生长,便有蓬勃的生机。而声光电色,倏生倏灭,形同虚幻;在虚幻中沉醉不醒的人,是感觉迟钝、血性变凉的一群,生命退化的那一重阴影,已淡淡地罩在心上。

所以现在人迫切需要与自然的季节作生命的亲和,与土地建立一种既诗意又质朴的根性关系。彭程的《红草莓》或许就是这样的一本感召书,告诫人类,只有很好地感受自然,才能更好地感受人类自己,感受不断变化的人类生活。

同时，彭程对四季的解读，发现了在文学的语境上，"真正理解语言并领受它的魅力，需要一些特殊的时候"。这些时候，便是我们身临其境、情感投入的时候。这一发现很重要，让我们知道，机械、抽象地使用季节用语，是人类对自然感觉钝化的开始，必须有足够的自省。

依彭程指引的情感视角，季节用语其实亦饱含着生命的汁液，比如——

清明：字眼里便有水汽氤氲。

大暑：热烈的极致，蝉歌如雨。

秋分：收获之后，充盈化为落寞，一丝浅愁爬上心头。

大雪：拉上天鹅绒般厚重的大幕，走进回忆和梦境。

每个季节用语，都有一个诗一般的生命意象。

彭程便是一位站在城市的水泥地上，以诗人的心，唱出自然天籁的最纯情的四季歌手。

1996 年 10 月

思考者的漫画

大胡子画家康笑宇写了一本读书漫话,名《一笑了之》。不读则已,一读便再也放不下,掩卷已久,甘味仍浓郁如烟,沉思未定,还想再翻一翻。正如杂文大家邵燕祥先生所说:"一笑岂能了之?怕是了犹未了——那难了之事、不了之情、未了之思……"

漫画是眼下看好的一门艺术。

许多文人亦以一种赏玩的心理做着一幅幅文人漫画。文人的漫画与职业漫画家的漫画自然有不同之处:便是文人漫画多了一份矫情,少了一份认真。所以,我有一种偏见:好的文人,就自自然然做自己的文章,即便纸短如董桥,亦意蕴深沉,才情足备,堪可吟读。若非"漫"一下子才解气,可做私爱,聊备技痒时自我玩味,最好不要拿出去在大报大刊上刊布,那浅薄的表达与凌乱莫名的线条,直让人觉得仿佛艺术亦是一种玩意儿,谁都可以玩一玩。

康笑宇的漫画则是一种真正的艺术,可以备一本放在床头,像经典一样反复研磨。其因有如下几点——

其一,它是一种非常独特的漫画,是"读书漫画",是漫画形式的书话。书话文章,是把好书的妙处,用三言两语精到地"点化"出来,让人们用有限的时间，获得最想获得的精神营养。而康笑宇的读书漫画，是用最简洁的线条生动地勾画出深埋在浑浑大文之中的"文核"与"文心"，让读者会心地领悟：开心的是面颜，温暖的是人心。他漫画笔触所涉及的大多是著名人物的经典著作，一幅漫画便是一篇书话，其思想文化的含量不言自喻。

其二，它不是图解的漫画。蔡志忠先生的漫画很是风行，但他的漫画停留在图解的层面。他是把中国文化古籍的玄奥与艰深以漫画的直观功能通俗化。而康笑宇的读书漫画，勾画的是自己的思考与情韵，是一种独立的品格。比如林语堂的名著《生活的艺术》，是一部渊博丰富的大著，读完它颇需一些时日。但康笑宇只选取了林氏论女人穿衣的一段话（即"女人面对男性或自己，一则有穿衣的公然愿望，一则有脱衣的秘密心愿，女装的变化就在这两极间打转"）为下笔的切入点，做了这么一幅漫画：以穿衣镜为临界，女人有两种形态，镜外的女人华衣丽服装裹得极为严整与庄重，而女人在镜中的影像却赤身裸体，无羞可遮。这是神来之构，它的深刻意蕴在于：什么是生活的艺术？无非是人在"公然愿望"与"秘密心愿"之间，努力把握得适度，运作得得体而已。

其三，在于康氏漫画的不媚俗品格。流行的漫画，是把世态人生的尴尬与滑稽作夸张的处理，博人一笑之后并不能给心灵以久远的回味。其根由在于，这些漫画刻意勾画的是事物的现象，未曾挖掘现象背后关涉世道人心的深层面含义。康氏漫画，首先立足于思想，即立足于他的读书思考，他的漫画便是为了表达，而不是为了表现。其构图也许并不会使你发笑，却诱使你琢磨与回味。他不是迁就读者的阅读趣味，而是为了提升读者的思想品位。

鲁迅的"我家的后园有两棵树，一棵是枣树，另一棵还是枣树"，能作得漫画素材么？很难。但康笑宇居然就把它转化成漫画话语，并作了成功的表达。所以，康氏漫画，是有学养者的漫画，是文化者的漫画，是思考者的漫画。

沈昌文先生说：

> 书中有画，原意是使书中的文字叙述浅显化。但是，康君的画，却并非图解文字，而往往是使文字叙述的内容复杂化——对于想动脑筋的读者说来，这也许更耐看一些，更值得玩味一些。

这是肯挚的评价。作为"想动脑筋"，有品位、有思想的读者来说，不品味一下康氏的漫画，便是一桩遗憾的事。可以预见，在钟情于余秋雨的《文化苦旅》之后，思想界一定会看重康氏的读书漫画。二者具有同样的文化意义。

1997年4月14日

山村踩响的犬吠

刘利华是我的一位友人。他将诗集《黑月亮·白月亮》赠我,感到五内热络。读了他的抒情诗,尤其是爱情诗,不禁吃了一惊:我是一个山里人,他也是一个山里人,而且他比我还"山",口音总是在"山音"与"京音"间打摆,却写出了那么"洋气"的诗,感到人主观的神游是束缚不住的,可以超越地域、时间和已有的生存状态。

他的爱情诗,写的不是在爱情中沉迷时的那种甜蜜的小感觉,而是对爱情的审视、剔滤,在人生况味这一层面上,冷静地"浸入"爱情。

> 夜晚,我走在没有灯光的路上。
> 假如有一个女人
> 能同我一起走这段路,
> 那我肯定会爱上她。
> 这段路
> 就会像一支烟,
> 越吸越短,

很香甜，

也提神儿。

(《走在没有灯光的路上》)

这是一种深厚的人生体验，只要你上了三十岁，就会体会到。那个女人，在男女小温情中是个女人，在人生的漫漫大途上，就是一个符号，任每一个旅人填进自己的人生经历和生命内容。还有他的"冬天里想一个人／如同／赤裸裸地立在雪地上／想一件棉衣"(《冬天里想一个人》)更是如此。以往的体验，思念是一种黄昏情绪，无奈、忧伤而美丽，作者却把它叠印在棉衣的意象上，如稻草一般，招摇在雪中的裸人的面前。棉衣之于裸人，是残酷的生存层面上的关系，那么，思念还是一种小忧伤么？很少有人这么写爱情啊！

之于诗，我是个极主观的人，认为：读太斑斓太飘忽的诗没意思，读太直白太媚俗的诗又不如躺在床上想心事。这里起码有两层意思：其一，诗的意象不能飘忽不定，或过于纷繁。飘忽不定是过度的朦胧，是障眼法，它遮掩诗的苍白和空洞。它不让你体会明白，你拿它没办法，那么还是早一点走开为好。其二，诗不能缺少含蓄。直白的诗句，正如过清的河流，无鱼摇尾，无意蕴涵养，莫不如自己想入非非，自己制造出一点心跳的境界来。殊不知，不扰人的自娱，也是一种高品位啊！

断言之，前者是作者缺乏自信，没话找话；后者则是作者瞧不起别人。均是缺憾，让人叹息。

利华的诗，正是在这二者之间作了恰切的把握，在写法上，既意象清明，又用语含蓄；既可读懂，又回味不尽。

你的身影，

碎成了离别时的笑声,
播进我的心,
落地生根,
生成一株含笑的树。
每片叶子都静默,
等待着。

  (《树》)

  这是写分离,但分手却并未一了百了,走了人的身影,在留住者心中长成了一棵树,生无法铲除的根。人就是这样,简单又深刻。"树"的意象单纯清明,与人的心对应得准,使读的人认可。但又是怎样的一棵树啊,谁也一下子说不清楚,诗便活了。还有一处,我久久注目,甚至想把那诗句后的余音用散文写出来。便是《少女》一诗的结句:"你踩响的犬吠／渐渐静下来。"这是极具张力的诗句。

  回溯:以前的十六行诗,无一处描绘少女出逃的氛围,而"踩响的犬吠"却让人想到少女的出逃之于山村,是一件多么不可以承受的大事件啊!

  前瞻:犬吠虽"渐渐静下来",但天边的夜色又把少女重重包裹起来,少女的命运便多么令人牵肠挂肚!

  我们希望,少女能在城市里找到一个好丈夫,这个丈夫是个被人遗弃过的大她十岁的一个市政工人。他每天只要下了班,便匆匆地回到家,狼吞虎咽地吃她做的饭,然后用满脸的胡楂儿扎她,听她咯咯地欢笑。千万不要找一个比她小的小白脸,"乱"了她的青春之后,再将她抛弃,那么,她便只有走回头路。这是题外话,因为诗的作用,使我忍不住地说了出来。

  利华的诗会唤起人们良知上的自觉。

他的爱情诗，有一个不能不谈的特点，便是自身的冷静。用诗评家张同吾的话说，便是抒情主人公的形象没有直接地表现出"我"的爱情感受。这未必是缺点，表现出他的成熟与自持。但作为朋友，这是不可容忍的：对爱情的体味，对女人的感受，是朋友走近朋友的通幽捷径啊！是山人的根性，使你摘不下人格的面具，还是怕老婆？怕老婆的诗人，活得累啊！

1997年8月2日

甲虫,穿越人类的童年

一

这是一部不能不读的著作,是一部关于人类生命的释义书。这便是发表于《当代》1998年第四期上的长篇散文《人类的童年》,作者是韩春旭。

这不是一般意义上的文学作品。文学话语只是它的外在形式,它的核心是对生命学和人类学进行了独立思考,为人类如何更好地认识"人",提供了一个卓异的生命文本。

我第一次读它,是在一次酒后,它让我自惭于自己的生命状态,感到一种强烈的心神压迫。第二次读它,是在一个阳光和煦的上午,听着窗外喧嚣嘈杂的市井声,感到它的出现与现实是多么的隔膜。第三次读它,是在万籁俱静的深夜,感到它的思绪是那样的惊世骇俗,足可以荡涤人的心肠,使人神清气爽,看到生命的本质与人类的希望。

二

作者要与卡夫卡对话。然而卡夫卡心神凝注的焦点是变形人萨姆沙——一只甲虫。所以作者亦寓身于一只甲虫，走近卡夫卡，走进卡夫卡的精神世界。为的是，在同一物语中，作本质的交流。有时候，物语比人语来得更真实！

然而，卡夫卡那只甲虫死了。

走近卡夫卡之后，得出一个结论：卡夫卡的甲虫不能不死，它只有死。

物化的一切，忽视生命的自身存在，人类被异化——这是马克思的话语。萨姆沙被异化了，卡夫卡让他变成了一只甲虫，以变形的极端之举，强化异化的悲哀。这是卡夫卡的智慧，或者说，这是人类的眼光。

当以一只存活的甲虫的眼光来看萨姆沙的异化时，才看清了萨姆沙真正的悲哀——其真正的悲剧不在于变形，而在于变形之后如顽石般地还在变形中，是变形者一手毁灭了自己再生的命运。

形体从人变成甲虫，虽然不幸，但生命却从此获得自由。生命恢复了它自由的本质：他可以不再听从老板发号施令，亦不必担心因睡懒觉而错过早班车的钟点；他不再承受债务的压迫，也不再被迫去做自己厌恶的工作……生命可以自由支配，生命可以自由享受。萨姆沙应该安于生命的这一自由状态：虽背负甲壳，却并不沉重，且甲壳正是对生命的呵护。在甲壳之下，食欲旺盛，身体强壮，呼吸轻松，内心安然。然而，他并不安于这种以变形的代价而获取的生命自由，而是以变异之躯，到家人面前拼命表现，以邀其宠，因而自寻其辱，直至毙命。萨姆沙尚未懂得，生命的可贵，不在于外在形态，而在于生命的自由——这是萨姆沙的第二次变形。

第一次变形,是被动的解脱;第二次变形,却是生命的自我毁灭。韩春旭那只甲虫的存活,正是从如此意义上,对卡夫卡的甲虫予以否定。

站在生命学的层面上,生命的意义,就在于生命本身。韩春旭正是站在这样的立论基础之上,叫她那只存活的甲虫说了这么一段话:

假如此时我生命已没有了意义,又假如我不能不选择此时的这种无意义,那么这对于我,现在的我,就是最有价值的意义了。

这是一只智慧的甲虫,比昏蒙的人类聪明得多。

三

那只存活的甲虫自由地行走着,它看到了生命世界那醉人的美丽:

你瞧呀,多么浪漫的情景!两只小鸭在池塘的水面上轻柔优雅地滑过,雄鸭紧依着恋人,一副耳鬓厮磨、白头到老的样子。

你瞧呀,多么令人惊叹的创造力!那雄性的小松鼠紧紧地守在雌性松鼠的身边,他唯恐她再与其他竞争者放荡,他奇妙地吐出胶状的东西射在她的阴户上,成为鼠类独有的贞节带。

…………

瞧呀,你再仔细地瞧呀!人类,天地是怎样将自己的创生之美不断循环。无论是走兽还是飞禽,肢体的骨架与肩臂的交流是何等的流畅,而肋骨与脊椎呈弧形展开,是一条多么美的平行的抛物线。所有的生命或旋转,或吼叫,或跳跃,或挖掘,或攀爬,或逃跑,都在地球引力中找到自己最佳的位置。

这只甲虫感觉到,生命的世界是令其激动的,自然、健康的生命是不会被异化的,"用我们生命的双手,把一切帷幕和帘幔都拉开,直到面前剩下的只是一片光亮,一片赤裸"。生命的自然节律使其热血沸腾、心跳不止,什么是生命?

生命就是喜悦,生命就是赞美,生命就是庆祝,生命就是慈悲,生命就是光明,生命是唯一存在的真理。除了生命以外没有其他的神。

世界的一切,一切的世界,都因为有生命的存在,才有了价值!

甲虫情不自禁地说:热爱生命吧!

这是一个微弱的声音,但发自一个自然而自由的生命之口,发自一个未被异化、亦不知何为异化的生命之口,比人类枯燥而教化的声音更有力量。

四

韩春旭的这只存活的甲虫,其实就是人,人的动物属性下的极其原始的自然的生命形态。"恰恰因为我具有甲虫的躯体,而让我有了一双考察人类的特殊的双眼。"韩春旭用心良苦地为人类寻找到了一个重新认识生命的特殊视角。

这双眼,看到了人类生命跃动最逼真、最血腥的画面。在这座前所未有的人类纵欲欢宴的水泥森林里,人人都是捕捉物质和金钱的猎者。人们已不满足于有足够的兽肉吃和兽皮穿，人人经受着无休止的欲望的"肉搏"，人们对生命做着最荒淫的消费。然而，这双眼睛，还逼真地看到人类的另一面。那便是人类还有追求，还有发明，还有塑造，还有尊崇——

　　人呀，这一精灵高贵就高贵在，他们追求的是生命的正义、高尚、勇敢和尊严。他们发明教育为的是提升自己，建立法律为的是约束自己，塑造美德是涵蕴自己，尊崇"秩序"为的是和谐自己，创造科技为的是超越自己，追求"真谛"为的是完善自己。

所以，人是一种特殊的生命，是生命的极致！生命，系天地之孕育，而生命的精华又孕育了人类。这句话，旧式的表述是：万物，乃天地之孕育；而万物的精华又孕育了人类。于是，"人"的生命因吸纳万物精华而有"灵"；因为有"灵"，便变得神奇、神秘、神圣，变得不可思议，奥妙无穷。一只狗永远是一只狗，它只能按照自己的那个蓝图生存，别无选择；一棵树永远是一棵树，它的存在就是它永恒的结果。而人的生命，可以依生命的意图去创造、去改造。这种"生命的意图"，便是"神性"，便是"精神"。

所以，甲虫以它特有的视角"考察"出：所谓人、人性，正是兽性（动物性）与"神性"的共融与统一。

五

有了这样的视角，便会更好地理解"人"，认识"人"——

只会想不会做的是上帝，只会做不会想的是动物，而人类正是这两者的共融统一。人类的肉体所以比动物伟大，是因为生命的细胞里饱含着精神，而人类的精神所以比上帝伟大，是因为它深深地根植于美妙的肉体。

人类呀，不要再用兽性、神性决然对立地界定自己的人性。不要再用动物的肉体和上帝的精神来说明自己的肉体。

人源于动物，因而不可能没有兽性，但人的兽性必植根于神性的沃土中，这种崇高化了的兽性便正是我们的人性。而人进化出的理性，使人不可能没有神性，却又是人身上"兽性"的中和，这现实的神性便又是我们的人性。

人性呀，如何把兽性和神性牢牢地掌握在人性的手中，我们再去面对遥远的世界，面对遥远的光辉吧！

韩春旭的论述，是一种哲学的雄辩，是真理的声音。由于这声音的真实与深刻，我的心怦怦作响，不能不以真诚与崇敬的态度，一遍又一遍地复述这金子一般悦耳的声音。韩春旭让我们惊醒——

人性不是抽象的东西，亦不是绝对化的东西：人，并不一定比动物高贵，当它只有动物属性的时候；人，亦不比上帝低贱，当它美妙的肉体被美妙的精神充盈着的时候。

人，是一只甲虫；人，又是上帝本身。

人性的真实境况，便是动物性与神性的消长曲线：此消彼长。但并不是机械的消长，因为人类有尊严，有物种进化的自然冲动，人需要朝着更高的境界发展。所以，人类是有前途的，是伟大的。人类的前途就在于对堕落的克服，在于冲破局限，从"废墟"中走出来，奔向一个光明与卓越的新世界！

生命世界中那无所不在的进化力量，使我们神迷。既然宇宙天地之神将万物的精血赋予人类，人类一定担负着宇宙演化的责任与使命，这更让我们神迷！所以，伟大的人类，唯一应该做的是，感谢万物的赐福，接受天地的洗礼，不断地"自我圣化"！

六

"二十一世纪将是人类关心自己生命的'人类生命学世纪'，将是人类真正'认识自己'的世纪。"韩春旭充满激情充满信心地预言。

我们没理由不接受这样的预言：当生命异化到了极限，便会迎来生命的"新生之潮，归真之潮，人性之潮"。

卡夫卡的萨姆沙变成一只甲虫，而且死了；韩春旭的"存活的甲虫"怀着对生命本质"清澈的认识"，幸福地走入二十一世纪，将获得新生，从甲壳中脱胎而出，变成一个人，一个对生命的祝福者，一个对人类的肯定者。

七

人类的进化，需要一个"甲虫"时代，韩春旭把它叫作"人类的童年"。因此，人类在走向成熟的过程中，不能不付出必要的代价！

但人类的成熟过程，并不是以牺牲其他物类的生命为前提——人类存在的真正幸福，是在"自我圣化"的同时，用我们人性所具有的一切，与万物相融与共，创造和谐的生命秩序，以宇宙的精神导引生命的共同发展。

那么，卡夫卡那只变异的甲虫，也会不死。

八

　　韩春旭的《人类的童年》，是文学家以最生动的笔触所写的"人类学生命学"论文，是文学界的一个重要成果，是文学伟大而光荣的一个例证。文学的生命无处不在，关键是文学家是否自觉地担负了责任与使命。

　　《人类的童年》，如果大家读不出它的意义，人类学家（生命学家）肯定会读出它的价值；如果后者亦疑惑不解，那么，不甘堕落的生命会读懂它。

　　"甲虫"会读得懂，因为它经受了变异的痛苦。

1998 年 8 月 11 日

世纪评鉴

长期的博览精思，提升了祝勇的阅读品格，他从为了修养读书转换到"我要"读书，即在书中找到"我心"与"我见"。在这一过程中，他遇到了一个问题，便是如何面对文化传统的问题。

能够思考这样的问题，也是得益于思想解放的社会文化环境。在一元文化的社会中，政治的尺度就是衡量文化传统的尺度，文化传统的被误读、阉割和改造便是自然而然的事，直到二十世纪八九十年代，文化传统的"原创精神"才得以浮出水面。祝勇这一代"新文人"，对文化环境的感觉是敏锐的，所以，他们牢牢把握住了思想解放给文化"重构"带来的契机，对文化传统进行了重新"梳理"。他在《重读大师》（见"行走的祝勇"随笔丛书之《禁欲时期的爱情》，中国文联出版社）中明确指出，对文化传统的迷醉，使现代人失语，丧失了自我话语权。失语就意味着自我精神与人格的迷失，那么"大师"便成了教主，大师的经典便成了僵死的教条。于是，对文化传统的重新梳理，就是要穿透强势话语的遮蔽，建立自己的话语权。

有了这样的理念，对文化传统的梳理，便具有了积极主动的姿态。祝勇一方面与众多的"新文人"一道对文化传统文本进行"审读"，诸如"重读大师""重读古典"等文化过程；一方面，他以极其个人化的视角，对二十世纪中国文化人物进行重新"评定"。这是另一种形式的对文化传统的梳理——虽然也立足于整体把握，却不是笼统的、抽象的、浮泛的、含糊其辞的，而是通过对个例的解剖，以点带面地梳理出二十世纪中国的思想走向和文化秩序，还文化人物以历史"本真"，包括他们的人格本真和精神本真。这是个极有难度的系统工程，不仅需要勇气，更需要有足够的学养做依托。祝勇跟自己的学养较了真：不仅做了，而且成功地完成了，摆在我们面前的这本《改写记忆》（"行走的祝勇"丛书之一卷），就是见证性的成果。

通过对六十余个文化个例的深刻剖析和重新评定，祝勇梳理出一个具有深刻的社会理性和文化理性的结论：一个世纪以来，"文化话语"与"政治话语"纠缠不清几乎打成死结的关系，是一种"宿命关系"，它是由中国的历史文化所决定的。衡量和评定一切文化人物和文化现象都要立足于这种宿命关系的前提。中国的知识分子，特别是中国的人文知识分子，在这种关系中，经历了从被无情湮没与遮盖，到挣扎、抵抗、疏离，以及到获得"局部的身家自由"，最终获得相对独立的话语权的艰难而漫长的历程。在这一历程中，中国的知识分子从肉体到精神，都承受了巨大的磨难与牺牲，有良知的知识分子几乎都经历了鲁迅一样"盗天火，煮自己的肉"的人生境况。在这种不可改变的"宿命关系"中，人性的扭曲、话语的失真和人格的变异都是不可避免的。因此，历史的必然让个体生命承担责任，是极为残酷的，是非理性的。中国文化到二十世纪末所拥有的较为宽松的人文环境，是一个世纪以来，中国人文知识分子饱经苦难、艰苦奋斗的结果。在这一过程中，为了获得这一社会进步，任何一个被作为"牺牲"而"供奉"出去的知识分子，其命运都是悲壮的，其生命都是高贵的，理应得到我们的理解、尊重和宽容。

由此可以看出，祝勇为自己话语体系的建立，为能够健全地行使自己的话语权，找到了科学理性的文化坐标。而这一坐标，也正是迈进二十一世纪的中国人文知识分子所凭依所立身的坐标。《改写记忆》的文本意义也正在于此。

《改写记忆》还有一重价值，便是它的文体意义。祝勇对近百名文化人物的重新定位，是建立在他主观的审视和解读之上的，是一种评鉴式的切入，因而在文体上就有了崭新的成分。分析其特点，其一，强烈的主体意识，落笔处是"我知我见"，不是人云亦云，即使有偏颇，亦不失自我。其二，虽然重研究，汲取的却是学理，而不是学术，是在学理关照下的思想与情感的表达，字里行间氤氲着沉潜蕴藉的生命温度。因此，文章有律动的激情和强烈的冲击力，它已不是一般意义上的学术文字，而是一种具有原创精神的文化散文。其三，因为是评鉴式的切入，是以点带面的观照，便构成了系统整体上的庄重（对知识分子群体的把握）与个案文字舒展灵动的文字气象。在评鉴某个人时，文风、语态，甚至句式都贴近被评人的风格，有一种妙不可言的阅读韵味。

2001年3月12日

《海子评传》，不仅"完形"了海子

《海子评传》读后，我对作者燎原产生了敬畏和感激。

他的文字，不仅仅是对"海子"这一具体个体的指认，而是对思想者、精神生活者、生存状态和价值体系的确认。它不是传统意义上的评传，其本身，就具有伟大的原创意义，本身就是一部思想史或心灵史。它的本源，是荷马、歌德、荷尔德林、陀思妥耶夫斯基和老庄、孔子、屈原诸精神王者的生命细胞和文化基因。

从传体中，看到燎原这个人，体察到他的性情、阅历、学识、襟抱，由于他个人的忘我的燃烧，才把海子还原成一颗真正的太阳，才使海子拨开迷雾，喷射出万丈光焰。可以说，《海子评传》是一次诗性创作，是一部独特的诗篇。因此，燎原和骆一禾、西川一起，甚至是以后两者所不具备的"完形"能力，终于把"海子"这部具有创世意味的长诗写完了。

于是，一个海子才真正变成了十个海子。

透过纸背，我感到他是一个具有天才的艺术感受，地火一般的生命激情，义无反顾地朝着精神的终极理想迈进的人。

然而，燎原却是寂寞的，在评论界，他是一个无籍籍名的浪子，甚至在诗评界，也没有得到应有的名分。

稍作沉吟，我觉得自己的这份感愤是多余的，甚至是卑下的。因为在《海子评传》的精神指归中，"扑向太阳之豹"意象，既是属于海子的，也是属于燎原自己的。他与海子有一脉相承的气质，便是"抽身为魂"，成为自我的精神王者。燎原已经把自己成就于寂寞而杰出的文字中。

王者的创作，像沉雄的地火，隐忍而激烈地烧着，秉承风势，百无禁忌，化为天力。在烧去荆棘与荒莽之后，新生的土地上，将默默地长出桂树、芷兰、药草、灵鹿、小麦和人。

这种再造灵魂和滋润生命的文字，没有任何名分能与之匹配。

而天才的殒灭，有两种截然不同的方式。一种是选择自杀。这是在完成造化赋予的使命之后，选择的一种"全美"的生命之道：在创造激情的枯竭来临之前，"适时而纯洁的死亡"。这种刚烈的姿势，源自高度的自觉和极度的自尊，是一种大美，是再生之途。而另一种方式，则是得到现世的名分。名分如胞衣，在昏蒙的黑梦中，或慵懒，或麻木，或幸福，或不愿伸展。

在精神的竞逐中享受名分，极像崖鹿回头。崖鹿回头，在意象上是美的，而在精神指归上，却是在豢养下的弄乖和表演。然而，这是动物属性，而不属于精神的王者。

正如燎原自己认识到的那样，所有天才性艺术家的生命和性格趋向中，都有一种尖锐的直指终极的偏执——"在最远处，我最虔诚"。他们是在寻找自己的真理，并且是一种绝对真理，毫不含糊，不容商量。他们是自己的立法者，而不屈从于别人的运行法则。

当然，这个世界决不会按诗人那个真理来行事，它有自己纳万欲而以折中来衡定的含蓄和中庸，这便必然地决定了两者之间的冲突。所谓"中庸者长寿""佼佼者易折"便是这个意思。问题是，如果没有这种冲突，哪里会有诗人超常规的自行"爆破"和电光石火般的璀璨？

这种不被人知，因而也就不被时尚诗评法则收容的"独立"写作，提高了燎原的心理能量和生命激情，使他在解说海子的同时，常发出令人震撼、令人折服的关于"精神本源"、关于"史诗"、关于艺术家"心象生成"和价值所归的空谷弦音。因此，《海子评传》完全可以独立于海子存在。

它是狭窄的诗坛，贡献给整个精神思想界的一部具有大地品格的"心灵史"。

2003年11月2日

傲立于风情之上

一

2001年,《光明日报》的《书评周刊》约我写了一组专栏文章,在其中的《无言的勇气》一文中,我说:

> 就像最平庸的品行往往最先得到赞美一样,最平庸的作品往往最先被人接受;不管你赞美不赞美它,它都要流行。也就是说,人类的良知并不一定站在智慧和自由思想一边,人类尚处在理性的童年。从这个意义上说,书评家的最高使命应该是关照那些最卓越也是最冷僻的智慧之书,掸去它们封面上厚厚的积尘,让其与自然的阳光一同灿烂。

正是遵循这样的理念,我努力进行独立的书评写作,用个人的视角,"关照"那些最卓越也是最冷僻的智慧之书。在这期间,我被偶尔得到的一本燎原的《海子评传》深深打动,我情不自禁地为它写了一篇书评。此前,我与燎原不相识,没有利益背景,纯粹是他的文本魅力使然。当燎原看到书评,把我看作他的"一个远方知己"的时候,我感到非常幸福,因为我愿意与卓越的写作者为伍,并引以为荣。

至于史小溪我也是不认识的,只是在八十年代初我在中华文学基金会办的刊物《散文世界》上读到过他的几篇文章。他笔下浓郁的陕北风情和雄浑的高原气象深深地打动了我,引我心仪。但后来在我视线所及的刊物上不再看到他的文章,以为他从此沉寂了,不免有一丝淡淡的惋惜。之所以"淡淡",因为他不是"圈儿"里的朋友,无切肤之痛。

但,与他终究是有心灵之缘的,在2003年的年末,也是在偶然之下得到他的两本散文集,即中国文学出版社出版的《纯朴的阳光》和《高原守望者》。因为有八十年代的印象,我立刻就读了。读过之后,我觉得2003年冬天的阳光分外的明媚,虽然北京的天空有雪霰,脚下有积雪初融的污流。因为他的书与燎原的《海子评传》一样,也是能提高人的精神品格和灵魂能量的具有卓越品质的"大"书。

二

具体到史小溪的文本,《纯朴的阳光》的前三部分,包括《野艾》《陕北高原的流脉》《喙声永不消失》《暖窑》《延河,远去的延河》等近四十篇散文,均属于陕北风情散文,史小溪所表现出的,是"高原守望者"的精神姿态。他的文字气象,融入了西部散文或边地散文所有的质素——崇高、宏大、雄浑、凝重、粗犷、壮阔。淋漓尽致地展现了西部苍凉而细腻的大美,把西部(延安)自然、人文和历史中所涵纳的独特的民族性格和血脉爬梳得既晶莹剔透又荡气回肠。他的永不消失的"喙声",与周涛的马蹄敲击,和刘成章的边塞鼓韵一起,形成西部乐章的和弦。

这几十篇心血交迸的篇什，足可以确立他西部散文代表性作家的位置。

更令人欣慰的是，从《纯朴的阳光》的后两部分和《高原的守望者》除报告文学作品外的大部分篇章中，看到了他创作上质的嬗变：他已经走出了文学的西部，以高度的自觉走上了（生命）本体和内心，他的散文已经不是地理概念上的西部散文，它的文字冲破了温馨而狭窄的地域文学的藩篱。他以足够的理性，从西部人文的质材中，开掘出跨越地域的"寓意价值"和具有普世意义的精神指归。所以，他不仅仅是西部文学的一个标志性符号，更是以世界文化为坐标，直指精神的终极境界的思想者。

从学理上说，西部散文其实就是一种乡土散文，西部情怀再壮烈，其本质内涵，亦不过是小散文而已。当代的乡土散文之所以形不成"发散性"的文本冲击，就在于它太乡土了，以至于"匍匐于乡土，醉倒于乡俗"之上。这样的结果，可能会雕刻出一幅幅生动逼真的"风俗画"，却不能挖掘出乡俗背后深刻的人性含量和悠远的文化意义。相反，对乡土的歌颂多于对乡土的批判，亦会产生淡化伤痕与丑陋，"幻化"温馨与浪漫的文字气象。反观鲁迅的乡土散文与拉美的乡土作品，之所以能在世界文坛引发强烈的震撼和悠长的影响，就在于他们以足够的历史理性和文化理性，对乡土进行审视和批判，从乡土之中挖掘出文化含义和生命意蕴。因此，伟大的乡土文学写作者，不应该仅仅是乡土的描摹者和代言人，而应该有世界眼光和文化眼光，做人类生存价值与生命意义的发现者与营造者，也就是在"既有家园"之上，建构自己的"精神家园"。

对此，我在《关于家园》一文中说：

> 故乡是乡土散文的母题，但故乡是父辈的家园，只是一

种团体（或地域）文化，是我们生命的基点和出发点。当我们走出故乡之后，剪断与母体联结的脐带之后，就应该以生的急迫姿态，采撷城市文化（异质文化）的枝叶，与母体嫁接，培养一种新植株，即新的心灵栖地，自己的精神家园。

因此，要想达到这个境界，我们的乡土作家，首先缺少的不是生活，更不是勤奋，而是学养和识见。

在这一点上，史小溪是清醒的，他在《就恋这一道道山》中说：

> 一味的"地域特色"偏见，容易使人误入民族、民风、民情展览的死峡谷或表层地带。这里的要害是人类共同面临的问题，是与人类命运息息相通的感情和文化精神。这里的要害是拒绝陈旧、肤浅和平庸，（捕捉）能够真正穿凿民族灵魂、骨骼和精神的东西；在交流、吸收和融合中，真正形成其独特魅力的东西。

他不仅自己这样认识，还真诚地向陕西散文界呼吁，我们最要紧的是要多读书，极大地提高自己的文学素养。

从他的《自由的思想》《思想者》《海明威阅读笔笺》等文化散文中，我感到他在八十年代中叶以后的十多年中，以西地老牛一般的倔强和韧性，读了大量西方典籍，完成了一个脱胎换骨的自我修炼的过程，把自己成就为一个学者型西部散文家。

三

史小溪创作的学者化其本身就是对西部散文的一个贡献。因为写作者的文化谱系最根本地影响着他的写作走向和笔底风致。他九十年代以后的作品,越来越凸显出主体意识和主观色彩,他的《老树》《独树》是把西地古树当人写的,他的《魂鹤西去》也有了形而上的哲学感喟:"昂扬的死,是一种超越。"也就是说,史小溪已摆脱了大多数西部散文家对民情、民风、民俗和民韵的"匍匐"和沉迷,从地域之小,走向了心象之"大"。

他开始把西部风情放在历史文化和世界(西方)文化的坐标之上,对西部人生进行人文关怀和思想关照——通过对地域风情的审视与解剖,让人看到,中国的西部风情(文化),铸就了什么样的生命品格,生成了什么样的生命意识,拓就了什么样的心路历程,给解读民族性格、解读中国文化,最终地解读"人",提供了地域的、独特的形象标本。这种对文化本源的挖掘、人的来路的追寻,提供的必然是生命存在的历史信息和人性生成的基因符号,也必然因其所负载的独特的文化与人性的含量,融入世界文学之林。

玩味史小溪的文字,我不禁想到平凹先生的关于商州的笔记。这组笔记,我初读时,是痴迷得掉泪的。但现在看来,他太沉醉于对商州的民情、民俗、民韵的描摹了,"风情"到了极致,也就只剩下了感人的阴郁的文人情怀,因而就"小"了。它可以怡情,却不可以开"天眼",甚至还会引人玩物丧志,远离尘世,弱化人格。这是与西部精神相悖的,因为西部文学本质上是强者的文学,是入世的。对此,史小溪是颇有心得的,所以,他便向地域之外、向风情之外寻找救赎,走出了"闭世"的地域风情,给他的文本注入开放的文化品格和沉潜的思想内涵。他的一些篇章在透过风情而思索生命的本质方面,是与那些伟大的具有宇宙情怀的心灵相通的。比如他的《古寺》。对此,我与评论家李建军先生的感觉是相同的,在这篇西部韵味十足的短章中,传达出了他对人生终极意义的深刻而明澈的体悟——只有心澄神清才能拯救心灵的迷惘和沉沦,才能获得"黄昏苍茫中世界顿然开阔"的境界。这与德富芦花的那种以自然的恬淡和淡泊、宽阔和博大来消融尘世纷争与烦劳的艺术旨趣相通。

四

从书香里涵养来的深厚而开放的文学眼界,使史小溪的后期散文具有了情怀博大、思想幽邃、技艺精湛的"大散文"气象。这一点,集中反映在他的书信体散文中。

他的书信体散文,其眼光,揾涉到西方文明的源头——古希腊的哲学;其思考,进深到人类生存和进步的许多"根本性"问题。关于尼采,他认为尼采的伟大之处,就是不被现实所异化,人成为理想和精神本身。于是,他认同了伽尔默尔的哲学观点,确信,人如果不被奴役,个体生命如果要获得存在的价值,就要从自我出发,对世界进行自我判断。即"一切理解都是自我理解"。因此,史小溪不再有"回望来路,我乃一村夫"式的文化自卑,而是以一个独立思想者的姿态,勇敢地发出自己的声音。

《世纪风雪黄昏致碧野老师》是他这一体裁写作的代表性作品。在文章中,他从历史、文化和哲学的多维角度,对特殊的十年历史进行反思,揭示出自由与民主是民族生活的根本趋势——

> 我的父辈,唱了过多的甜美的赞歌,"我愿做一只小羊……愿她拿着皮鞭不断轻轻地打在我身上"。而我们这代人,一只脚也已经踏上了"奴羊"的轨迹,这是多么的可怕啊!(到了这个年代)对历史的进程谁再想磕磕绊绊加以束缚,已成枉然。那种民主自由的思想,对全新政治的企盼,

已是大江东去不可阻挡……

这种独立思考,也体现在史小溪对散文这种文体的全新的理解上——

> 关于散文,我觉得,它应该是一种真诚自由的声音。是一种激情,是一种生命意识的体验和张扬,是一种内心世界的宣泄。而我们更应关注人类的生存状况,发现自己在这个世界上真正的位置,热爱生命,用散文捍卫人的价值和尊严,提升人的精神质量。
>
> (《文学这只田野上的风筝——致张静小友》)

不难理解,史小溪散文之所以有了区别于众多西部散文家的泱泱大气,正是因为树立了这么一种超越地域的、生命本位的写作观念。

统观他的书信体散文,我感到,尽管这些书信投致的对象差不多都是文人,但它们不是传统的文人通信,没有令人厌恶的文人情致;也不是一般意义上的哲学书简,用以书写"学问之余"。它是史小溪独创的自我表达方式——它是把西部人的生命体验,涵养在学问与书香之中,用一种直抵心灵的方式,表达对社会、人生的思想关怀和情感关怀。

换言之,史小溪的创作,给西部散文注入了哲学意蕴和现代意识,提升了西部散文的思想含量和文化含量。这是史小溪对西部散文,也是对中国散文所做出的特殊贡献。

这样的判断,不是妄言。汪曾祺老先生曾说过,中国乡土散文有两大缺陷:一是缺少哲学意蕴,二是缺少现代意识。他的观点,在学界和散文界引起广泛共识。但可惜的是,这样的建设性的识见,却未在写作者那里得到应有的回应，他们依然"匍匐"于乡土，醉倒于村俗之中，且愈演愈烈，被文坛炒作的所谓"新乡土散文××家"就是其典型的例证。

五

大前年，我参加了由《散文选刊》发起的中国当代散文研讨会。会议给了我一个深刻的印象：中国的散文理论远远滞后于创作，而且有很严重的"自闭症"，执迷于落后的散文观念，固执于"抒情""真情实感"和所谓的"艺术散文"。这与博大的中国散文传统和苍茫纵横的当代散文创作生态多么的不相容！由是，像史小溪这样的"傲然于风情之上""屹然别立一宗"，且"迥出意表"的创作，不能在"坛"上得到应有的回应，是自然的。

这不是史小溪的悲哀，而是中国散文界的悲哀。

史小溪的散文，因为既有西部散文勃郁的原创力，又有现代艺术的鲜明质素；既涵养于中外典籍，又浸润于自己的生命沧桑，因而提高了创作的思想深度和精神高度，是走向"时间深处"的艺术。因此自有戛然的价值在，完全可以自由自足地生存。

而他本人，解读他九十年代末以来的文字，似乎已经沉浸在这种自足之中。他文学自信的生成，不是缘于"自闭式"狂妄，而是缘于他高向度的写作目标和纯粹的文学信仰。他说——

> 不管什么样的散文，它的根本质核都在于创造自己独特的艺术世界。地域文学也是一样。除了它的地域民族色彩之外，还要有它的寓意价值。地域散文家应该肩负起历史重任，去寻找，去创造，从地域文化伸出去挖掘内涵丰富的精

神源流，独特的人文自然情态与价值，写出全人类相通的那种精神向度。正像以色列诗人耶胡达·阿米哈伊的诗歌向度——"找到一种能跨越文化界限说话的声音"。

意志的形而上是宗教，性欲的形而上是爱情，认识的形而上是哲学，生命的形而上是艺术！艺术是一种纯净、高尚、珍贵、美好而永恒的东西。作家要耐得住寂寞、清贫，沉下心来真正写一点东西，不为外界的一切所动。伟大的作品，需要作家伟大的人文情怀！一个时代的鉴定，往往并不是很准确的，乃至是大相径庭的……重要的是自己默默地坚持操守，热也热得，冷也冷得，永远朝着心中的圣地！

（《陕北初冬谈话录》）

史小溪心中有担当，眼里有远方，进行的是信徒式的跋涉，他有了智者的淡定，是不怕被人淡漠的。

而在寂寞中的燃烧，所发出的，正是最悠远的光芒。

2004年2月5日

人在旅途而思

熊育群是个妙人。

他身高中等，却给人挺拔的感觉。初识之时，不知其奥，接触得久了，终于找到答案：原来，他的体形有精当的比例，如果生在罗丹的时代，他会是罗丹工作室的常客。他的一张脸，总是洋溢着灿烂的表情，用一句文词来形容，便是：面相健朗。他总是那么有激情，且真纯之色无遮无拦——兴奋之时就兴奋，忧郁之时就忧郁，真实地表露内心的感受，毫不掩饰。这么多年在文坛上游走，像他这样的赤子不多了，稍有点文名的人，就有了极强的"身份感"——明明是喜在心头，却弄出满脸的忧伤；明明是得意非常，却也要装出沦落的样子。一团的暧昧，让人不堪忍受。我是个村里人，说句率性的话，大多的所谓名人都像在暗夜里诡秘窥视的地鼠，而熊育群，却是在阳光下不设防的灵鹿。他是屈原的小老乡，在写散文之前是写诗的，看来他血脉里延承了诗魂，诗成就了他。

我知道他是个旅行家，中国的边地，西欧的小镇，他都踏勘遍了。他送给自己一个属于诗的意象：笔尖下的流浪。我真切地感受到他旅行家的品行，是那年在湘西德夯的偶遇。在过一个独木桥的时候，他轻盈而过，如履平地，有很强的平衡感。而我却战战兢兢，左摇右摆，跛人一般。晚上我们下榻在一个苗族的竹楼，白天的劳顿，使我早早地瘫软在床上，而他仍兴致勃勃地参加苗族的篝火晚会，且与苗家女子载歌载舞。他的体魄和精力真是了不得，我顿感惭愧。第二天我们去爬德夯的一处钻天峰，每到一处沟坎，他都要搀我一下，悉心地照料，像个善解人意、温柔体贴的女子。

他真是个囫囵完满的人！

他人格上的完满，自然要作用到他的创作之上。就像他激情澎湃地寄情于山水一样，他也激情澎湃地寄情于他的文字。因此，他出手很快，创作量很大，文字经常出现在《人民文学》《十月》《花城》《钟山》《山花》等文坛热门的刊物上。"出镜率"之高，令人目不暇接，令人眼红。

作为旅行家的熊育群，笔下风云自然就多记游文字。

在我个人的阅读史上，游记作品，是一种让我感到隔膜的文字，那些字纸上的风景与风俗，或雅致得近乎虚假，或细腻得令人存疑，或抒情得接近炫耀——总之，让人气闷，不忍卒读。于是，在个人的书架上，这类作品，藏之寥寥。然而，熊育群的几部有关西藏的游记，计有：《灵地西藏》《西藏的感动》《走不完的西藏》等四部，我是恭恭敬敬地放在架上的，文友借阅，也不忍撒手——常于身心疲惫之时，在枕上摩挲一番，得一种快意，得一种激情，增几分人生的自信。

之所以能反复摩挲，盖因为他的文字里，有火，有激情，有属于他自己的心灵感动和生命体验。原来，他在大地上的行走，不是在观光，不是在寻找创作素材，而是把自己融化在风景之中，感受生命在那样的生态下，会有什么样的悸动和呻吟。他的文字不是"客观"的，而是呼吸，是脉搏，是疼痛，是受用，种种感觉都隶属于人，延伸着心灵的广度和深度。这正是我等所需要的文字。因为文人，还有小人物，都是生活在方寸之地中的人，生活的疆域狭仄得可怜，被市井情怀拘束得失去了激情，被世俗规则捆绑得失去了梦想，我们需要一股远处的风，一股蛮野的风，吹开心窍，吹亮眼睛，打破死寂，得一刻的新生。熊育群的文字里裹挟着一股又一股这样的蛮野的风，阅读的过程，就是沐浴的过程，让人既感受到了远方的性情，又找回了业已失落的"自我"的性情，享受到"风吹在心上"的自然律动和心境放达的幸福。

作为读者，我对熊育群是感激的。虽然我们是朋友，也不缺乏见面的机会，但是我一直没有把这种感觉告诉他。因为"有了快感你就喊"是廉价的享乐，而对快感的隐忍，是一种品位，代表着心灵的高贵以及对精神的敬畏——既是对作者的尊重，也是对自己的尊重。去年，中国青年出版社隆重推出了他的欧行笔记——《罗马的时光游戏》。读过之后，不仅加固了我对他记游作品原有的认知，更感到，他不仅仅记录了风景，其本身，包括他的人，他的文，就是一方充满阳光、充满梦幻、充满活力的风景。欧陆风光、欧陆文化，是神奇而神秘的，自有它不竭的魅力。多少文人骚客，一进入这样的境地，便立刻就迷失了自己，他们匍匐于这种异邦的魅力，几乎是失魂落魄地做忘我的歌吟和宣介。而在熊育群那里，他保持着自己独立的文化人格，绝不沉迷，绝不匍匐，他拨开罩在欧陆之上的那层炫目的风情之纱，理性审视，用心"体会"，寻找最能打动心灵的部分，然后用激情的文字，做主观的表达。因此，他的文字，传递的不是风景与风情，而是精神，是属于自己的生命体验。他写的不是郦道元《水经注》式的山水解读，而是徐志摩《翡冷翠一夜》式的心灵文字。换句话说，他是在用外在的山水符号做材料，构建自己的心灵史，写出了别样的美文，甚至就是一卷卷的山水诗。因此，罗丹的雕塑，在他那里是"激情的舌头"；夜幕下的香榭丽舍，是"灵魂的秘语"；米兰杜奥莫大教堂，是"东方的气息"……他从山水的孤寂里,聆听到艺术的天籁;从殿堂的绚烂里,看到了文明的流逝;从政客的游戏中,感受到人性的阴影。山水无言,但游者的心灵有声;风景凝滞,但历史的记忆可以复活。

总的感受是,阅读他的记游文字,它不迷乱你的眼神,而是用独特的生命感受,浸润和丰厚你的心灵。他说:

人在旅途,也就是在你世界的边缘,把你视线的网不断拉向远方,再远方。

心,就是这样随着你的目光所及开阔和丰富的。这就是你人生的事业,也是你生命的旅程。

因为是生命之旅,他的游记,便不再是通常意义上的文章,而是"行走的记忆",生命意义的寻觅。于是,他的游记文章,便不是清供,更不是导游图鉴,而是直接为人生的文字。同时,也根本地改变了他文字的品质——与传统的游记远远地区别开来,成为一种新的散文文体,其核心特征:性情山水+生命咏叹+思想表达+抒情文字。从《激情溅活的石头》《永远的梵高》《寂寞特立尔》等文本中,读者可以真切地感受到。

但是,就在我沉迷于他的山水文字的时候,他的一本与艺术大师的对话录让我感到了意外的震惊——他居然读了那么多的书,有那么深厚的人文修养,对各种精神与艺术的话题有那么独特的理解!他虽然有那么潇洒的行旅,骨子里却是古典的——读万卷书,行万里路,中国文人的传统情怀原来深深地植根于他的心里。我下意识地感到,他一定有着更大的写作空间。

怀着探究的心理,我集中读了他的几篇近作,包括《生命打开的窗口》《复活的词语》《客都》《迁徙的跫音》等,发现我的感觉是对的——他在以自己在山水之间获得的生命体验和从书卷里汲取的人生信息为坐标,对生命现象做本源性的思考和书写,试图对人对现世给予一种人文关怀。

在这些文字里,他像早逝的"大地之子"苇岸一样深切地关注着大地人文,所不同的是,苇岸的着眼点是大地上的物事,熊育群则是大地上的人和他们的生存状态。苇岸看到麦子的金黄和蜜蜂的自足就感到世界有存在的道理,而熊育群在母亲的灵牌前,看着叫魂的道士脚上的布鞋,则感到母爱不在,家园将永失。苇岸呼唤"土地道德"的本意是要建立诗意地栖止的人文环境,熊育群记述"复活的词语",则是在追寻人的来路——因此,面对文明的缺失,苇岸虽忧伤,但平静;听着"迁徙的跫音",熊育群虽面带笑容,心底却满含悲愤。苇岸不论庄子,却能静虚守成;熊育群摆弄老庄,却极端入世,有强烈的死亡意识。这是因为熊育群走的地方太多,生与死、是与非的体验也积聚得太多,世事沧桑,使他知道了更多的生命真相,因而更加悲悯生命,为生命的尊严而真诚地歌哭。

所以说熊育群是个妙人,绝不是一个戏词——他为人性情,心灵沉重,矛盾的东西居然不露声色地调和得如此之好,生命质地不卓尔,是难以做到的。

2005 年 6 月 11 日（端午节）

亲吻土地的理由

徐迅的散文集《半堵墙》，洋洋三十万字，但是，我是一口气读完的。刚开始阅读的时候，我是躺在床上的，抱的是浏览的心态。但读过十数页之后，我不得不坐了起来——因为读出了"我"。

读别人的书，一般会有两种感觉。一种是读来读去，终究是别人的书——书中的物事与情感，与"我心"隔膜，即便气象万千，也进入不了品味的状态。弃书长叹，只余敬畏。另一种，虽记载的是他乡故事，但抒发的情怀，却属于"我们"，便字字入心，感应频频，且唤起自我的生命回味，觉得这样的书是属于自己的。《半堵墙》则属于后者。

《半堵墙》之所以让人读出"我"，盖它不拘囿于风景的描绘和乡俗的迷醉，而是着眼于土地对人心和生命的作用——人与土地的关系。

徐迅笔下的动物，无论是善禽与恶兽，都有动物性之外的意义。它是人性的起源和进化的动力。蝴蝶虽然柔弱，却可以引起风暴；水蛇虽然凶险，却有醉人的缠绵与缱绻；麻雀虽有贼性，却与好年景有关。人不能以既有的观念评判动物，应该学会欣赏，因而获得生存的智慧。这与法布尔的《昆虫记》有相同的品质，让人感到，尊重动物，就是尊重人。

徐迅笔下的植物，承载着"忧伤的记忆"，一枝一叶都关乎着人类与土地生死纠缠的生命情感。譬如，"种蚕豆是一种心情，吃蚕豆也是一种心情"；红薯"几乎是那个灾难年代的'福星'"，人们收获时心存感激，像"淘宝"一样，屏住呼吸；"拔出萝卜带出泥"，带出的不是物态的泥土，而是生的喜悦……这一点，徐迅与苇岸是有区别的——苇岸描绘的植物，是用来建立他的人文立场，即反拨商业社会所造成的人的异化，以期进行道德的批判；徐迅则不然，他揭示本质，即土地的道德就是生存的道德。

人与土地关系的核心部分，就是通过土地解决人类的生存问题。正如祝勇在他的《反阅读》中所说：

> 饥饿规定了人类的界限，它使人类的一切活动，首先要围绕自己的胃部进行。可以说，胃是人类身体上自配的刑具，它将对人类进行定期惩罚。饥饿具有无法控制、无法克服的特征。人类对性的欲望可以通过手淫等方式予以解决，但人的身体上没有任何器官可以协助胃部解决饥饿的问题。

鲁迅也说："食欲的根柢，实在比性欲还要深。"在基本生存无法保障的情况下，人的尊严、人的精神和人的社会修为均无从谈起。刘恒的一句"狗日的粮食"，于愤慨中，道尽了土地上的血泪滋味。徐迅感同身受，对土地上的真相是通透的，所以他看到的不是植物的生物特征，而是人类之"饿"。

美国的阿尔多·李奥帕德有一部《沙郡年记》，用优雅的文字记述大地上的物事，被史家称之为经典。但那里的情感颇可疑，因为是一种有闲的雍容。徐迅对这种优雅是警惕的，他不背叛自己的良知，不做旁观者，而是把自己作为土地上的一棵植株，写深切之痛。所以，《沙郡年记》可作茶余饭后的文字清玩，而徐迅的《半堵墙》是反刍民族情感的生命书。

徐迅生在皖河边上，我则是京西土著，地域风俗是不同的。但是读他的文字，没有异域感觉，好像一对走散了的兄弟，千里之外也有相同的记忆。他的一篇《父亲不说话》读得我泪流满面。"父亲"去世之后，他说：

  在这之前父亲尽管沉默寡言，但我总是走在父亲那饱含深深期待与温暖的目光里，可如今竟连这样的目光也不会再有了——人生虽然不是表演，但实在需要一种真情的注视；现在陡然缺少了这种情感，我觉得我所干的一切都失去了意义！我本能地朝前走着，在心里不停地给自己鼓气：即便是一棵孤立无援的树，也要继续生长啊！

徐迅说出了我积郁了多年想要说的话，他击中了我内心最薄弱的部位。

我父亲也是个沉默寡言的人，作为山地人，他别无长物，是自虐一般耗损了自己的身体和心智，才把我成就为一个平地人。我因此就不敢懈怠，暗暗发誓，要用不凡的作为回报他。但是，他没有等到那一天，仅仅五十三岁就死了，死的时候，他的面相年轻得跟我不分上下。所以，当我有了官职和文名之后，我高兴不起来，每出一本新书，就在他的坟茔前，一页一页撕下来烧。火光中，总是出现他那张年轻的脸。这种阴影，是一直也抹不去的，现实中的我，便一边追逐着，一边心灰意懒。

有这种感情的人还有一个，即伟大的人道主义者巴金。

巴金的小说，包括他晚年的随笔，细细品味，都有很重的感伤和虚无色彩。长期以来，许多论者都认为那是缘于他早年所受的巴枯宁、克鲁泡特金等无政府主义的影响，甚至还包括赫尔岑伤世情怀的熏染。读了《巴金的两个哥哥》，我方觉得，这些认识都是靠不住的。在这本书里，巴金说——

> 我的两个哥哥都是因为没钱而死去的，而现在我有了钱还有什么意思？我也不想过好生活。

这虽然是一句平易的话，却有催人泪下的血泪滋味。重新思考，不难发现，人的一生可以经历种种改变，有些因素是从来也改变不了的。其中，血缘、亲情关系，是最不易改变的，因为它是社会关系和人性的基础。一个人，无论如何漂泊、如何奔竞，他最后的回归之处，无非是故里和家庭。家庭是人心中的圣殿，血缘、亲情关系是人性最根本的牵制。一个再冥顽不灵的人，也知道要衣锦还乡，而不是锦衣夜行；一个再不慕虚荣的人，也会把荣誉的光环放大于家人之间。家人对一个人的价值认知，往往比社会对他的认可，还令他满足。所以，"光宗耀祖"不是什么见不得人的狭隘伦理，而是根本的、积极的人性驱动。

后来的巴金，虽然金钱、地位、名分等等统统都有了，而且还都是大有；但是最能够欣赏，并与之分享的家人——他的两个敬爱的哥哥却都不在了，他的生命失去了价值认知坐标和根本性动力，所以他说：我也不想过好生活。

将心比心，我觉得巴金的感伤和虚无，不是什么主义的产物，而是生命化的东西。晚年的巴金为什么是那个样子？因为他不再看重自己的所得，心无羁系，便敢于自嘲、自审、自剖，随心所欲地说话，说真话。

在徐迅的《半堵墙》里,这种让人息息相通之处多矣!

我不禁想到,他的文字之所以让我一下子沉浸其中,盖因为他呈现出了土地上的"经典情感",用生命的体验,给了我们亲吻土地的理由。

从这个意义上说,《半堵墙》不是一般意义上的乡土散文,而是属于我们这个民族的一部土地的心灵史。

2007 年 8 月 19 日

受用之书

作为阅读者,所自得之处,就是自己的阅读速度——躺在枕畔,一部大书,两三个夜半,也可卒读。绝非浏览,堪称细读的。

但彭程的散文新著《急管繁弦》(东方出版社,2008年8月第一版),却读了半月有余,终卷之后,依然觉得读得快,有暴殄天物之感。

究其原因:其一,这是一部"在场"之书;其二,亦是一部从容之书;总之,是一部受用之书。

在场

彭程的每篇散文,都有"我"在其中。生活的叙述,情感的书写,都是出自自己的真实体验;即便是论理,也是自己悟到的,绝非摘引与衍发。

现在的散文写作,已技术化了,一粒黄豆可以酿成一锅豆浆;似是而非的一茎萌芽,可以速生成一片繁林。文字狂欢之后,无回甘之醪,无确当之论,无捡拾之珠,即便很"大文化",很激情"百年",

也觉隔膜与无用,便弃书而叹:书真是误人。

以至于南人熊育群用北地人才有的急切发出呼吁:散文不能这么"乱",这么"水",这么铺张,这么欺世!他说:

> 我认为散文应有五个追求:第一,以有限的个体生命来敏感地、深刻地体验无限的存在,张扬强烈的个体生命意识;第二,强调在场,就是写自己身体在场的事物,哪怕历史,也不是来于书本,而是来源于现实的存在,哪怕只是一物一景,却是一个时空的物证,是时空连接的出发点,重视身体——生理的心理的反应是我得以体验世界、表现世界的依据;第三,正是因为个体生命的短暂,才具有强烈的时空意识,才打通历史,连接历史,这里的历史不再是文字记载、不再是知识,而是从生命出发的一次更幽深的体验,如同从现实的层面打开一口深井;第四,表现方式上重视东方式的"悟",文字灵动,摒弃套话空话,语言是人的灵魂,像呼吸一样自然,像情绪一样起伏,像站在你面前一样真实;第五,文字以最大限度逼近体验,因此,独特、别样是必然要求,个性是自觉的追求。

他所说的五个追求,其实是好散文的五个特征,而且是最基本的特征。

最基本的操守,反变成了"最高"的追求,正折射出他的无奈和散文的没落。

于是,"基本"的,反而珍贵了,因为它与散文的本质有关。

读过彭程的《急管繁弦》,走到大街上,顿感浮云背后,鲜亮的太阳是依旧照耀的,心情便骤然开朗起来。彭氏的文字,正是熊育群式的期待，自身就是一个发光体，虽然隐忍，却发出自足之光，冲荡着散文的没落，足可以安慰熊育群和我等敏感的心灵。

因为彭氏的文字，篇篇都是"我"的"在场"，一物一景，都是生命的物证；一吟一叹，都发自"幽深"的我心。他在《物证》一篇中说：

> 旧物是往事碎片的黏合剂，是以告衰弱的情感之火的助燃剂，是寻溯生命的最可靠的向导。旧物填补了记忆的空白，让已然漫漶的重新显影，生命就这样得到确证。生命原本在于细节的连缀，旧物单个地看是零碎的，但吉光片羽，弥足珍贵，许多这样的碎片的排列，不经意间就勾勒出了生命的大致轮廓。在年龄、外貌这些生理纬度之外，它们以另一种方式框定了生命……因此，我们要说，最坏的情形，并不是物是人非，而是物的缺席，找不到任何见证物，那样，那段生命的有无也变得可疑了。

这就是解读彭氏散文的钥匙。

他清醒地书写意识，使他警惕那种"智力游戏和修辞焰火"式的写作，拨云见日，直抵内心。《母亲的阳台》《父母老去》《四十岁那天的雪》《燕园半日》《滚烫的石头》，笔到心随，均与生命的验证有关，把可疑的记忆，模糊的来路，变成了可以触摸的人生经验和情感温度。

读他的这些文字，我等不仅会心，而且动容，特别是读到《父母老去》一篇，我不能自持，掩面而泣。因为我们生活在同一个国度，甚至同一块土地，有共同的心路历程，读他就如读我。

我们为什么要阅读？当然是为了受用。受用在这里，有两个层面：一个是从他证中确定我证，通过共鸣，强化经验，自我认同；另一个就是汲取他人的人生经验，把有限的我变成无限的我，使生命强大，强大到足以抵制物化。但是，书籍本身要有折服人的力量，要有可靠的信息，让你能够信任。正如树木的年轮是生命的纹路一样，书籍的可靠性，也应该源自它对自我经验的真实记载。读可靠之书，让我们内心妩媚，人性盈满；相反，则疑书自疑，徒增迷惘，且感人生虚妄。

彭氏的《急管繁弦》正是一部可靠之书，它补心养目，让人自然而然地生出感激。

从容

彭氏的文字沉静，从容，一切都娓娓道来，当行则行，当止则止，正如脉搏，有自己的律动。

这种自然的节奏，感染了读者，使你不禁放慢了阅读的速度，心平气静地慢慢品味。

他好像不是在写，而是在捕捉，捕捉心底里有的，捕捉生活里确实呈现的。这就让我们读出了一个等待着的形象。他等待，是因为他明白为什么等待——他要在生活的浮云散尽之后，看到本质；在情感沸腾之后，看到结晶，然后，再准确地书写，传递真实的心灵消息。

这正如里尔克所说的那种情景：不计算时日，不急于攫取收获，而是让树木自然成长，让果实自然成熟，让天空自然晴朗，让春日自然明媚，让现在自然过去，让未来自然走来。

作为一个耐心的等待者，彭程最后收获的，均是自然成熟之果，自然凝聚的情感——颜色纯正，原汁原味；不欺心，不欺世，有扎实的质地。

读到扎实之书，阅读者俯视的姿态，立刻就低了，对自己说，好文字难遇，要懂得珍惜哩。便读得慢，与作者一同上路，结伴而行，沉浸其中，不能自已。

读《父母老去》，我为什么会潸然泪下？因为那里记述的是只有等到父母老去的时候，才能品味到的人生苍凉。直让人感到，父母之老，也是人子之老；虽然是个漫长的过程，但也是个残酷的过程——岁月无情，慨当以慷。他说：一旦父母离去，对我们而言，也就撤去了一种生命的支撑，割断了一条连接这个世界的牢固的纽带，我们的存在也就颇可疑。他的感慨击中了我心中最柔弱的部分——我们都有父母，我们的父母都在老去，他写的虽然是"这一个"，却是"我们"的——文字打通了作者和阅读者的心灵通道，让我们一起感伤，一起悲悯。面对我们共同的父母，我只想说：彭程啊，我的亲兄弟！

在《四十岁那天的雪》中，他开篇就说：咦，今天四十岁了！我心中也一动：那一天，我也四十岁了，也站立在四十岁的雪中。他把雪写成了中年人的心境，徐徐飘落，臃肿了街树，也肥厚到寂寥的心中。他说：

> 生活在今天，越来越像一个悖论。人挖空心思累计物质财富，以为那样就贴近了幸福，但同时却倍感无聊、郁闷，究其根由，大半是因为灵魂亏空。灵魂的库房里货物很多，但从门缝里窥探一下，在最扎眼的位置上，总应该供奉这样的东西：阳光，风，雨，哗哗响的树叶，沉甸甸的谷穗……当然，也有雪，今天这样的雪，儿时那样的雪。

他笔下的这场雪，真是送给所有中年人的礼物。中年人的疲惫，不在于生命力的衰退，而在于心灵的物化，以至于作茧自缚，离自然的生态、率真的情性远了。

读过他纸上的飞雪，我推窗而望，真想天上顿时就有雪飘飘而下，然后在雪地上把自己摊成个"大"字，孩子一样地对自己说：感谢生命，我活着！

后来我想，等待来的文字，本身就是岁月啊！

读毕彭氏的《急管繁弦》，再想书写的时候，一贯急切的笔锋变得迟疑了。正如他在《娩》中所说，洁净的稿纸在灯光下惨白得像一张不怀好意的脸。我对书写产生了敬畏。我想，书写者最大的恩德是应该心存善意，写直逼生命感受、直逼心灵感悟的文字。不为写而写，更不能为名利写，要写得真切，写得从容，像十月怀胎之后自然的分娩。这不耽误一个好的书写者的诞生，因为健康的婴儿是对得起痛的。

最后我要说，彭氏的散文或许会长久地边缘下去，因为现在的文坛很是势利；但是，一定会温暖角落里那些活在精神中的阅读者，因为这些"在场"的文字，与人类的心灵（心灵史）有关。

2008年10月26日

像鱼一样游弋的文字

好像是2007年年初的样子，我从《文学报》上读到一个叫苏北的人写的一篇作家印象记，题目好像叫《钱玉亮，你听我说》。我对钱玉亮的作品是熟悉的，特别是那篇发在《上海文学》上的小说《红草湖的秋天》，颇有契诃夫、屠格涅夫式的气韵，下笔缠绵，像小草的叹息，微弱中，却有淡淡的香味。这样的作品让人过目不忘，便对钱玉亮产生了惦念。但后来却几乎见不到他的文字了，成一种隐痛。

读到苏北的文章，始知钱氏过得很好，只是陷在世俗生活的温暖中，停止泣血的歌唱了。苏北是他的知己，为他遗憾，笔底颇有怨语，且流露出忧伤。

真是让人心热，于是我记住了他。

半年后，我们竟同时出现在高邮，且同居一室，且一同登上汪曾祺文学奖的领奖台。我们聊到钱玉亮，聊的最多的当然是汪老。他对汪老的热爱，几近痴迷，好像他的生命品质和文学境界皆是汪老所赐。在高邮中学的追思会上，他以"铁杆汪迷"的身份发言，从随身的包里一本一本地拿出了六十多本汪老的书，囊括了汪老著作的所有版本。他说，一本《晚饭花集》我摩挲的时间最长，刚买到的时候，我一个字一个字地把书抄了一遍。我被汪老的文字包围着。我能走到今天，有现在这个样子，是受汪老阳光的照耀。

汪老是个妩媚的光源，这是我读汪的感受。苏北既然是在这样的照耀下成长起来的植株，一茎一叶，自然被妩媚的元素所涵养。读他送给我的两册书，即《像鱼一样游弋的文字》和《灵狐》，我得到了确切的验证——文字始终氤氲着两种东西：质朴与温暖。

他真是得汪老的真传，用最简洁明白的文字，说平常的道理，淡而雅，平静而深刻。真正的读书种子，最喜读的就是这样的文字，因为它直逼本质，又不喧、不悬、不炫，就如橘红色的炉火，微温地烘烤，却穿透肌肤，直抵内心，得熏然的享受。

汪老之后，这样的文字真是稀有；然而苏北又是那么年轻，便由衷地生出敬慕，且有一丝隐隐的妒忌。

他的书有资格与汪曾祺的书放在一起，且能被反复阅读。能被反复阅读的书可不得了，说明它有可靠的品质。

2008年4月，我收到了他的新著《一个人的千愁百结》，读后，我的感觉有些变化，觉得苏北虽然痴迷于汪老，却不愿意被汪老覆盖，他要"活"出自己。最突出的一点，汪老是老道成精，在娓娓道来的同时，有玩味；而苏北虽试着穿上道袍，却掩不住赤子心地，他投入自己。他的《那年秋夜》《水吼》《长山》《美丽》《玻璃女孩》，虽沉静地叙述，却在隐忍中有波澜。因为内心是热的，却要节制成优雅，便忧郁。这一点，他又与废名相仿佛。

《长山》一篇，开头是这样写的：

> 长山的意义因两个女孩而存在，否则这个地名可以删去。长山，这是多么庸俗的名字！它就像人的名字叫金贵和发财一样，直白而俗气。

这样的叙述地标，注定作者要有"我"在场。到最后，他写道：

> 他们在午后的蝉鸣中离开了长山。午后的阳光忽明忽暗，像他们的心情。但阳光强烈如铁，针刺般射下来。他们的工作业已完成（给女孩搭蚊帐），没理由再待下去。两个女孩也要在这蝉鸣的午后寂寞下去，可她们并不表示什么，催促他们赶路；而她们的脸上，一种节日般的兴奋还没有退尽。

貌似写"客观"，其实"主观"都在的，一种不可名状的情感业已长成，虽依旧唇红齿白，心底却已抹上一缕沧桑。

统揽这册文字，很难用简单的话概括苏北。心存善意，悲天悯人，温暖和煦，自然有汪曾祺的浸染；情致所到，又如净水遇微风，顿生涟漪，呈现诗意，一如孙犁；觉明白处太浅，摘一片云雾，搅一团涩味，增几分神秘，近乎废名；又懂得留白，应悉数道来之处却不着文字，简刻瘦寒，类似知堂；大巧时存拙，流畅时截流，深刻时天真，好像他很愿意遥望沈从文的余影。如果非要用一句话道出苏北，即质朴与从容，简约与散淡，均出自别有用心。

以上诸家，好像哪家他都师从；其实骨子里，他哪家都不迷崇。他杂糅种种，自成气象，一味地要写得好。

《有关品质》一文中他透露出了心底的消息，他特别推崇沈从文的一句话，"写得好是应该的，写不好才是不应该"。这是谦卑，也是野心。

我喜欢有野心的人，因为野心往往与品格、境界和精神有关。正如想挣大钱的人，到了最后，钱在他的眼里已不是物态的钱，而是生命的标高；想当大官的人，到了最后，官职已不是身份地位的显示，而是自我价值实现的证明。

从他的《一个人的文学史》中可以看到他的生命本色：他的人生道路，一切都是从文学而展开，包括爱情、职业、居停、好恶。本来他已在北京落脚，因为不适宜文学，又举家迁回合肥；本来姿态放低庸福近，因为与文学相悖，便毅然转身。

所以，他对钱玉亮所表达的遗憾和忧伤，与其是表达给钱玉亮的，不如说是表达给他自己，让人们看到他对文学的信念。他对文学的多情近乎圣徒，好像即便是荆衣芒履、餐风饮露，对文字之恋，也是不会有丝毫的犹疑的。

而且，他对现世的小温小暖存有戒心，他告诫自己，要得到永恒的温暖，自己要成为炉火。

我突然觉得，用"像鱼一样游弋的文字"形容苏北是恰切的。水虽然无形，类似无物，却是鱼的凭依，给鱼以自由的生长；文字虽然无力，甚至无用，却是苏北的生命乐土，虽"千愁百结"，却荡气回肠！

2008年11月9日

清明读札

"清明时节雨纷纷,路上行人欲断魂",这是古诗意境。然而今年的清明却无雨,阳光明媚,微风拂面,和煦得让人慵懒。窗外芽苞嫩黄,也辽阔了人的心胸。祭奠的纸钱像花,反倒让人看淡了生死。觉得生活着,就是一切了。心情极好,便利用清明的三天长假,认真地读了两本正经书。读后,竟有心得,悉数记下,不枉大好光阴。

《张中行别传》

《张中行别传》(人民文学出版社,2009年1月版)是孙郁先生的新著,书印得精致,觉与孙先生的学养是般配的。他现在有大名,书是轻易不送人的;但他的书我实在爱读,便专程到三联韬奋书店买下了。还有他的另一本新著《在民国》。

出了店门,便急切地读了两章,那温婉典雅的文字,真是醉人。觉与他相识,真是一桩幸事。既然是这样,就应该买他的书,这是敬重的一种抑或是最好的方式。

两天之后,北京作协召开理事会,便笑着带上了他的书。自然与他相遇了,我说,孙先生,烦您在书上签几个字吧。他说,凸凹兄,你这是在跟我开玩笑。我说,岂敢,我乃乡下人,与虚伪,与附庸风雅,都是不搭界的。

在他埋头给我签字的时候,我偷觑他的相貌。他与十五年前初识的时候,真是大不同了。发丝斑驳,额头舒展,人瑞一般模样了。两个字可以形容得恰切,便是:儒雅,是从里到外的那种儒雅,与胡适、知堂、废名那代人相仿佛。

他的签字,对我又以兄相称,让我惶恐不安。初识之时,我不知深浅,率然称其兄,后来,渐渐地羞愧起来,改称先生。不是因为年龄,而是他身上那种厚重的书卷气冲腾扑面,像五四那代大儒在当代的一个余影。学魂与文韵,有前辈之风,不虔敬如师,内心就不安妥了。

《张中行别传》,在此类书中,真是个别裁。传主不过是个酒器,孙先生装下的,是他自己的器识、情感、体悟。对张中行的心路历程,他的刻画是精细的,但最用心处,是张氏与新文学运动以来各代表人物的关系,包括鲁迅、知堂、胡适、废名、沈从文、陈寅恪、吕叔湘、刘佛谛等。分析这些人物对传主的濡染、涵养与推动,娓娓道来,入情入理。这样的书写,具有了"超越"的品质——从张中行的文字人生,读者看到了新文学发展的源流,几乎就是一部五四以来的文章史。张中行的天分是一粒种子,恰好落在了那样的历史文化土壤,才戛然成长起来。

孙先生让人看到了什么是文化理性。

在写人物命运时,他以人为善,有大悲悯。

譬如写张中行与杨沫,他不陷入世俗的人是与人非,而是从时代、潮流、社会、群体的诸因素中进行考量。当事人均可悯,不过是在历史的"催眠"中,扮演被指定的角色而已。这样的视角,就开阔了,让人走出"猎奇"的小胡同,走上"反思"的大道。

孙先生的文字真是好,好到让人心疼。心疼,就是珍爱、怜惜。不忍速读,更不忍跳读,一行一行、一字一字地摩挲,方可心安。

为什么?

他的文字,自然是典雅的,有明清小品、知堂笔墨的遗风。但最佳胜处,是他文思的"通透"——精深的学理、纷繁的人事,被他"化"为条畅明达的笔致,情韵摇曳、活色生香。

他把"别传"当作美文来写。

通透的文思背后,我想,是"板凳坐得十年冷"的深厚学养,是纯粹的文人情怀,是不没红尘的沉静心地,是对"声音的重量"的信念,是对芸芸众生的爱与照拂。

他的《在民国》也有相同的质地,但读过几页就放下了。因为我觉得,坊间可读之书的确少,"好日子"一下子过完了,会陷入虚空与忧伤。

得知孙先生从俗务中摆脱出来,做了一个大学的教授,我心中大悦。俗语说,是神的归庙,是鬼的归坟,是人的归庭院。孙先生的灵运就在于文章之道,他应该在那个位置。对国人的灵魂事业,此乃大矣!

《蒙田》

《蒙田》也是一本"别传"(生活·读者·新知三联书店,2008年12月版),作者是奥地利大作家斯蒂芬·茨威格。

这是他在生命最后的日子里写成的。这个时刻,他已经很颓唐了。战火频仍,家园失落,他流浪到异地,对生命的意义产生了怀疑。然而他依然是写,写严肃的著作。

可以看到，思想者从来是悲苦的，即便是出世了，他依旧不死心。直让人想到，否定意义，依旧还是一种意义。

蒙田说，人到了二十岁，到了生命的顶峰，以后就走下坡路了。四十岁已进入老年，应该过退隐的生活了。三十八岁那年，他称自己已到了暮年，辞去波尔多法院推事的职务，躲进蒙田城堡的一座塔楼，不问世事，也不问家事，一心读书、思考、写作，一"隐"就是十年，写出了著名的《蒙田随笔》第一、第二卷。

这期间，他说了一句耐人寻味的话，亲朋好友，包括妻子、子女是不重要的，是"自我"的负担。

他的话，不是对现实生活、现世情感的漠视，甚至否定，而是在说，一个人到了四十岁，还有强烈的红尘欲望，还要追索、竞争，那是不明智的，甚至是可耻的。

所以，他的话说得好，这对向内心深处讨日子过的人来说，是一句明达而妥帖的话，类似真理。这坚定了我们面向自我，追享纯洁的精神生活的信念。

他虽然指出了路径，但又怕走路的人盲目与偏执，善意地提醒道，其实"自我"也是如黑夜一般的境界，即便心无旁骛，也未必有所得。所以，他又说，最大的幸福，不是"找到"，而是"找寻"。

这样的照拂，给了后来的践行者一个心理上的准备，失落面前，便能够承受了。

他的话，让我很感动，想到，大思想者从来不是居高临下"站着说话不腰疼"的人，对凡人凡世，他们同情、悲悯。这一点，从孙郁先生那里，也是找到了验证的。

读过《张中行别传》，又读《蒙田》，非刻意的选择，却相映成趣，真是有些宿命色彩。

我已过了四十五岁，用蒙田的标准来界定，已老得不能再老了。

从生理上看，做工作的牙齿都松动了，怕冷怕热怕疼。害怕美味，因为不能尽情咀嚼。两鬓也爬满了霜雪，揽镜自照，悲从心出。

之于心理，对一切不再有兴趣，包括名利、地位、金钱、美色。记性也差，出门时，明明是上了锁，也要再验证几遍。种种，种种，一切都失去了往日的模样，已认不出自己了。便心中一片苍凉，就既失眠，也嗜睡。恍惚中居然对自己说，其实欲望之于人是好的：欲望多而强烈，说明生命之树健朗、清俊；心如古井，非淡泊明志、宁静致远，而是生命衰退的征象。

读过《蒙田》，感到悲伤与苍凉是不可怕的，是自然规律，正说明，生活真的要做"减法"了，真的要走向"内心"过日子了。正如古树，外表虽然皴裂干枯了，然而春日来临，仍发出妩媚的新芽——它内心不死，且涵养、且坚韧、且充实、且自足，足可以对抗时光，直至永恒。

于是，甘于"找寻"，我心从容。

好在已经衰老，找得到找不到，已不成问题。套用知堂所谓"寂寞之上没有更上的寂寞"，失落之上也就没有更上的失落了。

这正是新生的开始。

2009 年 4 月 6 日至 8 日

乡土叙事的重要收获

黎晶是个具有复合质素的作家。诗、歌词、书法、小说、朗诵兼擅，都弄得有声有色，且频生华彩，令人兴叹。他还有着丰富的从政经验，可谓世事洞明，人情练达，且又善于表达，只要一张口，就会语惊四座，成为语场的中心。这种综合质素，使他具有很强的创作力，短短的三五年，长篇、中篇、短篇，都操练到了，产量之大，甚至都超过了一般的职业小说家几十年苦心经营的家业，颇有"黎旋风"气象。

正因为如此，我对他的创作是关注的，几乎读遍了他所有的作品。给我的印象：他的从政经历，是其创作的源泉；他的诗人激情，是其创作的支撑；他的书家素养，是其创作的底蕴。因而他写的是经历，且激情四溢，纵情挥洒，率性成篇。读他的小说，往往是为他的社会经验、人生体验所打动，为他的诗人情怀、洒家气场所感染，已无暇顾及他的小说技法、文字之道，却得到了真正的享受，因而对他心存感激。

但也有论者说，黎晶的小说，尚缺乏艺术上的精致与圆熟。我听后莞尔一笑。因为基于二十年的阅读经验和创作实践，我有一个很深的切身感受：那些精雕细刻的作品，格局反而小，无章无法；纵横捭阖，甚至泥沙俱下，反而气势恢宏，令人震撼。海明威发明了"电报体"，主张写作应该像电报一样精练、精确、精到。但是他如果只有《老人与海》那样精心谋划的作品，他只能是"深刻"的作家；幸亏他没有作茧自缚，写了《永别了，武器》和《太阳照样升起》那样激情洋溢、泥沙俱下的作品，他才"博大"，才成为真正的大师。"作家的作家"博尔赫斯在评论《堂吉诃德》时说，再精致的语言在传译中也会失去原有的韵味，《堂吉诃德》的不朽就在于它内在的精神力量。一味地追求艺术上的精到，可以成就文体家，但真正的大师往往诞生于内容的宏富和精神的力度。所以，黎晶是个可喜的存在，可以给中国文学注入活力，激活文坛的沉闷，使当代的创作焕发出勃郁的生机。

黎晶的创作取材，以往大多是他的官场阅历和从政经验，譬如著名的《信访局长》《男儿河》，因而被称为"官员作家"。他的新作《柳根》，则是一部纯粹的乡土叙事，区别于以往的题材。从"驾轻就熟"到"另辟蹊径"，黎晶对自己的叙事能力进行了一次挑战。换言之，就他自己的叙事习惯而言，这是一次"难度写作"。

真正的难度还在于，乡土叙事有很高的历史标杆，具有伟大的文学传统。就现当代来说，既有鲁迅的传统，也有柳青、周立波和浩然、刘绍棠乃至刘恒、贾平凹的传统，都有经典的创作和杰出的作品放在那里，后继者往往会被淹没和覆盖。

所以，坦白地说，拿到《柳根》之后，在阅读之初，我是有担心的。

但是，黎晶没有让人失望，这部作品，放在伟大的乡土叙事传统中，也毫不逊色，是让人眼前一亮的作品。在这部小说中，就其写作技术来说，他既感情激荡，又沉着理性；既纵情挥洒，又精心结构；既依托经验，又潜心思考。笔底风云腾挪有致，张弛有道，几近完美。

看得出，他在悄悄嬗变，从率性书写，到融入自觉、艺术之境，在苦心变革中，日臻圆熟。就其文本价值来说，有新起点、新视角、新贡献，堪称乡土文学的重要收获。

其一，《柳根》建构了一种理性的书写范式。

新中国成立以来的乡土文学，基本上有这样几种叙事模式：一种是高大全的阶级斗争（或革命斗争）模式，一种是匍匐于乡土、醉倒于村俗的田园牧歌模式，一种是依托乡村物事抒发文人趣味的模式，一种是一味揭露无情批判的模式。这样的书写，虽然都冠与"现实主义"的旗号，但都具有太强的主观情结，与真实的乡土生态相远离，是扭曲了的乡土，甚至是异化了的乡土，真正的文学贡献是不多的。而《柳根》则采取贴近乡土的姿态，进入乡土世界的内部，以忠于历史的叙述理性呈现乡土的原生状态，既不"高大全"地把乡土理想化，也不一厢情愿地把乡土妖魔化。乡土上的物事与情仇，均在明暗和悲喜之间。柳家庄的天空，既有阴云密布，也有艳阳高照；韩柳两个家族的情仇，既有你死我活，也有惺惺相惜。柳白来虽积极进取，但也有情操的失守（私生子）；韩永禄虽剑走偏锋，但也有内心的温柔（阻止其子运用极端的手段）。没有天堂与地狱的决然对峙，人和事都在天地之间。因此，《柳根》最大的贡献，就是它还原了乡土的"人间性"——借史家的话说，是信史，而非演义，便有了自身的"静观价值"。

其二，《柳根》呈现了乡土上的人性本色。

中国的乡土，本质上有着过重的封建传统，因袭的东西太多，再现代的"舶来"文化，也不会从根本上改变它内在的遗传基因。所谓"小农意识"，正是"国民性"中最突出的部分。历史的沉重积淀，使"优化"的进程变得举步维艰，那种指望在一朝一夕之间大获全胜的设想和努力，低估了历史基因的顽固性，有痴人说梦的味道。柳家庄的主人，是一群农民，他们之间的情仇与争斗，也只能是农民的样式。即便是村支部书记的争夺，也只是着眼于家族势力和对"一亩三分地"资源的占有和支配，他们没有自觉的政治意识，上升不到政治斗争的层面。即便是借助外力，他们也不懂得其中的政治内涵，也不与之合流，最终还是靠本性说话。韩永禄即便是当了支部书记，而且还位居公社革委会副主任的高位，但是，为了真正赢得人心，还是要依靠最原始、最传统的较量方式——拔麦。在拔麦这个环节上，他是很用心的——"拔麦子要起大早，露水打湿的麦秆是软的，拔起来顺手"。柳白来也颇有算计，在肠胃不适、就要败下阵来的时候，他选择了在顺风的位置排泄，以达到搅局的目的。这都是农民式的智慧，切合了农民的人性特征。这样的场景的描写，既是乡土上的黑色幽默，也具有深刻的象征意义。

其三，《柳根》形象地揭示了农村的变迁与时代进步的辩证关系。

柳家庄人与事，是中国农村和中国农民的一个缩影。乡土上的生产力水平，注定了农村的改革与进步单靠自身的内力是难以实现的，必须有外在动力的驱动；农民本身的狭隘性，也局限了他们的眼光、境界和作为。农民的品行，既自尊，又自卑；既善良，又自私；既正经，又顽劣；既忠义，又背叛；既麻木，又敏感；既冷酷，又温柔——缺乏恒定的品格和明确的方向性，人性的善恶、操守的进退，基本上是随时势的作用，做本能的消长。柳英杰虽然忠厚，但在自身利益受到威胁的时候，也选择了同流合污；韩永禄虽然冷酷，但在对峙的关键时候，也被亲情击中而顿生怜悯；柳白来虽然忠义，但在现世的温存面前，也当了婚外情的俘虏。总的来说，都是一群小民，没有义无反顾的气魄，也没有坚定不移的信念；都被命运支配着，被迫扮演着时势分配的角色。所以，乡土上，没有大善大恶，没有大忠大奸——均在不善不恶、不忠不奸之间。因而就不会有大破大立，因而也就不会自我革命、自成伟业。

《柳根》准确地把握住了这一点，从一开始就"引"进了柳家庄之外的人物，李延安、刘长贵。必要的时候，又呼唤出一个"节点"人物——杜鹃。这三个人物，都具有鲜明的象征意义：作为官员的李延安、杜鹃，代表着日渐清明的政治文明，作为场长的刘长贵则代表着与之相对应的经济基础。这三个人物，对柳家庄的历史变迁，都给予了巨大的外部推动。但是，在黎晶的笔下，他们不是柳家庄的救世主，而是时代的"符号"，他们本身也是在时代的作用下，逐渐成熟，进而肩负起时代的托付，进入柳家庄的内部，终至不辱使命。所以，柳家庄的发展与进步，是时代的历史赐予。整部《柳根》，虽无正面描写时代风云的笔墨，却处处留下时代的烙印；虽未振臂高喊万岁，却真真切切的是一曲时代的伟大颂歌！

所以，北京文联把《柳根》作为庆祝新中国成立六十周年的献礼作品，体现了自觉的文化担当，且当之无愧。

因此，我也以乡土文学写作者的身份，送上一份真诚的敬意。

2009年8月1日

盛大的阅读——向文学的伟大致敬

进入二十一世纪，有人说，文学死了。

因为，物欲醒了。人们争相攫取，不甘落后——拉开了物质狂欢的大幕，消费、娱乐登场。

笙管弦歌，灯红酒绿，纸醉金迷，遍地物质快感——于是，肉身盈满，精神退场。

文学岂有不死之理？

然而竟有逆流而上者，于死地求新生，独守黄灯孤盏，星夜阅读，潜入六十六位世界最伟大的作家的心灵内部，探寻心比天大的道理。且卓有所得，谱写了一阕皇皇八十余万音符的《静夜高颂》。

邱华栋的《静夜高颂》，虽然文字的样式是人们熟悉的读书笔记，但绝非止于对书籍的品藻。他选取了现当代世界文学中最具代表性的经典作家，从他们的生命来路、文本样式、文学成就到与时代的关系、对人类心灵的影响，从个例入手，以足够沉着的自信、足够典雅的文字，娓娓道来，且叙且论，且感且叹，单音递进，终成和弦——成就了一部以"文学不死"为主调的，向伟大的文学致敬的，华美而恢宏的交响乐章。

　　它既是颂歌，又是讼词，它雄辩地证明，文学之所以不死，是因为：文学是人类历史生成与延续的形象记述，是人性含纳与涵养的宏富矿藏，是人类体验（经验、智慧）凝聚与拓展的时空隧道，是人类思想致远与超越的精神标高。总之一句话：文学，阐发的是，人之所以是人的根本理由。

　　人在宇宙中处于最优先的位置：所吃稻谷与菜蔬，均系植物界的精华——是植物饱纳阳光之后，生命在光阴中最甘美的结晶。所啖之肉，亦是动物界的精粹——动物在自然法则的淘汰中，在食物链的终极，走上了人类的餐桌。至于人类的居停，均选择于风光水气调和丰赡之地，系"诗意的栖止"。那么，人类占尽了宇宙"阴阳五行"之极，也享尽了生命世界的价值贡奉。万物差不多生来便是人类的"牺牲"。由此，人类自身岂不就是上帝？

　　而上帝的尊严就在于有精神信仰，以掌握真理为己任，即以理性之光照亮内心，而后去照亮身外的世界。也就是说，即使不能"穷究"真理，也要追求真理，努力做到离荒诞虚妄远一些，距客观规律近一些；求索于高拔的境界，超然于世俗的功利。既然上帝是主宰世界的，那么人类自身就不能陷于红尘、耽于享乐，更不能盲从于市井与时尚的价值取向。

　　比照基督教义，上帝手中的"圣经"，本质上就是崇尚精神的，字里行间鄙薄着物欲与肉欲；那么作为"上帝"而存在的人，便不应该沉溺于物欲与肉欲。躺在金银堆上的人，只能想到消费；吃得太肥胖的人，只能仰倒睡觉；握着女人乳峰的人，首先想到的，不可能不是性交……这是被生活现实所证明了的。

　　事实上，再贪吃的口腹，也容易饱，因为人生来只有一个胃。所以，人类的痛苦之源，不在于物质之寡，而在于心灵的虚空。而文学是安妥灵魂的事业，岂可轻言其死？

因此，邱华栋《静夜高颂》的意义就在于，在物质大潮浩浩荡荡、文学急剧边缘化的时势之下，他凭借一人之力，以堂吉诃德式的义无反顾，冲入遮天蔽日的物化迷阵，对物质至上主义做了一次悲壮的反拨，并以盛大阅读的隆重仪式，对文学崇高的历史做了一次庄严的凭吊，它的理想主义韵律撩人心弦、令人震撼。

《静夜高颂》从文本意义上说，也是符合品质的皇皇巨著。在作家与时代关系的把握上，有充沛的历史理性与严谨的学术风范；在作家的写作状态和精神谱系的勾勒上，有诗一般的蕴涵与写意，自始至终洋溢着一股冲击人心的激情与豪迈；在对大师作品的赏析上，又呈现出小说家独具的耐心与细致，披繁沥简，从容道来，最终的效果，读者即便没有读到原著，作品的风貌也尽收眼底。如果说，对伟大作家的阅读，是一次起伏跌宕、风景独好的文化之旅，那么，《静夜高颂》就是一本让读者以有限的时间成本完成终极探险的导游手册。

正如邱华栋在全书的序言中所说的那样：

> 就是这些作家，构成了二十世纪人类小说发展的巨大的山峰的山脊线，构成了二十世纪人类小说发展和创新的连续性的、波澜壮阔的画面。

他选取的每一位作家都是地标式人物，都是一座文学高峰，因而峰峰并峙，连绵不断，乃巍巍乎文化昆仑。于是，《静夜高颂》的存在，就不仅具有一般的阅读学上的意义，它是一部建立在个人阅读经验上的二十世纪的世界文学史。从文学对精神和思想的承载上看，它又是一部二十世纪人类的精神史、思想史。

  作为一个中国的当代作家，邱华栋表现出非凡的文化气魄和全球眼光，他填补了中国作家对世界文学整体观照和横向审视的精神缺席，为汉语写作赢得了尊严。

2010 年 9 月 9 日

别样视角看文章

一

阅读的妙处,妙就妙在心里感到好,却无法言说。一些好句子,一旦读到,立刻就意乱情迷,恨不己出。

譬如读孙郁的《文人的左与右·林徽因点滴》,一句"寂寞地生活着,无言胜于有言",感到他真会写,化繁为简,一如一指禅,抬手之间,已把魂魄点定了。

由此,又联想到许多奇崛的句子——

譬如张枣的"椅子坐进冬天",柏桦的"唯有旧日子带给我们幸福",陈戎的"我向往纯净的生活,却总是被琐屑打扰",王旭烽的"我等待,生活却沉默了",以及苏珊·桑塔格的"自己待着,无人来烦"。

把这些句子连缀起来,正是作家、诗人、思想者的生命特征和精神方式的意象所在,心领神会之意味,是胜过一部专书的。

或可以说,文章之胜,往往不在于首尾的呼应、结构的完整和内容的宏富,而在于有没有让人眼前一亮的句子。

二

鲁迅的书，最初都印得少，好像《呐喊》与《彷徨》仅有千八百册，却流布到时间深处，呈漫漫汤汤之势。其一，好文字是灵异之鸟，有坚韧的翅膀，即便孤零，也能飞得远。其二，好文章是一枚鸽哨，孤身起飞之后，泠泠的发音，会招来追随者，物类相聚，阵势就壮阔了。而且会被追随者不停地"转述"，"衍发"出意义之外的意义。作为友人的许寿裳阐述鲁迅是不奇怪的，而冀中的孙犁，也不停地油印关于鲁迅的小册子，所蕴含的情韵就不一样了。所以，孙犁的文字虽章法上得益于明清笔记，间杂野史平话的余绪，但气脉和风骨都是鲁迅的。如果只有他早期的村妇之美，而没有他后期"劫后文录"中的春秋之笔、椎心之论，他就单薄了。

文化生活和物质生活一样，大富大贵，说穿了，意思并不大。山林高卧，一卷在手，只要惠风和畅，没有雷震雨，那滋味倒是不错的。

（《野味读书》）

所以，孙犁的晚年，文字之妙，出自他"抉心自食"的孤独之境，这一点，与鲁迅同。用孙郁的话说：

远离闹市，拒绝市侩，常说些逆耳之言，然而又不盛气凌人，自对寒窗，苦心自省，是很有鲁迅风采的。

（《文人的左与右·寂寞的碑文》）

静心想来，读书读到最后，最堪品味的，是文字背后写作者的心境。

三

关于读书的文字，大概有两种：一种是文艺批评，一种是读书随笔。文章在批评家那里，一如俎上之肉，是为了砍的。庖丁解牛，妙在他是沿着牛的筋络走刃，解构之下，以物为上，透着尊重。而批评家的刀笔，依据的是他个人的理念，适者是，逆者非，真正的是非于他是不顾的。大卸八块，发泄的是个人的快意恩仇。由于不尊重书，那些批评文字，往往言不及物，高蹈之下，是游移，侃论之下是空洞。而读书随笔，立意在读，读出书中的生命体验、情感温度，以资受用。写作者所持的是平常之心，进入书的内部，悉心品味，平心而论。文字底色，温润可感，朴实通透，所传递的是心灵的消息、人生实况。所以，与文艺批评的大刀阔斧相比，读书随笔虽无刀光剑影，反倒能切中文章的要害与本质的脉络，让人心悦诚服。系无刃之刃也！

读孙郁的读书随笔集《文人的左与右》，这种认识，就更加确定了。

譬如他评价刘恒，便采取了"进入"的路径，先感受其人，再揣摩其文，于驳杂处，看到纯色，且下笔至简，娓娓道来，一个不好理解的刘恒就很好理解了。

> 刘恒苦苦地寻找着人的生命与周围世界不和谐的根源，在一种深切的体验和懵懂里，进入到神奇的，甚至是宿命的状态之中。

> 因而他的作品，总体上所表达的是人的欲望的无限性与行为的有限性之间的冲突。

于是他进入到鲁迅式的精神主题里，存在与消亡，实有与虚妄，意义与空无，在他那里成了永恒的话题。

纵观批评界对刘恒的评价，这样通透的论说是绝无仅有的，颇有笔致心随的味道。

四

中国的文论、批评都是给无名者的，遇到名家、尊者，批评就变成了"鉴赏"。即便是名家之间的比较，也只有呈现特点，而不断言优劣，更遑论臧否。这就造成了文坛的迷信和不公，同时也减弱了批评的话语重量。

这或许与国人的生活哲学有关。民间的智者总是训育后生要会讲话，对有身份地位的人，最好不轻易置词，实在躲闪不过，也只能讲其特点，决不讲其优缺点。为什么连优点也不说出？为的是不把对方的对手变成自己的对手，使自己能永远立于不败之地，因而进退有据，优哉游哉。

所以批评文字，在貌似公允的背后，有很深的世俗况味。

即便是孙郁这样智性勃郁的论者，也不能免俗。

譬如他比较知堂和废名、汪曾祺与林斤澜，虽论断周匝深切，有老吏判狱般的准确，但一论伯仲，也是躲闪的态度，化心底风云，为一派儒雅。

以汪曾祺和林斤澜的比较为例，孙郁说道——

汪曾祺在无章法中显出章法，林斤澜在有章法中打乱了章法。

汪曾祺写的是对生活的认识，而林斤澜与其是对生活的认识，不如说是对表达生活的方式的一种玩味。

　　汪曾祺以常态的方式写人性，以无序写有序，而林斤澜以变形的方式写人性，以无序写无序。

　　孙先生说得真好，句句都是法眼穿云后的透辟，均点到了穴处，令人拍案而起，叹为观止。

　　然而拍案之后，是遗憾，因为他不仅不"决断"，而且还有意地暧昧下去——"虽气韵不同，境界不同，但二者均解放了短篇小说的问题，将新、奇、特引入作品……对文坛的变革，而人的劳动，实在可敬可叹。"

　　可敬可叹也是对的，但偏爱探究的我等，还是不禁要问，难道二老之间就真的没有高下之分？

　　废书三日之后，已消了不平之气，再次阅读那些文字，反而笑出声来——因为如果换个角度看，不臧否处，正有臧否，不分高下之所，高下已经自在了。

　　或许这正是孙先生的用心所在。他满面春风，仁心温厚，不怕被误读。

2010 年 12 月 22 日

永远的文学

春色渐浓,吃了香椿的新芽,口齿清爽,很想读一本温暖的书。正巧接到张守仁先生赐赠的《永远的十月》,素雅的封面上,有一丛兰花,幽幽地发出暖意,一如早就定下的一个邀约,便借"五一"的三天假期,独居一室,静静地耽读。

张先生的文字真是纯净,读的时候,好像幽暗的内室有阳光一缕一缕地照耀,从始至终,内心都涌动着一股暖流,盈满得既感动又忧伤。这种感觉,一如早年被爱情俘获,因为感情纯粹,所以感动;因为世态凉薄,所以忧伤。

张先生的笔致,至纯至性,唱的是文学至上、精神至上、感情至上的心灵大歌。他唱得不管不顾,一如古田野上的荷锄者,甘于庄稼,陶然击壤,"帝力于我何有哉!"他很自足。

张先生是《十月》的创办者之一,享有"四大著名编辑家"的文学声誉,是改革开放以来,新文学历程的亲历者,由他之手,推出了一大批当代文学名作和当代文学名人,与《十月》一起成长,与《十月》一起辉煌,可谓阅尽文坛春色。在风云际会之间,他始终在场,因而有历史见证的资格。他见多了文坛上的世俗、功利、竞争和阴私,完全可以成为一个文坛上的世故老人，借名家以自重，借名篇以称雄，在摇曳之间，沾沾自喜。然而，他的笔触总是那么低调，以文学老农的身姿，朴实地叙写壮株之所以长成，好收成之所以得来，写得贴心贴肺，一派敬重。

因而他爱笔下的每个人物，以十分的体恤，道出他们的甘苦，好像每个人都是自己的亲人，即便是瑕瑜互见，也只是说好；他也爱每篇他推崇过的作品，即便是在时间深处，有了明显的破绽，也不忍珠玉蒙尘，而是怜惜地拂拭再拂拭，让其兀自发光。

他跟汪曾祺可有一比，都是温暖的底色，他们都不居高临下地臧否人物，评藻物类，而是平等相待，感同身受。不同的是，汪曾祺疼爱的是他想象中的事件和人物，以人道主义的关怀，"人间送小温"；而张先生疼爱的是与他相遇的作家和作品，以温厚的胸怀，为文坛道珍重。相形之下，汪曾祺笔下没有恶人，在张先生眼中，遍地是好作品。

其实文坛早已不是一块净土。市场规则，功利诱惑，红尘滚滚，此消彼长。但从张先生的字里行间，读不出一点渣滓，反而是满眼亮色。掩卷沉思，反观其人，发现这是他的文学观念使然。在文坛和文学之间，他看重的是文学。文坛多的是名利与是非，只有文学才直逼心灵。在文坛之上，他站立；在文学面前，他匍匐。所以，文坛虽热闹，他始终是个旁观者；文学虽冷落，他却矢志不改，虔敬地投入。他是文学的信徒，文学的宗教树上，枝枝柯柯都有菩提佛性，都散发着神圣之光。因而他有定力，"常在河边走就是不湿鞋"，对名家不谀不媚，对无名者不轻不贱，谁写出好作品，他都平等尊崇，大声叫好，像个不谙世事的孩子。

记得上世纪九十年代初的一个深夜，铃声猝响，兀然惊魂。家婆甚恼，对着话筒训斥道："你是谁，还让不让人睡觉？"那边赧然低语道:"对不起,我是张守仁,找凸凹。"隐约中听到这个如雷贯耳的名字,我心中一惊,赶紧把电话抢过来,示意家婆不要吱声,然而她还是嘟囔了一句:"真是的!"我不得不说:"张老师,对不起,我夫人她不懂事,请您多担待。"他却不迭地说:"是我不懂事,哪有半夜三更给人家打电话的,然而你老兄写了那么好的散文,我忍不住要吱声。"于是就有了终生难忘的四十分钟"午夜真谈",他对我的作品如数家珍,大加赞誉,弄得我羞愧难耐。淋漓畅谈之后,就是推荐,就是公开鼓吹,热情洋溢,不遗余力。

事实上,不少青年作家都享受过这种"待遇",张先生真像无私的阳光,只要你是庄稼,他都要送去温煦的阳光。

为此,我在许多场合,都发出真心的感叹:一如有人说汪曾祺是中国最后一个士大夫,在当代中国文坛,张守仁先生也许就是最后的一个文学赤子了。

记得蒙田说过,儿童的天真不是真正的天真,只有成年人的天真才是真正的天真。梁遇春就此衍发道:儿童的天真,是一种生物本能,因为他不谙世事,不知利害,便可爱而不可贵;只有成年人的天真才是可贵的,因为他阅人无数,历经沧桑,已知轻重,已知进退,再天真而处之,便是一种伟大的操守了。以此推之,张先生的赤子形状,乃是一种人生品格,在他那里,文字无欺,精神高贵,文学神圣!

张先生的赤子情怀,固然源自他的出身、他的性情和中国诗书为上的文化传统,但最重要的一点,是作为俄罗斯文学翻译家的他,得天独厚地承接了俄罗斯文学伟大传统的濡染和涵养。俄罗斯文学家,总体地不畏权贵、不惧苦难、不堕俗志,追求以文学为本的自由言说,铸就了思想、精神和情操为上的内在品质。托尔斯泰的宗教情怀、陀思妥耶夫斯基的道德自审、赫尔岑的灵魂考问、屠格涅夫的阳光心态、魏列萨耶夫的悲悯体恤,都让人感到,文学是个伟大的存在,是人间道德之上的道德,是世俗伦理之上的伦理。于是,他们爱文学,胜过爱生命!他们也都是一群"天真"与纯粹的人——他们在文学与人生之间画上了等号。

不然,就不会有果戈理觉得《死魂灵》第二部没有写好而愤然焚稿。

屠格涅夫曾真诚地说道:读一读果戈理,在俄罗斯大地上走走,很好。

我也由衷地说一句,嚼一嚼京西的香椿,读一读张守仁,很好。

2011年5月6日

望乡关，我心温柔

刘晓川先生的新著《子在川上曰》（金城出版社，2011年7月第一版），我是在枕畔读完的。因为他的文字周到、质朴，处处关乎乡间的人情与文事，与我的出身、生活和文学状态切近，便大感亲切。读亲切的书，心要静、要虔诚，要细细品味，一如安享亲情，要沉浸其中，感受其最温柔的部分。而枕畔温柔，浮性收敛，个中消息就听得真切，有大收获，有大欢悦。

刘晓川先生虽然是批评家，但更多的是乡土守望者的情怀。他对土地有真感情，所以行文走笔，无居高临下之姿，对乡间文人和他们的作品，处处体现着关怀与照拂，有体贴，有悲悯。说心心相印的话语，述休戚与共的情思，都是让人受用的文字。

从晓川先生的批评文字中可以看出，他对文学的"基本准则"有始终如一的信奉。这种基本准则，就是对北京乡土文学传统的尊重与坚守。这个传统中，浩然、刘绍棠是个主要的存在，所以，他评判新近的作家与作品，都是以二者为坐标的。这与米沃什的论断相暗合。米沃什说，在各种观念和思潮争相登场，对绝对精神和永恒审美产生置疑的时候，作家的良心，就是要坚守基本的道德准则——应该做一位敬神者,应该爱自己的祖国和母语,避免与恶结盟,不与传统决裂。所谓"恶",在晓川先生那里,就是各种似是而非的文学时尚,其中包括对现实主义文学传统的否定,以及技术至上、概念先行的创作趋向。他主张,作家,尤其是乡土作家,要爱乡土,爱生活,爱百姓,不跟风,不趋时,做"老实人",老老实实地用现实主义的手法写作。所以,他本能地厌恶那些"花哨"的文字,对质朴的作品他喜上眉梢,不遗余力地鼓吹。郊区几乎所有扎根乡土、严肃创作的作家,他都深情关注,都写出了一丝不苟的评论文章,自然包括我。因此,通读他的《子在川上曰》,便感到,它不是一本一般意义上的批评论著,而是一部形象的乡土文学史——它把握了北京农村的发展脉络,勾画了北京乡土文学的历史走向,展示了郊区文学的整体成就,文学价值自不待说,其文献价值,是他人的批评所不能取代的。特别是《京郊文学六十年》一文,既有亲历者的深入,又有"旁观者"的法眼,其史料之翔,研磨之细,用心之切,立论之实,可谓叹为观止。

读晓川先生的《子在川上曰》,还有一重深刻的感受,即他对文学始终充满敬意、充满信任,坚信文学是个有永恒价值的存在,是个文学至上的理想主义者。在他的笔下,对文学现象、文学作品、文学人物,都是端庄视之,无懈语,无微词,有的是耐心的分析,精心的对比,真心的阐释,诚心的指点。即便是原生态的作品,他也要披沙沥金,找出有用的蕴含和存在的价值。他要"救活"作品。也是这个态度,他不鄙薄幼稚,不鄙薄粗糙,只要是写出来的就有存在的理由。从本质上说,这贴近了大地(土地)道德——大地广阔,容得下各种生长;河水自清,小鱼也逍遥;山峰自显,上边的矮树也高。文学就是写生活,是他一贯的准则与取向,所以,在他的眼里,郊区作家有生活,自比躲在烟气迷眼的书斋里的生编滥造要好,因而他呵护,他舍得为他们用笔。这也难怪,在现实中,他就是文学即生活一流。他看重作文与做人同一的境界，不仅溢于言表，还努力践行。身居"庙堂"之高（批评家、编辑家），却总是往农村跑，与农村作者打成一片——即便是无名作者开研讨会，他也一请就到；即便是与主编无几多交情的大报大刊，他也要把郊区的佳作往上推荐；即便是主办方设定了评奖范围，他也面红耳赤地为农村作家争取名额；即便是写作之外的生活难题，他也有求必应。久而久之，他成了郊区作家的知心朋友，颇有"谁人不识刘晓川"的味道。

由刘晓川，我想到了马尔克斯的一句话——

诗歌（文学）是平凡生活中的神秘力量，可以烹熟食物，点燃爱火，任人幻想。

又想到了布罗茨基所说——

阅读和写作，能挽救心灵的健康，是让人感受到体面生活的方式之一，或许还是唯一的方式。

我要说的是，或许是由于刘晓川的倾心关注，由于他文学至上的情怀濡染，才使郊区作家没有最后失去对中国文坛的希望，才使他们没有在艰难的文学之路上灰头土脸犹豫彷徨而最终放弃。也许这样的说法有些夸大其辞，但至少，他传递了马尔克斯、布罗茨基们所感所悟的文学信念，让郊区作家们倍感温暖。对文学，不离不弃；对文坛，不卑不亢。在爱与幻想中，坚定前行，甚至进入了自适自足，佳作迭出，风流有自的发展阶段。而且，漫漫乡关路，诗意盎然，风生云起，有繁荣之象。

惠特曼说过"只有伟大的读者存在，才有伟大诗篇（文学）产生的可能"。我认为,像刘晓川这样致力于乡土文学评论的批评家,之于乡土文学来说,不啻为近于伟大的读者——优长与缺憾,都是能读得出的,再加上菩萨心肠,善意的点化,不久的将来,乡土文学生出临风玉树、洪钟大吕亦未可知。

望乡关,我心温柔。这是对批评家们深情的呼唤和殷切的期待。

2012年2月13日

在"道路"与"脚"之间

曾几何时,余秋雨的历史文化大散文无远弗届,产生了一种类似啤酒节的"狂欢"。但随着时间的推移,一经理性审视,就不难发现,余秋雨的历史文化大散文也在皮袍中暗藏着"小"。文献固然不缺(有时连孤证都派上了用场),文学趣味也时时点染其间,拉开"鸟瞰"的功架,驰骋想象的野马,但只不过是撒豆成兵,虚张声势。正如钱基博评价五四之后的新散文,初读喜,继读疑,终读诋。通俗地说,刚开始阅读,确实有些别开生面,让人眼前一亮。但接着读下去,就败象显现了——在一个先行的理念牵引下,东摘西引,支离破碎,主观臆断,漏洞百出。读到最后,除了一团空洞的情绪之外,史论稀松,事实模糊,思想稀薄。一句话,余氏之文字,是大而无当的热烈,拨云去翳之后,原来行之不远,与"大历史""大文化"的关联并不紧密。

上世纪末,本世纪初,为了反抗余氏文本的"催眠"作用,以祝勇为代表的一批年轻写家,将余秋雨作为反面参照,确立了一种新的历史散文书写"规则",即着眼于卡尔·贝克尔所说的"简单的史实",潜入历史河流的深处,摩挲历史的局部,用"细节"说话。正如他在

《帝国的悲情》自序中所说——

晚近以来的中国历史是一部辛酸的历史,这是人所共知的,之所以还有重述的必要,缘于回望这段历史时,我们会发现,每个历史片段中,都包含着某种悲剧性的错误。这些错误往往被气势恢弘的悲情故事所淹没,历来不为人重视,只有时过境迁,我们在各种尘封的史料中穿行,以抽丝剥茧的耐心,像观察一件生物标本那样,重新打量那段往事时,才会意识到,大历史,从来都是由小事件构成的。本书就是一本关注大历史中的小事件的书。它由一系列鸡毛蒜皮的情节构成,试图以一种更加精细的手法,使我们观察到事物内部的联系——那些齿轮与杠杆究竟是怎样联动,并最终推动一台庞大机器的运转;而一粒沙子,怎样在不经意间,使所有的老谋深算泡汤。

在祝勇看来,决定历史进程的,往往不是道路,而是行走的"脚"。如果鞋底有一粒沙石,疼痛比坎坷更让人难以忍受,会迈不开步伐,因而也就没有征程。

这样的写法,还原了历史的现场,使历史有了情感温度和人性含量,使读者能够"进入",有身临其境之感,其温润的品质,洞穿了历史的冷漠,成了可以触摸、可以品味的人间情感,因而,对大历史散文的写作,是卓有贡献的。但是,"细节"的刻意经营,或过量挖掘,使散文的叙事,有了小说化的色彩,在好读和意兴丰沛之余,不免让人在不疑处生疑——历史真的是这样吗?因为文字描摹的现场,未必就是客观的历史,还原的同时,也带来了新的信息缺失——放大了"脚",势必会不见了道路,即淡化了社会发展环境和时代嬗变对人物的心灵轨迹的作用,让人在信史与传奇之间,游移不定。于是,与余秋雨一样,新写家的历史文化散文,也自然而然地引起人们的警惕,做一番必要的理性考量。

在考量中,我读到了王开林的两大册《国士无双》(《国士无双:清华大学的龙虎象》《国士无双:北京大学的龙虎象》,华文出版社,2012年4月第一版),初读眼前有光,勾魂摄魄,复读心中叹服,振聋发聩——只觉得历史文化散文的写作发展到现在,到底是有了健全的叙述伦理,有了无愧的文本。

王开林的历史文化大散文写作,不是兴之所至,任意取材,而是建构了一个谨严的系统——他把清华、北大这两个人文高地上的大师级代表集结起来,试图通过对个体的解析,塑造群像,以呈现近代以来中国知识分子的心灵图谱,最终完整地勾画中华民族的精神流变和历史走向,其心灵史、思想史的典型意义是不言而喻的。

既然是塑造群像,作者就不能以自己的嗜好做人为取舍,而是要以已有的社会"符号"价值为依据,取与人物贴近的姿态,那么,就真正成了一次艰难的精神跋涉,也构成了一次不能有丝毫懈怠的难度写作。

在写作伦理上,他既从历史风云、时代潮流的大处把握外部对人物的作用,又从人物的来路,包括出身、修为、性格、信仰等细部探究"自我"之所以如此的内部原因——在"时势决定"与"性格决定"的辩证纬度上,自然而然地呈现人物之象。其人生轨迹,既见"道路",又见"脚"。与之相对应的,在行文时,不以个人好恶而放纵激情,也不做似是而非的主观评判,一切均以史料文献为依据,从容爬梳,让历史在时空深处自己说话。其笔调极其质朴,一如远山草色,青处自青;又如大川伸展,自有曲直。

譬如民主斗士闻一多。他不是天然就能成为烈士的,他的人生起点,与传统的知识分子一样,也是遵循着学士、名士的惯常之阶。传统国学的濡染,在他骨子里深深地植入了"正统"、道统的观念,年轻时的一些言论,甚至被"左派"人士视为反动透顶,以至于西安事变发生后,他还积极参与起草了《清华大学教授会为张学良叛变事宣言》。因为当时,蒋政权在他的眼里居正统地位,代表着民族的利益,时势这个"大局",自然就决定了他的是非判断。然而,他在美国留过学,又有激进、刚烈的性格和追求至善、至纯的赤子情怀,势必会导致他在日益腐败、崩朽的现政权面前,最终采取不合作的态度,以至于在高压与专制的逼迫下,愤然转向,走上演讲台,喋血街头,成为烈士。

譬如一等哲人冯友兰。因为他是个最有争议的人物——忽视"道路"的人,会放大他曲意逢迎、阿世自保的人格缺陷;只注重"脚"的人,会把他看作是"见侮不辱"、自我救赎的旷世高人。到了王开林这里,他的主客观作用的"二元"叙述原则,使历史真相得以还原。生逢社会大动荡、政局大动乱、思想大动摇的时代,个人的忽左忽右、载沉载浮,是历史的必然。到了冯友兰这里,懦弱使他扭曲,活络使他纠结,然而他又是个良知和思辨高度统一的人——思辨使他深刻,能看到时代最终的趋势,因而怀着希望;良知使他痛苦,因而保住底线不做终极的陷落。更重要的是,他有坚定的哲学信念,在他自己提出的四境界说——自然境界、功利境界、道德境界和天地境界中,将天地境界看得最重。为天地立心、为生民立命。使命之下,他是不会被世俗的道德评判所左右的。于是,他得以存活,得以在学术上"复活"——戛戛独造,写成七卷本的《新编中国哲学史》。

说到周作人的附逆,王开林也不是停留在简单的道德评判之上,而是把他作为中国传统知识分子的一个标本,放在战乱的大局之下,以人文的立场打量"脚"之所以有那样的走向。北平沦陷,一走则大事化了，不再承担道义磨难，而周作人却选择了不走，一切就复杂化了。性格上的柔弱，不会做刚烈之举，是一层注定；更关键的一层注定，是他业已形成的人文立场。他历来是反礼教的，推崇儒家的三大叛徒——汉朝的王充、明朝的李贽、清朝的俞正燮，他说这三个人都反对封建礼教，"疾虚妄"、"离经叛道"，与自己的思想十分合拍。在他那里，所谓"贞士守节"，那只是封建糟粕，既然是儒家的叛徒，不守节又何妨？不然他也不会写出《再谈油炸鬼》那样的文章，也不会有"关于秦始皇、王莽、王安石的案，秦桧的案，我以为都该翻一下，稍稍奠定思想自由的基础……"的论调。他要做儒家的叛徒，却不幸成了民族的公敌，这是他至死也不能释然的心灵死结。他之所以始终不承认汉奸这一身份，执着地为自己申辩，为自己正名，是因为他不以为自己错。他有一段著名的辩言，是说他自己极其反对"说空话""唱高调"，主张"道义事功化"——"与其跑到后方去，在那里教几年书，说爱国的空话，不如为沦陷中的学校和学生做点滴实事"，"我觉得做点与人有益的事总是好的，不相信守节失节的话，名分上的顺逆是非是不能一定的"。

本来他是可以不说的，但为什么非要说，是因为在战乱之外的人，居高临下的规劝和道貌岸然的斥责全都指向他，他于心不甘，难以承受。这样的叙述就让周作人立体化了，让我们不禁想到了雨果在他的《见闻录》（1835年）一节中的那段描述——

革命党人菲耶斯基因施行爆破被捕了，被捕之后，他一直相信自己的同伙是最关心他的人，所以无论怎么拷问，他都守口如瓶。有一天，他的情妇告诉他，他的一个同伙在得知他还活着的时候，竟说了这样一句话："他没有在爆炸中死去，是多么的不幸啊！"从此，菲耶斯基心中充满了仇恨——他揭发自己的同伴，毁掉他们的热情，同他在这之前要保护他们的热情一样高涨。因此，他不放过任何一个微小的细节，把同伙们逼上了无法招架的死路。

不难看出，菲耶斯基的出卖，非畏死，乃畏不公；周作人的概不认罪，非畏名节，乃畏道义的天平单方面倾斜——"卿本佳人，奈何做贼？"

这就是历史的深刻性，是那种寄予"简单的史实"的写作所不能抵达的。

《国士无双》中，唯一书写的女性人物是林徽因。王开林揭去世人为其罩上的种种神秘面纱，把她回归到"人"的凡间，让人看到"神女"毕竟也是女，也有着庸常女性的种种原生之态。比如同时爱两个男人无法取舍，乞求他们代为决断；比如喜欢别人的赞美，一如喜欢诗歌；比如也有强烈的事业心，也在功名上争强好胜；比如疾病缠身，也愁惨成一团化不开的忧伤。作者所取的"人"的视角，使他获得了"优越的叙述智慧"，优雅在当优雅之处——拓写时代烙印，而不空疏，摹写个人品行而不虚矫，把林徽因写活了。成功之处，在于作者的诚实，他知道自己不是全知全能，便紧紧地"贴"着人物写，一如夏多布里昂所说，"短视的智慧以为可以看见一切，因为它是睁着眼睛观察的；优越的智慧能够闭着眼睛观察，因为它看见的一切都在内部"。

不难看出，《国士无双》有着与雨果、夏多布里昂等世界大师隔空对话的品质，有开创之功，让人感受到了汉语写作的骄傲与自豪。我们期待中的历史文化大散文，既要看到时代的风云变幻、社会的潮汐涌动，也要看到人心的万象和人性的腾挪，而不是顾此失彼，非此即彼。这一切，《国士无双》悉数做到了，我由衷地送上一份敬意！

同为六十年代出生的写作者,我很艳羡地说一句:《国士无双》写得真好。朴质平淡之下,有迷人的风生云起;不假臧否之间,直逼人与事的内在本质。在立论周匝,堪称信史之余,它既让人看到了人的命运,也看到了历史的轨迹。历史一如人,它也有不情之愿,也有不堪之思,也有不经之论——既有自然的发生,也有意外的变故。因为任何历史终归是人的历史,人及人性的复杂,使历史有了苍凉与悲壮的成色。

2012 年 6 月 22 日(端午节)

经典美文的世界版图

《世界美文观止》（作家出版社，2014年1月第一版），皇皇六十万言，我从腊月始读，到元宵节终卷，四十余日的沉潜阅读，消享大福，不敢轻浮，掩卷抚额，我放声大哭。这是精神游历之后的痛快淋漓，一如朝圣者通过窄门看到天光，获得了新生。从此我懂得了什么是敬畏，什么是谦卑。

它的编者张守仁先生甫一编定，便在电话里对我说，我集一生之功，干了一件事，就是编了一部《世界美文观止》；好像上苍把我诞于人间，就是为了这一件事而来，如今我编完了，就什么也不干了，我太累了，该休息了。

他已年过八旬，白发斑驳，褐斑盈颊，遍尝人间沧桑，他的话便有巨大的人生况味，我被震撼，便企望早些读到那部书。书一到手，就废寝忘食，沉浸其间，读得天昏地暗。这种暗色，一如血色，是生命的内在驱动，因为书中的情感、思想和人生消息都是心血的经典结晶，穿过时空和遗忘，自己奔窜着朝我的眼底和心间涌流。

这是一部在时间深处慢慢积累的书，编者用一生的搜求，从漫漫文海中，一粒粒捡拾，反复摩挲，反复比较，才看出那珍珠内在的纹理，才惴惴不安地放进手中的玉盘。终生的等待和涵纳，才有了"大珠小珠落玉盘"的局面。用编者的话说，他从全世界上百个国家，万余篇作品中，呕心沥血地鉴别，才选出这一百六十篇美文。这一如大漠里的淘金者，金子的凝聚，是时间的沙漏；也一如河埠头的淘洗者，精米的入箩，是耐心的冲刷。

编者是美文的赤子，几十年来，心无旁骛，专心地读散文、写散文、翻译散文、评审散文、研究散文，似乎是为散文而生。所以，他洞悉散文世界的源流脉动，他谙熟散文艺术的递嬗传承，有深刻的底蕴、丰富的经验和独特的眼光，因而就有了权威的地位和不可争辩的话语权。他大可以驾轻就熟、探囊取物、轻松辑录，但是，他却选择了敬畏和"苦"——

其一，以史为经，以文为纬。这部"观止"，打破了以往单纯的"美文集萃"的编法，而是从人类历史的整体走向出发，从"开元"到现在，注意选取那些反映了人类的历史进步、观念递变、时代脉动，和体现了人类的思想高度、情感深度、经验广度的文章入典。这从入选的伊索的《鹰与蜣螂》、马克思的《致燕妮》、帕特里克·亨利《不自由，毋宁死》、杰弗逊的《独立宣言》、高尔基的《不合时宜的思想》、庄子的《庖丁解牛》、司马迁的《报任安书》、梁启超的《少年中国说》、李嘉诚的《活出我们民族的精彩》、莫言的《讲故事的人》可见一斑。这种编法，须以扎实的历史修养为依托，须以博大的人文情怀为支撑，是一种难度操作。张守仁先生是一个温文柔弱的人，却敢执牛耳，可以看出，他是以文学为担当的。正因为此，他编的不是一部简单的"美文选"，而是由美文呈现出的人类的精神史、思想史、情感史，是一部浓缩了人类经验的文化大典。极俭的阅读成本，却得到最宏富的心灵享受，他赐读者以大福。

其二，追求独特，拒绝类同。既然是"观止"就立足一个"止"

字,即不仅是高山仰止,而且要是独一的存在。所选篇目,看重的是有没有独特的情感、独特的思想、独特的论述、独特的表达。便不以作者化界,也不以名分取舍,堪可谓在美文面前人人平等。对相类的题材,他选最精简、最朴实的叙述,不被表面的玄奥宏富、华丽铺陈所障目。譬如同样是揭示生活的本质,他不选梭罗的《瓦尔登湖》(即便是片段),而是选阿富汗马哈福兹的《生活》。前者虽然最负盛名,但文字烦琐,颇考验读者的耐心,而后者虽无籍籍名,但他只用了一个形象的譬喻,几百字的篇幅,就深刻地表达了相同的题旨。他说:

  同是一条溪中的水,可是有的人用金杯盛它,有的人却用泥制的土杯子喝它,而那些既无金杯又无土杯的人就只好用手捧起来喝了。水本来是没有任何差别的,差别就在于盛水的器皿。

  短文有大意,它告诉人们:水就是用来解渴的,口干舌燥之下,不挑剔器皿。而生活就是用来过的,本能的满足,也不需华丽的包装。而现在的情形是,人们看重器皿,为"形式感"而活。为什么物质发达了,生活便利了,人们反而看不到幸福的模样,且深陷困顿?究其缘由,就是增加了额外的"支出",远离本质,为"奢侈"买单。人们本末倒置、买椟还珠,在虚妄处整天空忙。也就是说,身体走远了,而心还停留在原地。

  其三,洞悉全貌,撷取经典。这部"观止",每篇选文之前,都有编者的"题解",用极精当的文字,对作者的生平背景、创作轨迹、艺术特色、文学影响进行勾勒,在引导赏析之外,让读者看到文字背后的"人"。这就意味着,每编进一个作者的一篇美文,编者都要对这个作者做整体的把握,在对其文本进行大量阅读的基础上(包括作者的传记），选取最能体现他艺术特质、独特贡献的篇章入典。由此看出，编者的前期准备是个浩繁的工程，非老实人和美文的圣徒所不能为。也正因为此，编者也融入了自己的阅读经验、真实发现、写作体会，构建了一个有"我"的编选体系，并且在"题解"中，树立开放的阅读坐标，引领读者用"对读"的方式，延伸阅读。譬如，介绍梁实秋的《雅舍》时，指出要想到刘禹锡的《陋室铭》；编进印度普列姆昌德《捕鳄》时，告知有《爱斯基摩人捕狼》可供参阅；德富芦花《海上日出》固然美，清代姚鼐的《登泰山记》也堪称异曲同工；当然，在读了马哈福兹的《生活》之后，不要忘了还有梭罗的《瓦尔登湖》那缜密的衬托。另外，既然是世界美文，自然要关涉译文，在编者的自序中我们看到，在选择之前，编者要把同一篇文章的不同译本悉数放在案头，反复甄别，优中选优。倘无优者，就自己动手，以最大化地传达原文的美趣和意绪。

总的来说，张守仁先生选编的态度，一如鲁迅所说，盗天火煮自己的肉，呈现的是普罗米修斯的精神风仪。当下选家林立、选本纷呈，但可靠的读本不多。因为他们对文字缺乏敬意，不愿付出身后的功夫，现成者拿来，亲近者送来，仓促拾掇，盈筐即得。他们不是"选"，而是率性集约，看重的只是一个"选家"的浮名，功利之下，眼中几无读者。与此相较，《世界美文观止》是迄今各类选本中，最权威、经典的一本，它是选本中的选本，精华中的精华，是经典美文的世界版图，读者可以放心地把它放在枕畔、案头，按图索骥，纵情领略，圆满地完成自己的精神之旅。

面对张守仁先生向世界美文的致敬之作，我心中油然生出一种感恩情怀，由衷地说一声：张老先生，谢谢您！

2014年2月22日

智性的考量

舒晋瑜作为《中华读书报》的大牌记者，纵横游走于名流之间，自然有广阔的人脉和丰厚的写作资源。这既是优势，也容易迷失。因为文人整体的趋名、趋利，特别看重她的话语权——许多人找上门来，请求她写，她常常被人情包围。

然而她总是以"突围"的姿态，慎重地选取她的采访对象，以高度的人格独立，写"不得不写"。她放眼整个文坛，寻找代表人物，或对文学有独特贡献的个体，试图勾勒文学的发展脉络，找到推动力量和制约因素。《说吧，从头说起》一书中的访谈对象，或出自高端，或具有个性，一切本着自己对文学的整体观照，发属于她自己的声音。所以，她的这部书不是附庸风雅的阿世之书，而是品质周正的文学观察，大可以信任。

舒晋瑜是个有故事的人。她从外地一路打拼而来，有艰辛的生活经历。为孩子能在北京上学，她以柔弱之身，在坚硬的世俗网上左突右奔。所以，她人情练达，懂生活。这就使她的文学访谈特别关心作家的现实因素，而不是只盯住书斋、案头，一味求雅。她从作家的来路入手，挖掘生活对作家的作用，因而能透过采访对象扬扬得意的自我感觉，以及表面辉煌对真实的遮蔽，看到泪光，看到苦难，求实，去魅。这样的访谈，有文学人生的味道，能让人进入、体味，每个创作者都能从中找到自己。它告诉人们，要准确考量中国的文学，首先要考量的是中国作家的生活（存）状态。譬如阿来、苏童的创作，之所以有很长的一段困境，因为他们出道前有边地人、边缘人的身份，这样的人还要"探索"，被现实接受，自然要有一个"缓慢"的过程。

这里当然有政治、经济、文化，甚至生态的因素，也就是说，在大的历史背景、社会背景下解剖作家的个例，能够打破与环境的隔膜，做到内外贯通，能够感受到历史的传承、根性的改变和时代的影响。因而"访谈"虽然植根于细部，却也关乎递嬗，是大文本。

舒晋瑜又是个标准的读书人。对古今中外的著作，她用功甚勤，当然，对中国的当代文学更有属于一线的涉猎。对当代文学，她不是旁观者，而是当事人。她对一线作家的创作有深入的了解，她能号准脉。所以，她提出的话题都能切入作家文本的内部，容不得他们左躲右闪。被访问者，必须与她平等对话，如实道来，甚至包括一些"隐秘"的信息。这种基于文本的对谈就有了实实在在的"文学"内容，甘苦、得失，就有了"在场"的依据，让读者感同身受，豁然开朗，有切实的收益。访谈类文字最大的弊端是云山雾罩和自我夸饰，让人感到他们的天分"生来如此"。舒晋瑜以足够的耐心，步步逼近、层层剥茧，还以"不过如此"的本来面目。我特别同意雷达先生的评价，她的这种文字"含有诘问性、思辨性、创作心理探讨性等特点，信息量丰富。这种文章对于阅读，对于评论，对于文学史研究，都有参考价值，集合起来，给人琳琅满目之感"。

舒晋瑜还是一个怀揣着"一张文学地图"的人。她的广博、多识，使她顿开天眼——她访谈，但不"匍匐"，既不匍匐于作家的多彩经历和文坛地位，也不匍匐于作家文本的纷繁耀目，而是用自己的理性，做冷静的评判,以令人敬佩的胆魄,给当代文学开"罚单"。也就是说,她在访谈中始终能融入自己的主观思考,发出"我看当代中国文学"式的智性观点。譬如她认为,虽然这是个能出好作品的时代,但关键的是要避免急功近利之心,既要热情呼唤,也要耐心等待。也就是说,大作家和大作品都是靠"耐心"支撑的。看她整部访谈录,貌似是跟着作家在走,但不时就有冷眼的回望,隐忍地发出尖利的点评。这一如佛的境界,虽拈花一笑,却有深刻的禅意在其中。这不露声色的点化,就是智性。这一点,舒晋瑜与李静相仿佛。只不过,李静做正式的学院式批评,而舒晋瑜则以活泼的方式,做着另类的批评。

舒晋瑜毕竟是出自新闻单位,正如苏童所说:"在我的印象中,舒晋瑜似乎是一个文学的战地记者,她用细腻热情的笔触勾勒文学的硝烟战火,以及文学战士们的精神世界。"所以,她有着比一般的文学界人士更为广阔的心胸和眼界。她能够从文学之外看作家,增加了看问题的维度。譬如她对何建明的访谈,既立足于他报告文学家的身份,又能考虑到他作为出版家、文艺活动家对其创作的作用,人物就立体化了。为什么何建明总能在重大主题上下笔,而且又具有强烈的时代气息?这与他懂政治、懂世相,胸中有风云,能够做到个人创作与社会生活的自觉融合有大关系。舒晋瑜能从大格局上命笔,在出世与入世之间展开思考,就使一部文学访谈录具有了文学之外的意义。

2014年8月25日至26日

历史与人物的双重叙事

黎晶以冯治安将军为原型创作了章回体长篇小说《第一枪》。品读之后，不禁眼前一亮，感慨良多。

可以说，在民族抗战胜利七十周年这一重大历史节点上，对于善于把握时代脉搏、与时俱进地抒发历史情怀的黎晶来说，他能创作出长篇历史小说《第一枪》，是很自然的一件事。

读完整部小说，我觉得这是一次别具匠心的创作，处处体现出作者在创作上的高度自觉。

首先，它采用了传统的章回体，做到了形式和内容的高度契合。

抗战是民族的历史，要想把这段历史中的人与事表现得鲜活生动，就要选择与之相对应的民族形式。章回体的最大好处，就是便于讲故事，可以把故事叙述得跌宕起伏、扣人心弦，可以让读者身临其境、受到巨大的感染。事实上，《第一枪》完美地实现了这一艺术功能，它对我有强烈的吸引，一旦翻开书页，就不忍释卷，几乎是一气读完。读完之后，我不禁发出一声长叹：这是一部令人震撼的历史叙事，它让人经历了一次中华民族不灭的灵魂洗礼。当下的文艺界，正在进行"如何讲好中国故事"的大讨论，黎晶用自己的创作实践，给出了最有力的回答。

其二,即便是用民族形式进行民族叙事,也不做简单的平面推进,而是采用了高端"复调"的叙事策略,做到了"解构"与"建构"的高度统一。

所谓"复调",就是作者借鉴了结构现实主义的创作手法,巧妙地设计了两条叙述线索,互为依托,达到既见历史又见人的艺术效果。要特别指明的是,略萨所创的结构现实主义创作手法,在黎晶这里不是靠单章与双章做人为的区分,而是靠叙事内容,即靠历史叙事与人物叙事自然而然地区分。

《第一枪》的两条线索,一条是用历史文献叙述历史事件,一条是用文学想象塑造人物形象,以此来实现"解构"和"建构"的创作意图。即历史叙事,依时间脉络,准确地叙述历史事件发生、演化的过程,以层层剥茧的方式,拂去风尘的遮蔽,还历史以本来面目;人物叙事,依人物的出身和性格逻辑,揭示其命运的形成和心路历程,以层层迭现的方式,塑造人物形象、耸起人物丰碑。

具体地说,历史叙事回答为什么冯治安打响了抗战"第一枪",而官方的抗战史上却只字不提。人物叙事则回答为什么冯治安不是二十九军的主帅、但偏偏是他打响了抗战"第一枪"的问题。通过"解构"与"建构"的双重作用,让人物立住了,具有了毋庸置疑的文本力量。

其三,小说的叙事深刻地揭示了民族文化、民族性格和民族情感在抗战胜利和英雄诞生中所起到的重要作用。

小说从冯治安的诞生写起,一路走来,从之初的受家乡文化、家族性情、民间传统的濡染,到后来的南征北战眼界渐宽,又受到华北、山东文化,以至于华夏文化的熏陶,骨子里充满了忠义、爱国、悯民和杀身成仁的遗传细胞。那些舍身赴义、勇于担当的前辈英烈、同辈楷模和民间壮士，也给他的心灵注入了壮烈、豪迈的文化基因。这就让他在外侮面前，在民族危亡的关口，拍案而起，有所作为。

也就是说，英雄是有来路的，绝不是无本之木、无源之水，更不是上帝的造化。

不仅是冯治安，小说出场的人物，包括冯玉祥、宋哲元、张自忠、吉鸿昌、赵登禹、佟麟阁、何基沣，无不承载着民族文化、民族性格、民族情感对其个体生命的潜在作用。

正是这种作用，才有了人物复杂的性格——才有了宋哲元既深明大义，又明哲保身；才有了冯玉祥既戮力而为，又急流勇退；才有了冯治安既疾恶如仇，又用人失当……总之，小说注重从民族文化上运笔，使人物有了呼吸，有了血肉，真实可信。

同时也给了我们一个更深层的启示，抗战必胜，民族不亡，就是因为我们的民族性格，有着永恒的支撑，我们的民族文化，有着不朽的力量。

2015年6月23日

完全颠覆传统的怪异叙事

当今的小说，林林总总，五花八门，且不少人以求变求新为时髦。但无论怎样求变求新，多数人还是恪守叙事文学的传统，努力写好人物和讲述好故事，注重人物的刻画和细节的描写。北京大学出版社出版的申丹著作《叙述学与小说文体学研究》中强调：情节是"用来作为讲述对象的真实或虚构的事情，特点是情节连贯，有吸引力，能感染人"。茅盾在论写作时说过："读者所欣赏于他们（指书中人物）的，是灵魂的搏战与人格的发展。"读邓玉明的小说《城市风》，一种耳目一新的感觉油然而生，觉得以往的关于小说的一切定义和论断都难以涵盖，因为这是一部在真正意义上具有颠覆性的十分怪异和荒诞的小说。

小说前面"内容介绍"第一句是："要想知道百年后的世界，就看这本书吧！"这自然很抓人的眼球。接下来的一段是："从中国京津冀至亚洲、欧洲、美洲等情形出发，反映反思人类城镇化状况的邓玉明的小说《城市风》，揭示历史、现实、未来和学术思想。小说回忆了过去五十年波澜壮阔的社会生活，预测预言了未来一百年城镇化走向，主张人类发展方式的变革，展示了人类的发展前景。"这段话既是小说内容的概括，又体现了小说的主旨。

小说的核心人物雷宇，明显地有着作者的影子，寄托着作者创作意念和对身边事物的细致观察与深远预想。与一般写人物和故事以及突出主题思想的作品不同，这部小说突显出作者对社会生活的哲学思考和科学预言，因此又是一部游离于真实的社会生活与科学幻想之间的文学作品。这自然与作者的学术造诣有关。作者已出版《天书》等五部著作，对人类发展方式的革命提出了自己的思想理论。同时，作者有着高超的语言驾驭能力，有着敏锐的目光和宏阔的视野。小说语言新奇、幽默，诙谐中透着隽永犀利的讥嘲。叙事流畅自如，思绪飘逸而灵动，作品风格怪异荒诞又充满奇异瑰丽的想象，作品处处闪烁着思想的光芒。

作者的幽默随处可见。懂事的当董事，特懂事的当董事长，喜欢钱的当总经理。"这是对职场各色人物的轻松调侃。

"京都出重招，空气质量出现了明显的好转。河北还在水深火热之中，被雾霾侵吞了，被 PM2.5 占领了。石家庄沦陷，保定沦陷，唐山沦陷，邢台沦陷，邯郸沦陷，沧州沦陷……"这是对严重雾霾的形象比喻。

美国学者迈克尔·莱恩在《文学作品的多重解读》中说：

> 文学语言具有一种含蓄的潜能……文学语言运用隐喻、象征、讽刺和悖论之类的复杂的比喻，以产生言外之意，而这种意义在简单直接的指示性话语中是不可能产生的。

读小说《城市风》中的文字，字里行间，都会明显地感到作者隐含在各种修辞手法中的"言外之意"。

如果从内容看，全书可分三个部分。一是过去五十年的社会生活。

这一部分，用的是散文笔法，而且写得细腻生动，感人至深。

写得尤为精彩的，是雷宇童年的生活情景。一个出生在太行山下的小村庄里的孩子，童年的生活自然和山村的生产生活分不开。作者写了过年时的旧俗，从腊月二十三开始，一直写到正月亲戚拜年，写到"正月十五""二月二"的习俗，仿佛是在描绘一幅恬淡和谐的民俗画，每一条线每一抹色彩都极为认真。其中的一些细节，生活气息浓郁，读来使人如临其境，如写"正月十五吃猪血糕、摊煎饼、摊黄子""二月二熏虫儿"。作者写母亲，寥寥数笔，使人如见其人，如闻其声。"二十六，娘照样五更叫醒我们推糕面，说晚了碾子就有人占了。娘推推我们说，起吧，鸡叫三遍了。"叙事如此细微，感人肺腑。小孩子好奇，有时会偷看母鸡下蛋，娘说："别偷看鸡下蛋，要不有人偷了东西，你却要脸红。"这真是神来之笔。这就是农村，这就是一位勤劳善良的乡村妇女，这就是传了不知多少年的老辈子的"讲究"。这"讲究"虽然说不上有什么道理，乡野人却深信不疑，因为那是不知从哪辈儿起传下来的。

当然，作者着墨最多的，则是对当今城市生活情态的叙述和描写。作者自称"旧宫作家"，生活在北京，书中用了大量的北京地名，由北京这座国际化的大都市，映照全球。写城市生活与情态，触及当今社会种种敏感的令人关注的问题，包括雾霾、交通、住房、快递，以及职场和社交场合、男女交际。乃至自然灾害、"打虎猎狐"、国际新闻、历史知识，甚至骚扰电话、网银卡使用，就连正在推行的公车改革，都囊括其中。书中的人物，除了雷宇这个核心人物外，其他人几乎是信手拈来，就像是一场角色众多的戏剧，各色人物频频登场退场，每个人物都不过是匆匆过客。这里，全然没有了通常意义上的小说中的人物形象，每位人物的出场退场，全凭作者意识的流动。人物间没有因果和逻辑关系，没有故事情节的衔接和演绎，所有人物不过是作者思绪的浪花一朵或只是思想的符码。作品描写城市问题，洞照现实，又交织预想，既针砭时弊，又预言未来的发展走向；既洞彻国内城市化中出现的问题种种，又具有国际视野，连美国、俄罗斯都一一写到，因此这部小说又具有国际性的预言倾向。

在某些描写中，小说竟采用了新闻报道的手法，有着新闻般的真实和准确。

小说的末尾部分，则是对未来世界的预想，用笔虽不多，却集中了作者大胆而浪漫、奇幻的形象。未来的世界是什么样子，科技会发展到什么程度，人类又会是怎样生活的？小说写2023年、2025年，又一下子跳跃到五十年后的2064年，一百年后的2114年。通过阶梯似的跳跃，一下子写到了百年后的世界。作者预想，到2023年，乘坐宇宙飞船的人越来越多了，先是美国人、俄罗斯人，后来英国、法国、德国、中国、日本等都有越来越多的人遨游太空，"去趟太空，就像过去乡下赶个集一样"。到了二十二世纪，"地球上的很多人带着'雷宇主义'移居其他星球"，虽然移居其他星球，但地球上还有他们割舍不断的丝丝缕缕，他们会经常到地球上来祭祖或省亲。似此科幻小说般的结尾，堪称生花妙笔，留给人们的是一个无尽的想象空间。

特别值得一提的，是小说的结构。文学中的结构主义理论，是研究文本是如何逻辑地或系统地构建的，意义产生的机制是什么，文本单独具有的结构和与其他文本共同具有的结构是什么，它们是怎样由互相联系的各个部分所组成的。小说《城市风》的结构，却很难找到内容之间"逻辑的或系统的运转"，因为它完全不同于一般的小说文本。

伍尔芙在《现代小说》中论述意识流小说时，指出：

> 头脑接受千千万万个印象——细小的、奇异的、倏忽而

逝的，或者用锋利的钢刀镌刻下来的。这些印象来自四面八方，宛然一阵阵坠落的微尘……如果作家能依据他的切身感受而不是依靠老框框，结果就会没有情节，没有喜剧，没有悲剧，没有已成俗套的爱情穿插或最后结局。

从这个角度讲，小说《城市风》完全合乎意识流小说的要求。但它又不同于意识流小说，因为"意识流小说是用联想重新排列组合材料，'看起来零乱，其实有内在的统一性'。这种统一性也是一种情节线索，只不过超出了常规，成为变异品种"（王蒙语）。这部小说却完全找不到情节线索。小说中大量运用的，是类似于电影中的蒙太奇手法，一个个精彩画面频频切割转换，既有情感叙事，又有理性思考，且融入大段的戏剧式的对白。这部小说的结构，完全是作者无羁无绊，随心所欲，天马行空，纵横捭阖，任思绪在天地间驰骋，将一个个闪光的色彩绚丽的或是庸常的琐事、片段、场景组合起来，通过对种种社会现象的透视，在带有黑色幽默般的诙谐和调侃的语调中，勾画出一个丰富多彩、广阔无垠的世界。而对于读者来说，读这样的小说，则会得到一种轻松和愉悦的享受，而不会有任何沉重和压抑之感，这也正是这部小说的成功之处。倘若对当今小说的写法或样态进行研究，小说《城市风》无疑是个难得的文本！

2016年4月29日

伟大人性照耀之下的"和平之书"

熊育群的长篇小说《乙卯年雨雪》放在案头已数月，期间，通读两遍，依然有大的阅读兴味，不禁生出敬意。

这虽然是一部写抗战的书，但战争本身并不是其落笔之处，他不正面描写刀光剑影，不渲染硝烟、杀伐、争斗和仇恨与血，而是用抒情的语言（甚至有温暖的调子），细腻、周至、内省地书写战争背景下的人、人心和人性。换言之，他用叙事语言思考战争，用人的视角审视战争的本质，戮力揭示在极端环境下的人心作用和人性状况，用温柔的力量审判战争，展示人性不灭的光芒。

战争的逻辑，是"所挡者破，所击者摧"，是暴力的争雄；但人性的逻辑，是生命的存活，是情感的发生与维系，是"爱"与"活着"大于天。由于《乙卯年雨雪》是在人性逻辑下的叙事，那么，它就鲜活而深刻地揭示出了另一种真相。

其一，战争中的仇恨是被捆绑的，不是人性原初之恶。因此，被硝烟的迷雾所笼罩的普通人，无论是我族还是敌国，真实的表情均是惊愕，是迷惘，都本能地发出天问，一起反思。而且，不仅质疑，还下意识地游离、抵制，甚至对抗。于是，一边征战着，一边不情愿，努力思考如何避免征战。这样的叙事维度，就广阔和深刻了。

其二，在战争中，被欺凌者仇恨的刀锋是向外的，会理直气壮地怒吼，义无反顾地出手；而欺凌者的刀锋是向内的，犹疑中刺向自己，在占领的同时也深深地伤害了自己，并不可扼制地发出喑哑的哀音。这让我联想到故乡京西在抗战中的一景：日军占领了县城之后，士兵在城头弹琴，以为他们是在抒发占领的豪迈，却泪流满面，原来他们是在弹奏忧伤的思乡曲！这一景象，就登在日军自己的画报上。细一玩味，这是人性的证明，战争的胜败，似乎与普通人无关，士兵所想，是自己的存活、对家乡的遥望和对亲人的思念。因而战争就显得是那么的滑稽不堪。

其三，亲情、友情和爱情是人类共有的基本情感，从此涉笔，其放射出的温柔之光，就暗淡了屠刀的锋芒，使其失去了决绝的力量。最动人处，是被欺凌者居然善待，甚至保护欺凌者的爱情，唱人性的悲悯之歌。不禁让人感到，因为大地是平的，所以容不下不平；因为这世界是属于人的，所以容不下非人的行径。因而，为了拯救爱情，当事人在血光中，所发出的是无悔而庄重的微笑。面对爱情的失落和毁灭，当事人毅然转身，迎着枪弹，走向和解与和平，在死亡的唇边，放声大笑，表达对战争的轻蔑。

其四，在人性的逻辑下，战争绝非以胜败做功利化的权衡，而是以人心的向背和灵魂的浮沉为最终的决定。在熊育群的笔下，发这样的感叹：公理在握，柔弱者唱仁义大歌；忤逆人伦，强暴者所唱，反倒是虚妄狂歌。前者悲壮可敬，后者滑稽可鄙。

从艺术上，《乙卯年雨雪》的叙事，沿着两条轨迹同步进行：一是战争的进程，一是感情的路程。二者比竞着奔向各自的终点，期间，既独步，又有交集，都顽强地陈述着合理存在的理由。死亡与新生，野蛮与文明，仇恨与相爱，是个不断消长的过程。而最终的到达，是战争合法性的彻底消解，是人类同情与爱的站立与永生。

换言之，二十世纪以来中国文学呈现的主要是集体主义、民族主义、英雄主义的战争叙事，它执行着建构英雄、政治动员、整合民族认同、叙述国家正义的叙事功能。而《乙卯年雨雪》则逸出了这个功利化的文化谱系，自觉地接续世界文学人道主义的伟大传统，采取了"双向视点"的叙述手法，既从日本人武田修宏夫妇角度，也从中国人祝奕典、左太乙等人的角度叙述战争。正如作者所言："要超越双方的立场，（让战争中的人）从仇恨中抬起头来。"既超越狭隘的民族主义叙事，也有力地将世界主义、人道主义与中华文化主体性统一起来，以"人性不灭"和"这个世界会好起来"的坚定信念，着力表达在暴力血腥的战争中，人类文明的光辉照耀和人性对落难人类的最终拯救。在作品中，这主要体现为一群中国人对前来中国寻夫的日本女性武田千鹤子的恻隐之心、不忍之心和合力拯救。感动之余，我们不禁想到，与其说他们是因为悲悯而去拯救"别人的爱情"，不如说是因为敬重和捍卫人类"爱的权利"，而拯救的是爱情本身。

所以，《乙卯年雨雪》虽不做正面的战争叙事，反倒有了广阔和深刻的思想维度。它是一部关于战争本质的哲学寓言，它告诉人们，人性的柔软，在时间的深处，总能战胜战争的坚硬，就像牙齿与舌头，牙齿早早地脱落，而舌头依旧鲜红地嚅动。

也许是因为熊育群诗人的出身，他从一开始就不急迫地叙事——渲染宏大而酷烈的战争场面，而是紧扣人心的活动和情感的生成，用诗意的调子娓娓道来，让读者情动于中。它指引着人们，不能只看到战争的表象——生命的毁灭，而要看到深处的东西——心灵的破碎。人类的痛苦始终被诗意的抒情包裹着，战争的痛感就锐利了——不仅割肉，也刮骨。小说就有了抒情史诗的品质，就让它与一般的战争叙事鲜明地区别开来。这就让人刮目相看了——人们总说，中国文学没有像样的战争文学文本,而《乙卯年雨雪》终于有了向世界经典战争小说致敬的动作,毫不逊色地书写了战争与人的关系,为当代的中国作家,赢得了一份尊严。

因而我真诚地向熊育群拱手示敬。

2016年6月9日(端午节)于北京石板宅

新在"旧"中

西语云:太阳底下无新事。但是我们每天都有新书,且包装堂皇,惹人惊艳。细心翻检,终于发现真相:其实那些新书,大多是旧书的翻版——无非是已有的典籍,经过一番所谓的编校、评点、重选,换了一种包装,以一种新的面目出现而已。

其实,即便是新书,也大多讲的是旧道理。无非是加了一些时代的用语,换了一种说法,让论述有了一点点陌生感,就如曲奇是饼干,冰水是凉白开,新在形式感上。

基于这种认识,我对新上市的新书,保持本能的警惕,买前都要久久地浏览,弄清它的来路,看它是不是有新的发现、新的视点、新的理念,然后再决定买与不买。

作为纯粹的阅读者,享受的是"读进去"的快乐,书的新与旧,对他不起决定作用。他也知道,书中的"静观价值"是不会随着时光的流逝而消失的,那是一种永恒的存在,常读常新。于是,如果新书来得可疑,不如干脆就读旧书。

所以,一进五十岁以后,我买新书的热情锐减,基本是在自家的几架藏书间逡巡,找感兴趣的"旧书"翻读,让生活的体验,在书中找到"验证"。

日前找出一册《黎烈文散文选集》,那是百花文艺出版社"百花散文书系"的一种,1992年1月第一版,可谓是老旧了。铅字版,书页脆黄,但有久违了的墨香,便一边阅读,一边用鼻翼吸啜,感到真是迷醉,甚至有些奢侈。

记得当年阅读时,并不高看,感到黎烈文的文字有些琐碎,甚至有些浅陋,没有打动人的力量。现在看来才知道,那不是琐碎,更不是浅陋,而是他在基本常识层面,娓娓道来。他秉持朴素叙事,而不故弄玄虚,也不屑用绮词丽句,更不卖弄词锋——像当下的散文写作者制造"词语的盛宴",而是老老实实写眼中所见、心中所感。而那时我自己年轻气盛,内心浮躁,只看重生活的形式,而不能静虚守成看本质,因而把笃实的文章看低了。

比如他的《崇高的母性》。写从妻子怀孕到生产的过程,告诉读者,青年男女的爱情固然热烈黏着,但那是情迷,有"嬉戏"的味道。只有进入孕育,做了人父人母,感情才进入了庄重的境界——共同的责任,比花前月下重要;对病饿疾苦的共同承受,才使感情渐渐地深厚起来。而且,在爱情浓蜜的时候,忧伤皆忘,人间悲苦也视而不见;只有经历了"贫贱夫妻百事哀"的生活困顿之后,才知道"私情"的无力,才懂得爱情的强化在于既爱自己又爱他人。

比如他的《关于罗淑》。罗淑因《生人妻》在现代文坛爆得大名,但却因产褥热而不幸夭亡。别人的悼亡文字都着眼于她的美女、才女的身份,在惜香怜玉层面发感慨,而黎烈文却在心里大哭,感到造化弄人、生死不居。因为他的爱妻也死于产褥热,有相同的遭遇。从痛处看痛,才能感受到痛的锐利,感同身受之下,不仅命运感陡然而生,而且要替女人向"自以为是的西医复仇"。以至于从此以后,每到清明,看到路边坟墓上的"几撮新土",他都要久久驻足,"便连不相干的别人家的土馒头和自己也有了什么关系似的,带着一种好意的亲切的眼光瞻顾着"。这就深刻了,他写出了一个人"悲悯众生"的情怀是如何而来。

比如他的《琐忆》。他写海外生活的点点滴滴,笔下多旅途风景,但他的着眼点不在于展示异域风情和特别的趣味,而是寄情于乡愁和对故乡的遥望,抒"回归"之情。因为有久别的行旅,才能更深切地感受到"去日儿童皆长大,昔时亲友半凋零"所带来的人生苍凉,才生守望家园的强烈情怀。便联想到,如果把人生的跋涉、功名的追求视作一种出行,待载誉归来,却发现亲人不在、亲情已失,最能欣赏者已不能到场,虚无感便会油然而生。年少时,因为我忙于奔竞,名利心重,而忽略了对父亲的照拂,以至于他在五十三岁的英年就早早地殁去,唯一能做的补救,是每到清明,爬到山顶上他的坟茔边,一页一页地烧自己的新书,祭奠他。烧到最后,心中大恸,泪流满面,哽咽着发声:"父亲,我回来了。"所以,我一边读着黎烈文的《琐忆》,一边流泪,我的感情与他产生了情不自禁的共鸣。

比如他的《花与树》。他沉静地叙述着同一片花树的四季风景:春天绚烂,夏天蓊郁,秋天萧瑟,冬天枯槁。自始至终,不露声色,不发议论,一派从容淡定。但是,他心中所思,却明确地让人领悟到了,他是在告诉人们,花树的荣枯,是自然的规律,是正常的存在,没必要悲秋伤春,也没必要感时伤世。对于人的生命来说,也理同于此:发达与庸常、热烈与平淡、得到与失去,都是自然而然的经历,正常的态度看待就是,要以平常心泰然处之,做到不悲不喜。

比如他的《一个不倦的工作者》。虽然是怀念鲁迅的文章,却不高山仰止发宏大议论,而是写鲁迅普通人的形状,写他不停地做事:乐时做,悲时做,病中也做。他不尚空谈,总是急迫地做事,其伟大与不凡,成就于他与"引车卖浆者流"一样的勤劳状态。一个这样的人,他的悲悯众生、人文关怀,就有了生命的质地,让人从心里敬重。

因为黎烈文与鲁迅一同办报,朝夕相处,同气相求,便有了同声相和的文字气象。他的抒情文、议论文,特别是他的杂文,都步着鲁迅的情调和韵味,以至于他文章的题目也与鲁迅合辙,比如鲁迅发表了《推》,他就写了《第三种人的"推"》作补充;鲁迅写了《二丑艺术》,他就发表了《按下二丑不表》作呼应。其"战斗性"与鲁迅在"互文"中得以凸显。

于是,读黎烈文的散文,我不禁想到——

一个人的阅读,无不结合着读者自己的生活经历和生命体验,在这个前提下,决定了自己的好恶和价值判断。在黎烈文那里,二周的文字他都是敬的,但他更喜欢鲁迅。因为鲁迅做人是入世的,其文字是审世的、警世的、暖世的、益世的,是为人生的;而周作人的人生态度是出世的,其文字叙闲、帮闲、消闲,几近文字游戏,趣味之外,对现实生活的实际补益不大。我对黎烈文散文的前倨后恭,也有着相类的味道,即有了入世的态度,有了相应的经历,不再青眼于生活的颜色,而更看重于生活的本质——不在乎作者怎么说,而在乎他说了什么。因此,这时再读黎烈文,感到他句句质实,说进人的心里。一如京西民谚:肚里无墨水不要硬喷,胸前没奶子不要硬抻。他贵在自然呈现,而不是故弄玄虚、装腔作势。

从文理上看,真正的好文章,一如汉人桓谭在《新论》中所说:"合丛残小语,近取譬论,以作短书,治身理家,有可观之辞。"黎烈文的散文,都是取自身边小事,且都是"小语"和"短书",却朴实厚道地讲出了自己的生命体验和人生思考,多"可观之辞",让读者能随着他去"验证"、去"顿悟",并借鉴着去"治身理家"。这样让人受用的书,其何旧之有?发黄的册页里,有着不该被湮没的新意,不用翻版,也是新书啊!

2016年6月19日(父亲节)于北京石板宅

盗天火，煮自己的肉

进入不惑之年后，以燃烧的心态所读之书，已经是稀有。好像"燃烧"只属于青春，因为那时的心灵易感，有很低的燃点。但是，在我的父亲逝世二十周年纪念的这个月份，我却以五十三岁的"高龄"心身俱燃地读了一部书，那就是张梦阳先生的"苦魂三部曲"长篇传记小说《鲁迅全传》。

之所以把父亲的忌日和自己五十三岁的齿龄与张梦阳先生的书联系在一起，是因为，父亲就是在五十三岁的华年去世的。忌日来临，心中大悲，感慨生命不经，而我辈也进入五十三岁的老境，遥望死亡余影，心如古井，殊难被感动。然而却被张梦阳所感动，而且是巨大的感动，以至于成了燃烧的模样，可见他这部《鲁迅全传》有怎么样的质地！

之所以被燃烧，是因为张梦阳所持的写作姿态：他"盗天火，煮自己的肉"——用整个生命去与传主呼应。他虽然是著名的鲁迅研究家，在学理上，对鲁迅有着坚实、准确的把握；但是，他摒弃书斋式的静态的作业方式，而是把自己的全部身心都"扔"进鲁迅的世界中去，让主客体之间进入一种燃烧博弈、激活互动、精神共振、一同生发的"我们"式的关系,一起生活、一起思考、一起抗争、一起倾诉、一起关怀、一起发声。整部作品,主客体高度融合,以至于让人感到,他既是在写鲁迅,也是在写自己,写出了现代知识分子的生命状态和心灵样相。这种强烈的"在场"式书写,让文本逼真、高温,读者一旦开卷,就被身不由己地"带入",进入"我注六经"到"六经注我"的互动气场,在浑然的作用下,不激情澎湃、不通体燃烧便殊难!

张梦阳先生之所以能做到这一点,据我与他多年来的交往,就在于他"苦魂"的生命状态。他把肉体视作尘埃,"轻蔑"与之相关的一切"物质"所在,大到名利、地位、金钱、荣誉,小到职称、尊卑、吃住、穿着。他奉行精神至上主义,只为灵魂而活。

具体到日常生活,他心无旁骛,只潜心于文章之道。他足不出户,不察世道颜色,不知人间冷暖,也不计他人臧否,不停地读写,以至于偌大年纪也华章频出,疑似文坛新锐,令人击节称叹。

他是个饱经沧桑和忧患的人,所以清醒地知道,文章之道是小径,"自古圣贤皆寂寞",历来如此。为什么还是不管不顾地写,因为他更清醒地知道,大道入街衢,淹没在红尘之中;小径则通幽,通到"虽艰深孤寂却同时更为博大的精神内部",看到"人性深处之光",因而能够享受到"那种只可意会不可言传的精神上的巨大快感"和"在写作中思维上天入地的自由,用语言缔造另一个神奇世界的隐秘乐趣"。因此,所谓幽者,乃接近真理的路径,一如基督教所言的"窄门"。窄门过后,才是真正的生命乐土,在那里,褪去凡胎,灵魂登场,神游八极,向死而生。

实际上,他已把文章之道,变成了一种信仰,变成了一种有意识的行动。正如奥修所说:

> 更有意识地行动,你将越来越接近一种只能够被称之为

"神性"的品质——虽不是神,但也不是原来意义上的人,而是一种精神品格,一种生命芬芳。

把文章之道作为一种生活方式之后,他不以物喜,不以己悲,虽皓首穷经、蓬头垢面,却兀自燃烧,盗火煮肉,烹饪灵魂,乐在其中。

到了后来,他已不感到苦,反倒觉得文章之道乃是幸福的大途,因为它是"精神避风港""心理平衡器""价值体现处""生命归宿地"。换言之,文章之道,可以让人"知己知人知世",变得"通透";可以让人"心中有丘壑,万物皆太平",变得"淡定";可以让人"思在远处,尽洗凡尘",变得"高标";可以让人"我心不奴,相由我生",变得"自信"。再换言之,文章之道可以简化生活,淡化物欲,净化心灵,纯化人事,清化环境,强化身体,优化目标。

张梦阳先生的"六化"之说,承袭于鲁迅精神,字简义繁,颇得鲁迅魂魄,遂让我等肃然起敬,索性拿来,作为圭臬,并学习他的模样,一心向义,潜心为文,盗得天光,自照照人。渐渐地,我等也浮心退去,沉醉于"纯粹的精神",有了一点"思想者"的微光。

这其中,多年来,我还直接承领了他对后学的关心、鼓励和精神助推。记得三年前,我把一个青年散文家的散文新著放在现代文学的坐标体系上进行比较分析,写了一篇题为《像鱼一样游弋的文字》的文论,发表在《中华读书报》上。不期就接到了张先生热情洋溢的电话,并邀我到他家去,促膝而谈。他径直把我引入他的书房,案头上正摊着载有我那篇小文的《中华读书报》。令人吃惊的是,整篇文章被他勾红了近三分之二,还赫然有这样的眉批:作者虽系少年,对现代经典作家的率然点评,却切中鹄的,简明精当,即便是大学的教授、专门的研究者也不可比。见我愕然,他又拿出一沓剪报,对我说,这是我专门为你做的文档,你的文字我一旦发现,就要收藏,因为你的文字有见地、有魄力、有才气,多有精彩处,让我痴迷,便耽读不止,以砥砺自己。他不停地翻动着简报,展示给我看。我发现,那些文章,也几乎篇篇都有红笔的勾勒和大段的评语,可见用心之切。

我被吓坏了,因为站在我面前的是鲁迅研究界的巨擘和文章大家,我一个黄口小儿、文艺学徒,岂敢承领?便连呼过誉,大喊惭愧。他说,你不必谦虚,也不必质疑,我是"好文章"主义者,只要是谁写出了好文章,不管出身、门第、老幼,我都真心崇敬,并见贤思齐。

我被他深深打动,直觉得,一个以精神为上的人,活得是多么的年轻、纯粹、率真、圣洁。那是一种无形的大力,会让你惊艳、惊魂、惊醒,以世俗、市侩、功利的生活为耻,会让你得意的身姿顿矮,直到矮进尘埃,在谦卑、虚怀、静心的状态下,听到心灵的声音。

因为为"纯粹的精神"而活,不仅是鲁迅,不仅是被他看中的后生,一切有担当、讲道义、追求真理的"思想者"在他那里,都有着极其神圣的位置。在那个特殊的年代,一个无名青年,为了捍卫心中的信仰、说真话的权利和做人的气节,不惜以身殉义。他被震撼,扪心抚纸,写下了叙事抒情长诗《谒无名思想家墓》。这座纸上的纪念碑被他建得激情四射、思想深刻,打动了能"瞻仰"到的所有人。但出版困难,只好手中捧火。为了让手中之火,燃烧到远处,能照亮更多追求灵魂生活的人,他自费印刷,几乎是倾尽了他最后的一点积蓄。我不禁唏嘘,委婉说迂。他正色道,真正的思想者不留余钱,都用于喂养灵魂,灵魂之外,一箪食、一瓢饮,已是足矣。

所以,从精神传承的意义上说,他不仅仅是我的忘年交,而且是我的"精神之父"。便真心尊重,不舍日月地与他结伴而行。

正因为张梦阳先生是这样的人,他必然会在文章之道上永不停歇地跋涉——

他以一人之功完成了五卷一分册一千余万字的《1913—1983 鲁迅

研究学术论著资料汇编》。巨帙横案，可以作枕，他大可以躺倒了安享所成。但是，他立刻又全力投入了《苦魂三部曲——鲁迅全传》的创作，以古稀之年勇闯畏途。

因为老迈，因为身体多病，他产生了强烈的危机意识，最担心赍志而殁，留下遗憾，所以拒绝与老伴到国外定居休养，把自己关进香山脚下一个寂寞的书斋里，以时不我待的急迫感，拼命苦写。他在给我的一封长信中向我描绘了他的写作状态——

> 这其中的工作量之大，是我自己都未曾想到的。首先，从我占有的资料和所有的"鲁迅回忆录"中选取有关鲁迅形象的各种材料，从外貌、笑声、语态、动作，到抽烟时从衣内掏出一支来用快吸完的烟头接着点上，等等生活细节、习性。可说是涸泽而渔，锐意穷搜。然后再分门别类打入电脑，编为"蓝本"。这个过程琐碎、耗时，甚为艰难。我把这叫作，先死后活，先笨后巧，先实后虚。再然后，在坚实的史实基础上展开想象的翅膀，把鲁迅写活。二、三部《野草梦》和《怀霜夜》要运用一些现代主义文学手法：时空转换，经营空白，《怀霜夜》的结尾还要汲取《尤利西斯》的手法，写一大段鲁迅临终前的内心独白，说出一些隐含的话……上海的鲁迅研究专家倪墨炎，晚年立志要写五部、二百万字的《鲁迅传》，结果刚出一部就去世了。这使我倍感人生短促，一定要在2016年纪念鲁迅逝世八十周年前推出《苦魂》全套。这样，就可以死而瞑目了。

便可见，张梦阳先生的《鲁迅全传》是竭尽全部心力的背水一战。

他绝不给自己留下退路，向死而生，把对鲁迅传统的现世传承和对民族精神的时代塑造都悉数写进了文本，是一次以命相搏的悲壮的完成。

张梦阳先生为抒意绪，在《中国文化》上发一长文《重构"象牙之塔"》，其主编刘梦溪先生激情赞道："文思如泉，大笔如椽，山不可挡，海不可淹，浊世文坛，有此奇观，岂不异哉！岂不异哉！"

我在读完先生的《鲁迅全传》之后，在通体燃烧的状态下，不可自已地给他打去电话，我说——

  鲁迅的传记可谓多矣，然先生的全传却是戛然独造：它以史为经，全面、准确、周致，每一细节都有文献依据；它以文画魂，沉潜、细密、通透，诱人进入历史现场，与传主息息相通、心心相印，极具艺术张力和感染力。其形象鲜活、生动，如鲁迅重生在世；其语言从容、醇厚，直逼鲁迅小说风韵，让人拍案称奇！最后我要说，先生的传写，让我知道了什么是思想者的神圣，也懂得了什么叫"盗天火，煮自己的肉"，烛照世道人心和为真理献身！

电话那边，先生久久无言，我知道，此时的他，一定是双唇颤抖，老泪纵横。

2016 年 9 月 10 日于北京石板宅

序跋

《太阳每天都是新的》[1]后记

据说,文学是一个极难弄的行当。

那么,我们就弄文学吧,这就是我们的性格。

但在文学的路上走了些时日,就感到了这条路是那么凸凹不平,且充满了迷茫和危氛;于是,最初的那种对文学的神秘崇拜便逐渐消失了,留下的只能是理智的选择。

然而,我们还是选择了文学,这就不能不说,我们尚具备一定的境界。我之所以给自己取"凸凹"这样的笔名,就是时时提醒自己,人生和文学的路不好走,但无论如何都不要消泯个性、削弱意志;唯有如此,路,才能走得更好些。振乾兄则更绝,从"男人有扭转乾坤之能势,女人有持之以恒之耐力"的句子中,脱化出"乾恒"这样的笔名,以壮自己的行色,以示自己的气概,并告诫自己:弄文学要从长计议,打一场持久战。

于是,我们便很有话说,便结伴上路,便有了《太阳每天都是新

---

[1] 《太阳每天都是新的》,报告文学集,史长义、张振乾著,花城出版社,1990年10月第一版。

的》这部报告文学集的诞生。

写这部书时,我们并没有奢望,也不怕被文场的大家所鄙薄。我们生在房山良乡这块古老的土地上,就要首先在这块"母土"上留下足迹,然后,才能走向远方。

其实,我们是在"母土"上汲取营养。

《太阳每天都是新的》这部报告文学集的写作,是磨砺我们笔力的良好开端,是我们友谊的印记,因而,我们对其格外珍惜。

然而,珍惜并不是频频的回瞻;真正的汉子,不屑于夸谈旧迹,只是好好地走路吧。

1990年1月1日于广州《羊城晚报》招待所

《两个人的风景》[1]序

三年前,我与张振乾先生相约,为了我们真挚的友谊和共同的事业,一起出几本书。这个计划正在逐步落实,已经出版了报告文学集《太阳每天都是新的》、短篇小说集《两个人的故事》。这本散文集是第三本,定名为《两个人的风景》。日前,我们围炉倾谈,曾戏言到,报告文学集《太阳每天都是新的》,这个书名虽好,但不如叫《两个人的报告》更恰切,这样,"两个人的××"延续下去,出一二十本书,便很有意思了。

《两个人的风景》这本散文集也是我们二人围炉倾谈的产物。那是1990年冬的一天,与张振乾先生在我家炉前小酌,当我们谈到在创作中,如何构建自己的文化体系这个话题时,我们不约而同地想到了:我们两人,一个生在深山小垭,一个成长于平川大河,故土上的风景人物,在大脑里均有印痕,如果择其烙印深者写之,不用刻意营造,自然会写出各自的地域文化特色来。于是,我们就真的动起笔来。一

---

[1] 《两个人的风景》,散文集,史长义、张振乾著,中国广播电视出版社,1992年4月第一版。

年下来，竟也积了几十篇，颇具一些规模。

　　这本集子，我的那部分起名为《垭里风景》，张振乾先生那部分叫《滹沱河纪事》，两种风景，放在一起，互为风景，互相映衬，对照着读起来，浑然一体，会饶有别一种趣味。

　　另，这两种风景，朴实真诚，实实在在地展露着中国乡土的一些本质和内核，为研究中国乡土和中国民族文化的专家们，也为乡土上的人们更好地认识乡土、更好地建设乡土，提供了一个可靠的参照系。

　　但我们的目的，不在于让人们迷醉于乡土上固有的温馨，而是从中得一些深刻的自省，把自己的眼界放宽一些，走出"小垭"，走出"滹沱河"，走向更广阔的世界。

1992年1月20日于北京石板宅

我的散文观

——《游丝无轨》[1] 代后记

散文表象上是入世的,因为要真情投入,写对这个世界的我思我感。

然而散文本质上是出世的,在喧嚣聒噪的人世间,人给自己的心灵寻找一片不受侵扰的宁静:心灵之门只为自己打开,生命之光兀自烛照,看到那个真我。

之于客体,现实总是残缺的,散文则是主体缝补这种残缺的手段:俗世生活不完整,可以在艺术世界里追求完整营造完整。曰自我完善,曰梦幻人生,皆可。

之于主体,作为一个原态的人,于精神,他仅是一块粗坯;散文则是斧凿,作者按自己的设计,把自己雕琢得精细起来完美起来,以人间的赏心的形态和悦目的色泽。

所以,散文是一种"缝补"的艺术,是一种"雕琢"的艺术。

---

[1] 《游丝无轨》,散文集,凸凹著,中国广播电视出版社,1997年8月第一版。

营造散文，便不能不经意，要滴之以血以汗。

散文不应界定的面太窄。

既是写自我，写内心，便应以最大限度地拓展精神空间为最终目的。哪一种操作更有利于拓展自我心灵空间，便用哪一种操作：抒情便利便抒情，说理方便就说理……

没有必要界定什么是正宗散文。

应该以开放的眼光看散文，不能把散文人为地幽闭起来。

因为散文尚未真正繁荣，应该放纵它的发展。正如张守仁《森林速写》的那般境界：大纵情大芜杂的生长，才有大生机大活力，才可成就一种大和谐。

在大和谐中，会有突出的株干和强烈的声音；这种突出的株干和强烈的声音，便是散文精品。这些散文精品多了，散文就真正繁荣了。人的精神便真正有力了。

1997年6月16日于北京石板宅

《书卷的灵光》[1]后记

书稿编定之后,抚摸着长短不齐的一张张书稿,我心热如烧,感到还有许多话要说。现择其要者而言之。

读书之于我,并非只为写作,而是一种生命状态。通俗地说,系一种生活方式;形而上地说,就是生活本身。

人生走到了这一步,我愈来愈感到,作为一个个体的人,实在是一种有限的存在。而人又有一种与生俱来的追求无限的天性,"有限"的压迫与羁束便弄得人痛苦万分。

所以,读书,便成了人们自救的唯一的有效途径。因为书本的世界是无限的,它不仅为我们提供了我们未曾经历的场景、人物、事件、情感与对话,还迫使我们去探求世界的本质,引领我们去接近生的终极意义。

所以,读书,便不是生活的手段,而是更广阔的人生。从这一层面上,我理解了萨特甘愿生于书本死于书本的生命形态。

---

[1] 《书卷的灵光》,随笔集,凸凹著,大象出版社,1998年10月第一版。

我感动于西川的一首名为《书籍》的诗,诗中的一节,说出了书的本质——

> 我与千万个灵魂同居一室,
> 像退隐在心灵的火把下。
> 寂静,否定的因素,说呀——
> 我打开一本书,一个灵魂就苏醒。

这就是说,一本书就是一个灵魂;静坐书斋之中,就是与"千万个灵魂同居一室"。这是一种圣境,神圣无比,妙不可言。

那么,读一本书,便是一次灵魂与灵魂相遇的过程。灵魂与灵魂在寂静中相互对话,相互抚摸,相互温暖,相互补充;生命的残损得以完善,心灵的不平得以安妥;人成了有力量的人、幸福的人。

读书之于我,便是一种灵魂上的受用。所写的书话,或曰读书笔记,其实是一次又一次灵魂晤对之后的一声又一声幸福的叹息,是灵魂交合之子,是生命延续的链符。不是创作,胜似创作,自有其存在的意义,毋庸赘言也。

感谢彭程君。他亦是一个纯正的读书人,有同样的、深切的关于读书的生命感受。因而他理解我,关心我,在策划这套有关读书的丛书时便想到了我。这是一种宿命,是心灵相知的必然结果。

再健美的肉身,也敌不过薄薄一本书册的灵魂长久啊!书卷之灵,发出永恒的光芒。

对书籍,我存着永久的敬畏。

1997 年 9 月 28 日于北京石板宅

《慢慢呻吟》[1]跋

起初,把书名定为《生门》。

产道,也叫产门,又叫生门,是生命出生的路径。每个人都要出生一次,所以,人人都有一个生门。生门,在这里便是一个扩展了的意思:系指人们生存的路径,生活的路径,追求自由和幸福的路径。

人们一出生,并不意味着就拥有了生门;所谓生门,就是生命自由存在的方式,是价值实现的方式。通俗地说,人的一生要活得顺心和自在,要活得有价值,但这是难以企及的事,一生都不一定能够实现,就是说,人虽然有生命,但并不一定就能找到生门。生门是个冥冥中的东西,被命运的手操纵着,人们须承受捉弄、无奈和虚妄。

总的说,人一生下来就要承受苦难;人的一生,几乎就是痛苦的一生。人寻求自由与幸福的路径,是由一个接一个的苦难连接起来的:这一重痛苦,未等你叫出声来,新的苦难又不请自到,你来不及喊出疼痛。经过一个接一个的痛苦之后,才感觉到,虽都是痛苦,但都不

---

[1] 《慢慢呻吟》,长篇小说,凸凹著,新疆人民出版社,1999年9月第一版,2001年2月第二版。修订后再版名为《生门》,中国书籍出版社,2014年1月第一版。

是大苦——大苦，也是大甜，就是死亡本身。既然未曾接近死亡，痛苦就得承受。经久的承受，使你不再呻吟；虽然呻吟可以释放或缓解疼痛，但却没有减弱痛苦，呻吟是没有用的东西，且慢呻吟。由此，默默地承受痛苦，既是一种无奈，也是一种生命的高贵与自尊。

快乐是什么？是痛苦的间隙，是痛苦的瞬间沉默。所以，快乐是一种短暂的东西，是没有分量的东西。在深厚的痛苦面前，快乐的呻吟便是一种夸张、一种矫饰，甚至是一种无耻。大快乐是一种无声的东西，与大痛苦相伴而生；一个平常的生命，便难以享受得到，大快乐是一种终极状态。

后来，在写作过程中，感到《生门》这个名字太抽象了，便改成了现在这个名字——《慢慢呻吟》。人，首先不愿意承受痛苦，但命运又逼迫人不得不承受痛苦；承受痛苦，不是人生目的；人生目的是要找到自由和幸福的路径，找到生门，实现最终的"生"。这也几乎是死亡的要义：人不愿意死，却不得不死；死的终极，还是为了生。

在写作这部书的过程中，我发现，我以前对死亡的认识是极为浮浅的，是概念化、功利化的。以前，把死划分为有所谓与无所谓，死得有价值与无价值。现在看来，这种划分是很没有道理的。实际上，任何死亡都是有所谓的，都是有价值的；都是为了人生的自由与幸福开辟路径，都是为了"生"而积累经验。死亡的高贵与低贱，是人为的；所谓的在死亡面前人人平等，便是在这一层面上的释义。

让人不平的地方在于，不可能发生的，却发生了；不可能实现的，却实现了；不该死亡的却死去了——合理的却相悖，相悖的却合理。生活是有道理的，却又是没有道理的。这是生命的真正痛苦所在。也是人们在寻找"生门"的路径上，看到的真实样相。但，不管合理与不合理，人们都在大踏步地朝着实现"生"的目标走着；尽管路径不同，脚迹亦不同。

"生门"是个大命题。所以，最初的写作，便想以众多的人物和纷繁的事件、宏阔的场景来表达。写到一定时刻，我发现走入了误区：作者在与他的人物、事件、场景苦苦相对时，他的主观思考却陷落了；他失去了自我，写出的是一堆莫名的文字。我推倒重来。讲述一个简单而单纯的故事。我感到，我真正走上了道路，开始前进了。我得到了一种愉悦。简单，不是简化；单纯，不是单薄。因了简单与单纯，作者可以更准确地表达生命的信息，变得更为有力量。所以，这部书，可能不是一部卓越的书，却是一部真诚的书、准确的书。

这是对长篇小说这一文体的重新认识与实践，或者可以说，是一种贡献。

在写作这部书的过程中，我有一个深刻体验：人，完全可以活在他的想象世界或意象世界中。在这个世界里，人对生活的选择，令现实中的人震惊：与这些人物比，现实人物显得那样琐屑与卑怯，令人扼腕。在这个世界里，人物说出了我在现实生活中不能说出、也根本说不出的话；他们比我高明、比我更懂得生活。与其是我在写他们，不如说是我在向他们汲取生活的经验、感受他们那不羁的情怀与不屈的生存意志，以使自己更能承受生命的痛苦。他们虽然是想象中的人物，我与他们的感情却比与身边的一些人还近；他们的欢乐与呻吟深深地感染了我，使我看到了生活的美好和生存下去的希望！

我活在他们之中。

1998年11月22日于北京石板宅

《永无宁日》[1]序

不可否认,我写了恶。

也写了人生的偶然。

写了人是怎样在偶然的人生际遇和生存环境中,使自己的人性一天天地恶下去的。

写完这个故事,我哭了:身心俱痛地哭了。

因为我从人性的恶中,看到并感觉到了人的伪善。

人的恶,人的伪善,起初是在环境的迫压下被动产生的;但是,这种为了适应环境而产生的恶与伪善,久而久之,就化成了我们人性上的恶与伪善。

伪善具有公正、庄肃和仁义的外衣;唯因为此,伪善对人性的残害较之于恶来得更为深切更为巨大。

这是可怕而残酷的事实。

我们在警惕别人的伪善的同时,也要惊警自我的伪善。

---

[1] 《永无宁日》,长篇小说,凸凹著,鹭江出版社,2000年10月第一版。

这，往往比警惕别人的伪善更重要。

为此，我写恶，便是为了唤起善良的人们，对伪善有足够的认识和警觉。

吾心不毒。

1999年1月11日于北京石板宅

《大猫》[1]序

我写了中国的乡长。

写作动因,是因为,我本人是有过乡长任职经历的人。

然而,我写的并不是我自己。就我个人而言,我的乡长经历过于短暂过于简单了,前后不足两年半的时间。

然而,我熟悉乡长这一最奇特的人群,便汲取了种种,使字纸上的乡长变得很丰富很生活化了。

小说和影视作品歪曲了乡长形象,这是我极为憎恶的事。

其实中国的乡长,大多都当得很窝囊,并非艺术刻画和人们想象中那么风光。

也有风光的。那是恶吏,而不是乡长。

真正的乡长,是有血泪感受的人。他们也人性,也异化;也自我,也迷失;也可敬,也可鄙;也可爱,也可悲。

我写了乡长生活的原生态。同时,也注意了艺术的张力,写了乡

---

[1] 《大猫》,长篇小说,凸凹著,中国文联出版社,2002年1月第一版。再版,同心出版社(现北京日报出版社),2014年1月第一版。

土中国的现世风景和官场生活的复杂气象。看过手稿的友人说,我写的是"新官场现形记"和乡土中国最堪回味的原生态。我虽不敢受用,但也得意三分。

吾心可安矣。

2000年11月16日于北京石板宅

《风声在耳》[1]自序

我1963年4月17日生于房山石板房村。那里的房屋均用石板盖顶,故得此名。这是一个从我懂事起,就总稳定在二十五六户人家不变的小村,地处百花山脚下的大山皱褶里,地理偏僻,村境贫寒。

但村风极淳朴——

谁家有几多鸡畜,家家均清楚。人一旦出门,虽然屋门亦上锁,但钥匙放在何处,亦是一个公开的秘密。所以,谁家有远客来,即便主人未在家,邻人也能打开屋门,沏茶、烧饭,将客人侍弄得极为熨帖,令人感受到一种浑然的人伦温度。

村风虽然淳朴,并不意味着生活就幸福。那里的土地均是山坡地,土质瘠薄,十年九灾(或旱或涝),收成无几,仲春至仲夏,有两季的饭食以瓜菜代之。那里的劳动强度极大,近乎刀耕火种。但为了生存,人们还是极勤勉地耕作着;把种子埋进干干的坡土上,企望老天赐予收成。有人说,既然无几多收成,种它何益!村人说,种不种是

---

[1] 《风声在耳》,随笔集,凸凹著,云南人民出版社,2002年5月第一版。

咱自己的事，收不收是老天的事，咱只管好自己的事，心便放踏实了。就是说，山里人把播种作为一种本分，他们执着地尽自己的本分，已无心考虑所谓回报，他们收获的不再是实物，而是做人的尊严。

但村人并没有把村庄建设好，因为村人虽然有生命的自尊与豁然的境界，却不具有眼界与知识，亦即未掌握助其改造自然的那一份必要的科学、技艺与文化知识。村人很少有自愿读书的，差不多都是小学都不曾读完便去劳作。劳作虽然辛苦，却感到愉悦，因为省心；读书虽然身板儿轻松，却觉得非常恐慌，头疼难耐。就是说，村人祖辈的意识里，均把读书视为畏途。对知识的畏惧是山里人根性上的缺憾。

我上小学的时候，父亲当着村里的支书，公家给他订阅的报纸杂志，我便有机会读到，便获取了大量山外边的信息；感到山外边的世界才更广阔更具有吸引力，便也开始对身边的父老兄弟不读书不上进感到不可理解。另外，读报的直接功利，是比身边人懂得多，就显得比别人聪慧，所以，就常听到老人们的夸奖：这孩子是文曲星下凡。这种夸奖无意中坚定了我要有别于兄弟姐妹们、到山外干一番大事业的信念。

我便刻苦读书。

正好赶上我国恢复高考制度，我便成了村里第一个通过上学读书考上城里的专业学校，从此改变了"面朝黄土背朝天"命运的人。

参加工作之后，回头反思：山人闭塞，客观上囿于地理环境的偏远，但更重要的是幽闭于心智的未曾开化、眼界的未曾洞开。村里孩子比我聪明的大有人在，为什么都退避到祖辈的循环里去了，关键是吃了不读书、不求知而远离文化的亏。

再往深里想，故乡人的生活，从某种意义上说，就是一种自生自灭的生活。那里的山再清水再秀，那里的人情再美人性再纯，山外人又怎么能体察和品味得到呢？我便萌生了一个念头：要当他们的代言人，把他们的生活情景、生命内涵揭示给世人。

我便开始写作，写了大量以故乡山水人情为题材的小说和散文。以"垭里风景"为总题的乡土散文居然写了近百篇，成了系列，出了书，有些篇章还获了大奖，上了散文年鉴和权威选本。如《布鞋》《雪狐的绝唱》《中国媒婆》等等。但是静下来翻检已发表的文章，颇有"匍匐于乡土，醉倒于村俗"的意味。那些篇什，可能是一幅幅生动逼真的"风俗画"，但够不上深刻，还未曾有意识地挖掘出乡俗背后的文化意义。另外，对乡土的歌颂，多于对乡土的批判，也有淡化伤痕与丑陋、刻意营造温馨与美好的倾向。因此我并不满意于自己已有的"业绩"。

后来我通过读鲁迅的乡土散文和拉美的乡土文学作品，清醒地认识到：真正的乡土之作，应该是审视与批评乡土，从乡土上挖掘出文化含义和生命意蕴；乡土作家，不应该仅仅是乡土的代言人，更应该是人类生存境界和生命意义的发现者与阐释者。

我在《关于家园》一文中对此有比较具体比较智性的论述，也衍生出这样的一种看法——

故乡是乡土散文的母题，但是故乡是父辈的家园，只是一种团体（或地域）文化，是我们的基点和出发点。当我们走出故乡之后，剪断与母体连接的脐带之后，应该以生的急迫姿态，采撷城市文化的枝叶，在母体上嫁接，培养一种新植株，即新的乡土意味，构筑自己的家园。

要达到这个境界，我首先不是缺少生活，更缺少的是学养和识见。要写出乡土巨制，首先要补补学识这一课。就是要多读书，增加自己的"文化含量"。

这就是我广读博览的最初动因，这就是为什么一个生长在"纯农业空间"中的人，也写出了一本获得广泛影响的"带着对人类生存思考和现代文明意识的'文化散文'"《游思无轨》的真正成因。

老实说，我之于读书，最初是抱有功利目的，但是随着读书生涯的日深月久，我发现自己一天也不能离开书了——读书已成了我的一种生命状态，即一种生活方式，或干脆就是生活本身。

人生走到了这一步，我愈来愈感到，作为一个个体的人，实在生活是一种极为有限的存在，而人又有一种与生俱来的追求无限的天性："有限"的压迫与羁束便弄得人们痛苦万分。而书本世界是无限的，它不仅为我们提供了我们未曾经历的场景、人物、事件及情感，还迫使我们去探求世界的本质，引领我们去接近人生的终极意义。

所以，对于我自己，走出闭塞的故乡，生命之境仅是一次地域上的拓展；走进书象之中，感到生命无限，乃是一种灵魂上的拓展。我或许找到了一条自救之途——因为我比以前深刻了丰厚了，有了一定的"文化含量"；并且虽生于乡土、长于乡土，却绝少小农意识，亦不缺乏必要的识见。这时，当不当乡土的代言人已不重要，最重要的，亦是最本质的是：作为土地之子，给乡土与人类注入一些什么，为人类更好地生存、生命得以更健全地拓展，贡献一些有益的灵智方面的东西。

所以，在现实生活中，我是个极为亲切极为随和的人。外在的生命形式不再被刻意考虑，我看重的是怎样心智自由地生活，怎样心智自由地思考与探求。

所以，我或许当不成一个大作家，但会努力成为一个好作家；即便做不得一个好作家，一定会成为一个有思想的人！

回望来时路，我感慨多多。

2002年1月8日至9日

《欢喜佛》[1]跋

一

这是一部让我歌哭不已的书。

一进入写作状态,我便被书中的人物所左右了,为其悲而悲,为其喜而喜,一切都情不自禁。我写作着,我歌哭着,情感完全融在字里行间了。所以,写它的日子里,我每天从键盘上下来之后,总是晕眩不止,赶紧躺到床上去,身子一挨上床板,就訇然失去了知觉。等到醒来的时候,面色青苍,如鬼。身边女人受了惊吓,说:"你以后少写什么长篇小说,会写死你!"

但还是写,因为我生活在字纸情感中时,无所顾忌,快感如潮,酣畅淋漓。我感到:这时的我,才活得像个人,就像一个不懂世俗规矩的少年,一切只听从内心的呼唤。而在现实中,总是听从别人的,总是无可奈何地完成别人的规定动作,毫无激情,麻木而凄凉,连自

---

[1] 《欢喜佛》,长篇小说,凸凹著,文化艺术出版社,2002年9月第一版。

己都好像是个身外物,多余得如同脸上那撮杂色的胡子。在写作中,我感到我是个至关重要的角色,书中的人物都期待着我,期待着我同他们一起去冒险,去完成一种神秘的使命。我和他们是一种生命攸关的认同关系,我们相互热爱着,又相互憎恶着,但谁也离不开谁,很刺激。比如在叙述一个女人的爱情时,我的热情已渐渐冷却下来了,而她正要到一个激情的峰巅上去,在晦暝中她对我说:"你不能停下来,一旦停下来,我会报复你!"她的报复,就是让我以后的叙述变得虚假、混乱而不合逻辑。我立刻就清醒了,感到,我既是叙述的主人,又是叙述的奴仆,我不能太一厢情愿,于是我说:"好吧。"我的善解人意,使她露出了最璀璨的笑容,她回报了我一大段最精彩的文字。像爱情的失而复得一样,我高兴得笑出眼泪来。

如此,在整个写作过程中,与其是我在编织爱情故事,不如说是书中的人物在给我上情感课,使我开始看清了感情的真实模样。我发现,感情这个东西,观念、法制、伦常、金钱和权力等外在的力量有时拿它一点儿办法都没有,它有它自己的法则,它的法则就是它的当事人能不能感到心灵安妥。感情的进展,是受惊的心灵逐渐放得安妥的过程。比如书中的何小竹爱上了已婚男人金文起。他们爱得如火如荼,总想睡到一个屋檐下去,彻底地拥有。于是他们在荒野里逡巡,在宾馆的门前徘徊,由于环境的非温柔性,使他们不甘心进入那种最温柔的过程,他们只好等待。金文起的老婆终于出差了,他便迫不及待地邀何小竹到家中来,但何小竹却临阵却步了:她那颗敏感的心,感到了一种强烈的不安,她感到自己像个非法入侵者,颇有鸠占鹊巢的味道。她人性的善良,使她不能决绝地迈出那一步。本来我是急于安排他们见面的,但一从何小竹的内心视角审视这一过程,便大吃一惊,就何小竹的出身和性情来说,是决不会轻易地就走出这一步的!如果硬要按自己的主观意图安排他们见面,那么就是作者对人物的一次强暴，或者说是对人性的一次强暴。于是，我的手久久地在空中悬着——一个有良知的作者，在他的作品中也是不能胡作非为的。终于，我手中的笔只能遵照人物的选择，也就是循着人性的向度叙述下去。当我回头检视自己的文字的时候，我是十分心安的，因为我对人性还葆有足够的敬畏，没变得那么世俗和下作。所以，成就作品的同时，也成就了我自己，我的心灵得到了一次深刻的净化。

于是我体会到，那些动不动就把人物写到床上去的小说家，要么是心地鄙俗，要么是别有用心，要么是对人性缺乏起码的认知。性爱是依据人性的法则而发生的美好的感情，人性中的向善、向美和向真的本能，使人类决不会走向滥交的轨道。

二

我写这部书的动因，是我身边的亲友中有为数可观的婚外恋者，经常能听到他们有心或无心的叙述，语气中常带着悲苦和无奈的味道。在熟悉了他们真实的生命状态之后，我感到：那些婚外恋者真是一群值得同情和理解的人，他们中的大多数并不是所谓的轻浮的玩火者，他们往往对生活持有很认真的态度。他们对生活的期待值一般比常人高，因而他们不能容忍生活中的缺陷；当他们靠自身的力量对现状不能有所改变的时候，他们退而求其次，求助于感情上的温情抚慰。于是，对理想感情过于强烈的渴望，使他们偏离了正常的轨道，陷入了更不堪的困境。体会他们的处境，我感到：正如在黑夜中才可以看到星辰一样，在这种困境中，爱情的生动和真实才真正得以展现，感情之花不仅开得繁丽丰厚，而且大多都散发着醉人的异香。如果要准确而深刻地构筑人类的感情史的话，他们的感情生活，是最可凭依的质材。因为，面对敌意的外部世界，他们除了爱情以外，真的什么都没有了。爱情使他们陷落,但爱情又是他们骄傲地生活下去的唯一动力。他们被爱情害惨了,但他们却从不怀疑爱情。他们是爱情的真正的拥有者。

从另一意义上说,婚姻是感情的自然融合过程,爱情在既定的河床中流得快活而顺畅;而婚外的爱情,在感情融合的流程上,自然而然地会遇到一块又一块的礁石,在激起浪花的同时,他们自身也被撕裂了。他们的激越,就是他们的悲剧。因为是悲剧,就有了惊天动地的力量:他们向这个混沌不明的生命世界证明,人类是唯一能向爱情献身的动物。

因此,面对这个特殊的感情群体,嘲讽和鄙视的文字,也就是简单的道德评判,就显得愚阔而简陋了。于是,怀着对这群人的敬意,我走进了他们的心灵,体验他们的情感悲喜和人性沉浮,试图从人性的层面上理解爱情。

因此,这部书,我写得很苦。晚上七点钟准时坐进书房,直到脖颈再也不能撑持。每天都要写作六个小时以上。这部书写完后,我对写作产生了强烈的厌倦感,这之后的一段时间里,像个浪荡子一样,每天都去找人搓麻将,感到无所追求的日子真是快乐无比。

三

这部书之所以取《欢喜佛》这样一个书名,理由有四:

其一,因为这是部写爱情的书,是一部感情的欢乐颂,男欢女爱的融合之态用"欢喜佛"这样的佛教意象是很形象的。其二,正如佛是一种信仰,是一种执着的境界一样,每个人都有自己对爱情的信仰和渴望,这种近乎宗教般的感情,以"佛"名之,也是很恰切的。其三,由于每个人的出身不同、修养不同、阅历不同、出发点不同,对佛的理解是不同的,"人人心中都有一个佛"就是这个意思。之于爱情也是这样——对于正常的人来说,每个人心中都有一尊自己构筑的"欢喜佛",换言之,即:每个人心中都有属于自己的爱情观,都有自己的性爱方式,对"欢乐"的承受是极具私人性的。此书就是试图以撷取"典型"的方式,揭示爱情生活的众生相,从而以最大的张力展示爱情世界的丰富与生动。其四,佛的境界是一种"悲欣交集"的精神境界,这是被弘一法师用自己的涅槃所证实了的。爱情也是一样,爱情不仅属于肉体,更属于精神。所以,在欢喜的同时,有拂不去的悲苦。正是爱情的悲苦,才使爱情变得崇高,变得神圣,变得有力量。所以,我心目中的"欢喜佛",其实是"悲喜佛",她的最高境界是勇于承受感情的悲苦,在肉体和心智的痛苦煎熬中,始终不放弃对美好爱情的信仰,义无反顾地追求人间至爱。正如圣徒为宗教献身一样,爱情的庄严与神圣,也就在于对爱的献身精神。

基于这四点考虑,我觉得《欢喜佛》这样的书名是神圣的,<u>丝毫没有玩亵的成分</u>。

在这个物质主义、功利主义和享乐主义成为一种时尚的时代,《欢喜佛》是个另类:它不回避肉欲,但崇尚的是精神;它尊重个人的功利选择,但尊重的却是那种撼人心魄的献身精神。

我们不能不看到,现在的人都太自私了。总是牺牲别人的利益而换取自己的快乐。在爱情生活中,男人也总是以牺牲女人的利益而换取自己的快乐。我认为,对爱情的态度,可以检验一个人的品质,也可以检验一个社会的品质。我们可以读到二十世纪八十年代以前的殉情故事,却很难找到这之后的悲情文章。坊间流行的感情故事,虽不乏悱恻与缠绵,却无一例义无反顾的悲壮。在可以殉情的时候,他们选择了苟活,情感让位于世俗哲学。于是,爱情转化为情欲的方式,存在于每一个角落。

知堂老人在《两种道德观》中说，在情感遇到障碍的时候，人们不再选择殉情，而是退位于偷情；虽其情可悯，但终与嫖妓、蓄妾无本质区别，乃卑怯的渔色者也。这个年代之所以不再上演感天动地的爱情壮剧，盖市场上的利益原则，为情感打造了晶莹剔透的享乐的酒杯——渔色要赶早哇，潇洒走一回是也。

细细想来，人生苦痛的实质，系"欲"之不尝也。这是宇宙的正义：生活的欲望之罪，必以生活的苦痛罚之。所以，人生的幸福之途在于远离欲望。然而，我们的民族文化的传统是乐天的，历史上的戏曲、小说作品无不反映着这一精神：始于悲者终于欢，始于离者终于合，始于困者终于享。这种文化的熏染，使人们失去了对痛苦的敬畏，认为人的一切欲望终究会得以满足的，便放任着自己的欲望。所以，中国文化的本质，是享乐主义的，便不会产生震撼灵魂的悲剧与壮剧，便失了人生的庄严。于是，任何正剧，均可以被消解为闹剧。最后的结局是，我们的解脱，不是来自自律，而是缘于他律，一切听凭于命运的安排。因为命运总会把幸福赐给我们。

我是一个理想主义者，这一切，早已使我不能再容忍。然而我只是一个背时的文人，我没有别的办法，只有手中的笔。于是，在《欢喜佛》中，我做了一次堂吉诃德式的反抗，我让我的人物悲壮地选择了殉情的道路。

然而这不是一个简单的殉情故事，我也绝不想落入传统的俗套。而是以特别的方式，呼唤感情的自律和人格的崛起。让我的文本，在不看重意义的年代有一点意义。

2002年7月20日于北京石板宅

《正经人家》[1]自序

一

这是一次"残酷写作",写了底层小人物的生活走向和对他们生存状态的暧昧的思考。他们实实在在地生活着,但他们的"真实生活",却以"反生活"的状态出现,往往使作者扼腕叹息。

二

大音乐家李斯特的父亲对他说:"你且留意,妇人将要颠覆你的生活!"

大人物如此,小人物何尝不如此!但是,小人物又多了一层颠覆,那就是社会生活对他个人生活的颠覆。

---

[1] 《正经人家》,长篇小说,凸凹著,光明日报出版社,2003年2月第一版。

三

小人物的本性是善良的。

但他们的善良如果仅仅停留在本能的层面,便会随波逐流,在率性而为中被生活所裹挟、所覆盖、所淹没,他们迷失了自己,进入听天由命的消极境地。

小人物的人生,往往就是消极人生。

四

因此,他们的真情最容易被生活冲走,更多的时候,是下体控制上体。他们不会真正崇高起来,轻者落寞悲伤,重者冷酷绝望,走上质朴温暖的反面。他们不想沦落,却已不能自拔;不想害人,却已留下不仁的疮疤。连哀叹和自省的间隙都没有。

五

已难以界定他们是好人与坏人,他们只是为生存而战。

因为他们无足轻重,生活本身甚至不接受他们的归顺,无奈的反抗之后,不是返回起点,便是被淘汰出局。

六

于是,面对如此低的文明基础,强势群体没理由高高在上。

应该学会悲悯。

只有悲悯,唯有悲悯,方可穿透虚假的繁华、粉饰的排场和伪装的浪漫，窥到真实人性的微光。

　　所以，这本书的读者定位，应该是那些生活在高处的人们。

2002 年 11 月 26 日于北京石板宅

《玉碎》[1]跋

成书背景

"非典"出人意料地来了。正如每个事件都是人情之镜一样,有人在迷惑,有人在恐慌,有人在慨叹,有人则在作秀,在发飙。读书界也不甘寂寞,推出所谓"'非典'时期的阅读",把几个外国佬的被人遗忘的几部作品,比如《霍乱时期的爱情》《鼠疫》等等,推到闹热的地方,几个在风向标下过日子的评家,因此又得以展卖他们的博识,毫无商量地进行阅读"指导",听不听由你,先风光了一回再说。无论如何,他们太吵,让人感到,天灾远不如人祸,让人感到"小处偷钉,大处窃金"确实是对的,人总想捞一把,同情心和对人类的人文关怀,其实是幌子,比如:"我若是得了'非典'"之类,"用四十天时间写一部'非典'长篇"之类。

天灾千百年来就给人类预备着,蝗灾远了,震灾刚过,洪灾也悄

---

[1] 《玉碎》,长篇小说,凸凹著,新世界出版社,2004年第一版。再版,同心出版社(现北京日报出版社),2014年1月第一版。

悄地在那里窥伺着,"非典"也不过尔尔,而且因瘟疫而空城的历史早就在册页上记着,只不过那文字过于冷静。所以,这固有的劫数,便有命定的色彩,直面与躲避是一样的。不一样的是,有人呛过水之后,会痛定思痛,避免着下次呛水,或者是在呛水之中增了本事,游得更勇健了;有的人则不——心跳过后,他把呛水的感觉忘记了,好像那是别人的事——他在事件中得到的启示不增不减,好像经了这一次,下次他决不会再呛水了。

这就是区别:一个是肯于"痛定思痛",也就是肯于动动脑子——我不想使用"思考"这样的大词,它有书生气。另一个,颟顸地笑着,随众乐观去了。然而人的本能绝不优越于动物,幼鹿在悬崖边会惊警地收住前蹄,而一个未曾启悟的儿童,却要一直走下去。所以,人不能自傲于所谓"天启",我们只能"人启",便是一事当前一事当后动动脑子。

动脑子的时候,是不能讲话的,那些在最不应该说话的时候而拼命演说的人,不过是有太多的"思考"的愿望而已。一些沧桑的老人为什么喜欢沉默的孩子,因为他们品味过的太多,知道一个朴素的道理——会叫唤的鸟儿没肉。

在文学界高声大嗓地说"思考"的时候,我被吓坏了,躲在一个密不透风的单元间里发呆。但是,我却听到了来自心中的声音,一些原来比较模糊的音符,也出人意料地清晰起来。我兴奋地倾听着,觉得它旋律繁复却不吵。这或许就是那种叫"人启"的东西。因为被烟酒糟蹋过的记性,让我有些力不从心,便虔敬地借助于笔,便有了这册《玉碎》。

嘻嘻,发呆;嘻嘻嘻嘻,鸟人的发呆!阿Q喜欢这样说话。但是他若是遇到"非典"时期的爱情,便决不会这样发呆下去。他也决不会去找吴妈,吴妈正忙着给公共空间消毒,有满身的药味;他也不会去找那个纤弱的小尼，因为她穿着肥大的隔离服去当"志愿者"了。他肯定会找到我们的女作家，因为她们正在优雅地谈论着"假如……"这样的话题。她们的手很白，中指或无名指上戴着流行的大戒，身上的粉蜜很小资很甜腻。

一点感愤

现在的评论界，有一个倾向，好像希望创作家都能成为文体家。他们特别地注重关于文字的"感觉"，只要合了他们的感觉，就是一部好作品了。他们是"感觉派"。

但是，你怀着十分的虔敬，去读他们"感觉"好的文字时，发现那些作品，要么是在文字上处处散发着暧昧不清的小情调、小精致，比如把心情不好，喻作"我的心情像一盆脏水"，把节制的欢娱喻作"我隐忍地呕出一声快感"；要么是在叙述上人为地扮酷、人为地点染，比如一部农作物命名的小说，乡土上的人物就很不乡土，带着城里人的想象和好恶，夸张、乖戾，毫无节制地形而上着，把乡土女子的自然欲求凝聚到城里人的快感地带，满足了书斋里的畸形趣味。所以，那些论者即便感觉良好，亦有吓人的权威态，却让人看出他们的破绽和可怜，他们一切都从砭来的观念出发，不知道"发生"的原生态，他们仅仅，也只有仅仅，是在个人的畸形趣味上毫不羞愧地把玩着，并且理直气壮地评判着，说："因为你'俗'，因为你不'文体'，你便不可能有理。"

但是，他们忘了，被他们最最迷信的博尔赫斯却说过这样的话："文字的精致是脆弱的，原有的韵味往往会在传译中消失得荡然无存；然而，再拙劣的译笔也不能丝毫减弱《堂吉诃德》的魅力，是它勃郁的灵魂使然。"

所以，他们评判的管道里，喷出的是小资的苏打水，而不是艺术的精液，更遑论灵魂之血。

记得鲁迅说过，民间的相貌即便有些"俗"，但是，是"实生活"，是属于人的。那么，"实生活"便是小说艺术的依据；那么，健康的叙事，便不能离开其中的人物、其中的事件。那种光见文字、不见人事的小说，可能很雅，可能很酷，可能很有感觉，但是，它假，它苍白，会误导人们轻视生活，把有闲的娱乐，当作日子。

问题在于，牛虻虽然瘦，吸血的功夫却是大的，它紧紧地叮在行进的牛身上，让善良的牛痛痒不堪。但是，牛的体魄毕竟是大的，烦躁一会儿、驻足一会儿之后，渐渐把牛虻忘记了，依然若无其事地前行，毫不挂碍地耕耘。为什么呢？前行，耕耘，而已。

牛是有担当的，它没有做文体家，或没有听文体家设坛讲座的余暇。

所以，一个严肃的创作家，应该有牛的品性，看着路，看着土地，看着"实生活"的人物和事件，质朴地传达出其中的消息，不歪曲，不做作，不张望，不自矜，更不摆阔，让人感到人性的真实和温暖，增一点抵御浮火和虚寒的自信，足矣。

这不是悲观之论，因为很有些未被评家读出"感觉"的作品，不可遏制地在民间流布着，那些想生活得庄肃一点的读者，从中品出了醉人的妩媚，少了一些自扰的怨尤，多了一份处世的旷达。这些读者，当然不是追逐流行读物的小市民；因为小市民的阅读趣味，与那些自命不凡的评家的趣味几近相同。

因此，我真心地想创作一些能在民间默默地流布、能被民间的有识之士情愿地翻一翻，并不时地会心笑一笑的小说文本。

其实做个民间的写家也没什么不好，虽不能大红，但也不会太可笑，可笑到羞于文字、没脸见人的地步。

创作定位

安心于做民间的写家,便以民间的立场、民间的视角写下了几部关于小人物的长篇小说。除了被纳入"乡土中国三部曲"的《玄武》《玉碎》《大猫》之外,还有《慢慢呻吟》《永无宁日》《欢喜佛》《正经人家》《双簧》等。

翻检一下自己的创作,发现自己并没有预定的题材,只是视素材对我的打动程度而定。感动我的,让我心神不安的,我便着手写下来,不然,我怕得了"癔症"。我是农民的儿子,生来就迷信,那些让你不得安生的物事,你与其跟它作对,不如安抚它。所以,我很理解贾平凹先生,为什么把《废都》说成是"安妥灵魂之作"。

我还发现,我的长篇小说是做"减法"的,大体都是远离"宏大叙事";社会的波澜只是背景,小人物的命运,或者说民间的生存状态,才是我心之所系。并且,连小人物的悲欢故事我都懒得记述,更多的是关心他们在"悲欢"迫压下的心灵感受。非要归类的话,我的小说,绝不是"史诗",倒可以说是"心史"。茨威格的"精神分析小说",上个世纪施蛰存们的"新感觉派小说"对我是有影响的——我记述和挖掘的是民间的心态。

硬要定位的话,我作的是"民间心态小说"。比如《慢慢呻吟》,是记述的"文革""大炼钢铁""三年自然灾害"那个特殊时期的生民心态。因为是"生民心态",政治的"催眠"作用便被疏离了,便处处可见"惨烈"之下的温厚,离间下的守恒,虽不闹热,但决不欺世。比如《大猫》,便是把基层"乡长"这一角色放在"小人物"的层面,记述其在"潜规则"的钳制下,义也忧心、不义也忧心的血泪感受,直让人在唏嘘之中,生出一种悲悯。悲悯何物?心之温柔也。再比如《欢喜佛》,写的是"婚外恋"这种"俗烂"的题材。但正因为"俗",

才真实,才有真货色。"艳史"往往是"哀史"——与人上床,绝不简单是一个本性和欲望实现的过程,而是一个灵魂或"陷落"或安妥的过程。追求净化、追求"纯粹"与接受现实、甘于沉沦,都是需要超拔的"心力"的。所以,《欢喜佛》是一部严肃的"心灵史",它试图对同类题材作品的表面化、感官化进行有深度的反驳。平心而论,它是完成了这个使命的,许多个中之人告诉笔者,他们是饮泣而读的,心灵是大为震撼的。可惜的是,评论界是"洁癖"和腰斩术并行不悖的一群雅士,他们不屑于看完全书,只凭着对这种题材的偏见,便认准它是一部"通俗文学",甚至是一部"感官文学"。这种无因由的"血脉偾张",让人感到,我们的评论家是如此的可爱,他们有着"儿童般的天真"。然而,鲁迅、蒙田和梁遇春却也说过,儿童的天真虽可爱,但不可贵,因为它出自感官和本能,而不是出自经验和理性,如若挂账的话,是隶属"生物史"的,离"心灵史"还差得遥远。

说这样的话,其实也是多余的,既然是"民间心态小说",有民间的反应也就足够了,偏偏还要往"坛上"瞭望,也正说明作者的"天真"。静心一想,不免惭愧。俗话说,树活一张皮,人活一张脸,系"面子"和"不朽"的痼疾作怪也。

最后说明

眼下的这部《玉碎》仍是一部"民间心态小说"。

由于是我熟悉的题材,又由于有前几部小说的经验积累,更由于我用心之精,人物心态的把握,是准确的,也是深层次的。

在小说结构上,借鉴了略萨的结构现实主义写法,单章写人物在农村的成长历史,双章写人物在城市的生活现实。这种把人物放在农业文明和城市文明两种背景条件下的对称结构,虽不简单地进行两种文明的优劣对比，也不机械地阐释两种文明作用下的观念碰撞，但打在人物身上的烙印却是迥异的，区别也是鲜明的。人物心态的生成，具有强烈的历史感、立体感，因此，人物的心路历程，便也具有了广阔的空间和丰富的造影。

奇怪的，小说的主人公南晓燕，在农业文明条件下，她的心灵是开放的，可以自由伸展自己的个性，因而形象也是生动的；而在城市文明的作用下，她的心灵却本能地选择了规避，一进一退都是被强大的外界力量推动着，主观的缺席，使她的形象变得异常苍白。在原始的乡野，一条羊鞭，一柄锄头，便可以拓展一片足以生存下去的空间；而在现代的城市，一片心机，一腔筹措，换来的却是生存的失据、心灵的凄惶。城市文明对个性的遮蔽、对"小我"的颠覆，是毫无商量的。在自守与异化、抵御与妥协的几番较量之后，她被后者湮没了。她无奈地哀叹道："一个女孩子，一到了城市，好像生活的全部资本，就只剩下一个肉身子了。"

我不是彭斯、梭罗和苇岸，不是农业文明的执着的捍卫者，并不想为其吟唱一阕美丽而忧伤的挽歌。但是，我又不能搞话语霸权，用我的现代理念去强力支配笔下的人物——人物一旦走进了叙述空间，她自己就"活"了起来，她的呼吸、她的心跳，引领着作者的笔尖——这是基本的写作常识。

于是，遵从人物的心灵逻辑，不知不觉间，还是唱了一阕挽歌。

终卷反思，觉得像南晓燕这样的女孩子，在城市里生存，有个"不应期"是再自然不过的了：人的来路、现在和未来是不能人为地割断的，她有那样的"来路"，就不能不经历这样的"现实"，对"未来"的立身和崛起，她是要付出代价的。所以，与其说是挽歌，不如说是"壮歌"。

像南晓燕这样从农村"杀入"城市的人群，是"不完全"的城市人，他们还不具有健全的城市人格，这种不"健全"，正是文学的大幸——它给文本"心态"，提供了一个广阔的发育空间，《玉碎》的价值也就如此地被确立了。

　　在《玉碎》中，有个跟南晓燕完全不同的人物——谢小思。她是"完全"的城市人，有较为健全的城市人格，她对忧伤的南晓燕说过一句话——"因为生活无法抗拒你就懂得了怎么生活；因为黑暗驱之不去你就懂得了怎么寻求光明；因为与人相处无所适从你就懂得了选择专注。"这种说法未免有些"小资"，但"小资"的精明比"农民"的懵懂更适应生存。

　　但是，我总没有起码的乐观，因为南晓燕变成谢小思也是有漫长的路要走的。

　　这就是民间心态。民间心态摒弃盲目的乐观。

2003年6月9日于北京石板宅

《双簧》[1]后记

  这虽然是一部写儿童的小说，但不是通常意义上的儿童文学，而是以儿童的生活为素材，写的成人小说。所以，这部书既是写给儿童的，也是写给成人的，而且主要是写给成人看的。

  双簧，是曲艺之一种，一个人蹲在后面说，另一个则在前面配合着做手势和表情；最优胜处，是二人配合得天衣无缝，如出一辙。凡常人家的家长，对子女都有着自己的主观设计，希望他们或规定他们要完成什么、要成为什么，所以，大多数儿童的生活道路都是父母为其选择的，更准确地说，是父母给指定的，儿童本身，只需完成规定动作，达到预定目标而已。这正如双簧中的两个角色。

  然而生活不是演艺。

  舞台上的双簧是一种趣味，而生活中的双簧则是一种残酷——它意味着儿童自我人格的缺失，一个独立的生命，变成另一个生命的附属。虽然家长以关爱者的面目出现，似乎一切都是为了儿童有一

---

[1] 《双簧》，长篇小说，凸凹著，中国和平出版社，2005年10月第一版。

个美好的明天；但实际上，家长是在潜隐中推行着极端自私的个人意图——他要儿童去圆他自己未曾圆的梦，达到他自己未曾达到的境界。

我感到这里寓含着极大的不公，是家长在脉脉的亲情遮掩下对儿童的无情挤压与掠夺。儿童一经出生，他就是个独立的生命体，从社会学角度说，他既是人子，更是他自己。他不应该附属于谁，他有他自己的意志、自己的情感、自己的生活，他应该获得自主、自立、自由发展的自我空间，他有理由拒绝来自外界的、任何名目的规定动作和他人意志。

在我们这个国度，亲情是个温厚的东西，但也是个沉重的负担——因为它美化和鼓励因袭，指斥和压制独创，麻醉和束缚儿童的自我意志。但是，不管传统的伦理多么迷人，生活本身总是有它自身的逻辑——那些顺从父母意志的所谓孝子，往往忠厚而平庸；那些只听从自己的心灵呼唤的所谓逆子，往往练达而卓越。

于是，这部小说之所以取名为《双簧》，不是归顺它的本意，而是立意于它的反面。反讽往往是思想的起点，或曰支点，它能唤起人们的换位思考。

特作说明，以示敦厚。

2004 年 11 月 1 日于北京石板宅

每束阳光都有其照耀的理由

——《玄武》[1] 跋

《玄武》的写作是一次长途跋涉,用了将近三年的时间,到了最后,竟至筋疲力尽,放声而哭。

这一次,我是与自己的体力、才力、心力做了最大的较量的,甚至到了一个写作者能够承受的生命极限。近五十万的字符密密麻麻地摆在字纸上,像觅食的蚁群,阵势壮阔,却卑微可怜。我不禁问自己,文字到底能给人类带来什么?

悲凉过后,我陷入麻木。因为从我指缝里挤出的文字,一旦形成规模,就有了自己的生命,你即便是个创造者,却也不再拥有支配其命运的能力。这一点,与上帝的境遇相仿佛,他虽然创造了人类,却拿芸芸众生没办法。无奈之下,上帝把拯救人类的巨大担当交给了一个柔弱的"人子"——耶和华;而给文字以新生的"人子"是谁?只

---

[1] 《玄武》,长篇小说,凸凹著,江苏文艺出版社,2008年5月第一版。再版,同心出版社(现北京日报出版社),2014年1月第一版。

能是读者。

无奈的上帝却毫不悲观，因为"上帝造人"的观念已胎记一般烙印在人的肉身之上，他巨大的身影始终覆盖着人类的生活——他与人同在。同样的，写作者的神圣位置，也正是在他创作的阴影之中——寂寞的文字，或许能触动人心最敏感的部分，诱发动情的歌哭和人性的伸展。

我的意思是说，《玄武》既然已经完成，它今后的命运——或衰或荣，或悲或喜，不再是我关注的话题。世间的荣誉是给人类预备着的，上帝不指望芸芸众生的奖项。这个比喻很蹩脚，但它指出了真相：在文坛上存活并经受评判的是作品，而不是作者；作者的使命只是"完成"。之后的自尊是什么也不说，即静观、边缘化。况且，精神之光在坚硬的现实中，从来是微弱的，所以，写作者纵然有超人的天赋和超常的感悟，也绝不会成为振臂一呼、应者云集的"王"，他只能做自己的精神之王。

《玄武》的写作之旅，之所以疲惫，是因为它涉猎了人与土地这个重大主题。

我对诺里斯的"小麦三部曲"和怀特的《人树》怀有极大的敬意，这些作品，我每年都要重新阅读一次。它们对人与土地的关系的挖掘，既有历史的脉源，又有人性的深度，几乎到了后人不可超越的地步。我称它们是关于土地的"圣经"。有了这两个标杆，我为中国文学羞愧，在近现代以至于当代，有关土地题材，中国还没有诞生出一部像样的书。所以，面对中国一些走红、获奖的农村题材的作品，作为一个以写乡土为主攻方向的作家，我并不觉得有丝毫的压力——这些作品尚未走进乡土的深处，没有形成结实的品格。相反，由于它们所具有的"伪乡土"的特征，其欺世的成分让人感到羞耻，所以，给了我一种沉静的自信，觉得"伟大的乡土叙事"对中国文学来说还是个空白,还有"填补"的机会。我写作《玄武》的勇气便由此而生。其间还不断地得到了李青女士和王升山、邱华栋、祝勇先生的点拨,又吸收了胡安·鲁尔福和埃林·彼林的文本营养,我的信心就更足了。

同时,我之于乡土写作,有着客观上的优势。我出生和成长于京西的山地,有刻骨铭心的土地记忆。走出校园之后,我一直工作在基层乡镇,从指导农民科学种植的农技员做到了能够"左右"土地的局部命运的乡官,其生活状态均是乡土的,生命的受用,也是土地上的阳光雨露和"原生态"的乡村情感。这就意味着,我的土地文字,是感同身受的,是从大地的血管里流淌出来的,而不是在封闭的书斋里的主观想象和臆造。或许它不够雅逊,不够精致,但,真实而准确。也就是说,它具有土地自身的品质。

如果必须给"土地"一个文学上的意象,那么,这个词就是"黑夜"。黑夜是个神秘而巨大的存在,它一片空茫,无边无际,有无限的可能性。它既可藏匿什么,也可呈现什么,绝不像阳光下的物事,泾渭分明、一目了然。因此,温柔与坚硬,明亮与暧昧,恩情与仇怨,贞淑与猥亵,大度与褊狭,忠诚与反目,高贵与卑下,微笑与血泪……是相伴而生的。人与人之间,人与物之间,物与物之间,不是非此即彼的关系,而是不此不彼、即此即彼。

比如说土地上的悲剧。一切的悲情与怨事,都非由"蛇蝎之人"所造成的,也非盲目的命运使然,而是由乡土中的每一个人共同制造的——他们都不是坏人,也根本没有制造悲剧的本意,他们只是本分地扮演着生活"分配"给他们的角色,每个人都有为何如此行事、如此处世的理由,每个人的理由也都符合社会确立的人情与伦理——一切都是顺乎自然的发展,无可无不可,无是也无非,既无善恶之对立,也无因果之轮回;然而,正是这种自然状况下的"无罪之罪",这些"通常之人情",毫无预谋地制造了一个又一个的悲剧。

再比如说土地上的坚守与堕落，也绝不像人们通常评判的那样简单。其复杂性，《玄武》的主人公之一的王立平有"切身的"说法。他说——

> 现在的村干部都学精了，让上边的人吃点儿喝点儿拿点儿，保住这个小小的乌纱帽，然后自己也吃点儿喝点儿拿点儿，确保幸福到老。
> 我承认，现在的村干部是不如从前了。
> 过去的村干部为啥普遍都好？让我总结，就是两句话：一穷二白，没有摊派；老死乡土，没有依赖。
> 现在的村干部，面对那么多朝你伸手的，你不鼓捣俩钱儿咋行？养尊处优，浑身发懒，力气活儿也干不动了，一旦把你免鸡巴了，手里再没几个钱儿，你哪儿还有幸福生活？所以，搂点儿钱，是个很现实的问题——一旦不让你干了，钱就是祖宗，钱就是你的依赖，你手中的钱既可以养老，又可以投资办企业，当个体业主，有心思的话，可以加入工商联，或者弄个政协委员当当，岂不还是人物一个？
> 市场经济就是好，只要手中有钱，农民可以离土又离乡；过去的干部行吗？一不让他当官儿了，他敢说此处不留爷必有留爷处吗？
> ……

一句话，在土地之上，每束阳光都有其照耀的理由。生活的真相，使世俗的道德标准和社会纲常常常处在无法指认、无法评判的地位。

所以，《玄武》的写作，我心血的凝聚之处，是努力挖掘、探求和呈现土地上的种种"理由"，而不是主观评判。这样的写作姿态，或许有些偏低，但与"良知"接近，于心灵的安妥有益。

我的本意还在于，用这种最"原始"、最质朴的方式，为读者提供一个超越世俗的是非、善恶的道德评价，而进入到经验内部、人性深处的如同"黑夜"一般的文本，因而在"共同的作用"下，在我们的心灵深处，建立一种道德之上的"道德"、伦理之上的"伦理"，即：土地道德，或大地伦理。

这种道德与伦理最核心的部分有两个关键词——一是包容，二是悲悯。

或许还有第三个关键词，即自省，或自我善化。

2006年3月12日于北京石板宅

《心比天大》[1]后记

收在这本集子里的文字,大部分是近五年来写成的。个别篇章,时间稍早些,因为被以前的集子遗漏了,就补在里边。

为了使集子有个清晰的脉络,避免杂乱,设了六个小辑,把相类的文章放在一起,好看一些。

我的散文写作,一如生活,向来没有预先的"设计",率性地写来,颇有些心到笔随。形成的原因,无非是思考的絮语、阅读的所得、朋友的邀约、时事的感怀而已。

写得这么随意,竟未有一丝羞愧,因为精神这东西,一旦提前"规定了",就拘涩,就"小"。所谓心比天大,譬的就是"思"的自由自在、行踪不定。

其实写作者的幸福也就在这里。信马由缰,神游八极,我为天地。

大作家的写作也未尝不是如此,知堂的文字,漫漫涣涣,却自成气象,蔚然风致。孙犁也是的,单篇像碎珠,毫不惹眼,被时间的金

---

[1] 《心比天大》,散文集,凸凹著,中国国际广播出版社,2009年4月第一版。

线穿起来,就美轮美奂了。

所以,文人的成功,要假以寿,是被岁月造就的。

不急不躁,淡泊宁静,欢悦顺生,坚持着写下去就是了。

2008 年 11 月 29 日于北京石板宅

《故乡永在》[1]自序

——自叙传的别样写法

英国作家毛姆有一篇著名的文论——《三个日记体作家》,在文中,他对龚古尔兄弟、儒勒·列那尔和保罗·莱奥托的创作生平进行了详尽的阐述。其文笔生动而引人入胜,其论断透辟而令人叹服。其核心之论,归结到一点,就是:有什么样的童年,就有什么样的作家,作家的作品本质上是他的自叙传,是由他的成长经历衍发的情感、观察和思考。

他还说,上述的几位作家,其天分庸常,属缺乏想象力和创作力的一类,却都在文学史上留下声名,且有篇章成为经典,譬如儒勒·列那尔的《胡萝卜须》,盖因为他们的童年乖蹇、蹭蹬,因而有独特经验和感受,平实质朴道来,就与众不同。中国的郁达夫的创作观也与毛姆不约而同,他的代表作《沉沦》便是得益于他少年在日本留学的苦难经历,至于《日记九种》更是最直接的验证。看来,童年与

---

[1] 《故乡永在》,散文集,凸凹著,中国书籍出版社,2012年7月第一版。

作家、童年与文学的关系是一种命脉关系，一如根须和植株，是生长在一起的。

这几乎就是一个定论——

华兹华斯在著名的诗篇《无题》中说："儿童乃是成人的父亲"。弥尔顿在《复乐园》第四卷也有明确的阐释："儿童预示成人，就像晨光预示白昼"。基于此，北京作家宁肯在回答"作家可不可以培养"时，也明确说，作家的某些部分是可以培养的——意识部分形成的"症候"一般来自于教育、阅读、知识、兴趣，而无意识部分的"症候"，主要来自于一个人的经历，特别是童年和青少年的成长经历，来自于这个阶段的深重而独特的个人感受，以及在内心的某种情结。所以作家的独特性、独创性是不可以培养的，因为有什么样的力量能培养一个作家的童年和青少年呢？

反观我自己的创作，最得意的文字，也几乎都是源自早年的乡土经验。因为一进入旧时的场景，就温暖，就自在，就身心通泰，下笔流畅，一如神助。相反，那些凭空想象的创作，虽然绞尽脑汁，用尽心力，还是拘涩凝滞，不能自由伸展。因为生地一如母体，它给你血脉和生命基因，决定着创作者的性情和看世界的思维方式。在属于自己的思维领地，生命有"在场"的状态，可以准确地把握和判断，因而可以准确地表达与描述，就感到特别有力量。用帕斯捷尔纳克的话来说，对准确性的背叛，就是对文学的背叛；现实主义之所以伟大，就是因为它体现了文学的最高准则，即：准确性。

所以，我本能地觉得，能让我在文坛立身的作品，肯定是这一份早年的成长经历和乡土经验。

说到《故乡永在》这部散文集的写作，我前后用了近二十年的时间，是个在时间深处缓慢积累的过程。之所以"缓慢"，不仅是因为童年和少年的经历和经验贵重如金，不容挥霍，更根本的，就是基于对

"准确性"的自觉追求。而且我还发现,乡土是个温情厚地,从那里走出的人,容易产生本能的眷念,甚至陶醉其中,处处以为好。这种"催眠"作用,反而遮蔽了发掘"准确性"所应必备的眼光。纵观当代的乡土文学创作,为什么品格上整体趋于低,就是因为写作者"匍匐于乡土,醉倒于村俗",感性泛滥,理性缺失。而鲁迅乡土文学,为什么有那么丰沛的理性和那么宏富的内涵,是因为他着眼于"立人",从民族历史和国民性的层面上"审视"乡土,获取乡土之外的意义。幸运的是,我在从事写作之前,就较早地接触到了鲁迅的作品,那时,好像也就是十四五岁的年龄,正是内心敏感阶段,留下的烙印是深的,便不敢草率书写乡土文字,总想仰望鲁迅的余影,能写出一点高度和深度。于是,即便是学写了一些篇章,也陆续有所发表,但也不敢视为正式作品,而是作为日后"正经"创作的素材准备。后来,我又陆续读到了一些世界乡土文学的经典作品,譬如怀特的《人树》,诺里斯的"小麦三部曲",胡安·鲁尔福的《平原烈火》,埃林·彼林的《土地》《未收的麦田》等,豁然生出一种全新的认识:处理童年经历,绝不能一味缅怀,写乡土物事,也绝不能一味沉醉,要有成人襟怀、现代眼光和城市经验的关怀和观照,一如蚂蚁爬行得再努力、掘进得再深入,总是向下的,头顶上的风光它是看不见的。如果插上一双小小的翅膀,飞上一个小小的高度,看世界的纬度就会发生根本性的变化,就会从线性思维、平面思维、传统思维,上升到理性思维、立体思维和现代思维,如此一来,写作的"准确性",就会有更高程度的到达。所以,我要求自己,即便是写自叙传,也要取法乎上,跳出小我,写出普世的意义。

虽然屠格涅夫很动人地说,他只有在俄罗斯的大地上才能写得好,但那是他在欧法羁居得太久之后的一种文化乡愁,至于我们个人,如果只盘踞在京西这块小小的乡土,而不跳出"三界"之外,站在北京城的制高点上回望京西，肯定写不好。因为批判、审视和反观眼光的缺失，只会让我们写出起点过低的乡村挽歌。

坦率地说，我的这部散文的写作，融入了我高度的文化自觉，它虽然立足于童年、过去和乡土，面对的却是成人、现在和城市，它试图揭示人与土地的关系、人性生成的路径和文明进化的得失——让不同的文明状态，从对抗走向更有机的相互融合，让不同的生存方式，从隔膜走向更内在的相互涵养。简而言之，它是写给成年人的现代童话，是写给城市文明的乡村寓言。其用意就在于给今人以反拨，呼唤成年人红尘阅尽之后的天真、城市人功利占尽之后的真情——让人性的太阳蓬勃升起，让物化的迷雾最终散去。

我心温柔，恳望读者明察。

至于在技术层面，我戮力于文字的"复合"品质——叙事、抒情、论理三者之间，不简单是一种因果关系，也不是一种被动服务的关系，而是结伴而行，共同到达。具体地说，叙事里有抒情，抒情里有叙事，即便是论理，也不是以传统样式靠叙事与抒情的铺垫，最终得出结论，而常常是论理进入叙事和抒情环节，在交互作用中，推动意象、意绪和意义的形成，以期达到浑然天成、无造作痕迹的效果。宁肯说，这种手法，拓展了散文的文体边界，提升了散文的艺术功能，有开创之功。他之所说，虽不敢承领，但还是窃以为喜。因为不蹈窠臼，免入俗流，或许也是一种成功吧。

最后我要说，这部散文集，是我个人写作史上，非常重要的一部作品。

2012年3月26日于北京石板宅

《石板宅日思录》[1]自序

我有记日记的习惯,但没有连续记日记的耐心。因为,现实生活往往无趣,连续的日记就更无趣。

我最初的日记,是写于上农业院校蔬菜专业的时候,时间是1982年至1983年期间。那时到丰台区一个叫小井的村庄实习,插栅、锄耪、间苗、定植、施肥、放风、覆盖、杀虫、催熟、采摘,都是农技的动作,纷繁易忘,故记在纸上。那类似日志,为的是实习结束后,能有依据地写实习报告。

后来有了恋爱,为了记录情事,也日日写下。写时兴奋,一如亲吻抚摸之后的余绪,满纸活色生香。但多少有些肉麻,而肉麻不是有趣,鲁迅在他的檄文中有激烈的论述,就更打消了公然展示的勇气。况且,私情暧昧,容易诱发别人的兴味,为了不让他人得到窥淫之乐,也死活不对外公开。暗光之下,自己独自摩挲,可唤回美好记忆,让自己往年轻里活就是了。

---

[1] 《石板宅日思录》,散文集,凸凹著,中国书籍出版社,2014年1月第一版。

再后来有了写作生活，日记就如影随形地写来，虽时断时续，但终究是写。

我不喜欢那种流水账式的日记，虽然鲁迅是这种日记的大师。他有资格，他是新文化运动的旗手，是国宝级人物。他的琐碎记事，也有文献价值；研究者也可以从那里进行考据，端稳手中的饭碗。但我终究没耐心读完，即便他很伟大，也是随便翻翻而已。

我觉得，日常生活太平凡，都是庸常琐碎之事，可记录者不多。或可以说，日常生活是一盘散沙，沙上不长禾苗，更不长嘉木，几无示人秀色。但却偶有金屑，被掩埋其中。所谓日记，就是沙里淘金的努力，在无价值处提炼出价值，在无意义处升华出意义。记日记的企图，其实就是抵抗健忘和过分的凡俗，在"超越"的层面上有所作为，让人的生物存在，有灵魂的点点闪光。

所以，我的日记，不是俗生活的原生态记述，而是灵魂登场时的掠影，为的是把那些稍瞬即逝的片段定格，裨益于今后的生活。通俗地说，我的日记所记，是：记读、记思、记情、记趣、记悟、记痕。其中的记痕，可以是游踪，也可以是心路历程。

记得2006年在《广州文艺》上第一次发表日记时，曾写过一节"小引"，特移录过来，可鉴心迹——

> 因为是业余的写作者，职业时光中的物事大多与文学无关，辑录之时便略去了；所以，所呈现的，虽说是原生态的日记，本质上不过是一种文学的札记而已。所不同的是，"文学札记"，是一种有意的创作；这里的文字是率性而为，与雅训及谨严远些。

也就是说，我的日记，少职业行为的记录，是多与文学生涯和精神生活有关的存载。可谓不事雕琢、不求周正的文学札记。是读书的笔记、是自由的思考、是情感的发泄、是趣味的呈现、是顿悟的捕捉、是心象的袒露。可以自娱，也可以示人，思想含量、情感温度、人文品质都是在的。

有心者读之，会跟我一起上路——喜所喜，悲所悲，思所思，悟所悟——感同身受，一路会心，不虚此行。会感到，我是难得的一个性情中的朋友，有情有义、有声有色、有趣有味、有胆有识，相见恨晚，珍惜到永远。

之所以把这册日记冠名为《石板宅日思录》，是因为我出生在京西一个叫石板房的小山村，从文之后，为不忘来路，本分做人为文，便把自己的书斋定名为"石板宅"。书中文字，乃日有所思，宅之所录也。

最后要说明的是，之所以交王平兄在他主政的中国书籍出版社出版，一是他有开放的散文观念，对新散文写作有助推之功，二是作为著名出版家，他有品牌意识，书出得精美，让写作者有尊贵感觉。

是为序。

2013年4月6日初拟
8月1日改定于北京石板宅

《石板宅日思录续录》[1]自序

我的日记体散文集《石板宅日思录》出版后，不期获得了很好的反响，一些文坛友人，譬如赵佳琛、彭程、邱华栋、王开林、杨荣昌等都把其作为枕边书，"珍惜"地阅读。彭程甚至说，读我的"日思录"比读我的小说、散文还令他襟怀大开，简直到了不忍释卷的地步，因为它见人见性，也能见到作者的来路和思想的闪光，有切实的受用。

得到认可，受到鼓舞，遂把这一年来的日记再进行整理，作为"日思录"的续录再交大出版家王平先生出版。

关于日记的写作，我在《石板宅日思录》中有过阐述，为避免冗文，在此不加赘述。

需要补充说明的是，是受了梭罗的启发和影响。他主张文字的"有机"，要写得朴实而亲切，有现场感。而日记体散文，正是有机的文字——在作者率性的书写中，文字本身仿佛是活的，富于质感和血温，思想不是突兀、游离和武断直陈的状态，而是借助与之对应的日

---

[1]《石板宅日思录续录》，散文集，凸凹著，中国书籍出版社，2015年1月第一版。

常生活、自然事物和社会现象进行表述，这样就有利于更多的人理解和接受，并产生广泛的会心与共鸣。这也体现了在精神世界中，人与生活、人与社会、人与万物，甚至包括人与书籍之间有着原初的和谐与统一，是完全可以相互作用、彼此融通，并生发出意义之外的新的意义。

好像苇岸也认识到了这一点，虽然他疏于创作，却勤于日记，而且大部分"正经"作品，都是以日记文字作为"母体"。

坦率地说，日记体散文的写作，是我瞩目"远处"，以生活为本、以思想为重、以精神为上的切实努力和存在证明，意在摆脱世俗风尘的遮蔽和凡庸欲念的束囿，呈现出更大的心灵气象和更高的生命价值。

需要说明的是，接受赵佳琛博士的建议，这次的辑录，在每则日记之前都加上了题目，以规范文本、凸显主题、方便阅读。

是为序。

2014年8月1日于北京石板宅

《石板宅日思录三录》[1]自序

在短短的三年间,《石板宅日思录》有了"本录""续录",现在又要出版"三录",洋洋一百四十余万字,其规模之宏大,其话题之广泛,其信息之密集,就连我本人都感到吃惊。

之所以能形成这一气象,其动因有三:

一是读者的反响。

"本录"一出,相熟的文学界人士和陌生的普通读者频有叫好的反馈,让我激动不已。著名作家、金上京博物馆馆长刘学颜先生,在《印象凸凹》一文中说:

> 凸凹(的散文)有孙犁风,且高于前辈。我所说的高于前辈并非虚无主义,像夜郎自大者贬损鲁迅或孙犁等文学大师,而为相形二者的类同:平凡的人事,平实的笔墨。不同也是显见:孙犁情感单线,犹若古琴根指拨弦;凸凹情感复

---

[1] 《石板宅日思录三录》,散文集,凸凹著,中国书籍出版社,2016年1月第一版。

调,杂糅更多五味,类若钢琴双手奏鸣,曲终而心浪尚涌。《石板宅日思录》也秉其持守的风格,不作流水账式的日记,每天所录更像片断随笔,说正事(官事),说碎事(刚特狗事),说文事(读书、写作、文化乱象),说友事(祝勇、孙郁等等),说家事(家婆、儿子、准儿媳),说心事(酸甜苦辣、欲浊灵清),诸如写探母买"西瓜一个、大桃五斤",家婆给准儿媳买"三金"、焖红烧肉等也一并笔录。所读亲切,如凸凹诸文友所语"此记好玩"。续阅盈月,也深觉他的"日思录"雅俗共赏,所呈面孔纷杂(繁)。时若夫子,诲人不倦;转面"酒徒",醉眼惺忪。时呈官样,公文板正;变脸凡夫,信口笑话。总之,凸凹好玩,连带他的文字,庄谐并杂,阴阳平衡,对中外大师,对古今文人,以自家眼光审阅,当谕则谕,当斥则斥;对身边人,身畔事,当褒则褒,当讽则讽,做马屁虫,当和事佬,凸凹自然不屑为之。

且不说"高于前辈"的偏爱,就说他对我文字特征的概括,即:"面孔纷杂""情感复调""五味杂糅",就已经让我颇为受用、备受鼓励。

湖北向阳湖"五七干校文化"研究专家李城外读了我的《石板宅日思录续录》之后,激动不已,从著名作家庞旸处索得我的电话,连夜打来,不仅"求"一本"本录",而且一定要与我结识。半月后,他借在中央党校学习的机会,专程前来与我见面,煮酒论文,畅快淋漓。

深圳的藏书家杨荣昌先生多次发来短信,说他读着我"日思录"里的文字,浑然忘我,不以打拼的日子为苦,不以生为小民为卑,心中始终弥漫着阳光,感到作为一个读书人,有大福存焉。

一个叫穆轼的网友在自己的博客上写道:

到海淀图书城浏览，看到了《石板宅日思录续录》，翻了几页，就被深深打动，欲买，但价格颇不菲，想想又放下。转了一遭，也没有遇到吸引自己的书，就悻悻地往出走。但就在要跨出店门的那一刻，我又踅了回来，还是把那本日思录买下了，因为真是不甘心与好书失之交臂。回家阅读，厚厚的一大本日记，却是诚恳巧思之作，看得颇有趣。一晚就这样一直往下读，到了凌晨两点方放下就寝，却因在枕头上窝靠得太久，导致颈痛，折腾得一夜未眠。

因为日思录，一个要"求见"，一个大感"幸福"，一个情不自禁地"转身"，都是感人的动作，叫作者看到自己写作的价值，被"推动"着写下去。

第二个动因，是缘自一种叫"担当"的情怀。

北京作家协会散文委员会换届，我被推选为主任，荣幸的同时，也顿生一种叫责任感、使命感的东西，想到，古时有顾炎武的《日知录》，今有巴金的《随想录》，都是大的散文品牌，既忝为主任，多少有些领军人物的味道，便应该有领衔的创作，写出一部属于北京的"日知录"和"随想录"，为北京文坛争得一份荣誉，遂开始了"日思录"的写作。

为了写得宏富、深刻，我确立了大思想文化散文的写作架构，内容涉及历史人文、时代风潮、个人情感、人生体验、大地道德、社会观察、读书心得、百姓生活、文化批判等各个方面，在无所不包的广阔疆域上，纵横驰骋、任性挥洒。为了使创作具有强烈的现代感、现场感和及物性、灵动性，我采用了日记体散文的写作样式，以避免泛论和空论，做到我笔写我心，能充分表达自己的思考和见解，既本真，又独特，更有生命的温度和质感。

第三个动因，是出于自身需要的写作自觉，即有意要给自己"造像"，写一部别样的自传。

郁达夫认为日记是"心史"，是作家最赤裸的"自叙传"，贾植芳在《勃留索夫日记钞》的中译本前言中也说，"日记是一个人灵魂的展览馆"。我对这样的说法，有完全的认同，并有一种强烈的、不可抑制的"袒露"欲望，想把一个真实的自我呈现给读者。于是，我的日记，其实是"传记式"写作，用三年的时间框架，对整个人生面貌进行全面回顾和总结——内容所及，包括人生经历、情感状况、思维方式、阅世态度、价值取舍、社会认知、读写气象等诸方面。每日所记，便不仅仅是当日的实况，更多的是被"触动"之后的回望、联想、思考和衍发，让"断片"连缀成系统，记述和反映我有生以来的全部的心路历程。所以，我的"本录""续录""三录"的写作，是一个有主观设计的系统工程，目的是给个人历史"存档"、给个体生命立传。即便以后不再续写，它已经是一个完整、自足的存在，足可以让人深刻地了解凸凹、认识凸凹。因此，说它是"一部世象观察思想录、一部个人生活精神史"，或许并不为过。

最后我要说，持续的写作，让我身心俱疲，且有被掏空了的感觉。揽镜自照，白发丛生，不禁感伤萦怀，便叮嘱自己：今后的日子，要力避"匆忙"，从容地生活，从容地观察，从容地思考，从容地读写；要不存机心，做蔼然仁者，做长寿智者，让生命在时间深处绵密充盈、晶莹有光。

是为序。

2015 年 8 月 8 日于北京石板宅

《同谋》[1]创作谈

记得是三年前的一个中午,与一个做着刊物主编的朋友喝酒,因为趣味相投,喝得无拘无束,两个人便都喝得烂醉如泥。友人在醉倒前的一刻,竟吐出了一句这样的话:"凸凹,长篇小说你已经写了八部了,但茅盾文学奖,还没有向你招手,所以,我建议你不如先搁下不写,写一些中短篇。"我问他为什么,他呜哝道,写作无非是"写什么"和"怎么写"的问题——长篇小说的成功,基本上是取决于"写什么",靠题材取胜,而中短篇才接近于深度写作,靠"怎么写"立身。"怎么写",是技术含量,是艺术品质。

他的酒话,让我动了真心思,开始潜心于中短篇创作。

我发现,中短篇小说写作,比写长篇的难度要大,长篇可以泥沙俱下,只要整体有个浑然的样相,就可以了——它可以藏拙。而中短篇不成,要处处精致,要笔笔不苟,马虎不得。因为些微的一丝杂色,就格外显眼;屑小的一点不周,就使通篇摇摆。若不想败下阵来,就

---

[1] 《同谋》,中篇小说,凸凹著,载《当代》2010年第一期,《北京文学·中篇小说月报》2010年第三期转载。此为转载时的创作谈。

需要十分的谨慎，反复斟酌，准确落笔。所以，进行中短篇创作，实在是作者被"怎么写"提升的过程。

至于《同谋》，其题材无非是一个"第三者"的故事，是个流俗而陈旧的话题，要写出新意，真的要借助"怎么写"。

有了这样的意识，思维的路径就变了，情感故事仅仅是载体，它所承载的是现代人的生活状态和生存困境，老问题，新内涵，即：人与他人的关系，人与环境的关系。

现在好像是已进入了个人社会，个人空间和个人自由好像有了历史性的大，"自我"之树可以无拘无束地生长。其实，这只是一种表象，就像丛林之树，株与株之间虽然疏离而独立，但地下却盘根错节，纠缠不清。人与人之间、人与环境之间，就是这样的关系。

再私密的生活，也有公共性质；再社会化的环境，也有个人的生存方式。我、他人、环境，互为条件，互相依存——情感的生成，事件的发生，是共同作用的结果，均是"同谋"。所谓"事不关己，高高挂起"是不可能的。这在鲁迅那里，早有幽光照眼，"窗外的一切均与我有关"。还有，"兔死狐悲"这样的"宇宙伦理"（或曰"大地道德"）是永恒的存在，不会因社会与时代的变迁而改变。

这就是说，再开明的社会，也不能缺失一种最古老、最传统的东西，即：责任意识。在享受个人自由的同时，不能忘了对他人和社会的责任——放纵与冷漠，最终受到伤害的，往往是我们自己。

这就又衍生出一种东西，即：自律。

他律，是环境秩序；自律，是内心秩序，与我们自己心灵的安妥和生活的幸福有关。

再回到写作。我真切地感到，"怎么写"，真不是简单的艺术技巧问题，它体现的是思想维度、心灵境界。

2010年2月6日于北京石板宅

《情度·人伦》[1]：天赐的叙事

弄文学弄了三十余年，已形成了一种下意识的"文字思维"——所经历的人事与物象，即便是没有明显的意义，也想用文字的编织，勾画出意义。这是一种本能，在它的推动下，居然就有文章源源不断地写出来，令人惊奇不已。

文字真的是一种性灵，而不是工具，它默默地独处着，等待着"意义"。

文字的等待与作者的等待是相向而行的寻找，一经"路遇"，就结伴而行了，共同地完成了"意义"的过程。

路遇，因为不是预先的邀约，便具有宿命色彩，能写出什么样的文章，作者本人也是难以预料的。

月前的一个晚上，在吱吱响的日光灯下枯坐，脑子里突然冒出了"凄楚""困顿"这样的字眼，自己便感到很诧异，因为此时的我，已经有了相当优雅、相当悠闲的生活，所处的语境是与如此失落的字眼

---

[1] 《情度·人伦》，荒诞小说，凸凹著，刊于《小说林》2016年第三期"先锋"栏目。此为后附创作谈。

不相干的，便想把它们驱赶出去。但是，愈是驱赶，愈是呈现，弄得我心情烦躁。便只好抻过几张白纸，在纸面上把这两个词写下来。奇怪的，一旦落笔，相关的字词就接踵而来，直至写得筋疲力尽。掷笔回眸，竟是一篇很完整的关于一个现代青年在现实中陷落并苦苦挣扎、试图完成自我救赎的小说，而且还有隐隐约约的象征"意义"透出纸背来。

细细审读一番后，发现小说反映了我潜意识中对自己已有生活的种种不满，包括僵化的生活方式让自己生命活力的渐渐消退，包括为呈现正人君子的面目、努力克制人欲而导致的性的压抑，等等。原来，心中的不满和不平是存在的，只是自己不敢正视，而文字它自己跑出来，替你"发泄"，而且还发泄得洋洋洒洒、漫漫溰溰。

于是，便不敢再儿戏了，定了一个《情度》的名字，恭恭敬敬地在电脑上打印出来，存在硬盘上。

还是在二十天前的一天晚上，低档的烧酒喝多了，神魂颠倒，愤世嫉俗，不平之气盈满胸臆，便口出悖语，且喋喋不休。酒友被吓坏了，把我推进房间，叮嘱道："有不平事写在纸上，莫在大庭广众之下胡言乱语。"听从他的劝告，便打开电脑，把那些放纵的字眼一股脑地打印上去，不期就涂成了一篇《人伦》。

其中揉进了一个暗示，即祖父对我的不满。那一年，一个搞文学评论的到我的故乡去踏勘，好在评论我的时候，注入一些家族元素。他跟我祖父聊天，对老人说："您孙子可不简单，是大名人了，给您老的家族争了光。"话音未落，祖父愤怒地对他说："你少在我面前提他，他不但不给家里办什么事体，就是发些个破小说，也不用本姓，反用两个稀奇古怪的字眼，即便是有名了，也他妈的没有光宗耀祖！"

在他眼里，我不知道自己姓什么了，不记来路了，忘本了，他很不齿。

他哪里知道,其实我的笔名正是继承了他和家族的秉性,即耿介、自立、图强。凸凹的笔名,外人以为是喻人生的坎坷、道路的不平,其实我的用意,是一种励志情怀:我为天地、我为乾坤、我为男女,人生在世,不借外力,一切都靠自我实现、自我满足、自我圆全。事实上,正是文学,使我渐渐地实现了我隐喻的意图,它不仅给了我为生活而战的资本,也让我完成了灵魂的救赎,而且也提升了我的生命品质——不复为蝼蚁,像蚊子一样,插上了一双小小的翅膀,有了"飞翔"的姿态——世界从此就大不同,不仅能看到脚下,也能有空中的"俯瞰",个体的活着之外,还在人世间有了小小的一点精神价值。

说实在的,我真的没有想到自己能写出这么两篇面目不明的小说。这真是一件哭笑不得、莫名其妙的事。素日的我,是循规蹈矩的一个人,笔底的文字也是很本分很典雅的成色,与"放浪"是无缘的。这次是被酒液烧灼了的文字推动着我往前走,稀里糊涂地呈现了"先锋"的意义。这样的文字,既属于我,又不属于我,是命运之赐。

所以,我特别叹服何凯旋老兄的眼力,他在电话里对我说:"看了你的这两篇小说,不禁让我刮目相看,你小子真是才华横溢,不过,你小子肯定是喝大了,是酒精作用的结果。"

我乖乖承认,不敢有"才华横溢"的自美。

小说写成后,也给身边人看过,他们也惊叹不已,甚至说,这两篇小说,在"先锋"中透着宏富与老道,虽貌似横空出世,但非有深厚的生活积累和长期的深刻思考而不能为。这个评语把我吓坏了,因为我真的没有主观故意、也没有自觉的文体意识,真正的原因,是"情度"这样的字眼显得先锋,是"人伦"这样的词语显得老道,有沧桑感。到最后,总之,是文字自己驱动的结果,好像与作者的阅历和修养关系不大。

这种情状,也给了我一个启示:所谓内容决定形式,是偏颇的,文字（语言）本身的存在方式，往往就是内容，就是"意义"。或者说，选取了凌厉的字眼，就有凌厉之气，选取了昏蒙的语调，就有了云山雾罩的叙述效果。

我还联想到，孙犁早期的文章为何有湖光水泽？因为他使用了与水气有关的字眼。晚年之后，他怕动荡，怕水，躲进书斋里，整理旧书，对古色古香的文字有感情，下笔为文，便是"芸斋笔记"和"书衣文录"那样冷峭、简朴的文本。俞平伯和废名的散文为何有"涩"味？是因为他们欢喜于用涩味的字词书写。是文字之"涩"，而非内容之"涩"。如果把他们的文字特色解构掉，文章的内容其实是很平白的，甚至是很平庸的。

换个角度看，说到"能写出什么样的文章，作者本人也是难以预料"，这是对不成熟的作者而言。我就是不成熟的写作者之一。而对于那些成熟的写作者来说，他们深知文字对作者的推动作用，为了从"宿命"中挣脱出来，他们会自觉地采取一种"反抗"的姿态，有意识地选定一种与自己的身份、影响和年龄、阅历相适应的文字样式，就写那样的文章，就发那样的格致，于是，"风格"就形成了。

所以，所谓"风格"，标志着写作者已进入了一个与文字和谐相处，有所为、有所不为的写作境界。

从本质上，这体现了对文字的敬畏。

说到最后，我不禁问自己，你今后，还会写出这样的小说吗？

2016年4月16日于北京石板宅

生命的歌吟

——《行游四方的风景》[1] 序

在当代女散文家中,冯蓉是个别具路数的作家。她不是一个为文字而文字的人——她既不以文学邀宠弄怜,也不靠文学营造名声。她不太关注文坛的风光颜色,只是默默地以读写的方式认真地活着。所以,文学之于她,没有世俗层面的意义,而是她的生活状态,她生命实现的根本方式。所以,与其说她在写作,不如说她是在用文字捕捉、记录她的生命体验。于是,她笔下的每一个文字,就是她的一滴眼泪、一滴鲜血,或一次心跳。

这不是虚妄的评定,而是缘于对她为人为文的相知与解读。1992年我有幸读了她第一本散文集《流年似水》的手稿,对她的文字世界有了切身的感受。她虽然写的也是世俗的情感生活,却不沉溺于个人的爱爱仇仇,而是从情感的视角,直面人生的悲苦与欢乐,阐释出生命的本质与意义。比如她从爱情的磨难中感受痛苦的滋味——"痛苦

---

[1]《行游四方的风景》,散文集,冯蓉著,中国文联出版社,1999年12月第一版。

的犁刀,一方面割破你的心,一方面又掘出新鲜的血液。"从这样的句子可以看出,她的散文已远离女性散文所固有的小女人情怀,而是直逼蕴涵在浮华世相下的生命况味。

所以,她的文字是极耐人寻味的,我偏爱她的文字,每在报刊上遇到,都要认真地阅读,并久久吟味。

前年,她发表在一家文学刊物上的长篇散文《西藏,极地的诱惑》,又给了我一次强烈的震撼——她是一个清秀的湘江女子,却敢于只身闯荡极地荒漠,去体验生命的极限。在她的文字中,我感受到了什么是生命,什么是生命的尊严。为了体验到这种生命的尊严,她毅然决然地付出了别人不可理解的代价——她抛下需要她呵护的幼女和老母,花掉了她多年积攒的所有积蓄。

冯蓉是个有强烈生命意识的作家,读着她的文字,我为那些坐在书斋里写着不痛不痒的应景文字、写着轻松甜蜜的时尚感怀的所谓作家感到汗颜。现在的文学太温软了,太缺乏震撼心灵的力量了,其关键所在,就在于我们的写作者是在以写作的形式来索取,而不是为灵魂的事业而付出。

冯蓉真正的魅力,就在于她义无反顾地为文学而付出;她的付出,使她的文字具有了生命的温度。

为了能亲身体验到东西文化的差异,她1999年又自费去了一趟西欧七国,积累了大量的第一手资料,写作了《在梵蒂冈感受宗教的力量》等一大批文化散文。这些散文一经发表,就被多种报刊选载,被广大读者津津乐道。她的成功,就在于她写出了只属于自己的体验与感受——换言之,她供奉给读者的,是她为灵魂的事业付出后的精神结晶。这种结晶,就是生命的律动,就是心血。这种真诚的生命文字,必然会从读者那里得到生命的回应。

冯蓉告诉我她近年来的文章要结集出版了,嘱我作序,就像我为她的第一本散文作序那样,我不仅欣然应命,而且激动异常,因为,灵魂的事业,是需要互相感应,互相呵护的。

读过她的文章,我知道自己将如何写下去,所以,我深深地感谢她给我的精神启示。

冯蓉大姐,你并不孤独!

1999年6月16日

《像音乐一样无疆》[1]序

冯蓉是个有德之人。

这个德,不是狭义的道德概念,而是在大地道德这个境界上的人格的评说,是指冯蓉有日月涵养、天地情怀。

这几年,我的写作,致力于呈现乡村哲学、大地道德,对大地道德的内涵,颇有心得。大地道德的内涵很宏富,但其核心点,是"自足"两个字。

具体地,自足有三个层面,一是本分。譬如京西深山的阴处有一种植物,叫山海棠。即便是生在僻处,无人观赏,可它依旧是一丝不苟地向上挺拔了枝叶,开出鲜艳欲滴的花朵。在山海棠那里,它只按自己的心性而活,生为花朵,就要往好里开,尽开的本分,至于能不能被人看见、被人夸奖,它是从来都不会去想的。第二个层面就是生命的尊严。譬如小草被压在巨石下,它会曲曲折折地从石缝中拱出地面,长到阳光下来。第三个层面是光明品性。譬如天地——人一不如

---

[1] 《像音乐一样无疆》,散文集,冯蓉著,中国社会出版社,2013年6月第一版。

意就骂天，但老天从不怪罪；人一乱性就咒地，但大地从不计较。

在本分层面上，冯蓉是个自律很严的人。当记者，就倾心采访，找独特视角；编刊物，就全心投入，把小刊物也办得风生云起；搞创作，就真心书写，贡献血泪挚文。她不追功利，不慕名利，恪职恪守，默默无闻地做一切事情，让人敬佩不已。

在生命尊严层面，冯蓉有坚定的生命意志。打击挫折，不毁其志；风雨兼程，不丧其心；歧视误解，不堕其情。一副弱肩，几乎担起了所有家庭负担；一副柔肠，几乎迎纳了所有的生活风雨。她始终在路上奔波，却笑对人生；始终为生活打拼，却坐看云雨。

在光明品性层面，冯蓉虽身为女人，却有侠肝义胆，不论亲疏，只要你有事相求，她都会鼎力相助，不计成本。也不计个人恩怨，努力与他人和谐相处，善待万物，善待众生，有菩萨心肠。别人都是睚眦必较，她却以德报怨，替对方着想，颇有"自己活得好，也要别人好好活"的基督境界。

有这样人生品格和底色的人，她文章的品质和韵味就不言而喻了。

在她眼里，遍地是诗；在她耳畔，处处是歌；在她心中，一切皆美。这样的人，容易被感动，能够在寒冷中感受到温暖；这样的人，容易很性情，能够在污浊中发现清澈；这样的人，容易勃发爱心，能够在对立的事物中也看到内在的和谐。所以，她的文思，都是从心底流出来的，一如天籁；她的文词，都是心灵的感受，一如玫瑰送过手留余香。

面对山水，她看到人性，把佛心娓娓地传递给你；人在红尘，她看到日月，把纯粹款款地呈送给你；乐曲声中，她看到来世与今生，把恩德倾诉给你。在她的字词中，没有丑恶；在她的段落中，没有阴冷——只有真与善，美与爱，光明与温暖。读了她的文字，你会感到：这个世界，是个希望的存在；人活一世，要懂得悲悯；身立当下，要学会宽容；面向来生，要知道珍惜。

读她的文章——

自以为洞明者，会为自己过早到来的沧桑感受而感到惭愧。

自以为练达者，会为自己过度依赖的功利评判而感到汗颜。

她叫你新鲜，她叫你天真，她叫你随缘。

而新鲜的感受，天真的性情，随缘的心态，正是人生的幸福之源。

我心温柔，是为序。

2013 年 2 月 17 日

心尖上摇曳的花朵

——《人生歌谣》[1] 跋

我"非典"时期的阅读,是一部名为《人生歌谣》的诗册。

他的作者,有个空灵的名字:寒山。

寒山的诗,质朴而瑰丽,灵动而沉郁;有纷繁的意象,有变幻的诗思——在人性的两极上走笔,在天地的大廓中驻足。

他虽然涉笔广阔,却不点到为止;他虽然哲思凝聚,却不黏着;情也抒得,理也论得——抒情则豪迈,论理则灵动。直白地说,他既不钻牛角尖,又不恣情放浪;既秀丽清俊,又矜持端庄。他很古典,又很现代;很内敛,又很开放。开合有度,情理交融,有大品格。

我当然说的是他的诗质。

寒山自然喜欢写爱情,譬如一首《芳儿》——

芳儿,你是我心尖儿上摇曳的花朵。

我的一脉心血,为你流淌。

---

[1] 《人生歌谣》,诗集,寒山著,作家出版社,1999年6月第一版,2004年2月第二版。

这是何等缠绵的爱情，但写得却不俗媚，既有滴血一般的沉痛，又有刀锋一样的爽利，古典的情怀，现代人的风骨。

还有一首《咀嚼你甜甜的名字》。这本来应该是很脂粉味的情思，但他的收笔却是这样的：

> 默默相望，
> 秋空还是那方秋空啊。
> 我只有默默地咀嚼你
> 甜甜的名字。

他拒绝乐天派的拥有，所以感情就有了深度。让人不免想起诗女茨维塔耶娃给帕斯捷尔纳克的一句话："另一个人的名字一旦用旧了，就成了自己生命的一部分。"于是，诗人真正拥有了爱情。寒山是精神的爱者。

寒山也喜欢写山水，譬如他的一首《接近极地》。

川藏的风景是苍凉的，但他的诗句却清俊：

> 企望之花在极地开放，
> 遥远的童话，如蹄浪。

"蹄浪"是多么浪漫的意象，他多么豁达，他知道苍凉的本质不是悲壮，而是浪漫。这既是抒情，又是哲思。

作为在农业环境下生存的诗人，寒山大量的笔墨是献给故乡的，或者是献给乡土的。但他不匍匐于乡土，不唱挽歌，而是沉浑地吹奏行进的调子。譬如《我与远山》。这首诗，他寄情于故乡贵州的大山，寄情于"在风雨中翩跹"，但毫不忧伤，不一味恋旧——

> 此时，
> 在你严峻的号子中，
> 伸过来你的拐杖，
> 给我架起了命运之桥……

用"拐杖"的意象状故乡、状母亲，奇崛而富有神韵。故乡的深厚，不能遮掩它的贫瘠；母亲的温慈，也不能抹去她的残缺。所以，拐杖支撑起来的便不应该是迷醉的回归，而是豪迈的远行。于是，寒山的农业诗，不是童谣，而是劲歌。

寒山还写哲理诗，譬如《面对苍茫》。这是个大题目，真怕他写得磅礴而空洞，没想到他写得极细腻。我固执地认为，大情致应该从一叶一滴着手，比如一大块骨头在地面上移动，支撑和推动它的却是一群细沙似的蚂蚁。他真是我的一个知己，面对苍茫怕人的大海，他写道：

> 泅一片海，
> 靠岸又得到什么，
> 没靠岸又失去了什么？

这就是感悟，他不迷执于"苍茫"，却清醒于"一片海"，哲理寄寓于意象之中，灵动、开放，不黏滞。

我对他也是有不满意处的，一是少作，二是缺大制作。

这也真难为他了，他陷在繁重的行政事务之中，作诗，也仅是秋色三分而已。也有个靠岸所得、离岸所失的两难选择。

2003 年 5 月 21 日于北京石板宅

砖瓦铸辉煌

——《圣水名镇：河北》[1] 跋

张玉泉老先生，既是我的老领导，又是我的忘年文友，为人豁达忠厚，为文勤奋刻苦，是整个房山文坛都公认的。我对他的敬意也是由衷的，只要他有新著出版，只要能见到，我便悉心拜读，且颔首赞叹，无一分虚假。

原因主要有三——

其一，他是房山本土文人第一个把单篇文章结集出版的人，有开先河之功。以往，房山作者，有普遍的自卑心理，把文章之道看得极神秘，以为是修齐治平经国的伟业，若有单篇文章在公开报刊上发表，就大有"惊宠"之态了，那时的房山名家，不过是有几篇文章发表而已。不期间，他竟推出了名为《太阳在心底燃烧》的作品集，让大家在震惊之余，平添了一种自信：原来"我们"也是可以出书的。于是，因了他的带动，房山业余作者的书一本一本出了起来，到目前为止已

---

[1]《圣水名镇：河北》，张玉泉著，中国人事出版社，2004年10月第一版。

成辉煌气象了，有人也因此成了真正意义上的名家。所以，这样的人，只要你有一点公允之心，便不能不尊重。

其二，他是第一个把搜求整理民俗文化作为一件正经事业干的人。不用讳言，前几年，人们对民俗文章的创作是轻视的，认为那样的构制是不登大雅之堂的。然而他不左顾右盼，毫无功利之心，只是低头耕耘。弹指一挥间，已有《京西风物典故》《良乡风景名胜》《周口店往事漫记》《精美的石头会唱歌》等专著十余部了，成了民间文学的专家。人们总是说，房山有着悠久灿烂的历史文化，但是，一提到具体内涵，便无从所指。但是，一有了张老先生的一系列专著，房山的历史文化，就成了可触可感的东西。所以，他的劳作，不管那些所谓的"文人雅士"认不认可，终究是把房山的历史文化积淀做了扎扎实实的挖掘，为我们借鉴和弘扬地区文化，做出"文本"贡献。所以，稍有文化意识的房山人，就不能不对他这种不尚空谈、奋发有为的精神予以尊重。

其三，他是一个一贯致力于房山文艺界精诚团结、整体繁荣的人。从认识他那天起，便感到他没有一丝文人相轻的习气。在文联机构不健全的一个时期，他主动牵头搞文艺讲座，开办文艺园地，邀约区外名家讲课指导，培养文艺新人；文联成立重新组建之后，他积极参加文联的各种活动，无条件地承担文联指派的各项工作任务；在文艺界内部，他从不薄人傲物，谦逊为人，平等待人，并真心实意地呵护后起之秀，身体力行地维护文艺界的团结，朴实厚道，有口皆碑。在这一点上，他是为我树立了榜样的。

说到《圣水名镇：河北》这部书的成因，张老先生也是很让我感动的。

文联在2003年年初研究工作的时候，确立了建构"房山文化学"的工作理念，把整理和研究房山的历史文化作为文联的一项系统工程。

这个工程的第一步，就是广泛收集和挖掘各地区的原始文化资源，在这个基础上，再进一步系统和规范。为此，2003年确定了长阳、佛子庄和"北京猿人遗址"等为第一批挖掘对象。河北镇的赵大栓书记具有很强的文化意识，主动找到文联，希望把河北镇也列为今年的挖掘重点。在两个积极性的作用下，文联和河北镇便联合策划了这部《圣水名镇：河北》。由于文联机关人员紧张，便把书稿的执笔工作委托给张玉泉同志。张老先生愉快地承担了任务，并且在抗击"非典"的特殊时期进行了采访、撰写，表现出一个老文艺工作者崇高的责任感和使命感。在抗击"非典"五月攻坚战结束的时刻，他也圆满地完成了撰写任务。为此，捧着他这份特殊的"答卷"，我不禁动容，心中响起一个声音：有各级领导对文化工作的重视，有像张玉泉同志这样一大批文艺工作者的无私奉献，熔铸房山文化的辉煌当不是一句空话。

2004年4月8日

在水底思想,在水上行走

——《在水底思想》[1] 序

与徐迅相识,好像是1998年的春夏之交,在河南新县举办的一个全国性的散文研讨会上。当时去的人很多,几乎囊括了写散文的、研究散文的和发表散文的知名人士。那几乎可以称作一次盛会,大家态度认真,发言踊跃,大有春潮涌动之感。被感染之下,我做了率性的发言,观点似乎有些激烈,其核心论点,是说振振有词地纵论散文如何写的人,正是那些不写散文的人,因而散文的研究与散文的创作严重脱节,颇有些自以为是的味道。口无遮拦的意气用事,自然招来了"权威们"的愠色,即便路遇,他们也不理睬我。我颇恓惶,像做了错事一样,躲躲闪闪。这时,有个人从背后拍了拍我的肩膀,说道:"凸凹,你所说的,正是我心里想说的,只不过我有些怯懦,一直不敢说,所以,我要告诉你,你很令人敬佩。"

这个人就是徐迅,初次相识,就成了知己,一如男女之间的一见

---

[1] 《在水底思想》,散文集,徐迅著,中国电影出版社,2011年8月第一版。

钟情。

后来，我们见面的机会便多了起来，近些年，出奇的多，几次还同居一室，每每都彻夜长谈。

深入的交流，我们俩都感到，知己，是确定无疑的，因为，从出身、经历、对世界的看法，到阅读的趣味、散文的观念、鉴赏的取向和创作的追求，庶几相同。即便是生活习惯，也出奇地相似，譬如都嗜烟如命，爱喝点小酒，譬如都讲恕道，善意行世，顺其自然，随遇而安。在调侃时，我们都说，有凸凹，必有徐迅——张扬与内敛，从容与急迫——从名字上都见到相同的生命哲学——相反相成，自适自足。

因而我们真心地喜欢对方的文字——对方的抒情，往往是自己萦怀的意绪，对方的论断，往往是自己未发的言说——对方的存在，便是"我"的扩展与延伸。所以，相互的期待，是很深的。

2007年，徐迅推出了散文集《半堵墙》，是他乡土散文的集成。读过之后，我内心沸腾，立刻就想到了美国的阿尔多·李奥帕德那部《沙郡年记》。阿氏在这部书中用优雅的文字记述大地上的物事，被史家称之为经典。但那里的情感颇可疑，因为是一种有闲的雍容。徐迅也记述大地物事，但他警惕于这种优雅，不做旁观者，而是把自己作为土地上的一棵植株，写深切之痛。所以我激动地说，《沙郡年记》可作茶余饭后的文字清玩，而徐迅的《半堵墙》是反刍民族情感的生命书，它比前者更具有经典品质，因而给中国当代的乡土散文挣足了面子。后来《半堵墙》入围鲁迅文学奖，我比徐迅本人还兴奋，觉得它的获奖应该是个定数。不期竟落选，我伤心极了，欲写一篇质询文字，向公正要个说法。但徐迅比我平静得多，不愿我为此劳神费力，他说："有文字之内的尊严就够了，文字之外的名誉不关乎你我。"

徐迅比我有定力，也比我纯粹，在他面前我顿感惭愧。

到了2010年年末,他说要出本随笔,要我作序,并说:"你千万不要过于溢美,因为都是些随意的文字,只为自娱,不登大雅,只是因为都关乎生命的记忆,不忍丢弃而已。"

读后,有大震惊!他写作的姿态的确很低,无非是写跟他生活有关的一些凡常物事,但是,平静之下,却涌动着万顷波澜,内敛之间,却摇曳着万道华彩——质直的文字之中,无感慨处却处处是感慨,无意义处却处处呈现出意义,幽微与丰富,一如生活本身。

激动之下,不禁想到了一段往事——

四年前,我和祝勇在周晓枫家看碟,是一部以色列电影,英文片名叫"Walk On Water",意思是"在水上行走"。直译过来就很诗意了,但碟衣上印的中文译名却庸俗不堪,叫《男人的心中只有男人》,有隐喻同性恋的用意。实则相左,是讲从属于两个敌对政治集团的两个男人之间、为完成"使命"所进行的生死较量。但表现较量,国家观念、意识形态、集团意志这些"峰值"要素却退居其次,叙述的重心,反倒是情感、人性这样的基本的、质朴的因素。其去政治化的叙事,把人还原为人,以日常生活中的细节说话,艺术表达处处去触及人心最敏感的部位。最后的效果,表面上轻柔,实际上沉重,我和祝勇都被打动,唏嘘不已,感到:这样的作品才是真正的好作品,于凡常人性中见历史深度,于杯水情感中见家国波澜,四两拨千斤,殊胜于那种摆开架式的宏大叙事、主题创作。"我们自己的创作,就是要写出这样的作品。"我们同声叹道。

这其实就是一种文学观,即:不以意义的阐述者自居,不居高临下地指点江山、评判世道,而是放低了写作姿态,回归朴素叙事;真诚地表达生命的感受,从容地表达外界对"我"的触动,不存机心,不事教化,娓娓道来,率性命笔。这种写作的本质,是以生活为本、以生命为本,立足于自我受用——在自我愉悦之余,自然而然地呈现一点意义,对世道人心产生一些浸润。它不以功利心强迫自我,也不以功利心强迫读者,结伴而行,倘有会心,嫣然一笑,云烟自在。

这样的写作方式,新时期以来被文坛整体地贬损和抛弃了,代之以超现实主义的所谓"难度写作""峰值写作""超验写作""抽象写作""新感应写作"等等。总之,写作的技术指数被推向前台。若不如此,写作者便被视为落伍,被视为低级,便没有文坛上的地位。所以,虽然我们心仪"在水上行走",也知道"技术"并不意味着"品质",但是因为我们的功利心太重,有心动,却无行动。于是,面对徐迅的这部《在水底思想》,感受着它"在水上行走"那样的醉人韵致,我等岂止是惭愧,更多的是对写作态度的反思。

孙犁从不理会文场颜色,而是静悄悄地、从容不迫地写作,而且写的多是旧时回忆、身边小事、耕读生活。因而他的文章朴实得近乎无文,以至于单篇文章放在那里,会感到毫无过人之处。但是你一旦通读他的全集,就会感到他的文字之中,竟然储存着那么丰富、那么深厚的"静态价值",像沉睡的海一样,平静的水面之下,却是一个令人震惊的大气象。对于孙犁,我曾经说过一个蹩脚的比喻:他的单篇文章,就像一颗颗不起眼的玉珠,一旦被一条金线连缀起来,就是一挂价值连城、光芒四射、夺人眼目的珍珠项链。这条金线是什么?是时光。时光,使作家不刻意建构体系,却自成体系;不主观经营非凡,却脱颖而出。

汪曾祺从来不以文人自居,他甘于做生活中的一个凡人:研究美食,品味黄酒,弄书作画,怡然自得。在"生活之余",如有真感动、真感悟、真感情,便随手操觚,写一些个小故事、小品文。他没有"革命文学家"的大抱负、大奢望,"人间送小温"而已。所以,他的文章,没有苦相,只有妩媚,没有隔靴搔痒的空论,只有扎实周致的关怀,读者能从中读到温暖自己的东西,因而就信任他,对他的文字就爱不释手。他也因此奠定了在读者心中大作家的地位。

至于沈从文,他总称自己是"蛮人""乡下人",下笔为文时,他从不高屋建瓴,只写感同身受,近乎笨拙地、甚至有些卑微地写他的人生经历,写他看到的风俗和风景,把世间的沧桑如实地传达出来。这不禁让我想到法国"诗歌王子"让·科克托。他不搞大的建构,也拒绝形而上的"制高点",只关注瞬间感受,这样的坚持,反而"连缀"起他的沧桑气象,让人读出不俗。他描写女人的身姿,不用夸夸其谈的"字话",而是用"临海悬崖"这样的意象。这个意象真是耐人寻味——临海悬崖,经历风雨,饱经沧桑,却凸凹有致,风流有自。这样的女人,多有韵味:不仅曲线逼人,风姿绰约,而且还有阅历和灵魂。沈从文的文字,就像临海悬崖,不事张扬,却兀自挺立,虽显孤独,却见证沧桑变幻,因此就自成风景。

不难看出,我们崇拜的大师,其实都是在很低的写作姿态中,自足自适地写作。他们大都遵循着这样一个传统的路数,即:叙事、抒情、言志。

反思之后,我们越来越觉得,老一辈作家的写作方式不仅可取,而且是一种有强大生命力的文学传统。因为装酒的器皿可以是篁、陶,也可以是金尊玉盏,更可以是高脚杯琉璃翠,但无论如何,容器中的物质是不变的。也就是说,文字可以有老旧新潮,可以有拙巧,但人类的基本情感、本质感受是不变的,关键就在于承载和传达的指数。而老一辈作家那种生活着——感悟着——书写着——自适着的写作状态,使他们能够以宁静之心阅世,以超功利之心著文,拨去浮云,直抵真相。虽质朴无华,但对人类的基本情感、本质感受的承载和传达却要比"技术主义"准确又丰赡得多。

从这个意义上说,徐迅的《在水底思想》是对"以生活为本"的文学传统的一种自觉的"回归",或者说是一次庄严的致敬。他的老实,并不意味着他的"落伍",恰恰表现出他对文学的真诚。大地质朴,才有万花盛开,日月轮回,才有自然秩序。徐迅对传统的守望,正是他"前行者"的身姿。他始终走在我等的前面。

2011年2月26日于北京石板宅

《绿色的落叶》[1]序

姚睿是我农职院的师弟,虽然学的都是农科,却均对文学痴迷,工作之余,读与写,孜孜不倦,从不懈怠。总结起来,缘于我们都是性情中人,内心温柔,情感丰盈,对生活有大爱,对万事万物都生悲悯,所思所想,自然而然地流于笔端。

我们有相同的人生理念,即:有板有眼地做人,有声有色地工作,有滋有味地生活,有情有义地交友,所以,感情、担当和作为,都是要的。因此,我们心灵相近,结伴而行,觉得人生有趣,不能愧对。于是,每有心得,便记述下来,既互相玩味,也愿供他人分享。

所以,我和姚睿的文章之道,都不是为了功名,而是生命的自然状态。这很好,因为写得从容。

姚睿为人坦荡、坦率、坦诚,跟他相处,如沐春风。他做事干练,乐于助人,友朋遇事求助,他从不言不。而且,再难的事务,只要他一经手,都能峰回路转,雨过天晴,功德圆满。问他何故,他说:"心

---

[1] 《绿色的落叶》,散文、诗歌集,姚睿著,中国书籍出版社,2012年10月第一版。

中有佛。"他说:"人行于世,行善积德,以求安妥——为此,他人求助于庙堂,烧香揖拜,乞佛法开恩;我则立足于世间,善待他人,成人好事,佛光自照。"

他的为人,决定了他文字的成色,自然与纯净,一如天成。

他也抒情,抒的是心中所有。那一年,我们闲谈爱情,谈到最后,心中感动,不约而同地说:"那就让我们以《男人的爱情》为题,作一回同题诗吧。"果然就作出来了,且在一张报纸的同一个版面一同发表。他的诗和者云集(即文集中的《男人是风筝》),我的则门庭清冷。问那个编辑,编辑说:"你的诗,旁征博引,以求普世,虽气象皇皇,却空;姚睿的诗,从本色出发,写心弦被拨动时的感觉,虽朴质无华,却殷实。一如借贷来的雕梁画栋,让人感到的是浮华与虚荣,而自家庭院,风生水起,一草一木总关情,反而与真实的人生习习相染,能够受用。"

他也论理,其理趣多是蕴含在鲜活生动的叙事之中。也就是说,他不刻意"经营"思想,而是呈现生活的自然结晶。这一点,他直追叶圣陶《未厌居习作》里的文字气韵。比如他写父爱、母爱这类舐犊之情,均从生活的凡常处娓娓用笔,以绵密的细节,真实地表达生命的感受,从容地表达外界对"我"的触动,虽不存机心,不事教化,但强烈的"在场"氛围,让人灵犀牵动,击节称是,会心不已。比如他写落叶,虽从惯常的枯黄中奇崛地写到了绿色的落叶,但也没有突兀的感觉。因为大自然的真相就是那样——在一派衰败中,总会隐忍着绿意,生命的坚强、生活的希望往往就寓于与众不同之中——

> 面对秋风冷冷的恐吓你没有退缩,
> 面对秋雨绵绵的诱惑你没有丧失原则。
> 当身边的兄弟姐妹屈服于季节,

一个个褪去生命的本色，
五彩斑斓地在枝头享受人们啧啧的赞美时，
你却坚守着自己的职责，
抓住秋日不多的温暖，
让生命燃烧再燃烧。

　　这样的文质是高的，可以想见，如果他坚持下去，一定会有大的文学成就。

　　因为与姚睿的情感关系，我读他的诗文时，一如夜读家书，多有温暖与慰藉。感到文学与人生其实是一体的——生活成就了文学，文学趣味了人生。

　　姚睿乃七〇后，他的年轻，便是金贵财富，让我艳羡不已。于是我有双愿：愿他功业发达，愿他文学有成——前者关乎生存，后者关乎精神——二者兼具，方为完人。这不是堕世与入俗，因为世事洞明皆学问，人情练达即文章，根本的，是期望他的文学之好。

2012年6月16日于北京石板宅

《神龙福地：佛子庄》[1]再版后记

《神龙福地：佛子庄》一书，我在初版后记中曾说过，该书的撰写，不是一件通常意义上的旨在做形象宣传的外宣品，而是一个实实在在的地域文化成果。

2003年，我在受当时的乡党委书记李立新同志的委托制订该书的撰写规划的时候，就把它放在"房山文化学"学术框架上进行考虑。"房山文化学"是区委常委会研究通过的一项系统文化工程，旨在对房山文化的内涵外延进行科学的界定，以期为房山的经济、政治、文化与社会的可持续发展提供人文支撑。"房山文化学"的构建由两部分组成，一个是收集整理历史文化遗存和地域文化史料的"基础工程"，一个就是进行研究分析，得出结论的"主体工程"。由于当时"房山文化学"刚被提出，尚处在启动阶段，属于文化资料原始积累的"基础工程"就显得尤为重要。为此，区文联经反复考量，选取佛子庄乡作为试点单位，先拿出"样板"作品，然后再逐乡（镇）推进。

---

[1] 《神龙福地：佛子庄》，民俗志，房山区文艺联合会策划，京华出版社，2004年1月第一版。

之所以把"样板"工程放在佛子庄，是基于以下几点考虑——

首先是缘于乡党委对地域文化建设的重视。李立新同志认为，山区乡镇经济和社会发展的关键在于人，在于眼界和素质。所以，出版《神龙福地：佛子庄》一书不仅仅在于对外宣介佛子庄地区独特的历史、人文和资源优势。更重要的是，通过这项工作，对全乡人民，特别是党员干部进行生动的"爱党、爱国、爱家乡"教育，在树立历史自豪感的同时，激发面向未来的发展信心。因此他几次召集党委会进行讨论部署，并亲自到文联请求合作。

第二是缘于佛子庄地域文化的经典特征。佛子庄地处京西山区，无论是历史、地理、人文，还是传统、风物、民俗，无不带有京西文化的典型特征。特别是它的传统居民、民间文艺和生态环境，堪称中国北方农村经典式文化符号。其中，它的民间古乐，有三百多年的历史，原始乐谱，完整保留下来的，就有一百四十多首，这在整个中国，至少是在华北地区，实属罕见。它的以黑龙关龙王庙为依托的祈雨文化，辐射京、津、冀广阔地区，黑龙关也成为信众云集的祈雨圣地，千百年来，一直香火不绝。它的民间花会，品类齐全，传承有序，发展繁盛，令人心仪。还有它的古民居，保存完整，建制齐备，与爨底下相比，堪称拱望双璧，且优势明显。正如初版时京华出版社对该书审读意见中所说："此书虽然范围仅限一乡，但选择了很多有历史意义的'点'加以考证，读起来像一篇大文章，实在难得。"这里所说的"大文章"，我不敢说是对华夏文化而言，但至少是对京西文化而言。所以，佛子庄的地域文化具有很高的研究价值和开发价值，理应率先被挖掘和整理。

第三，缘于文化名区建设的现实需求。区第五次党代会提出建设文化名区的发展战略，是面向我区文化优势的科学决策，是历史的选择。为了实现这个发展战略，就要有求真务实的"战术"保障。建设文化名区的一个切入点,就是要建设一个又一个的文化名乡(镇)、文化名厂、文化名校,并形成相有机链接。而佛子庄因其保持完好的民间文艺资源曾多次代表北部山区乃至房山区参加区、市的文艺调演(在革命战争时期,北窖民间剧团还曾被当时的通州专区所瞩目,可谓远近闻名),以它优越的自身条件,最有希望先行进入文化名乡的发展行列。

《神龙福地:佛子庄》一书出版之后,反响热烈,吸引了各界人士到佛子庄寻幽访古、观光旅游,一些文化和科研单位还把其作为考察对象和科研基地,其中,中国民间文艺家协会、北京民间文艺家协会和北京师范大学民俗与人类学研究所,都瞩目于佛子庄的民间文化资源,称其为中国难得的"民间文艺之乡"。同时,也起到了房山区民间文化挖掘整理的带动作用,周口店、城关、河北、霞云岭、长阳、琉璃河、阎村等乡镇也都纷纷找文联合作,相继推出了所属地区的历史文化典籍。就佛子庄乡本身,历史文化的挖掘整理,使其厘清了自己的人文优势和发展点所在,申请了多项非物质文化遗产项目,打造出了与回龙观庙会齐名的"黑龙关二月二酬龙节",有了自己的文化创意产业品牌,使佛子庄的文化影响力日益彰显。

时间进入了二十一世纪,文化力已经成为经济和社会发展的核心竞争力,特别是八届区委提出了要把房山建设成为"首都高端制造业新区,现代休闲旅游新城"的战略目标,作为现代旅游休闲目的地的佛子庄,文化的涵养与呈现,就显得更为重要。现任党委书记杨生军同志敏锐地认识到了这一点,从佛子庄乘势发展的大处着眼,他决定重修《神龙福地:佛子庄》一书,以期使地域文化的挖掘更深入、文化内涵更丰富、与旅游发展对接更准确,为此,他亲自担纲,与文联的专家一道,反复切磋,几易其稿,始有了这部新版煌煌问世。

我认为,《神龙福地:佛子庄》的再版,不仅更全面、更深入地反映了地区历史文化的内涵与外延,将更有力地提升佛子庄的美誉度、知名度和对外吸引力,更重要的是,它是一本完备的地域文化资源台账,为现在旅游业和文化创意产业的发展,提供了源头和支撑,有不言而喻的现实意义。

是为序。

2012 年 8 月 18 日于石板宅

《编外》[1]序

这是一部八〇后作家所写的职场小说。小说记述了一个大学毕业生进入一个行政事业单位之后的种种经历,以细腻、生动和不乏黑色幽默的笔触揭示了"单位"模式下的现实生态,也以"在场"的视角,层层深入地披露了在体制下生存的生命感受,读来触目惊心、发人深省。单位就像一个"局",即便是身在其中,如果一味地坚守自己的人生理想和行为准则,也会与环境格格不入,以至于四处碰壁,最终被淘汰出局。要想在"局"内立足,就要放低姿态,与现实妥协,而且要想有所发展,就要忘掉自我,做彻底的妥协。

小说的深刻之处就在于,主人公清醒于妥协对于"立身"的重要意义,但他不甘于陷落,还要做种种的挣扎,就有了生命的失据和心灵的痛苦,以至于最后连自己都辨认不出"我是谁",为了找回自我,甚至想选择自动出局。

从某种意义上说,小说是钱钟书《围城》的当代版。小说又为院

---

[1] 《编外》,长篇小说,史啸思著,天津人民出版社,2013年3月第一版。

校学生，特别是面临职场选择的毕业生提供了"前期经验"，客观地给了他们一个善意的提醒，要想入局，是否做好了足够的心理准备。从这个角度说，小说又是一部院校毕业生的职前必读书。回望八〇后的创作，总体上属青春文学范畴，多数写作者关注的都是个人那点事，而《编外》进入的是广阔的社会生活，而且是深度进入，多有所得。因此，它是青春文学走向成熟、甚至转型的标志性作品，值得读者期待。

作者史啸思是个有着多样文体追求的青年作家，他对动漫艺术有很全面和深刻的理解，动漫随笔写得有声有色，在《文艺报》开了近三年的专栏，具有广泛影响。其短篇小说《在路上》，以寓言、童话及黑色幽默相融合的笔法进行叙事，别具一格，开创了短篇小说写作的一个新的范式，有很高的文体价值。所以，虽然身为八〇后，但已经有了较为丰富的写作实践，有了成熟写作的必要准备，那么，《编外》的成功，绝非偶然。

史啸思的第二部长篇小说，也已经完成，让我感到，在创作上，他有很强的后劲，在我策划的"文学新势力"文丛的作者阵容中，他是最让人看好的作家。希望他不骄不躁，沉潜创作，扎扎实实地走出一条自己的文学之路。

是为序。

2012 年 12 月 6 日

物华有证

——《那山那村那人：百花山莲花庵风物志》[1] 序

阅完任正通《那山那村那人：百花山莲花庵风物志》手稿，我顿生敬佩之情。他是当地人，所以书中记述，都是自己踏勘、收集来的第一手资料，岂止翔实，而且富含感情，并多有生命感受，颇吸引人。

任正通是我当政协办公室副主任时的下属，他是主席专职司机，兼任行政科科长。他好读书，善思考，经常写一些杂感式小文章。因为是同乡，知其形状，所以在创办《房山政协报》时，创刊号上就发表了他读《三国演义》后的杂感《论分久必合》。该文有统战内涵，也算是一篇有针对性的文章。

孰料，发表之后，一性格耿介的副主席，怀疑其是否亲为，因为他不过是一个开车的粗人而已。记得是在午饭期间，那个副主席当着众人问他："正通啊，文章写得不错，但是你自己写的吗？"任正通从我手里要过手稿证明给他看。副主席笑了一下，说道："这能说明什

---

[1] 《那山那村那人：百花山莲花庵风物志》，风俗志，任正通著。

么，我也可以把别人的文章抄一下，变成自己的笔体。"任正通无言，脸红如熟蟹。

我不能忍受，站出来对那个副主席说："您不能隔着门缝看人，我可以证明，文章的确是他本人所写。"

副主席干笑了两声，背着手，远去了。

后来再约任正通的文章，他说："谢谢你看得起我，但我不写了，绝不自讨其辱。"

后来我调离了政协，就不知他到底是否真的不写了。

光阴荏苒，他已于前年退休。日前他突然找到我，说他写了一部书，写的是家乡的地域文化，让我给看看，是不是能够出版。

我大吃一惊，赶紧翻看，粗粗浏览，就觉得是一部稀有之书，绝对值得出版。

当我说出自己的看法，他说："老领导，你先不要下结论，我把书稿留下，烦你认真审读一过，再下定语。"

我说："老兄，没想到你这么有功底，我从心底里钦佩。"

他说："有没有功底不重要，重要的是给世人一个证明。"

我幡然醒悟，原来他这是一部赍志之作，是想向人证明自己的价值。

二十年的光景，他潜心而为，甘苦自享，唉，这位仁兄，他有多大的气性啊！

通观这部志书，它有三大特点——

一是考证翔实精密。因为是当地人，任正通熟悉故乡的一山一石、一草一木，但是，他并不靠感觉轻易下笔，他精研了地质学、矿物学、植物学、民俗学的经典著述，获取了科学的理念和方法，以此指导自己的考察、考据工作，因此使他的写作，上升到了学术层面，堪可信任。

二是风物与人紧密结合。以往的风物志，重风物，而轻人，而任正通则从风物与人的关系入手，把山水的孕育和人的主观创造紧紧地联系在一起，即让人看到了大地的神奇造化，也让人看到了人的亲切作为。生动地回答了山水为何如此壮丽，生民为何如此眷恋的命题，具有很高的人文含量，因而也就具有了不可忽视的人类学意义。

三是下笔多含感情。把握整部书的记事风格，不难看到，任正通不是简单地在写"志"，也在写自己的思考，在写自己的生命感受，在写自己的"心史"。因而有在场的感觉和视角，处处有充满感情的描绘与抒发，有文学品质，耐人寻味，令人不忍释卷。

作为他的老乡、老同事，我真心为他高兴，他为房山区地方志的写作和研究，贡献了一个别开生面的文本，也的确实现了自己的文化抱负和人生价值，真心祝贺。

是为序。

2013年9月26日于北京石板宅

《木工速成》[1]序

良乡黄辛庄一村民名闫启业者,乃木工出身,他别有心计,把几十年的职业心得悉数整理,成卷帙一部,曰《木工速成》。区作协名誉主席、著名作家苏宝敦老先生将其书样送来,嘱我作序。初,认为此乃工具书也,离文学、文艺远,能否序之,颇迟疑。待全书翻过,心中豁然,觉得闫氏所写,虽多木工规程、操作要领,但也记述了匠人的生命体验,而且情景再现的笔触极其生动,频生趣味。在实用处有超逸的东西,给人读下去的吸引,这就近乎文学,让人另眼看待。敬佩之余,也就想写几笔。

关于文化,深奥、浅易的说法都有,就我个人而言,我认为,所谓文化,是人类生产、生活实践的经验总结和智慧结晶。文化的本质,是群体认同、行为规范、价值尺度,甚至关乎道德、伦理的遵守与传承。从这个意义上说,闫氏的《木工速成》,不仅有木工知识的传承,更有职业道德的约定和如何成为一个好木匠的伦理规定。它告诉我们,

---

[1] 《木工速成》,杂著集,闫启业著。

一个好木匠，精湛的手艺固然能更多地谋取生存之资，但能被广泛地认可、让人生出敬意，因而赢得生命尊严和价值实现，则是闫氏更高的追求。这种更高的追求，就是我们所说的"成就感"。所以，《木工速成》有许多精神范畴的东西，它既是木工文化积累和传承的宝典，也是如何享受劳动、练就品格的修养书。

人们历来把著书立说看得很神秘，觉得那是作家学者、高人雅士的专利。其实文化就在我们每个人的身边，我们的生产、生活行为本身就在不断地创造着文化，只要我们留心，注意经验的积累，并且提炼出规律性的东西，用心记录下来，再借助媒介进行传播，让他人也能分享、受益，就是著述了。

从这个意义上说，闫启业给平民百姓树立了榜样，让人们看到文化自觉的作用，从而改变我们固有的生活观念——我们不仅要埋头做，也要学会抬头说。这样，文化的发展与繁荣，就有了广泛的群众基础。

2014 年 6 月 29 日

与想象一同生长

——《紫风》[1]序

丽君是一个不大喜欢开口说话的女孩儿,从她父母那里得知,从上学起,她就开始把要说的话都转化成创作的文字了。不爱说却善思考,这便注定了她与文学的一种缘分。在她的脑子里,或者眼睛里,充满了五彩缤纷甚至千奇百怪的意象——那是一种非现实或者超现实的想象。不喜欢传统现实主义手法的写作,似乎是她这一代作者的共同特点,只是丽君更甚些。文学的写作方法,没有优劣之分,何况它们也是在随着时代的发展而不断演进的。现在的现实主义还是传统的现实主义吗?答案应该是否定的。只是丽君的取材范围以及叙述方式多少会失去一部分读者——或因为作品里生活领域的陌生,或因为那种跳跃的语言。

正因如此,我才要说,对丽君的作品一定要读下去,因为那里面展现的是一段段丰富的情感,一片片神奇的景象;继而我们会发现,

---

[1] 《紫风》,中篇小说集,孟丽君著,同心出版社(现北京日报出版社),2015年1月第一版。

那跳跃的语言已经不是阅读的障碍了，而是一颗颗鲜活的生命。

这本书收录了丽君两个较长的中篇。

《紫风》是作者对青春的回忆，或是为青春留下的记忆。小说叙述了几个年轻人步入社会后的生活、感情经历。在作者设置的特定环境下，主人公们在与命运的对峙中坚持已念，面对现实的碾压顽强地保存着自我。这是八〇后一代人典型的生活写照！

应该说，这是一篇偏重现实生活的写作。只是在具体方法上体现了她这一代作者的特征：不拘一格。小说以人物为主线推进故事发展，选取人物生活片段来展示人物特点，其间又不时填充一些有哲理的抒情语句，以体现作者对生活的思考。作者学过编剧，作品中也多有体现。比如对人物外貌和环境的细化，感觉似乎是把影像还原成了文字。在丽君所有的作品里，我们几乎都可以看到这些丰富而混合的写作元素。

也许是为了避开现实的障碍，或者是为了更能放开束缚地写作，这部书里的第二篇小说《天涯》索性把一段感人的爱情搬到天界去演绎了。但即使在天界的爱情也会有束缚，权欲与真爱相互冲突，种种误会阻碍真爱的表露。这不就是现实爱情的写照吗？所以，不能因为作者写的是天界就简单地将她归为浪漫主义的写作。故事发生在虚构的天界，展现的却是作者现实的心灵。

也许丽君只是想讲一个单纯而执着的爱情故事，至于在哪儿发生、以什么方式发生，那都不重要，反正丽君有的是手段让其发生。重要的是，故事的确发生了。在房山，乃至在北京，孟丽君是个很有个性和写作前景的八〇后作家，值得我们注目和期待。

是为序。

2014 年 11 月 14 日

并非一座小城的挽歌

——《槐殇》[1]序

看泽林的小说总有眼前一亮的感觉,这一篇尤其如此。因为这部长篇几乎体现了泽林小说的全部特点和精华,且有显著的升华和突破。所以,说这一篇的时候便不能不提他的其他小说。

泽林是个纯粹的小说家,这不仅体现在他性情地生活、性情地写作,还体现在除了小说,他很少涉足其他体裁。在小说领域,泽林的短篇小说的精粹品质,在文坛上早已有广泛的公认。从内容和写作风格上,泽林的小说大体可分为两类:细腻的情感小说,现代的情绪小说。

他的情绪小说有明显的现代派风格,但你很难把它们具体归结为哪一派。我始终认为泽林具有先天的写作灵性,他并不刻意阅读、模仿哪一家一派,任凭自己随意去表达。在这一类小说里,我们发现,

---

[1] 《槐殇》,长篇小说,刘泽林著,同心出版社(现北京日报出版社),2015年1月第一版。

作者的思绪和情绪随意流动,流到哪儿都水到渠成地呈现出一片奇异的景象。所以,我宁可认为泽林是自成一派。当然,泽林并不关心这个。

与评论家看重他的现代派小说不同,多数读者更加偏爱他的情感小说。我并不认同把他这类小说命名为言情小说,我总觉得言情二字太轻浮浅显了些,有点糟蹋了泽林的小说,还是情感更加神圣些,也对得住他为那些情感倾注了那么多的心血。当然,这里的情感主要是指爱情。但不同于大多数爱情作品的花好月圆,泽林在这里表达出的永远是有情人终不成眷属的忧伤。那忧伤起初并不甚浓郁,不去剪它理它倒也无甚,但倘若剪了理了便再也断不了理不清了。我想这也正是有那么多粉丝尤其是年轻读者喜欢看他小说的原因吧。据说,曾经有不止一个读者,承受不住泽林小说弥漫的漫天忧伤,或写信或当面相求:"求求你,再写个续篇吧,成不成的好歹让男女主人公再见一面吧。"但泽林竟丝毫不为所动,把先前的那些忧伤爱情封存在一部《小城春秋》(泽林的一部短篇小说选)里之后,几年间再也不写半个字的小说。这便是泽林,写与不写都在随性之间。但这让我也有些看不下去了,担心他荒废了写作的灵性,便委婉地劝他:"接着写吧,要不怪可惜的。"他悠悠地问:"接着续写那些爱情吗?"以他当时的神态,应是重新写作的前奏了。我便释然,玩笑道:"不是有很多人要看续篇吗?而且你在那里给人留下那么多的忧伤,难道不应该帮人排解一番吗?"我沉思一下,又坦言相告:"不过,那些爱情的确经典,但我总觉得过于纯粹,少了时代感,倘若让它们接上地气,那便有分量了。"

两年后,这部长篇《槐殇》的打印稿便居然摆上了我的案头,我用半个月的时间"掂了掂",果然很有些分量了。

放眼全国文坛,以全部的才华和灵性,持久、执着地叙述一座工农相间的小城以及小城周边工农接壤带的故事的作者,我想不出来有几人。作者的生活决定了他的创作取材，这本身并无优劣之分。但在中国城市化进程飞速发展、大片乡村渐次消失的今天，泽林的小说无疑便有了一种特殊的、时代的意义。

让喜欢泽林小说的读者高兴的是，《槐殇》叙述的故事背景依旧是京西南那座正在消失或已经消失的小小县城，而且故事的男女主人公正是让他们牵肠挂肚了二十多年的刘文韬和叶子，只是二十多年后的叶子被作者更多地使用了姓名的全称——叶春玲。这便是说，《槐殇》主要讲述的依旧是发生在那座小城里的爱情故事，只是到故事高潮的时候，那座文物意义上的古城早已不复存在了；也就是说，那些令读者梦寐以求的忧伤爱情的续篇故事终于再一次在小城里上演了。

但是，这一次男女主人公在新时代的相逢，带给读者的恐怕是比以前更甚的忧伤；脆弱些的，几乎便是一次毁灭性的打击。正如一位评论家说的，泽林的小说传给读者的是一种"剪不断理还乱""才下眉头又上心头"的永恒忧伤。这一次，两人不仅无望续好旧情，而且叶子干脆便死了，更甚的是还殉葬了她女儿一段新的恋情。且看他们三十年后重逢的情境：两人已身不由己地分属两个不同的阵营——叶子是请愿一方的头领，而文韬却是政府派出解决问题的官员……多么残酷的重逢！此番景象，极似两军阵前主将过招的旧时战场，让当年的两个恋人情何以堪？

这便是泽林式的爱情故事。所以，不要奢望泽林的笔下会有一个花好月圆的结局。他说过，人生不如意事常八九，爱情怎么能够例外？我们年轻时曾探讨过有关悲剧的话题——有文友问："倘若林黛玉不死而且皆大欢喜地嫁了宝玉如何？"泽林说："那还是林黛玉吗？那还是《红楼梦》吗？它根本就成为不了名著，你也根本不可能读到它。"

但说这一部《槐殇》是纯粹的爱情小说显然已经不够准确了。这一次，泽林是借着擅长的爱情叙述，演示了爱情背景——那座古城的消亡过程，见证着工农差别在几十年间上演的一幕幕悲喜剧，同时对城市化进程不露声色地提出了自己的见解主张。这样的主题便宏大了。应该说，泽林以往的小说，无论情感、情绪，都比较纯粹，极少涉及大的时代背景，属于那种美学意义的好小说。所以我要说，这一部《槐殇》是对他整体写作的一次显著的突破和升华。

当初我建议泽林的写作"接地气"的时候还有些担心，因为倘若去接，那对他也许是一次艰难的转型；接不好的话，不仅"地气"不真，说不定还会失去他以往小说的灵性。但掂过这部《槐殇》，我大大地释然了，甚而有些意外：没想到《槐殇》的"地气"接得如此好，那段凄美的爱情与舞台背景融合得这么自然。

评价泽林的小说，便不能不论及他的小说结构。三十年来，我总是对他不断翻新的结构深感诧异。据我所知，在泽林异军突起之前，房山本土的小说写作者从未尝试过现代派方法的写作，也根本没有认识到结构的重要性，就那么单线地演绎；即使在泽林的小说被评论家唱好之后，房山作家也有尝试的，但至今不见几篇像模像样的作品。我常常这样想：与房山大多数本土作家不同，泽林生自小城，长成于小城，学成后又工作于小城，所以他的作品天生透着洋气；而大学中文系的科班出身，则后天为他披上了结构高手的华彩衣裳。但泽林并不认可这种说法，他说从未刻意钻研过什么结构，一切为了方便表达就是了。

所以，为了表达，《槐殇》使用了三条线综合发展的架构。注意，是综合发展。因为在泽林的另一部长篇小说《归去来兮》中我们已经见识过了三条线的结构，但那是各不相干、独立发展的三线结构。而《槐殇》三条线之间的关系显然要复杂得多，在演进情节的同时，还各自肩负着不同的使命。在这里，同样是为了表达，我暂且以各线一号主人公的名字为三条线命名吧：刘文韬线，叶春玲线，刘文策线。我以为，三条线是这样的关系：刘文韬线当然是主线；叶春玲线呢，开始时辅助主线或者补充主线，中间独自演绎了一段故事，却是为最后再贴回主线，所以应是支线；而刘文策线无疑便是副线了。

我猜想，叶春玲的支线最初应是为主线或者是为先前那些读者解惑而设置的，毕竟，刘文韬的主线和泽林先前的那些小说一样，留给了刘文韬和读者太多的疑惑。但这一解反倒更让人唏嘘了，原来叶子也是那样困惑呀。两线对比便发现，原来两个人是生生地擦肩而过了，这会让读者生出多少人生无常的感叹！但初恋的印记是无法磨灭的，对当事人的影响也是深远的，当两人在各自的轨迹上艰难地行走了三十年后，城市化的大潮把两人又同时推到时代的风口浪尖上了。这时候的主线和支线几乎便重合了。于是，感情与理智纠结，愉悦和忧伤交错，最后两人合力演绎的竟是一个不堪的结局。

比较而言，刘文策的副线就很超然了，但它的使命很庄严：摧毁一座古城，然后在大山里建成或修复出一座乌托邦式的村落，最后同样与主线合为一线。刘文韬的归隐乌托邦表明，这是刘文韬的、当然就是作者的乌托邦。而且，刘文韬绝不是消极的归隐，这个乌托邦式的村落便是作者对城市化的积极主张。

关于《槐殇》的叙事风格和语言特点，不单列小题，再赘言几句。《槐殇》的叙事和语言无疑延续了泽林的一贯风格，只是这一次更甚：叙述时娓娓道来，优美流畅；水到渠成地进入到一个细节时，又极尽刻画之能，反复品味那无尽的忧伤；待读者痛到极处，一下便戛然而止！

但若细看，三条线的叙述和语言还是有些分别的：主线，因为作者的有意在场，所以多用直观的叙述语言；支线呢，则因叶子添了许多喃喃的哀怨细语，极尽缠绵；两线叙述语言的共同之处是——叙到痛处，必让你痛不可当；相比之下，刘文策的副线，也许作者是在有意拉远与主线的距离，用的多是客观的春秋之语了。

掩卷《槐殇》，先是在情怀里无限伤感，继而大脑间一片空茫，最后不自禁地涌入了几个挥之不去的画面：《槐殇》绝非一首为情而伤的缠绵小调，而是一部主题宏大的时代交响乐，咏叹着古老小城的今昔，淡远了小城外最后一缕农耕的炊烟；随着城市化的主音隆隆响过，一曲轻柔的管乐吹奏出一座乌托邦式的美丽村庄……

2014 年 11 月 16 日

乡间诗人的乡间叙事

——《邢一中诗选》[1]序

我主动承诺要为邢一中先生的这本诗集作序,是因为一中身上有一种精神,让你不能不感动,不能不说些什么。

一中先生对文学的执着在房山文坛尽人皆知。一中发表第一篇诗作的时间是 1965 年,刊发地是《北京文艺》(《北京文学》前身)。当年一中二十二岁,身份是夏村一个生产小队的副队长。在文学业余爱好者心目中,《北京文学》始终是一座门槛颇高的殿堂,以至于时至今日许多作家仍然不敢贸然去敲它的门。但一中却以处女作的姿态,堂皇占了一块版面,而且以后又多次在里面留下足迹。一中的起点和资历至今仍然让我既羡慕又惭愧。1984 年,邢一中从石楼乡党委组织委员的任上调入房山文化馆,委身于文化馆主办的《青峰》编辑部,过了一年的编辑瘾。这种现象在时下断然不会发生,但在当时却屡见不鲜。想一想,1984 年,文学热遍全国,广大文学爱好者激情浩荡,一

---

[1] 《邢一中诗选》,诗集,邢一中著,北京日报出版社,2015 年 8 月第一版。

心要投身于文学的殿堂。当时的《青峰》是房山唯一的一张文学小报，在作者眼里，那便是房山文学的圣殿了。所以，当时房山的作者纷纷向《青峰》聚拢，情形颇似当年进步人士向延安的跋涉。何况，邢一中是直接进入到殿堂门里做事，所以，他不仅不会感到委屈，反而有十分的自豪。我想进那道门槛的起码标准一定是这样的：人品文品俱佳。关于一中的人品，熟人尽知，都说那是一个诚实厚道的人，一个朴实无华的人。

但一中似乎注定是一个不能拘泥在一个地方的人，在《青峰》做编辑不到一年，便又从文化馆调出。直至退休前，一中先后做过文化局办公室主任、文物科科长、文物管理所所长、文化馆馆长、云居寺管理处主任，退休时归属旅游委。无论在哪儿任职，一中都是乐呵呵前往，绝不计较官职大小。什么官钱一类的东西，在一中看来都不重要，甚至都是俗物。在他眼里只有一件圣物，那便是文学。

一中为人十分厚道豁达，谈笑风趣，总是一副笑口常开的模样，极似一尊弥勒佛，所以后来一中去云居寺管理处做了主任，我当时便觉得他去了一处最适宜他去的地方。

一中从十六岁上中学时便开始往报刊投稿，至今已经在文学创作的路上跋涉了五十多个年头。关于创作的坚持，一中有极为形象的比喻：文学创作贵在坚持——拉锯就有锯末。正是基于这种信念，无论在什么岗位，一中始终坚持创作，从不间断。而且一中十分善于把握工作与创作的关系，不仅丝毫不影响工作，甚至还有机地把它们融合在了一起，所以我们才能在他的作品中见到不同的种类，什么农村题材、文物内容、旅游文学等等，可谓广泛；创作的体裁也十分丰富，诗歌、小说、散文、民间故事、游记等等，都有涉足。收获也很可观，到现在公开发表的作品已经有洋洋几百万字了。我想，这是怎样的一种坚持啊？

一般来说，一中总会在几年的时间里痴迷于一种文学体裁的创作。既然前面提到的几种体裁都有了一段时间的尝试，且都取得了一定的收获，那么就该在这些体裁之外再尝试一种模式。于是，大概几年前吧，一中开始借古诗的样式写作，而且规模浩大：以古诗的形式记日记，用五年的时间创作了两万首！

2013年夏天，一中电话告知，他已提前两年完成了创作规划。我与泽林等人前去祝贺慰问。一进门我便被震撼了：只见沙发前的茶几上，一摞摞地摆了一片三十二开牛皮纸封面的笔记本，所有的本子里全都是用钢笔工工整整写就的一首一首的诗！

我粗略地计算了一下，要完成这个浩瀚的工程，需要不间断地每天作诗近二十首，且这一作便要整整的三年。关键是一中退休后身体状况一直不好，几乎是拖着一身的疾病在创作的路上行走，这需要有怎样的执着和坚韧才能做到啊？

所以，说到一中对房山文学的贡献，我想至少有两点毋庸置疑：其一，在"文革"前，一中的文学成就是房山文学创作不多的亮点之一；其二，单就对文学的追求而言，一中五十年如一日的执着，同样是房山文学一笔宝贵的精神财富！

我在心里做这番感慨的时候，抱病的一中就坐在我对面的椅子上，两条腿僵硬地立在我们眼前，浮肿得让人心疼！但一中依旧神采奕奕，不停地向我们诉说着他的文学理想……

从体裁上看，一中先后做过诗歌、小说、散文等多种文体的尝试，都结出了丰硕的果实。除了文物随笔、游记一类的作品是文学与工作有机的结合，一中大部分的时间都在做着纯文学的创作。其中，一中最钟情的当是诗歌的创作，在五十年的创作生涯里几乎不曾间断过。所以，最能体现一中创作风格、代表一中创作成就的自然也是诗歌，而《故乡行》无疑便是一中的代表作了。

长篇叙事诗《故乡行》1994年由文津出版社出版。内容是通过主人公"我"的一生经历,及两次回乡探亲的所见所闻,以四条线展开叙述,即:小秀的婚事;老支书的半生遭遇,无私奉献的高尚品质;一对大学毕业生的苦难经历、执着追求;"我"一家不寻常的生活风波,透视出了近百年来京郊某农村的历史风貌和时代变迁。诗作中有对革命斗争历史的回顾,有对荒唐岁月的抨击和揭露,有对青年恋人爱情纠葛的描述,有对农村新事新风的讴歌,并着重多侧面地反映了十一届三中全会以来故乡的崭新变化、优美风光、神奇传说、风土人情。

刚看到这部诗集的时候,我惊奇不已。我原以为,这么宏大复杂的叙事场面,那只能是小说来完成了;但一中竟然以诗歌的形式,从容不迫地娓娓道来,不知不觉间让我们记住了一个个鲜活的形象。

> 粗粗的柳呀柳丝长,
> 轻风曼舞好风光——
> 柳丝儿掸扫着土屋脊,
> 荫凉凉遮掩着一柴门。
> 屋墙本是秋秸编,
> 一家老小度风寒。
> 爷爷说呀爷爷讲:
> 这块地方本姓杨。
> …………

全诗大部分章节的开端都是这样,由景及物,以物及人,因物入事,引出一个个生动的故事,各自贯穿于所在的线索上,最终共同完成全诗的主题。

句式和情景的承转明显有信天游的应用，但语言的使用无疑是白描的方法；没有华丽的辞藻，没有生僻的字句，有的全是日常的生活用语，甚至民间歌谣、乡间土语、顺口溜，都自然地拿来入诗了。

> 小胡萝卜就烧酒，
> 嘎嘣脆地往外吐。
> 侦查员呀一阵笑，
> "草鸡打鸣瞎胡闹！"

这是一种乡间的叙事。诗人于乡间行走，在乡间临摹，行走出一路诗意的田园风光，临摹出一幅浓郁的乡村生活画卷。其实，这不仅是一中诗歌的主要风格，也是一中一生创作形态的总体写照。五十年来，一中不停地在乡间行走吟唱，即便偶尔徜徉于异地城市的街巷，在他心中流淌的依然还是家乡田间的旋律。

这种乡间叙事的风格在他后期创作的古体诗中同样是一种鲜明的特色。篇幅所限，这里不再列举，读者书中细品吧。

相比于小说和散文的写作者，诗人往往更加纯粹。一中先生便是个纯粹的诗人。

以上的文字早在 2014 年便已完成，只待一中的诗集编辑出版了。但是之后却有了变故。先是在秋天得悉一中作诗已突破了三万首，当时虽为他创作的成果高兴，但一颗心却揪着，为他疾重的身体担忧。果然，在这个冬季的一日，忽然传来噩耗：一中去了。

一中去了，这本诗集便成了遗著。那么便用它告慰一中的在天之灵吧。

2014 年 12 月 7 日

遍插茱萸皆是诗

——《峥嵘岁月》[1]序

钟嵘《诗品》云：诗为心声。

所谓诗为心声，盖指为诗之道，非一时意绪，更非文字技巧、笔墨游戏，而是眼底有风云，腹内有志趣，心中有情怀，蓄积萦绕，渐成块垒，不抒不快也。

欣国先生的诗，正是此种境界下的产物。

与欣国先生相识，凡二十年，经年接触，感到他是个内心锦绣、至情至性、有大情怀的人。

他做人立身，努力做到世事洞明，人情练达，从而处处周正，力避偏激、偏执，有丰沛的理性，有智者气象。

他从政为官，努力做到胸中有大局，心中有生民，即便是移行跬步，也严守规矩，既慎独，也慎初；而且，注意从实际出发，以民生为本，不发空言，多做实事，因而有很好的口碑。

---

[1] 《峥嵘岁月》，诗集，刘欣国著。

他为人处事,一贯低调,待人平和、平易、平等,谦抑自持,从不居高临下,更不趋炎势利,吃家常饭,说真心话,让人感到亲切,因而朋友很多。

可以说,他整体地做到了"四有",即:有板有眼地做人,有声有色地工作,有情有义地交友,有滋有味地生活。

他既然是这样一个既周正又朴实、既丰富又感性的"四有"之人,笔下岂能无诗?所以,他的诗歌,其实是他生活的写实,是他为人的见证,是他奋斗的履历,能让人感受到他的生命温度,触摸到他的灵魂律动,进而被他感动,取其精神而镜鉴之,更好地立身、处世、做人、做事。

与欣国先生交往,我有许多切身的感触。

进入新世纪,物质主义甚嚣尘上,人们的生活越来越功利化了,精神追求者便受到空前的挤压,我常感受到深重的孤独。但是,却常从他那里得到热情的呼应和鼓励——我每有作品发表,他都会当面或发来短信,表示祝贺,并发表感言、延展内涵、提供启示。他的做法,让我很惊异,也很温暖——之所以惊异,因为他是官员,却读书、读文学,而且还读得这么细致、这么深入;之所以温暖,因为从他身上,我感到主流社会,并没有被商业原则所左右,还给灵魂和精神留着应有的位置。

于是,我情不自禁地把他视为知己。

还有,因为同在一个区域,便常在一些场面相遇,而每一见面,他都表现出有别于对其他下级官员的热情,不称我的职务,而是叫我"凸凹先生"。这虽然是小节,却可以看出他身上所具有的以文为贵、以文人为贵、以精神追求为贵的人文情怀。

所以我有理由说,他之所以眼底有风云,腹内有志趣,心中有情怀,是他一贯注重阅读、注重人文修身的结果。

李克强总理提出了"全民阅读"的理念，并号召把阅读作为一种生活方式，以凝聚成民族复兴的内部动力，而欣国先生早已践行之，可谓是阅读的先行者。今又把自己的诗作整理成册，让友人和读者共同分享，更可谓心有使命、以益世为怀。

　　其实，爱好诗文，就是一种人文情怀，而人文情怀，正是一种使命情怀和担当情怀。

　　这是我读了刘欣国诗歌集锦《峥嵘岁月》之后所想到的。我希望大家都来读一读，并相信，读过之后，一定会陡升阳光心态，更乐观地生活，更自觉地奉献。

2015 年 7 月 2 日

《人间草木词》[1]序

宋家骧是个妙人。妙之有二——

其一,他做人的样貌是个复合的存在:既内敛又放达,既率真又凝重,既感性又多思,既凡俗又典雅……美髯盈腮,春风拂面,把盏迎世,口吐珠玑,素面朝天,不藏机心,有真情真性真趣。且在冷处温暖,在暗处明媚,从不疑世道,也不疑人伦,既爱天地,爱草木,也爱人。

因而与他交往,尽可以敞开心扉,脱去铠甲,随意对谈。我与宋公虽年龄有别,却一拍即合,深通款曲,称兄道弟,成忘年交。他腹笥充盈,多闻博识;他激情四溢,文思机敏;他悲悯众生,内心温柔;他淡泊名利,宽厚待人。与他对坐,蓊郁的禅意扑面而来,会让你忘记现实的纷争和现世之苦;与他对酌,其静虚的态度,使你耻于说恩怨、道短长,浮火与污浊会悄然遁形。他能融化你、感染你、甚至裹挟你,让你与他一道洁身自好,向真、向善、向美,因此对我来说,

---

[1] 《人间草木词》,格律诗集,宋家骧著。

大有相识恨晚之痛感。

　　他好诗酒，又有古风；他好德，又有赤子童真。最纠结的境界，在他这里都能和谐共处——虽有小人物的肉身，却有大人物的道场，所以，他是个妙人。

　　其二，他作诗的格局是个宏大的存在：既烹文煮字又纵横捭阖，既攫取意象又理性照拂，既撮营雅意又不舍俗俚，既端庄布韵又浮一大白、幽一大默……人格独立，精神自由，感情丰沛，智性盈满，亦庄亦谐，从容下笔，有情怀罩思雅意。且在凝滞处晓畅，在尘俗处高拔，在入世处出世，从不装腔作势、故作高深，也不游戏笔墨、哗众取宠，既重文字，重事理，也重人心。

　　因而读他的诗句，尽可以信任期待，你只需净手支额，沉潜延览。我与宋公虽阅世有异，却一通灵犀，知其用心，堪吟堪颂，大快朵颐。他借古讽今，关怀生民；他谨慎用典，不漏破绽；他勾画人性，入木三分；他不饰虚词，言之有物。读其上阕，人情练达直逼世道人心，会让你透过表象看到浮华背后的真实消息，因而不迷失本性；研其下阕，世事洞明善意点化，无道理处有道理，无趣味处有趣味，使你见仁见义，块垒顿消，因而珍惜生命，热爱生活。他的作品能净化你、触动你，甚至是提升你，让你学他的风致，厚人薄己，慈悲为怀，敬畏星空、敬畏大地、敬畏芸芸众生，因此对我来说，他的诗文绝非小道，而是涵养精神的致用大书。

　　他的这卷《人间草木词》，结集之前就已零星赏过，其经典品质就让我击节叹服。此次通览，观其全貌，其呕心沥血之书写，更让人感到他以命赴诗的情怀担当。虽描摹的是草木形态，有博物志的风貌，刻画的却是自己的心灵图景；虽抒发的是草木之情，有山水赋的韵律，阐述的却是天地间、人世间的大道理。他状物拟人，言的是心志，并朝人性深处放笔。期间，虽有广博的草木知识，却都是文学化的生动表达；虽大量用典，却不掉书袋、不露痕迹，一切都是心灵的语言。在琐碎中有大，在大处有细密，虽是草木小词，却是有关人间、有关人性的宏富而深刻的哲学长卷。他立足于醒世、立足于教化，教在红尘中迷乱的今人，学草木的模样，朴素、本分、自适地生长（成长）。

于是，宋公不是一般的诗人骚客，他是慈悲萦怀的市井圣徒。因而有大妙存焉。

是为序。

2015年10月26日于北京石板宅

灵魂在场的证明

——《半生活,边角料贰》[1]序

记不得是何时与古农相识的了。虽然相识很晚,也就是近几年的事,但给我的感觉,却像是与生俱来的交往,因为志趣相同,不必问来路。

那年他作《书脉》,不知从哪里知道了我的通信地址,不声不响地把刊物寄来。好像他知道自己所办刊物的品位,有足够的自信,知道我会被吸引,不发宣言,兀自寄。《书脉》办得精致、精雅、精当,就是读书人喜欢的那种,我便耽读不止,宝爱之。在一个时候,他猝致大函,要我"赐"寄几篇书话,他要为我编一特辑。我不禁暗喜,毫不犹豫就寄了,因为有《书脉》的铺垫,便深以为幸,来不及矜持。待刊物寄来,不仅文字照登,还配以我大部分著作的书影,感到他很熟悉我的创作,已把我视为同道,在他的家门口,等着我到来,并在正厅上看座,招待以醇酒香茗。

---

[1] 《半生活,边角料贰》,日记作品集,古农著。

后来他与南京的一家报纸合作,把《书脉》办成了公开发行的、报纸型的《书脉周刊》,且风生水起,在读书界颇有冲击,引众人瞩望。又一个时刻,他又猝然来电,要在《书脉周刊》上再为我做个书话专辑,让我隆重登场。是刊有杂志样相,首页登巨幅彩色人像,使亮相的人有大师风范,颇让人膨胀。我暗自揣摩,觉得他的这个做法,表达的是他以读书为贵的情怀,是在向真正的读书人的生命寂寞致敬。从那时起,我对他肃然起敬,觉得他是滚滚红尘中的一个稀有品种,纯粹的读书种子。后来我开通了微信,看到他的微信名号,居然是"书鱼子",不禁莞尔。他不过是个小人物,却有那么大的文化担当,试图以一人之力,开国人的"书脉",不啻是一个以文学为信仰的当代的堂吉诃德。

之后,他的这种担当,又扩展到了日记文学领域,不仅编《日记报》(并主持河北《藏书报》上的日记文学版),还推动济南大学泉城学院建全国日记文学研究中心、日记文学博物馆,还策划出版日记文学丛书。其最著名的出版行为,一是在人民日报出版社推出系列日记研究丛书,计有《日记闲话》《日记序跋》《日记漫谈》《日记品读》等;二是与海天出版社合作,持续推出日记文学代表人物的压卷之作。在这期间,还策动举办了五届全国日记文学论坛。在日记文学领域他有着不没之功,有公认的"符号"影响。

我与日记文学的亲密关系,也是因古农而生。以往,我对日记的写作,只是兴之所至,偶然为之,并不把它当作"正业",甚至还多有鄙薄。就是这"偶尔"的文字,居然被他发现,三年前,他致函于我,要我为他在海天出版社主编的日记文丛整理一部个人日记,以"壮大"阵容。他情之殷殷,话语恳切,我无法拒绝。但我的存货不多,难以成卷帙,他说:"你可以新写,我耐心地等。"他的等待,疑似索命,我便放下别的写作,以每天的生活为经,以每天的所见、所闻、所思、所感为纬，拼命"创作"日记。不期兴致大开，一发不可收，一年下来，竟得字五十万余，已远远超过丛书规定的十万字的规模。待回头翻检，发现，这已非一般意义上的日记，而是内涵宏富的"思想录"。由此，顿生野心，索性放开去，学顾炎武、巴金的榜样，写一部属于自己的"日知录""随想录"，使其成为文坛的一个特殊的存在。有了这样的目标，我确立了大思想文化散文的写作架构，朝着自成系统的方向迈进，三年下来，就有了煌煌三大卷、近一百五十万字的《石板宅日思录》《石板宅日思录续录》《石板宅日思录三录》的出版。所以，在第五届全国日记文学论坛上，我说道——

以往不写日记的时候，每天的经历、发现和感悟，灵光一现之后，马上就忘了。写日记之后，每天的观察、感悟、体验，包括阅读所得，都能够借助日记这个载体，存留下来，使曾经有的生命定格在册页之中，让人有了来路和存在的证明。所以日记是一个很好的精神载体，它是一种心灵的储藏器、感情的展览馆和思想的备忘录，它能提升一个人的生命品质，从自然生物状态质变到灵魂生活状态，使人真正成为万物之灵。如果说，没有精神生活记录的生命等于虚度，那么，我五十三岁的人生历程，前五十年近乎白过，只有这后三年才有了真正的灵魂生命，而这一生命的诞生，古农先生是催生婆，所以我感激涕零。

这次，他要出版他2005年的日记，嘱我作序，我率然允之，一是感恩，二是纪念我们的缘分和精神的契合。

读他的日记，我心中陡升大波澜：他虽然胶合于书，并以文为贵，实生活却极为入世，甚至有些凡俗。因为他经商，办公司，在金钱上斤斤计较。作为经营者，他要算计投入和产出、制作和销售，还要在竞争中寻求生路，还要处理棘手的劳资纠纷，他的生活节律是忙的，他的内心秩序是乱的，与读书为文所需的从容和静是背离的。因为人只有远焦虑和惊恐才能静，只有静下来才能读与思。然而他还要二者同治，其背后的承担，是巨大的纠结，甚至是痛苦的围困和尖锐的撕裂，若没有坚定的意志和坚韧的神经做支撑，很难处置得当。多年来，他走的是一条哈姆莱特式的"To be or not to be"（生存还是毁灭、精神还是物质）之路。

有了这样的背景，我不得不对古农先生生出大感慨、大敬佩。因为多年后，他有了在读书与经商二者之间游刃有余的生命状态，而且没有沦落为脑满肠肥、浮华拜金的小商人，反倒把自己成就为唇红齿白、抱朴见素的文学赤子。

从他的日记中我看到，他之所以能从灯红酒绿中超越、在钱缰利索中解围，是因为他的生命有定力，即他有一个一以贯之的生活理念：挣钱的目的就是为了理直气壮地朴素。所谓从商为文、以商养文，文商并举。

在这个理念支配下，他选择了一种自适的生活方式，即"朝起临商海，暮归耕书田"。

自适的起点是"不适"，不适的化解，是他笃信并践行诗人里尔克之所说："挺住，便意味着一切！"久而久之，便成了生命的惯性，就不会轻易被外界所左右了。一如他所说："我发现，骨子里的文人情结是与生俱来的，很难改变。所以，我觉得这样也挺好：朝起临商海，暮归耕书田。虽然'贰'，但彼此调剂，白天能专注于工作赚钱，夜晚能沉淀自己于闲读和日记，反省自己。可能这样的生活方式已成习惯，改变很难，也不想改变了。"

从古农身上，有力地验证了一个说法：生命的存在也是一种惯性的成长过程,一旦习惯了,繁也是简,纠结也是和谐,困苦也是喜乐,便风流有自了。

尽管纸上的格言十分典雅,但他的"成长过程"毕竟是异质并行的状况,实际上,充满了陷落与回归、放弃与坚持、迷惘与笃定、趋时与脱俗的相互纠缠,灵与肉总是处在反复撕扯之中。也就是说,他的生活状态充满了大进退、大起伏、大跌宕、大反复。放在一般人那里,这种种之"大",到了最后,只能是生命的大痛苦,而对于选择了灵魂生活的人,就是大福了。因为大的生活反差和大的灵肉撕扯,正可以生成纷繁复杂的精神图谱,正可以获取丰沛充盈的生命感受,如果再施之以笔,必定是一个巨大的书写空间,笔下的文字,必定会充满了在场的质感和锥心的痛感。而古农的日记正是这种"质感"和"痛感"的记述,因而它区别于一般的日记文字,是一部有关精神涅槃的大书。便一卷在手,堪可读。

狄金森说,灵魂会自己选择前行的伴侣;《圣经》说,上帝寂然如鼠伏;王弼在注释《老子》时也总结道,圣人贵夜行。连缀起来,或可以得出这样的结论,所谓"寂然"与"夜行",正是灵魂生活的状态,它远离红尘的纷扰和白昼的喧嚣,自觉地从世俗生活中出逃。所以,古农的"贰",没什么不好,它暗合了中国传统知识分子"内圣外王"的精神操守,是一种向"贵"而生的宿命选择,心安就是了。还有,有鄙人陪伴,你何孤之有?拈花微笑,自信满满,兀自前行就是了!

是为序。

2015年11月20日

《房医文萃》[1]序

翻开这本书,立即给人一种耳目一新、别开生面的感觉。

这是房山区基层文联围绕自身文化建设而编辑的第一本书。文联,全称是文学艺术界联合会,是中国共产党领导下的,贯彻落实国家文化发展战略,促进文化大繁荣大发展的群众性文学艺术团体。文联,又是作家和艺术家之家。从长远来看,我们当然希望各级文联能够涌现出更多作家和艺术家,但另一方面,文联,又是地区或行业自身文化建设的主体,特别是基层文联,致力于一个地区或一个行业自身文化建设,是主要责任和使命。

在国家实施文化发展战略,促进文化大繁荣大发展的进程中,房山区确立了既"顶天立地"又"铺天盖地"的发展目标,在鼓励广大文艺工作者努力创作文艺精品的同时,注重基层文联的发展建设,并以实际举措和扎实步伐,有计划地创建地区、社区和行业以及企业文联。

房山医院文联是房山区第一家行业文联。文化是一个单位的灵魂。本书的可贵之处,在于紧紧围绕行业文化建设,既有岁月的积淀,又

---

[1] 《房医文萃》,杂著集,房山区房山医院文联编。

有当今的文化视点,既抓住了基层文联的工作重心,又彰显出行业的文化底蕴,助力事业转型发展,具有典型意义和明确的定位,值得其他基层文联借鉴。

行业的"铭训"是行业文化的核心。本书的第一部分,便是围绕"院训",由从业者做出文化阐释和解析,包括对院徽、院歌、办院方针、愿景及医院发展战略的深层解读。一个医院的"院训",无疑是办院思想和办院理念的精要概括,凝聚了自医院创办以来几代医务工作者的思想和智慧,但短短的几个字,并不能够为绝大多数人深入理解。房山医院文联工作的亮点之一,便是以"文章集锦"的形式,多个层面,多个角度,对"院训"做出明白而透辟的阐释,从而使院训深入全院每个医务人员的内心并化为实际行动。这里,文化为企业的发展增添了双翼。

本书还记载了两个特殊的历史时段医务人员为救死扶伤而做出的突出贡献。这两个时段,一个是2003年"非典"肆虐时期,一个是2012年7月21日特大洪灾时期。历史只记载有价值的东西,这两栏的文字,就是对这两段珍贵历史的翔实记载,可起到"鉴古知今"的作用。

本书其他栏目,包括"房医文联""作家作品""建院六十周年征文",读来同样亲切感人,且文章篇篇发自内心,情真意切,凸显出医务工作者对医疗事业的热爱和执着的进取精神。读读这些文章,我们会更加了解房山医院,了解在房山医院工作的一个个白衣天使。

总之,这是一本读来亲切感人的书,既体现了房山医院领导具有很高的人文意识,又是一本代表基层文联工作方向并具有典型意义的书。可喜可贺,值得基层文联学习借鉴。如果每一个基层文联都将自身的文化建设作为工作的主体并努力去做好,房山的文化事业定会百花争艳、万紫千红!

2015年12月7日

《圣水诗草》[1]序

姜玉卉同志是房山区诗词楹联学会秘书长,这是他自己选编的一本古体诗词集,总计收入古体诗词一百七十余首。

取书名"圣水诗草",不难看出,作者对故乡怀有的朴质而深挚的情感。大石河发源于百花山南麓,古称圣水,是一条蜿蜒流淌于深山峡谷中的河流,一路百转千回,从坨里出山,流向平原。水量大时,碧流澄澈,净若琉璃。只是因多年干旱,一年中有多半时间干涸。大石河又是房山的母亲河,流域内有著名的周口店北京人遗址,有距今三千多年的燕都遗址,历史文化悠久而灿烂。

诗人的故乡就在深山区大石河畔,是个滨河的较大的村庄。一个人离开家乡不管能走多远,也不管是做什么,但其血脉的源头和生命的根基,都在生养自己的故乡。翻开《圣水诗草》,给人印象最深的,还是那些吟诵故乡风物的诗作辞章。作者以游子之缱绻之心,将情感倾注于故乡的一草一木。作者写故乡的古槐,写故乡的柿树,写故乡

---

[1] 《圣水诗草》,格律诗集,姜玉卉著,《燕都》杂志社刊。

的名胜古迹和村落，如黑龙潭、黑龙关旧址、猫儿山（大房山主峰），也写故乡的沧桑变化，如写黑龙关公路新桥、邻村的竹楼等。当然，作者写古体诗词，题材不仅限于此，作者取材广泛，凡身边感人的人、感人的事，情之所感，意之所发，皆可吟咏，足见其视野的开阔。如写一些重大的主题，包括写共产党领导的平西抗日根据地的血与火的斗争，以及时政要闻。如《临江仙·迎接北京奥运会》，获北京诗词学会和北京陶然亭公园管理处共同举办的陶然亭公园第二届纪念爱国主义诗人屈原暨端午品诗诗歌征集活动三等奖。

熟悉玉卉同志的人都知道，他的古体诗词创作，始自从教师岗位退休之后，可谓老有所学，老有所为。但从事古体诗词创作，仅仅凭闲暇下来有了时间、有此兴趣和爱好是不够的。唐诗宋词是中华文化的瑰宝，作为一种文化基因，已融入每个人的灵魂，影响深远。当今古体诗词创作如火如荼，盛况空前，就说明了这一点。玉卉同志的古体诗词创作，正是根植于这种深刻的文化基因，遵循古体诗词的创作规律，刻苦自励，勤奋耕耘，才创出了自己的一片天地。

往事越千年。古诗词格律，已成为历代诗词家创作的圭臬。今天的古体诗词创作，是在遵循古诗词格律的基础上，赋予时代的崭新内容。房山的古体诗词创作之勃兴，已有十余年时间，且渐成气候，蔚为大观。诗友间相互切磋、交流，乃至争鸣，不断推动房山的古体诗词创作，房山诗词学会也成为房山区最为活跃的文学团体。在彼此的切磋交流中，玉卉同志的创作思路也逐渐清晰并深入开拓，收获日丰。

在论诗的文章《妙语出自然》中，作者说：

好的诗词作品，往往以平淡的笔墨、质朴的语言描绘出一幅诗情浓郁、韵味盎然的生活画面，始终没有惊风雨泣鬼神的奇险景象描绘，也没有屠鲸东海、射虎南山的豪情壮语。诗句不作雕饰，语出自然，但给人一种特有的质朴美的感受。

追求质朴自然，不刻意雕饰润色，是玉卉同志的创作理念，也是一种最贴近诗词本质的追求。说到底，那些艰涩和古奥的诗歌只会使读者远离，古体诗词尤其如此。因为评鉴诗歌的最权威的发言人是读者，只有那些质朴自然、意境深远的可知可感的诗歌，才会让读者记住并久久传颂。读玉卉的古体诗词集《圣水诗草》，会使人感到亲切感人，韵味深浓，这源于他在创作之中坚持不懈，沿着平实、自然的风格迈进，追求诗品的精致与清新！追求永无止境，只有不懈追求的人，才会创造出诗歌园地的别样精致，写出靓丽而多彩的诗章！

2016年5月8日

"心经"萦怀,娓娓而颂

——《柳林撷晖》[1]序

与合旺兄是老相识了,他出版文集,我自然十分高兴。

他曾在宣传部工作过,任宣传科科长,故成为同事。后来,部内无升迁职数,转到区政协,任研究室副主任。他在研究室的位置上,广读书,有意接触各种社会问题,故养成了勤于思考的习惯。退休之后,遂开始写作,以吐腹中积蓄。初,小心试笔,时断时续,到了后来,尝到了甜头,须臾不能罢笔,乐在其中。所以,他虽然已过花甲之年,却面色红润、腰板挺直、步履矫健、谈吐幽默,像个年轻后生。

他曾跟说过,人到了这个年龄,有人生阅历、生活经验,便人情练达,世事通透,且灵犀频开,富精神内涵,好像有写不完的东西。因心中欢喜,故不觉老。

他写的是生活随笔、人生漫谈、心路历程、社会观察和乡情印象,其文体正与他的自身条件相适宜,可谓篇篇言之有物,便不断在区内

---

[1] 《柳林撷晖》,散文集,隗合旺著。

外的各种报刊上发表,令人目不暇接,好像他天生就是个写家,有不竭的文字前景。

从他身上,我不禁感到,虽然文章之途是小道,却可以大大地成就自我。

何出此言?因为他在职时,虽然也是科长、主任,但在官场这部机器中,只不过是一个零件,即便是有锐利观察、独立思考、真知灼见,也不容置喙,只能服从、服务,让自己的声音淹没在这部机器的隆隆轰鸣之中。所以就默默无闻、甚至庸庸碌碌,个人价值几乎被忽略不计。但退休之后,从机器上剥离,回归自我,就可以独立发言,说自己想说,即便声音微弱,人们也听得清晰。所形成的气象是,以前人们从来没感觉到还有他这样的一个人,而现在,他鹤立于众人面前,滔滔不绝,俨然智者。以前的人生已经归零,他涅槃而生,脱颖而出,有了被人瞩望的话语地位和颇为广泛的社会影响。

可以看出,文学不仅能救人,而且还使人获得新生。

还有一层感觉——

那时虽然是同事,客气之下,但心还是远的,他的一切我几乎是漠不关心;现在相聚,因为是同道,就多了可以共同言说的部分,多了可以理解的情感,便觉得他很可亲,可以作为朋友,把他放在心上。于是,交谈就少了顾忌,纵情而谈,多灵魂碰撞,不仅亲,还多了敬意。

他说:"以前看你,不计官场得失,不计人间毁誉,天马行空、独往独来,以为你傲慢,现在看来,你是精神自足、内心从容,人生有定力。"

我说:"这是拜文学所赐,甘苦自知,不看他人颜色。"

他说:"我的文字虽然没法跟你比,但我也有了一种从来未有过的体验——文学使我感到自己很强大,我不误我,没人能误我。"

读他的文集，我的确感受到了他内心的盈满和强大。人们关心的诸种问题，人生所涉及的各个层面，他都能给读者提供在场的感受和切实的点化——让人在混沌中清醒，在困顿中明晓，在迷失中回归，在凡俗中超拔。好像他腹中有一本厚厚的"心经"，以足够的定力和对人与世的善意，娓娓地念给别人听。

是为序。

2016年5月12日于北京石板宅

内容简介

与书微语,即"新书话",不像传统读书随笔一味"匍匐"于书上,又不像传统书话飘逸到只关心读书的"趣味",成为"散文之余"的一种边缘文体;它干脆就是"散文中人",不仅具有一般散文的话语特性,更因了书香的浸润,具有了宏阔深厚的文化品格和思想含量,具有了一般散文样式不可企及的表达功能。

它紧紧结合了社会与人生的种种话题,以书为依托,为世道人生送去思想的关怀、情感的关怀。所以,它已不是"文字清玩",而是纷繁的文化气象。它的入世点,是不满足于书中所得,不沉浸于书中义气,而是"借别人的酒瓶装自己的酒",即借助从书中或因书而得到的生命感悟和激情,去述怀,去"言道"。

凸凹文集

01《岁月留痕》 (杂著)
02《与生活言和》 (散文)
03《沉潜与言说》 (随笔)
04《与书微语》 (书话)
05《西典新读》 (札记)
06《天赐格言》 (小品)
07《纸上的乡愁》 (笔记)
08《在场与及物》 (小说)

责任编辑:许庆元 | 特约编辑:姚迪雷 | 装帧设计:今亮后声

解玺璋 — 凸凹的小说打破了田园牧歌式、阶级斗争式等传统的乡土文学写作模式，创作了一种立足于大地本真的新的乡土文学范式，具有划时代的文本意义。

宁　肯 — 这个坐在故乡土地上思考祖父的中年人，打通了与土地的最深刻的关系，成为土地道德与土地哲学的代言人。

邱华栋 — 凸凹的文字，有很深的情理，然而却是家常的。正因为是家常的，便有了质朴而准确的价值趣味，即人性之真。

刘江滨 — 凸凹的乡村散文是土地上长出来的文字，自然、蓬勃、温暖、野性，是一种原生态创作。

孙　郁 — 凸凹的小说，有乡土的东西，也有学问的东西，九曲回肠，大概是王小波说的：小说具有无限可能。凸凹就确确实实地具备了这种品质——像诗，像随笔，像风情绘，又像戏剧。

毛志成 — 凸凹并非一涉写作就很惯性地匍匐在"乡土"上，醉倒在"村俗"中。他的作品，有的是研磨历史，有的是冶炼哲理，有的是对现实生活的多工序蒸馏，有的是对人生真谛的多层面思考。